我爱
写诗词

词牌写作
快速进阶

②

高昌 著

SPM 南方出版传媒 广东人民出版社
·广州·

图书在版编目（CIP）数据

我爱写诗词 . 2，词牌写作快速进阶 / 高昌著 . —广州：
广东人民出版社，2021.1

ISBN 978-7-218-14010-0

Ⅰ . ①我… Ⅱ . ①高… Ⅲ . ①词牌－诗歌创作－创作方法－
中国－教材 Ⅳ . ① I207.2

中国版本图书馆 CIP 数据核字（2019）第 252774 号

WO AI XIE SHICI.2, CIPAI XIEZUO KUAISU JINJIE

我爱写诗词 . 2，词牌写作快速进阶

高昌　著

出 版 人：肖风华

责任编辑：刘　宇
责任技编：吴彦斌　周星奎
装帧设计：今亮后声 HOPESOUND · 胡振宇
pankouyugu@163.com

出版发行：广东人民出版社
地　　址：广州市海珠区新港西路 204 号 2 号楼（邮政编码：510300）
电　　话：（020）85716809（总编室）
传　　真：（020）85716872
网　　址：http://www.gdpph.com
印　　刷：北京飞帆印刷有限公司
开　　本：787mm×1092mm　1/16
印　　张：23　**字　　数：**328 千
版　　次：2021 年 1 月第 1 版
印　　次：2021 年 4 月第 2 次印刷
定　　价：58.00 元

如发现印装质量问题，影响阅读，请与出版社（020-85716849）联系调换。
售书热线：（020）85716826

俗话说有多大的脚，穿多大的鞋。其实这些名字千奇百怪的词牌并不神秘，在填词创作中的功效就跟我们的鞋子是一样的作用。鞋子要挑选适合自己的尺码，填词也要选择适合自己情感表现的词牌。不同的词牌有着不同的艺术要求和感情色彩，有的适合表现悲伤，有的适合表现喜悦，有的适合写国计民生，有的适合写心灵隐秘。选择好符合自己喜好的词牌，写起来就很顺手，表现起来也就非常自然。古人有所谓"诗庄词媚"的说法，词不适宜板着面孔讲生硬的大道理，更适合表达那些舒服、活泼、奔放的"美丽的心情"。

——题记

目录

导言

填词手册

导言

填词若烹小鲜

——看完这本书，马上就会填

马上就会填词？真的那么容易做到吗？

我的回答是："真的。"前提是看完这本书。

填词不难，并不是我的个人观点。早在80多年前，我国著名的语文教育专家夏丏尊、叶圣陶两位老先生合著的《文心》一书中，就曾说过："作词其实也不难，普通的方法就是按谱填写，平仄字数——遵守就是。所以作词叫作'填词'，又叫'倚声'。"

确实，相对于作律诗而言，填词更容易些，要求也更简单些。诗就像穿着西服打着领带，词则像随便穿个背心裤衩。

词本身就是在诗的基础上解放出来的，与要求谨严的"律"相比，词这种形式更活泼自由，更加生活化，也更容易抵达人们内心最柔软的地方。古人之所以说"诗庄词媚"，也是因为词这种文体的天真烂漫的天性。填词，不用假模假样地"端"着姿态。

有一次去诗人刘征老师家拜访，谈到填词，刘老师说："律诗的'律'，就是要讲究格律。词则可以自由一些。"我对此观点深表赞同。试想，填词既有长调小令可选，又有固定词谱可资借鉴，还有婉约、豪放可供体味，实际操作起来的难度是很小的。当然最后要把准备表达的声情与格律水乳交融地结合在一起，并做到肌理细腻、骨肉均匀，当然也需要进一步地锻炼。要创作出既能反映时代特色又能唤起别人心中共鸣的精品，更需要积累，需要才华，需要机遇和灵感。但只要掌握了必要的一些简单的词谱知识，马上就会填词，是完全可以做到的。

一

所谓填词，施蛰存先生认为可有三种解释。"第一种是'按谱填词'，这些作家都深通音律，能依曲谱撰写歌词。他们也能'填腔'，即作曲。柳耆卿、周美成、姜白石、张叔夏都属于这一类。第二种是'按箫填词'。这些作家不会唱曲打谱，但能识曲知音。他们耳会心受，能依箫声写定符合于音律的歌词，但他们不会'填腔'。苏东坡、秦少游、贺方回、赵长卿，都属于这一类。第三种是'依句填词'。这些作家不懂音律。词对于他们，只是一种纸上文学形式。他们依着前辈的作品，逐字逐句的照样填写，完全失去了'倚声'的功效。南宋以后，大多数词家都属于这一类，刘龙洲、陆放翁、元遗山、陈其年等，可谓依句填词的高手。"宋代以后大多数词人只是按照格律填词，并不懂音乐，而且明代以后，大多词谱音乐失传，词成为一种脱离了音乐的独立的文学体裁。但是按照格律填词的创作习惯在文人中保留了下来，以词牌为依据的文字定式和结构基础继续受到创作者的喜爱和沿袭。

俗话说有多大的脚，穿多大的鞋。其实这些名字千奇百怪的词牌并不神秘，在填词创作中的功效就跟我们的鞋子是一样的作用。鞋子要挑选适合自己的尺码，填词也要选择适合自己情感表现的词牌。不同的词牌有着不同的艺术要求和感情色彩，有的适合表现悲伤，有的适合表现喜悦，有的适合写国计民生，有的适合写心灵隐秘。选择好符合自己喜好的词谱，写起来就很顺手，表现起来也就非常自然。古人有所谓"诗庄词媚"的说法，词不适宜板着面孔讲生硬的大道理，更适合表达那些舒服、活泼、奔放的"美丽的心情"。

词的"媚"，是妩媚，但不是俗媚；是媚美，不是媚丑。王国维说："词之为体，要眇宜修。""要眇"是"好貌"，是一种美好的样子。"修"的意思是"饰"。"要眇宜修"本义是形容女子的容德之美，王国维借用来表达词这一文体的精致、细腻、纤柔、幽微的修饰之美。

"诗之境阔，词之言长"，词比较偏重含蓄蕴藉和耐人寻味的审美感觉。倘若让唐代的白居易说相思，就会感叹："汴水流，泗水流，流到瓜洲古渡头，吴山点点愁。"让南唐后主李煜说相思，就会感叹："菊花开，菊花残。塞雁高飞人未还，一帘风月闲。"让宋朝的欧阳修来说相思，就会感叹："烟霏霏，风凄凄。重倚朱门听马嘶，寒鸥相对飞。"……可是，如果让某位生猛的现代女诗人来说相思，就不会这样隐约婉转，人家或许三个字就可以直接解决了："去睡你！"——文字固然直截了当了，而幽微深隐的韵味也变寡淡了。

二

初学填词，不宜在词牌书上贪多贪大。并不是词牌写得越多、词牌选择的字数越多，就越显示自己水平高。最好是先选择一首短小的小令词牌，认真研究，精心创作，直到完全吃深吃透了平仄、声韵和句式，随后就会一通百通，从只会按照词谱机械地套写，到随口一吟就水到渠成。

书法家启功先生去世前，曾自信地提到自己的"白话诗"（指旧体诗词）可以传世。他说"我最得意的八篇是'挤车'"。这是指他从一位腿脚不方便的北京老人的角度来填的八首《鹧鸪天》。这八首词在读者中流传已久，形象、生动、幽默的语言颇受好评。我们来看他是怎么写的：

鹧鸪天·乘公共交通车

启功

其一

乘客纷纷一字排，巴头探脑费疑猜。东西南北车多少，不靠咱们这站台。
坐不上，我活该，愿知究竟几时来。有人说得真精确，零点之前总会开。

其二

远见车来一串连，从头至尾距离宽。车门无数齐开闭，百米飞奔去复还。
原地站，靠标竿，手招口喊嗓音干。司机心似车门铁，手把轮盘眼望天。

其三

这次车来更可愁，窗中人比站前稠。阶梯一露刚伸脚，门扇双关已碰头。

长叹息，小勾留，他车未卜此车休。明朝誓练飞毛腿，纸马风轮任意游。

其四

铁打车箱肉做身，上班散会最艰辛。有穷弹力无穷挤，一寸空间一寸金。

头屡动，手频伸，可怜无补费精神。当时我是孙行者，变个驴皮影戏人。

其五

挤进车门勇莫当，前呼后拥甚堂皇。身成板鸭干而扁，可惜无人下箸尝。

头尾嵌，四边镶，千冲万撞不曾伤。并非铁肋铜筋骨，匣里磁瓶厚布囊。

其六

车站分明在路旁，车中腹背变城墙。心雄志壮钻空隙，舌敝唇焦喊借光。

下不去，莫慌张，再呆两站又何妨。这回好比笼中鸟，暂作番邦杨四郎。

其七

入站之前挤到门，前回经验要重温。谁知背后彪形汉，直撞横冲往外奔。

门有缝，脚无跟，四肢着地眼全昏。行人问我寻何物，近视先生看草根。

其八

昨日墙边有站牌，今朝移向哪方栽。皱眉瞪眼搜寻遍，地北天南不易猜。

开步走，别徘徊，至多下站两相挨。居然到了新车站，火箭航天又一回。

"其一"写在车站等车的焦急，"其二"写不知道上哪趟车的尴尬，"其三"写挤进车门的艰难，"其四"写上车后的拥挤，"其五"写拥挤中的窘态，"其六"写下车的不易，"其七"写下车的迷惑，"其八"写站牌的难找。其实都是日常生活的体验和观察，是真实的所见所思所感。写得毫不费力，读来也比较轻松。另外，《鹧鸪天》这个词牌的词谱简单，很好记忆，非常适合在生活中需要随口吟诵的创作环境。即使记不住词谱，按照平韵仄起的律诗格式也能推算出每个字的大致平仄。当然，随便在网络上搜索一下，也能很快找到《鹧鸪天》的词谱。

这个词调分为上下两阕，上阕第二、四句押韵，下阕第二、三、五句押韵。然后把相应的字按照词谱上标明的平仄套进去就行了。说起来很神秘，做起来很简单。《鹧鸪天》这个词牌的平仄接近律诗，比较好记，也比较简单。读起来还很有节奏感，也适宜表达各种复杂的情感。古人在这个词牌上的范词也很多，所以建议初学写作者先从这个词牌入手学习。

当然，还是要多读别人的尤其是前人的优秀作品，体会那些作者怎样遣词造句，怎样酿造诗意，怎样表达自己的内心世界。

诗词以立意为先。意犹帅也，立意高的作品能够提高人的心智，启迪人的智慧。从前人作品中可以陶冶性情，开阔胸襟。另外还可以从前人作品中学习写作技巧，比如选材、构思、布局、开头结尾方法、炼字炼句技巧等。耳濡目染，时间久了，自然会有收获。还拿《鹧鸪天》这个词牌来说，实际上，如果你掌握了《鹧鸪天》词谱的基本常识，了解了其中的平仄要点和韵脚的格式规律，就能很快掌握这个词牌写作的基本技巧，很快学会《鹧鸪天》的写作。这其中一个最关键的环节是写作的练习。只有在实践中，我们才能更好地熟悉词牌，增进兴趣，也才能更好地锤炼自己推敲文字的能力，培养自己的诗学思维。词的魅力就像一口浑朴的古钟，总是在受到你的敲打之后，才会鸣奏出心中最美丽的声音。那动人的天籁一声比一声悠扬，一声比一声清澈，一声比一声深沉，一声比一声从容淡定。

填词，掌握技巧很容易，写出一两首像模像样的作品也不难，但要想创作精品，最难的是营造词的意境。要用词的形式表达内心的喜怒哀乐，还要营造出适当的艺术氛围和审美愉悦，这个对初学者来说，还是颇有难度的。不过，也许刚开始填出来的作品会有点生硬，也许刚填就的习作也讲究不了什么意境，但是我们只是喜爱填词而已，并没有什么功利目的，当然不必让自己太累，不必对自己要求太苛刻。只要敢于下笔，勇于实践，写得多了，有了丰富的写作经验和知识储备，再加上自己对生活的深刻感悟和细腻体验，自然而然就会慢慢寻找到词这种体裁特有的那种和谐美好的艺术味道。

三

　　学习填词一定要极其高的天分和聪明吗？未必。

　　我国著名词学专家夏承焘先生就曾说过："我是个天资很低的人，从事教育、文化工作，六十余年间，如果说在学词方面还取得了某些成绩的话，那就是依靠一个'笨'字。'笨'字从'本'，笨是我治学的本钱。"他说，"我在求学阶段，举凡经、史、子、集，乃至小说、笔记，只要弄得到书，我都贪婪地看。我体会到：如果不刻苦读书，就谈不上治学，谈不上什么科学研究。"夏先生的经验，一是"在自学过程中，利用各种机会抄书读书"，积累了深厚的学养。二是"师友间相互切磋，对于研究工作帮助极大。""几十年来，我在学词方面如果说取得了点滴成就，这与师友间的互相启发，也是分不开的。"三是"在具体研究工作中，既要多读书，又要力忌贪多不精"。他的一个突出的做法就是勤记笔记，他还透露了一个记笔记的三字秘诀："小、少、了。""小"，是说用小本子记。他从前用过大本子做笔记，读书心得和见到、想到的随时记在一个案头大本子上，结果不易整理，不易携带。后来他开始改用小本子，一事写一张，便于整理，如现行的卡片。"少"，是说笔记要勤，但要记得精简些。做笔记要通过自己思考，经过咀嚼，然后才落笔。如果不经消化，一味抄书，抄得再多，也是徒劳。"了"，是说要透彻了解。要让所学到的东西，经过思考，在自己头脑里成为"会发酵"的知识。

夏先生介绍了自己在学词方面用的"笨"办法，所下的"笨"功夫，希望能给初涉词坛的朋友们一些启发。学养深了，眼界和胸襟自然就开阔，境界自然就不同凡俗。要把诗词写好，当然需要加强各方面的艺术修养。这就跟金字塔的塔基越大，塔尖也就会越高的道理是一样的。不过，这只是着眼于提高而言的，并不意味着我们填词就必须要等到把知识积累到多么了不起的程度才敢动手。大老虎叫，小老虎也要叫。我手写我心，一蓑烟雨任平生，不也是一种很潇洒迷人的境界吗？

首先，要敢于入手创作。写出来了，再慢慢修改即可。有时候妙手偶得之的作品，反而因缺少工匠气而更加清新可爱。如果非要等着把声韵、格律、典故、技巧什么的理论统统弄通了再来创作，恐怕就像流行歌曲唱的那样"等到花儿也谢了"。

老子曰："治大国若烹小鲜。"高昌曰："填词若烹小鲜。""烹小鲜"就是烹调小鱼。烹调小鱼不用刮鳞，不用去肠肚，做起来比较容易。诗词作品的形制比较短小，写作起来就像烹调小鱼那么简单，没有什么烦琐的工序。而且烹调过程之中不需要过度地频繁翻炒，不然小鱼容易炒烂，影响色香味。套用到诗词写作上，也就是诗词创作要切忌雕琢，不要堆砌辞藻，不要用力太过，要顺其自然，水到渠成。总而言之，写诗词是简单而充满快乐的一件事情。如果把诗词写作搞得很神秘，很难懂，很痛苦，那就不是烹小鲜，而是小鲜被烹了。

被烹的小鲜是什么滋味呢？我不知道，但我猜测肯定不好受。

填词手册

一　几个词学概念

2018年1月22日，中央电视台重播《康熙王朝》。偶尔观剧，发现第一集有一个小小的细节错误：剧中的小苏麻喇姑第一次见到斯琴高娃扮演的孝庄太后。孝庄太后慈祥地对小苏麻喇姑说："背一首唐诗吧。"小苏麻喇姑脆声应答："还是背一首宋词吧。"然后，就自信地念了一首《梅花》："墙角数枝梅，凌寒独自开。遥知不是雪，为有暗香来。"听完，孝庄太后赞许地点点头，高兴地把小苏麻喇姑搂在了怀里……小苏麻喇姑朗诵的这首《梅花》，其作者王安石确实是宋朝人。但是电视剧在这里还是犯了个小错误：这篇作品的体裁是诗，并不是词。

本来是为表现小苏麻喇姑的才学而设置的情节，却因为这句错误台词而起了相反的作用。另外，剧中的孝庄太后没有出言纠正，反而煞有介事地表示赞赏，这说明她"自己"也不知道这个简单的文学常识，这对孝庄太后的形象塑造也是有一定损害的。

词原来是隋唐时期兴起的配乐可唱的歌辞，以后逐渐脱离音乐，成为一种长短句的独立诗体。宋代是词创作的鼎盛期，宋词是我国文学史上的又一个艺术高峰。了解了词的一些基本常识之后，更重要的是要深入阅读一些具体的词作。诗和词是两种不同的体裁，在题目、形制、押韵、对仗等方面有着明显的区别。比如词的题目有固定的词牌，诗则没有。王安石的《梅花》属于近体诗中的绝句，是显而易见的小常识。电视剧《康熙王朝》拥有强大的创作团队，却让这样一个常识错误堂而皇之地出现在第一集，真是令人惊讶和遗憾。而更加令人忧虑的是，该剧热播多年，这样一个错误居然一直存在，倘若继续以讹传讹，又该误导多少观众啊。

学习填词，首先要知道什么是词。另外还要了解几个常识性的词学概念。施蛰存先生说："我发现有些词语，自宋元以来，虽然有许多人在文章中用到，但反映出来的现象，似乎各人对这个词语的了解都不相同。例如'换头'这个名词，有人用来指词的下阕第一句，句法与上阕第一句不同的。也有人以为只要是下阕第一句，不管句法与上阕第一句同不同，都叫换头。也有人以为每首词的整个下阕都是换头。也有人以上阕的结束句为换头。这样，就有必要弄弄清楚，到底什么是换头。"

弄不清楚这些烦琐的知识，其实并不妨碍初学者按谱填词。但了解了这些知识，可以使填词者做到心中有数，何乐而不为呢？

古人按律治谱，以词定声。词的诞生，是和音乐密切相关的，词学名词，也和音乐学有着千丝万缕的联系，许多名词既是音乐名词，也是词学名词。比如刘坡公《学词百法》开头就是"审辨五音法""考正音律法"。他说："五音者，宫、商、角、徵、羽也。喉音为宫，齿音为商，牙音为角，舌音为徵，唇音为羽。昔人填词度曲，字字须审其音之所属，而后精研以出之，故能律协声谐，绝无落韵失腔之弊。韵书云：'欲知宫，舌居中；欲知商，开口张；欲知角，舌根缩；欲知徵，舌拒齿；欲知羽，口吻聚。'"又说："今欲使所填之词，谐声悦耳，则考正音律尤为所当之急务，如下：古者以宫、商、角、徵、羽五音为正调，变宫、变徵为变调，共为七调，乘黄钟、大吕、太簇、夹钟、姑洗、仲吕、蕤宾、林钟、夷则、南宫、无射、应钟十二律，得八十四调。"不过，词牌音乐久已失传，这些高深的古代音乐名词，我这个音乐的外行也实在说不明白。那么不懂这些东西，对填词有什么妨碍吗？大概也无所谓。刘坡公自己也说："苟学者不知其理，或知其理而不明其用，则将如之何？曰：是无伤也。夫声音之道，出乎天然，吾人能于字之本音，分其轻重，辨其清浊，时时练习，读之准确，则至下笔填词之时，自不患其不协律矣。"

词和诗在形式差别之外，在意境营造和表现手法上也有很大的差别。总的说来，词更加讲究含蓄和蕴藉，更加贴近抒情本体的个人感悟。刘熙载曾比较苏东坡《满庭芳》中的"老去君恩未报，空回首、弹铗悲歌"和《水调歌头》的"我欲乘风归去，又恐琼楼玉宇，高处不胜寒"。他认为前者"语诚慷慨，究不若《水调歌头》'我欲乘风归去，又恐琼楼玉宇，高处不胜寒'，尤觉空灵蕴藉"，并且提出了一个"词以不犯本位为高"的审美标准。刘熙载这里强调的，正是词体所特有的含蓄轻婉的本色特质。

一、什么是词？

　　长亭外，古道边，芳草碧连天。晚风拂柳笛声残，夕阳山外山。
　　天之涯，地之角，知交半零落。一壶浊酒尽余欢，今宵别梦寒。

　　长亭外，古道边，芳草碧连天。问君此去几时还，来时莫徘徊。
　　天之涯，地之角，知交半零落。人生难得是欢聚，唯有别离多。

　　这是弘一法师根据美国作曲家约翰·P.奥德威的曲子配写的歌词《送别》。相信很多人都听过。这首歌词的句式近似词牌《喜迁莺》。如果后人按照弘一法师的歌词格式，为这一曲调另配歌词，就可以为自己的新作品标明词牌"长亭外"或"别梦寒"等。如果这个词牌受到其他文人的欢迎并试作，弘一法师就算这个词牌的首唱者了。

　　歌词→配曲→传唱→流行→相同格式套写歌词→给词调命名并套用原曲→再传唱→再流行→形成词牌定谱……流传至今的词牌，大都经过这样一个程序之后才诞生和流传的。每个词牌代表一种曲调，这种曲调决定了根据这个词牌所作作品的句式排列、篇幅大小、音韵安排等格式。比如小提琴协奏曲《梁祝》很有名，当代词家阎肃先生根据《梁祝》曲调配上歌词："碧草青青花盛开，彩蝶双双久徘徊。千古传颂生生爱，山伯永恋祝英台。同窗共读整三载，促膝并肩两无猜。十八相送情切切。谁知一别在楼台……"阎肃先生所做的这种工作，就叫填词。因为是根据音乐格式来填写的，所以叫"倚声填词"。

"词"者，初名曲、曲子、曲子词，简称"词"，又名诗余、长短句、乐府、近体乐府、乐章、歌曲、琴趣等。其实就是按照某种乐调曲拍而唱的歌词。"词"字原来就是"辞"字，隶书简化为"词"。所以，"诗词"其实就是"诗辞"。到了宋代，词才独立成为一种文学形式并以此为名。

陶渊明有一张没有弦的琴，作为自己的文房玩物。人家问他："无弦之琴，有何用处？"陶渊明答道："但识琴中趣，何劳弦上音。"这是"琴趣"二字的来历。后人以"琴趣"为词的别名，可谓妙喻。宋人词集即有"琴趣外篇"。何谓"琴中趣"？我赞成陆辅之《词旨》中的说法："夫词亦难言矣，正取其近雅而又不远俗。""近雅"，意味着不低俗媚俗庸俗，"不远俗"，意味着它还没有丢掉人间烟火气。

这些特定的乐调曲拍有特定的名称，如《菩萨蛮》《蝶恋花》《念奴娇》《渔歌子》等，叫作词牌。词的创作必须遵守这些词牌对字数、句式、声韵的特定要求，所以作词又被称为倚声或填词。正如龙榆生先生在《词学十讲》中所言："词不称'作'而称'填'，因为它要受声律的严格约束，不像散文可以自由抒写。它的每一曲调都有固定形式，而这种特殊形式，是经过音乐的陶冶，在句读和韵位上都得和乐曲的节拍恰相谐会，有它整体的结构，不容任意破坏。每一曲调的构成，它的轻重缓急和节奏关系，必得和作者所要表达的起伏变化的感情相应。"

隋唐间流行的"曲子词"，大多由民间艺人或失意文人，按照杂用了胡夷里巷之曲元素的"燕乐"这种新兴曲调的节拍填上歌词来传唱的。最初多是沿用五言、七言近体诗或节选歌行体作品中的词句来表演。比如著名的旗亭画壁故事中，女孩们演唱的王昌龄、王之涣、高适的作品就出自绝句或节选自五言歌行。更著名的比如王维的《送元二使关西》，配乐演唱时被称为《渭城曲》或《阳关三叠》，至今犹在传唱。后来为了配合曲调的丰富变化，适合

"胡夷里巷之曲"的长短句形式逐渐地多了起来。刘禹锡、白居易等诗人都开始按照当时的新兴曲调来填写合适的文字。比如白居易的《忆江南》：江南好，风景旧曾谙。日出江花红胜火，春来江水绿如蓝。能不忆江南？作者题下自注说："此曲亦名谢秋娘，每首五句。"这个自注证明，《忆江南》是先有固定的曲调之后，再填写上的文字。

再比如刘禹锡《清湘词二首》（其二）：斑竹枝，斑竹枝，泪痕点点寄相思。楚客欲听瑶瑟怨，潇湘深夜月明时。

这样的作品，已经具有鲜明的长短句色彩了。

词的产生之初，多是在近体诗的原有句式上进行增减，比如张志和的《渔歌子》：

西塞山前白鹭飞，桃花流水鳜鱼肥。
青箬笠，绿蓑衣，斜风细雨不须归。

这里仅仅是把绝句的第三句根据音乐的需要改成了两个三字句。

再比如《浣溪沙》：

浣溪沙
李煜

转烛飘蓬一梦归，欲寻陈迹怅人非，天教心愿与身违。
待月池台空逝水，荫花楼阁漫斜晖，登临不惜更沾衣。

这首词仅仅是把两首七绝各减去了一行，组成一首词的上下阕。

再比如《鹧鸪天》：

鹧鸪天

晏几道

小令尊前见玉箫，银灯一曲太妖娆。歌中醉倒谁能恨，唱罢归来酒未消。

春悄悄，夜迢迢。碧云天共楚宫遥。梦魂惯得无拘检，又踏杨花过谢桥。

这首词是把七律的第五句改成了两个三字句。

当然，伴随着词体的演变和成熟，慢曲长调则突破了近体诗的体式限制，多了许多繁复的变幻，有了自己的独立体式和美学面目。

词作为一种独立的文体，有以下几种明显特征：

（1）它与音乐界结合非常紧密，必须有词牌，也就是有基本固定的旋律结构和文辞的基本句数，以及每句的基本字数和每个字的基本声调，既要求"因声以度词，审调以节唱，句度短长之数，声韵平上之差，莫不由之准度"，更要求"调有定句，句有定字，字有定声"。

（2）它的句式比近体诗更加自由，可以长短错落，增加了抒情的深度和广度。

（3）它增加了分阕或曰分段，此外还有叠韵（重复一遍的双调）和联章（重复多次的曲调）等。

（4）它显现了鲜明的抒情流派，形成了稳定明显的婉约和豪放风格。

（5）它更适合表达复杂隐秘的内心情感，更增加了表达上的灵活性和敏感度。所谓"诗庄词媚"或"词为艳科"，正说明词的轻松散淡和舒卷自如。最重要的是词从案头作品走向了更广阔的生活空间，从纯粹的阅读朗诵发展到舞台的吟唱表演，题材、审美情趣上都有了新的美学突破和艺术活力。

二、什么是令、引、近、慢

按词牌字数的多少，词又分为小令、中调或长调。唐五代至北宋前期，词的字句不多，称为令词。北宋后期，出现了篇幅较长，字句较繁的词，称为慢词。令、慢是词的两大类别。从令词发展到慢词，还经过一种不长不短的词体，称为"引"或"近"。58字以内算小令，59字到90字算中调，即引、近。91字以上算长调，即慢词。但也有人认为62字以内算小令，62字以上的词牌一律称慢词。

词调分令、引、近、慢四类。令、引、近、慢表示曲类的区别、节奏的不同、篇幅的长短。四者的区别主要在于歌拍节奏和篇幅长短的不同。按拍节分：令，也称小令，拍节较短；引，以小令微而引长之；近，以音调相近，从而引长；慢，引而愈长。宋人以慢曲为大词，以令、引、近为小词。

"令"字即短的词调的意思，多用于词调、曲调名。据施蛰存先生考证，唐代人称小曲为小令。歌一曲为一令，于是就以令字代曲字。"如梦令"实际就是如梦曲的意思。请看宋代朱敦儒的《如梦令》：一夜新秋风雨。客恨客愁无数。我是卧云人，悔到红尘深处。难住。难住。拂袖青山归去。这样的小令，其实就是小曲的意思。以此类推，凡小调一般都可以在词牌名上添加"令"字，但是唐人却大多不加"令"字。《教坊记》及其他文献所载唐代小曲名多用"子"字。唐人称物之幺小者为"子"，如小船称船子，小椀称盏子。曲名加"子"字，大都是令曲。如《甘州》原是大曲，其令曲就名为《甘州子》。比如唐顾夐的《甘州子》：

曾如刘阮访仙踪，深洞客，此时逢。绮筵散后绣衾同。款曲见韶容。山枕上，长是怯晨钟。

流行于酒泉的小曲，就名曰《酒泉子》。比如唐·温庭筠《酒泉子》：

罗带惹香，犹系别时红豆。泪痕新，金缕旧，断离肠。

一双娇燕语雕梁，还是去年时节。绿阴浓，芳草歇，柳花狂。

到了宋代，渐渐不用"子"字而改用"令"字，例如《甘州子》，在宋代以后就改称《甘州令》了，文字上也在原调《甘州子》基础上做了很多变化。请看明末清初屈大均的一首《甘州令》：

柳条边，榆叶塞，惊沙自卷。雕羽屋、苦风吹散。乍寒天，已凄惨，夕阳偏晚。白羊王，紫驼女，为客作、汉军儿饭。

饮余杏酪，弄深芦管。好貂裘、乍生春暖。正玄冰，冻黑水，海州休返。少卿庐，子卿窖，欲寻去、马愁天远。

当然，唐五代小曲也有不加"子"字或"令"字，而在宋代时加上"令"字的，例如《喜迁莺令》《浪淘沙令》《鹊桥仙令》《雨中花令》等。"令"字本来不属于调名，《浪淘沙令》就是《浪淘沙》，《雨中花令》就是雨中花，二者一般没有什么不同。请看吕岩和苏轼的《浪淘沙令》和《浪淘沙》：

浪淘沙令
吕岩

我有屋三椽，住在灵源。无遮四壁任萧然。万象森罗为斗拱，瓦盖青天。

无漏得多年，结就因缘。修成功行满三千。降得火龙伏得虎，陆路神仙。

浪淘沙

苏轼

昨日出东城，试探春情。墙头红杏暗如倾。槛内群芳芽未吐，早已回春。

绮陌敛香尘，雪霁前村。东君用意不辞辛。料想春光先到处，吹绽梅英。

二者除了词牌名字的一字之差外，格式上则没有什么不同。

引，本来是一个琴曲名词，古代琴曲有《箜篌引》《走马引》等。宋代的文人根据唐五代小令的词调经过推演改编，谱成一种新的词调，称为"某某某引"。万红友认为："凡题有引字者，引伸之义，字数必多于前。"徐诚庵认为："凡调名加引字者，引而伸之也。即添字之谓。"如《千秋岁引》即取《千秋岁》旧曲增字改编。《婆罗门引》就是从《婆罗门》旧曲增加字数改编而成。此外《阳关引》《望云涯引》《梦玉人引》《蕙兰芳引》等，根据施蛰存先生推测，估计也都是由同名旧曲展引而成。不过，"引"和"添字""摊破"等同样是在原调基础上增加字数的词调，还是有一些区别的。

我们来看一下清末樊增祥的《千秋岁引》：

千秋岁引

樊增祥

叮咛前镜，莫放朱颜老，人寿月圆花更好。红兰即是相思草，青禽即是相思鸟。玉珰投，团扇寄，难为报。

愿金鸭一双含瑞脑，愿紫燕一双栖玳瑁。愿掷黄金买年少。桃花面对桃花笑，蛾眉月写蛾眉照。万祝告，千祝告，相逢早。

再请对照近现代顾随的《千秋岁》：

千秋岁

顾随

独来独往，遣却闲纷攘。新意境，无惆怅。灯摇光满地，天远星如网。风已定，时时自觉心弦响。

不是人间象，犹作人间想。留不住，消还长。悠悠流水去，袅袅炊烟上。千万劫，碧天路杳人间广。

《千秋岁引》与《千秋岁》比较，前一段第二句减一字，后一段第一句、第二句各添二字，第三句添一字，前后段第四句、第五句各添两字，结句各减一字，摊破作三字两句。两者有联系，但格式上已经有了明显的差别。

再请看近现代张伯驹的《摊破浣溪沙》：

摊破浣溪沙

相见时难别也难，背人无语怨春残。忍忆旧时回首地，泪偷弹。

眉叶懒描螺黛浅，鬓云愁映镜花寒。细雨一楼人寂寂，卷珠帘。

再请对照近现代刘永济的《浣溪沙·中秋前夕闻湘捷》：

浣溪沙·中秋前夕闻湘捷

刘永济

电语流空夜正赊，将军雄剑断长蛇，衡云犹护梦中家。
分付清尊催皓月，安排长笛换惊笳，恨深愁极一欢哗。

通过比较我们可以大概了解，虽然"摊破"和"引"均为在原词调的基础上添字，但摊破对原词的变化只是字句之间的变化，而"引"经过添字之后，与原来的词调则具有非常明显的区别。

从字义和风格上理解，"令"与酒令有关，是一种比较接近民歌的抒情小曲；"引"集歌体与诗体于一身，也是这类诗歌诗曲调的演化；"慢"有篇幅较长、语言节奏舒缓、韵脚间隔较大等特点；"近"有亲昵、浅显的意思，用在词牌中是指一种篇幅较"令"长而又不如"慢"曲那么典雅庄重的曲调。从字数篇幅上讲，"令"多半属于小令范围，"引""近"多半属于中调范围，"慢"则绝大多数是长调。

下面举几个词例，试作比较：

南楼令·中秋莹园待月

陈宝琛

丛薄易黄昏。众星檐际繁。好山河、生怕蟆蟆吞。七宝催修成也未，一年事，觳销魂。

秋色正平分。天风吹海云。甚仙人、擎出金盆。只要高寒挨得过，怎秋月，不如春。

太常引

易顺鼎

尊前爱听打荷声，鸳梦不须惊。天替我怜卿，赠万斛、凉珠定情。

单衫唤酒，疏帘昕笛，忽忆五湖盟。枕畔堕钗横，卧冰簟、银床看星。

庆春泽慢·黄山道中
丁宁

野水涵烟，遥烽敛黛，依稀画里曾吟。照眼凌波，惊看欲立亭亭。蘅皋月冷湘娥怨，翠盘擎、凉露初零。暗消凝，似水年华，都付鸥盟。

飘萧双鬓殷勤洗，待缁尘尽涤，漫步仙瀛。济胜无功，羡他绝顶身轻。黄山自是吾家好，算登临如履师庭。报邮程，故扰吟怀，车笛声声。

好事近·九日坐天游阁
朱祖谋

短发渐飘萧，欺帽轻飙无力。强与风光流转，欠黄花消息。

绕池行怯晚寒生，薄酒那禁得。一带苍山无语，是谁家秋色。

少数小令不分段，称为"单调"。如《如梦令》《苍梧谣》等。

如梦令·桂湖远眺
唐圭璋

一阁凌空波绕，独坐不闻啼鸟。漠漠是平原，那有江南芳草。人杳。人杳。心共蜀云飞了。

苍梧谣·正月三日自题墨牡丹扇
顾太清

侬。淡扫花枝待好风。瑶台种，不作可怜红。

大部分词牌则分为上下两段，称为双调（上下段字数、句式和平仄等格式可以相同，也可以不同），如《鹧鸪天》《蝶恋花》等。

鹧鸪天·题钓鳌图，用黄鲁直韵

吴山

风细澄江浪不飞，一竿应不羡鲈肥。青山久对成良友，白鸟频来送好诗。

琼作骨，芰为衣。柳底矶边立几时。静待一圆秋兔满，丝纶收拾载鳌归。

也有分为三段、四段的，分别叫作"三叠""四叠"。三叠的词在词中很少，四叠的词最少。

三叠的词牌比如《甘露歌》：

甘露歌

王安石

折得一枝香在手，人间应未有。疑是经春雪未消，今日是何朝？

尽日含毫难比兴，都无色可并。万里晴天何处来，真是屑琼瑰。

天寒日暮山谷里，的砾愁成水。池上渐多枝上稀，唯有故人知。

四叠的词牌比如《莺啼序》：

莺啼序·用觉翁韵

寇梦碧

夕窗坐残篆缕，荡吟情似水。唤娥月、来照黄昏，穗灯凉堕孤蕊。漫料理、筝期钗约，惊飙远逐城乌坠。正帘栊寒峭，春悭暗逗幽思。

旧约迷鸥，乱绪络茧，托湘弦帝子。几延伫、云外归鸿，奈他空带愁至。尽纷纭、鱼龙万态，只消得、沧桑弹指。怪湖山、装梦瞒忧，问天何意。

哀时赋笔，玩日琴丝，伴独歌窅寐。还记省、堕馀欢迹，掩睇初见，扇风遮羞，袖鸾藏泪。香偎箫局，春钩茜帐，脸霞肌雪温存惯，甚而今、赚得人憔悴。多情剩有，衰兰送客津亭，断肠杜鹃风里。

三生怨骨，十载愁根，镇悼红吊翠。都付与、悲风惊鹤，古堞传烽，劫墨昆池，怨笳吹起。霜华点鬓，流尘欺梦，年光回首如转烛，费妍词、空向枯桐倚。江关萧瑟兰成，把笔凄迷，泪铅浣纸。

三、什么是摊破、添字？什么是减字、偷声？

词牌名中常有摊破、添字、减字、偷声等。这都是早期词人根据已有曲调填词时，因为思想情感的表达需要，根据乐曲节拍的变化而增减字数，从而造成句法、篇幅、节奏等的较大变化，从而另制成不同于原词调的新的体式。为了区别原词调，在原词牌名基础上，根据字数增减的实际情况而分别添加了摊破、添字、减字、偷声等标识。

添字就是一首词的曲调虽有定格，但在歌唱之时，还可以对原来的词调在音节韵度上略有增减，增叫作添字，与移宫转调有关。添字即摊破。词调名有加"摊破"二字的，意思就是将某一个曲调中的某些地方进行"摊破"，增字衍声，另外变成一个新的曲调，但仍用原有调名，而加上"摊破"二字以为区别。前面我们已经比较过摊破和引的区别，并曾经引用过张伯驹的《摊破浣溪沙》和刘永济的《浣溪沙·中秋前夕闻湘捷》进行比较。通过简单对照我们就会发现，《摊破浣溪沙》其实就是把原来的《浣溪沙》的每阕最后一句均改用仄声结尾，又增加了一个三字句而已。

那么什么是偷声和减字呢？偷声与摊破是相反的，其实就是减字的意思。词乐家有减字、偷声的办法。一首词的曲调虽有定格，但在歌唱之时，还可以对音节韵度略有增减，增减其音律，长短其字句，使其美听。《添声杨柳枝》《摊破浣溪沙》这是增；《减字木兰花》《偷声木兰花》这是减，从音乐的角度来取名，增叫作添声，减叫作偷声。从歌词的角度来取名，增叫作添字，又称摊破，减叫作减字。歌词字数既减少，唱的时候也就少唱几声。反之，乐曲缩短，歌词也相应减少几个字。故减字必然偷声，偷声必然减字。

请看《木兰花》《减字木兰花》《偷声木兰花》《木兰花慢》的几个词例：

木兰花·寿梅畹华母六十
袁思亮

堂中阿母瑶池宴，长寿杯深香潋滟。尽收彩笔付金题，更谱熏弦调玉管。

洞天自暖人长健，彻晓笙歌听不倦。膝前雏凤早蜚声，细数华年刚一半。

减字木兰花·为湖帆题马湘兰薛素素画兰合卷
龙榆生

蕙心纨质，零落香魂迷楚泽。空谷跫音，风雨凄凄恐不任。

骚怀九畹，无分移根栽上苑。侠骨柔肠，异代相望引恨长。

偷声木兰花

卢前

月圆花好相思老，一夜风凉憔悴了。谩诉归舟，萦得阿侬楼上愁。

婵娟不怨秋娘妒，梦冷霓裳人散处。万叠云山，新雁萧关还未改。

木兰花慢·卜者午夜吹笛，怆然有融予怀也

顾随

是何人弄笛，惊旅客，使魂销。想身外茫茫，行来踽踽，深巷迢迢。尘嚣。渐随夜杳，但霏霏露湿敝缊袍。空际几声颤响，悲凉更甚饧箫。

难消。清泪如潮。空令我，酒频浇。有谁将命运，双肩担起，一手全操。徒劳。暗中摸索，奈千家闭户卧凉宵。试问一枝笛子，甚时吹到明朝？

《减字木兰花》较之《木兰花》，上下阕第一、第三句各减三字，成为四七、四七句法。韵法则从上下阕同用一韵改为上下阕各用二韵。字数有了变化，而押韵的方式也有了变化，这样配唱的音乐当然也会有一个明显的变化了。《偷声木兰花》《木兰花慢》等与《木兰花》相比较，也有明显的变化，所以各自成为不同的词牌而流传下来。施蛰存先生在引用晏几道词"月夜与花朝，减字偷声按玉箫"之后，感慨道：看来在原有词调上减字偷声或摊破添字，都是当时文人热衷的一种风雅之事。

"摊破"（又名"摊声""添字"）和"促拍"这两个术语都表示在原调基础上加了字、句。而"减字""偷声"则是在原调基础上减少了字句，而另成新调。"摊破"和"减字"是就字数而言，而"促拍"和"偷声"是就调式而言。

四、什么是犯和转调

词调名中用"犯"字的不少，比如《侧犯》《小镇西犯》《凄凉犯》《尾犯》《玲珑四犯》《花犯》《倒犯》。又有《四犯剪梅花》《八犯玉交枝》《花犯念奴》，这些都表示这个词牌的曲调是犯调。请看一首《玲珑四犯》：

玲珑四犯
史达祖

雨入愁边，翠树晚，无人风叶如剪。竹尾通凉，却怕小帘低卷。孤坐便怯诗悭，念后赏、旧曾题遍。更暗尘、偷锁鸾影，心事屡羞团扇。

卖花门馆生秋草，怅弓弯、几时重见。前欢尽属风流梦，天共朱楼远。闻道秀骨病多，难自任、从来恩怨。料也和、前度金笼鹦鹉，说人情浅。

什么叫犯调呢？"犯"的意思在这里就是宫调相犯。《历代诗余》中记载：犯是歌时假借别调作腔，故有侧犯、尾犯、花犯、玲珑四犯等。姜白石《凄凉犯》自序中说："凡曲言犯者，谓以宫犯商、商犯宫之类。"这里主要是指声调音乐和节奏变化方面的内容。现代不懂音乐的词人，只要按现成词调填词即可，根本不需要去创造犯调，也创造不出犯调来，所以不必详细探究。

什么是转调？音乐中，脱离原来的调性而进入另一调性称转调。转调是通过合理的和声进行来完成的。所进入的新调称副调。具体到词学中来，一个曲子，原来属于某一宫调，音乐家把它翻入另一个宫调，节奏变了，歌词也变了，就会出现一个带"转调"二字的词调名。如《转调丑奴儿》《转调定风波》《转调踏莎行》《转调贺圣朝》《转调蝶恋花》《转调选冠子》《转调采桂枝》等。

请看一首元代王哲的《转调丑奴儿》：

苦苦劝愚人，被财色、投损精神。利缰名锁休贪恋，韶华迅速如流箭。不可因循。

早早出迷津，乐清闲、养就天真。性圆丹结，方知道、蓬莱异景，元来此处，别有长春。

再请比较一首辛弃疾的《丑奴儿》：

近来愁似天来大，谁解相怜。谁解相怜。又把愁来做个天。

都将今古无穷事，放在愁边。放在愁边。却自移家向酒泉。

简单比较，我们发现，转调其实在原词调的基础上，已经有了很多变化。这种变化今天我们很直观地看到二者体现在字数和句式的变化，而更主要的原因则是曲调发生了"转"变的缘故。

转调，也有的作品是在原词调上略有变化，但文字上基本没有什么变化。比如宋代刘涛的《转调满庭芳》：风急霜浓，天低云淡，过来孤雁声切。雁儿且住，略听自家说。你是离群到此，我共那人才相别。松江岸，黄芦影里，天更待飞雪。　声声肠欲断，和我也、泪珠点点成血。一江流水，流也呜咽。告你高飞远举，前程事、永没磨折。须知道、飘零聚散，终有见时节。

再请看一首周邦彦的《满庭芳》：白玉楼高，广寒宫阙，暮云如幛褰开。银河一派，流出碧天来。无数星躔玉李，冰轮动、光满楼台。登临处，全胜瀛海，弱水浸蓬莱。　云鬟，香雾湿，月娥韵涯，云冻江梅。况餐花饮露，莫惜裴徊。坐看人间如掌，山河影、倒入琼杯。归来晚，笛声吹彻，九万里尘埃。

很明显就能发现，《转调满庭芳》其实只是把《满庭芳》从平韵格变成了仄韵格。施蛰存先生认为，"从宋人词的句格文字看，所谓转调与正调之间的差别，仅能略知一二事例，还摸不出规律来。大约这纯粹是音律上的变化，表现在文字上的迹象都不很明白"。

五、什么是阕

阕，《说文解字》解释这个字为"事已，闭门也"，并有止也、讫也、息也、尽也、终也等解释，其实也就是做完事后关门休息的意思。所以双调的段落称作"阕"。一首双调词的上段和下段分别称为上阕或前阕，下阕或后阕。

比如：

贺新郎·三月望夜，与妇苏堤玩月，归华侨饭店作

钱仲联

碧海无边际。占苏堤，春光今夜，两人成世。杨柳桃花千尺浪，荡得姮娥魂醉。便天外乘鸾而至。西子为持妆镜照，看毫厘不失云鬟媚。罗袜步，仙尘起。

无双毕竟明湖水。算重来惊鸿旧影，微波能记。哀乐中年都过了，犊鼻清狂如此。还笑向湖峰拥髻。祝愿神人冰雪质，要长无圆缺无生死。风露冷，可归矣！

这里的第一段称为上阕，第二段称为下阕。

"阕"字在古籍中还有"乐终也"和"曲终为阕"的记载，也就是音乐奏完一遍的意思。《礼·文王世子》中的"告以乐阕"的"阕"，就是音乐停了的意思。《吕氏春秋》中记载的"昔葛天氏之乐，三人操牛尾，投足以歌八阕"，这里"阕"字就是表示停顿的次数，也就是作为表示歌曲数量的一个量词。《前汉书·张良传》中的"歌数阕"，就是更明显地当作量词来用了。

歌曲或词一首叫一阕，宋代的吴曾《能改斋漫录》就说："乐一遍为一阕。"到了宋代以后，"阕"字已经被普遍用作词的量词。这是词所特有的单位名词。苏东坡的作品中就有"戏作两阕"的记载，也就是写了两首词的意思。无论上下或前后，合起来还是一阕，不能说是二阕。比如钱仲联先生这首《贺新郎·三月望夜，与妇苏堤玩月，归华侨饭店作》，就可以称作一阕《贺新郎》。

"阕"字的本义是指祭事结束而闭门，也就是门一开再一关的意思。

《易·系辞》中说："一阖一辟谓之变。"这里的"变"也是"转"的意思，语义与"阕"相近。每一首歌曲，从头到尾演奏一次，接下去便另奏一曲，叫作一变。"变"字用到唐代，简化了一下，借用"徧"字，转义为"遍"字。所以，词的上段、下段，还可称为上遍、下遍。

宋朝时的"片"字有"遍"的意思。一片就是一"遍"，就是音乐奏过一遍的意思。所以，词的上段和下段也可称为上片和下片。

另外，苏东坡的词序中有"作此阕"，姜白石的词序中也有"因度此阕""因赋是阕"这样的记载。在这里出现的这些"阕"字，不仅是词的量词，而且成了"词"的代称，也就是具有了名词性的语义，这里的"阕"指的就是"词"。

综上所述，"阕"字作为一个词学概念，有以下三种含义：

（1）标示词的分段。一首词的一段称为一阕，前一段称"上阕"，后一段称"下阕"。

（2）量词，一首词称为一阕，两首称为两阕，三首称为三阕……以此类推。

（3）词的代称。词可称为阕。

六、什么叫以入代平？

根据读音的长短、高低、轻重、清浊、强弱的不同程度，古人把字分为平、上、去、入四声。唐《元和韵谱》曰："平声哀而安，上声厉而举，去声清而远，入声直而促。"《审音歌》云："平声平道莫低昂，上声高呼猛烈强。去声分明哀远道，入声短促急收藏。"因为平声字和入声字的声调有一定相近相似的地方，所以古人作诗词尤其是填词有"以入代平"的说法。

以入代平，就是在写诗作词当中一种常见的变通手法，也就是在格律要求用平声字的地方，可以用入声字来临时替代，不算违律。此说由来已久，宋代沈义父的《乐府指迷》中就有"其次如平声，却用得入声字替"的记载。明代王骥德的《曲律》也说："盖平声声尚含蓄，上声促而未舒，去声往而不返，入声则逼侧而调不得自转矣。故均一仄也，上自为上，去自为去，独入声可出入互用。"因为古代没有录音设备，今人已经无法完整复原古音，而入声读音究竟和平声相似到什么程度，大概也已经不能准确考证了。但可以肯定的是，二者放在具体作品中演唱和吟诵的差异是不会影响表达效果的，所以以入代平才被提出并传承至今。

以入代平这种变通方法在唐诗中也有少量例子，比如杜甫诗"怅望千秋一洒泪，萧条异代不同时"，其中的"一"字就可看作以入代平。

白居易的"野火烧不尽，春风吹又生"和李商隐的"向晚意不适，驱车登古原"中的"不"字处，本应用平声字，因为"不"字是入声字，所以虽属仄声，但可以变通为平声字使用。此处不算出律。

杜牧的"南朝四百八十寺，多少楼台烟雨中"，前人论诗多以为"四百八十寺"是五个仄声连用，是所谓变体。其实这里的"八十"是入声字，是很明显的以入代平。

另外，宋代陆游"一身报国有万死，双鬓向人无再青"的上联，因为表面上七个仄声的奇特格律而备受今人关注，也曾经被专家们总结出了各种拗救理论，并作为例证进行了各种推演。其实我想，或许不用那么多复杂的理论解释。如果我们从"以入代平"的观点出发，把这一句中的"万"字这个入声字，看成是平声字的替代字，就能很简单地把这句格律捋清楚，确实不需要什么高深烦琐的拗救说明了。齐己的"万木冻欲折"，表面上也是五个仄声连成一句，倘若把"欲"字看成是以入代平，那么同样合乎近体诗的格律要求。当然，这仅是作者的个人观点，聊备一说吧。

律诗毕竟要求严格，以入代平只是其中的少数特例。到了长短句的词中，这种变通手法就运用多了起来。比如辛弃疾《新荷叶》："种豆南山，零落一顷为其。""落"字入声，这里是以入代平。杨万里《好事近》："如今才是十三夜，月色已如玉。未是秋光奇绝，看十五十六。"这里的"五"是入声字，做平声用。毛滂《满庭芳》："玉台畔，未教卸了，留映晚妆新。""玉"字是入声字，这里是以入代平。蒋捷《探芳信》："渐老侵芳岁，识君恨不早。""不"字入声，也是以入代平。

《钦定词谱》凡例中有一句"平声可以入声替上声不可以去声替。"这一句中应该加一个逗号，放在第一个"替"字后面。前半句说的大致就是以入代平，后半句说的是上声不可以用去声代替。《钦定词谱》在《如梦令》词谱注释中专门指出："按苏轼词第三句'唤起百舌儿'，'舌'字入声，宋元人此字从无用仄声者，当是以入作平，不可泛用上去声字。"《钦定词谱》在晏几道《满庭芳》例词注解中也专门提到："此词前段第八句（别来久）的别字，以入替平。如毛滂词之后段第八句北字，又一首玉字，亦是以入替平，不可泛填上、去声字。"这说明"以入代平"在古人的词学常识中是得到广泛实践和认可的。到了清代，在《钦定词谱》这样官修工具书中已经成为公认的词学理论了。

不过，入声代替平声虽然在古人那里可以找到依据，但只是一种不得已情况下的变通和补救的临时性措施，并非常规做法。正常情况下，入声字还是应该作为仄声来用的。所以，我们今天填词，了解这一变通方式即可，还是按照词谱规规矩矩来填词为宜，尤其是初学者不可把"以入代平"当成一种常规性的填词规程。

七、名词浅释

【韵】凡词谱中注有"韵"字者。即每阕词中押韵之处。

【叶】凡词谱中注有"叶"字者。即与上句或下句所押之韵同属一部，而不变换他韵。

【句】凡词谱中注有"句"字者。即不押韵之句。

【豆】凡词谱中注有"豆"字者。即一句中之顿逗处，亦即今人加顿号的地方。

【换】凡词谱中注有"换"字者，必其上句皆押仄韵，至此乃换平韵。

【叠】"叠"字的意思是重复，作为词学名词则有以下不同含义：一首词的下阕称为叠，下阕首句称谓叠头，也就是过片；上阕也可以称为叠。上阕还可称前叠，下阕可称后叠；词分二段者称为二叠，分三段者为三叠，分四段者为四叠。另外，凡词谱中注有"叠"字者，有四种区别：①叠句。②叠字。

③倒叠字，如《调笑令》。 ④叠韵。

【叠韵】把原有词体重叠一遍，称为"叠韵"。 也就是同调的一组词的意思。 也有在词题中注明为"叠前韵"。

【联章】两首以上同一词牌或不同词牌的词按照一定规律组合在一起，联合构成一个完整的意境，表达同类或类似的题材和思想感情，便称为联章。联章与叠韵的不同是，叠韵用同一韵部，联章则可以换韵。

【拍】音乐的节度。 当音乐或歌唱在抑扬顿挫之时，用手或拍板标记其节度，这叫作拍，也被称为乐句。 一句即是词曲的一拍。

【么】一首词的下阕。

【结拍】指词的结尾处，但并非结尾最后一句。 又叫歇拍。

【换头】词从单遍发展为两遍，凡是下遍开始处的句式与上遍开始处不同的，叫作换头。 又叫过腔、过、过片、过变、过处、过拍等。

【重头】一首令词，上下叠句法完全相同的，称为"重头"，"重头"只有小令才有。

【双曳头】三叠以上的词，第二叠与第一叠句式、平仄完全相同，形式上好似第三叠的双头，故称双曳头。

【双调】两叠的词称为"双调"。

【大曲】大曲以许多曲子连续歌奏，少的也有十多遍，多的可以有几十遍。

【摘遍】从大曲中摘取其一遍来谱词演唱，称为摘遍。

【序】大曲的第一部分是序曲。 序曲有散序、中序，中序又称为拍序。

【歌头】大曲歌遍之第一遍，谓之歌头。

【领字】于词意转折处，使上下句相结合，起过渡或联系作用的字。 有一字、二字、三字之别。

【词题】词牌名并不能完全反映词的内容、意境和题材，所以在词牌之外，作者给自己的作品另起题目，成为词题。

【词序】词题之外，叙述作词经过或说明作者用意等内容的一段文字，放在词前，称为词序。

二 怎样选择词牌

　　词是和音乐密切结合而诞生的一种新文体。词牌，就是词的配乐格式的名称。根据音乐节奏的变化，歌词的句式也发生相应变化，并逐渐形成一种句式、平仄、篇幅均相对固定的词牌形式。词的格式和律诗的格式不同：律诗只有四种基本平仄变化格式，而词的基本格式则达数千种：

　　康熙《钦定词谱》收入调数826种，体2306种。而今人潘慎、秋枫又在唐宋各专集、别集中继续发掘，和各书所收加在一起，共搜集到调数1242种，体数3412种。再加上别名词、大曲等，经过增补收入在他们编撰的《中华词律词典》中的调数有2566种，体数4186种，大曲50种，总数4596种。这里的"调数"就是词牌数量。有时候，几个格式合用一个词牌，因为它们是同一个格式的若干变体；有时候，同一个格式而有几个名称，那只因为各家叫名不同罢了。

词牌的来历

　　这两千多个词牌名的来历，各不相同，大致有以下几种：

　　（1）根据已有民间曲调填词，原有曲调名就逐渐演变为新的词牌名。如《西江月》《卜算子》《风入松》《蝶恋花》等。

　　（2）根据本事所咏定名，后演变为词牌。如《欸乃曲》咏的是泛舟，《渔歌子》咏的是打鱼，《浪淘沙》咏的是浪淘沙，《抛球乐》咏的是抛绣球，《更漏子》咏的是夜。这种情况是最普遍的。有的词牌下面干脆会注明"本意"二字，也就是说，词牌名字就是词题。

　　（3）沿袭原有教坊曲调填词，取为词牌名字。如《水调歌头》。

　　（4）以著名词作的某一句或某几个字来作为词牌名。如《忆秦娥》，传说为李白所作，因为《忆秦娥》开头两句是"箫声咽，秦娥梦断秦楼月"，所以词牌就叫《忆秦娥》，又叫《秦楼月》。《忆江南》也是因为白居易有一组词歌咏江南风光，其中一首最后一句是"能不忆江南？"，所以后来就演变成词牌《忆江南》。

（5）根据人名来取词牌名字。 如《念奴娇》《谢秋娘》。

（6）根据地名取词牌名字。 如《八声甘州》。

（7）根据服饰、故事等取名字。 如《苏幕遮》《菩萨蛮》《鹊桥仙》。

……

这些词牌，实际是指唐宋时文人经常创作的比较固定的一部分乐调曲拍的名称。 但演变下来，词的内容多数已与原词牌的意义关系不大了。 实际上到北宋时期，词人已经开始在词牌之外，另加题目或序言小注之类来说明词意了。 为了方便填词，提高效率，人们把词牌收录成册，作为填词工具。 古代著名的词谱有《钦定词谱》（康熙词谱）、《白香词谱》《词律》等。 现代人多用龙榆生先生《唐宋词格律》和潘慎、秋枫《中华词律辞典》等。 后来的作者即使不通音律，也可根据这些词谱的记载按谱去填。

填词还是必须依照词谱，每句有定字，每字有定声。 词牌不同，词谱也不同。 需要注意的是有的词牌，除正名之外，还有另外的名字，如《采桑子》又叫《丑奴儿》，《菩萨蛮》又叫《子夜歌》。 也有的一个固定词谱格式却会有数个不同的名称，如《忆江南》又名《梦江南》《望江南》《望江梅》《江南好》《梦江口》《归塞北》《春去也》《谢秋娘》等。 再如《念奴娇》又叫《百字令》《百字谣》《大江东去》《酹江月》《大江西上曲》《壶中天》《淮甸春》《无俗念》《湘月》等。 但不论叫什么名字，都必须遵守该词牌的固定格式。 因为词牌众多（达两千多种），所以除了熟记几个常用常见的词牌，最好准备《钦定词谱》《白香词谱》等几本工具书，创作时严格按照上面要求的词谱字数和格式，往里边填字就行了。

词牌的别名，大多是根据这一词牌的某一名作而来。 比如《卜算子》这个词牌，因苏轼有"缺月挂疏桐"句，于是又叫《缺月挂疏桐》；秦湛词有"极目烟中百尺楼"句，所以又叫《百尺楼》等。 有时候不同的词牌，却有相同的别名，如《相见欢》《锦堂春》的别名都叫《乌夜啼》，而《浪淘沙》《谢池春》的别名都叫《卖花声》。另外，也有一些名字相近的词牌，却根本不是同一词谱。比如《巫山一段云》与《巫山一片云》就不是一回事，《沁园春》与《花发沁园春》也不是一回事，这些情况特别容易混淆，尤其需要我们特别留心和仔细辨别。另外，唐宋词人按照乐谱来填词，往往出现同一词牌的作品在字数、平仄、句读上却有微小差异的现象。甚至还有单调变为双调的情况，这就形成了同一词牌却有很多变体的情况。这种变体在词谱工具书上都有明确标注。初学填词，可先选择某一词牌的"正体"入手。填完词以后，词牌后也应该注明所遵循的例体。

词牌的选择

每位作者填词之前，先要选择适合自己的词牌，以有助于自己的抒情氛围和意境营造。叶圣陶先生认为《满庭芳》的调子就有从容舒坦之感，假如用来作忧伤悲切的词，就见得不甚配称。这个调子的四字句、五字句、六字句全合于骈文和近体诗的声调，就是说，声调没有拗的，不拗就给人舒适之感。另外，这个牌子以一联四字句下接一个六字句开头，用的是平声韵，一上场就见得四平八稳。这样的词叫人只能缓读，不便急读，因而自然有一种舒缓之感。《凤凰台上忆吹箫》《高阳台》《扬州慢》开头都与《满庭芳》同，都是舒缓的调子。

叶圣陶先生曾经分析过一首周邦彦的《夜游宫》：叶下斜阳照水，卷轻浪、沉沉千里。桥上酸风射眸子，立多时、看黄昏、灯火市。　　古屋寒窗底，听几片、井桐飞坠。不恋单衾再三起，有谁知、为萧娘、书一纸。叶先生认为："上半第一句是合于骈文或近体六言绝的声调的。下半第一句是合于近体五言绝的声调的。上下的两个第二句都是三四句式，下面四个字都合于骈文的声调。上下的两个第三句可就拗了，其声调是'×仄平平仄平仄'。上下的末了都是三个小句，其实是顿两顿的九字长句，其声调是'仄平平、仄平平、平仄仄'，这比前边的七字拗句更见得拗，适于抒写郁抑的心情。还有，此调先顺后拗后更拗，正合愁人越想越愁的过程。像这个《夜游宫》，用来写愉快潇洒的胸怀，可以说是很不适当的。"叶先生还认为用《满江红》写恋情也是很不适当的。"谁要写当然一定可以写成，但是我想，因为《满江红》的声调与恋情不相应，所以虽能写成而不能写好。"

龙榆生先生在《词学十讲》中说过："填词既称倚声之学，不但它的句度长短，韵位疏密，必须与所用曲调（一般叫作词牌）的节拍恰相适应，就是歌词所要表达的喜、怒、哀、乐，起伏变化的不同情感，也得与每一曲调的声情恰相谐会，这样才能取得音乐与语言、内容与形式的紧密结合，使听者受其感染，获致'能移我情'的效果。"他认为："一般词调内，遇到连用长短相同的句子而作对偶形式的，所有相当地位的字调，如果是平仄相反，那就会显示和婉的声容，相同就要构成拗怒，就等于阴阳不调和，从而演为激越的情调。这关键有显示在句子中间的，也有显示在句末一字的。"这也就是说，不同的词牌适宜表现不同的情感氛围。需要注意的是一定要根据自己要表现的内容，慎重挑选与之相适应的词牌去填写。适宜于表现豪放一类的思想感情的词牌，几乎每句都用仄声收脚。抒写激壮情感的词牌，就必须选用短促的入声韵。声律上遵循近体诗的基本规律，保持音节和谐悦耳特点的长调，大多适合表达委婉温柔的情感。选用上去声韵部而不用入声韵，并且韵位安排忽疏忽密、句式多有变化的词牌，则更适合表现欲吞还吐、低徊往复、掩抑零乱的哽咽情调。以三言、五言、七言句式构成而又使用平韵的词牌，则适合表现流丽谐婉的情感氛围。另外，通过平仄韵互换、韵位疏密的跳跃、句式的变换等，也可以在词调中增加一些或舒缓或紧促、或昂扬或沉郁、或缠绵或激越的不同气氛和情调……

根据龙榆生先生的观点，词牌在音节上总不出和谐和拗怒两种，并进而区分出语气的急促和舒徐，声情的激越与和婉。一般来说，《沁园春》《破阵子》《满江红》《念奴娇》《兰陵王》《贺新郎》《扬州慢》《八声甘州》《六州歌头》《浪淘沙》《水调歌头》《渔家傲》《好事近》《永遇乐》《水龙吟》适合表现悲壮、激越的情绪。《行香子》《采桑子》《捣练子》《渔歌子》《最高楼》《解语花》《春光好》《忆江南》适合表现轻快俏丽流丽舒美的情绪。《点绛唇》《浣溪沙》《鹧鸪天》《桃园忆故人》《踏莎行》《临江仙》《长相思》《满庭芳》《凤凰台忆吹箫》《少年游》和谐婉约，轻柔婉转，宜表达缠绵细腻婉约之调。《踏莎行》《蝶恋花》《点绛唇》适和表现委婉缠绵的柔情。而《诉衷情》《烛影摇红》《青玉案》《花犯》《菩萨蛮》《蝶恋花》《天仙子》《南乡子》《莺啼序》《一斛珠》《风入松》《忆旧游》《千秋岁》《凄凉犯》《调笑令》适合抒发低回沉抑、苍凉郁勃之情。《念奴娇》《水调歌头》宜为慷慨激昂之词，《沁园春》宜于体物，别名《寿星明》，可赋本意，用以祝寿。假如用《声声慢》去表现慷慨激昂的情绪，或者用《一剪梅》表现上阵杀敌的情绪，都是不太贴切的。

有的词牌名的字义很容易迷惑一些初学者的眼睛。比如《齐天乐》这个名字中有个"乐"字，乍一听比较喜庆，但这个词牌却常用来表现悲秋情绪，如果借用来表现吉祥欢乐的情绪，就用错了。另外还有更容易误导人的《千秋岁》，乍一看似乎也以为是个吉祥喜庆的词牌，甚至可以用来祝寿。但是，这《千秋岁》其实是一个凄凉幽怨的词调，声声悲叹，句句哀怨，多用来谱写悲哀吊唁的情绪。秦观《千秋岁》词有"落红万点愁如海"的名句，他的朋友认为不祥，后来果然不久他就去世了。秦观的朋友黄庭坚就填写了《千秋岁》的词牌，来向秦观表示悲切的吊唁。

题与调要相谐

倘若"哀声而歌乐词，乐声而歌怨词"，即使平仄格律一点毛病没有，可是因为词牌本身固有的声情氛围与作者的实际情感不相符，也就是沈括所说过的"声与意不相谐"，那么结果便是"语虽切而不能感动人情"。选择词牌，对精通声律音乐的人来说不难，完全可以根据音乐的舒缓节奏的快慢来判断情绪的类型。另外也可以根据字声平拗、韵脚疏密和章句的长短来判断词调的风格。而对于不通音律的一般初学者来说，则需要认真阅读前人的同调作品，进行认真的排比校对，分析其中最适合表达的感情类型和思想角度。第一，根据所要表达的思想情感来选择词调的篇幅，小情绪、小感触、小情节，就选择小令。叙较多的事或抒较多的情，可以选择长调。第二，根据所要营造的情调氛围来选择词调的风格。舒缓欢欣的，选择平韵词调；郁沉苍凉的，可选仄韵词调；慷慨悲壮的，还可专门选入声韵词调；悲欣交集的，则可选择平仄韵互转的词调。

一般小令适合直接抒情，慢调适合铺排叙述。其中的对仗如果下句是平声的，词调比较柔婉清丽，比如柳永"三秋桂子，十里荷花"。对仗的下句是仄声尤其是入声的，词调比较急促悲切，比如秦观的"雾失楼台，月迷津渡"。从五言、七言近体诗脱胎而出的词牌大多适合表现淡定典丽的内容，如《浣溪沙》《木兰花》《一剪梅》。转韵较多，尤其是转仄声韵较多的词调，大多激越沉郁；句法长短参差的词牌，宜于倾诉心中幽曲。

民国学人刘坡公在《学词百法》中说："词之题意，不外言情、写景、纪事、咏物四种。题意与音调相辅以成，故作者拈得题目最宜选择调名。盖选调得当，则其音节之抑扬高下，处处可以助发其意趣。其法须将各调音节烂熟胸中，而后始有临时选择之能力。"可以说，填词的第一步，就是根据句度长短、字音轻重、韵位疏密的不同，选择一个最适合于表达自己此时此刻思想感情的词牌。当然，词牌也不是金科玉律，其适合表达的声情也不是一成不变的。以上所言并非绝对，我们不妨来对比以下三首《满江红》：

满江红·步岳忠武王韵

张煌言

屈指兴亡，恨南北、黄图销歇！便几个，孤忠大义，冰清玉烈？赵信城边羌笛雨，李陵台上胡笳月；惨模糊，吹出玉关情，声凄切。

汉宫露，梁园雪；双龙逝，一鸿灭。剩逋臣怒击，唾壶皆缺。豪杰气吞白凤髓，高怀睨饮黄羊血！试排云，待把捧日心，诉金阙！

满江红
周邦彦

昼日移阴，揽衣起、春帷睡足。临宝鉴、绿云撩乱，未忺妆束。蝶粉蜂黄都褪了，枕痕一线红生肉。背画栏、脉脉悄无言，寻棋局。

重会面，犹未卜。无限事，萦心曲。想秦筝依旧，尚鸣金屋。芳草连天迷远望，宝香熏被成孤宿。最苦是、蝴蝶满园飞，无人扑。

满江红
姜夔

仙姥来时，正一望、千顷翠澜。旌旗共、乱云俱下，依约前山。命驾群龙金作轭，相从诸娣玉为冠。向夜深、风定悄无人，闻佩环。

神奇处，君试看。奠淮右，阻江南。遣六丁雷电，别守东关。却笑英雄无好手，一篙春水走曹瞒。又怎知、人在小红楼，帘影间。

　　《满江红》是一个适合表达慷慨悲壮情绪的词牌，张煌言的《满江红》就写得慷慨激昂，萦绕着一股英雄壮烈之气。而周邦彦的《满江红》，就写得摇曳多姿，红情绿意，无限温柔。而姜夔的《满江红》改成平韵，音节谐婉，节奏悠扬，风致雍容典雅，更表现出一种柔情万千的绵绵幽思。但是这只是有限的特例而已。对初学者来说，还是先不要考虑特例，尽量"按常理出牌"为好。

三　用韵和平仄

关于词韵

　　现代人填词用韵，可严格遵循旧词韵，也可变通用现代普通话来押韵，称为新韵。

　　新韵用法以现代汉语普通话用韵为标准，不需要再多说了。此处主要说说旧韵填词的一些情况。

　　用旧韵填词，与律诗绝句所用的平水韵不同，须参照《词林正韵》等专门的词韵用书。

　　《词林正韵》分为十九部，实际上是合并了平水韵中部分读音相近的韵部，所以填词用韵比诗韵要宽。韵部如下：

第一部
平声：一东二冬 通用
仄声：上声 一董二肿　去声 一送二宋 通用

第二部
平声：三江七阳 通用
仄声：上声 三讲二十二养　去声 三绛二十三漾 通用

第三部
平声：四支五微八齐十灰（半）通用
仄声：上声 四纸五尾八荠十贿（半）　去声 四寘五未八霁九泰（半）十一队（半）通用

第四部

平声：六鱼七虞 通用

仄声：上声 六语七麌　去声 六御七遇 通用

第五部

平声：九佳（半）十灰（半）通用

仄声：上声 九蟹十贿（半）　去声 九泰（半）十卦（半）十一队（半）通用

第六部

平声：十一真十二文十三元（半）通用

仄声：上声 十一轸十二吻十三阮（半）去声　十二震十三问十四愿（半）通用

第七部

平声：十三元（半）十四寒十五删一先 通用

仄声：上声 十三阮（半）十四旱十五潸十六铣　去声 十四愿（半）十五翰十六谏十七霰 通用

第八部

平声：二萧三肴四豪 通用

仄声：上声 十七筱十八巧十九皓　去声 十八啸十九效二十号 通用

第九部

平声：五歌（半）

仄声：上声 二十哿　去声 二十一个 通用

第十部

平声：九佳（半）六麻 通用

仄声：上声 二十一马　去声 十卦（半）二十二祃 通用

第十一部
平声：八庚九青十蒸 通用
仄声：上声 二十三梗二十四迥　去声 二十四敬二十五径 通用

第十二部
平声：十一尤 独用
仄声：上声 二十五有　去声 二十六宥 通用

第十三部
平声：十二侵 独用
仄声：上声 二十六寝　去声 二十七沁 通用

第十四部
平声：十三覃十四盐十五咸 通用
仄声：上声 二十七感二十八俭二十九豏　去声 二十八勘二十九艳三十陷
通用

第十五部
入声：一屋二沃 通用

第十六部
入声：三觉十药 通用

第十七部
入声：四质十一陌十二锡十三职十四缉 通用

第十八部

入声：五物六月七曷八黠九屑十六叶 通用

第十九部

入声：十五合十七洽 通用

这十九部韵各有不同的声情内涵，可根据自己的情感和内容选择最适合的韵部。据明人王骥德《方诸馆曲律》说：各韵为声，亦各不同。如"东钟"之洪，"江阳""皆来""萧豪"之响，"歌戈""家麻"之和，韵之最美听者。"寒山""桓欢""先天"之雅，"庚青"之清，"尤侯"之幽，次之。"齐微"之弱，"鱼模"之混，"真文"之缓，"车遮"之用杂入声，又次之。"支思"之萎而不振，听之令人不爽。至"侵寻""监咸""廉纤"，开之则非其字，闭之则不宜口吻，勿多用可也。我发现网上有人总结了平水韵三十个平声韵部的特点，谨转录如下，供读者参照推演相应词韵韵部：

上平声：

一东之韵宽洪、二冬之韵稳重、三江示爽朗、四支显缜密、五微蕴藉、六鱼幽咽、七虞细贴、八齐整洁、九佳舒展、十灰潇洒、十一真严肃、十二文含蓄、十三元清新、十四寒挺拔、十五删隽妙。

下平声：

一先雅秀、二萧飘逸、三肴灵俏、四豪超脱、五歌端庄、六麻豪放、七阳宏亮、八庚清厉、九青深远、十蒸清淡、十一尤回旋、十二侵沉静、十三覃萧瑟、十四盐谦恬、十五咸通变。

这里尽管说的是平水韵的韵部特点，对填词选韵也是有一定参考价值的。

关于选韵

律诗、绝句只能押平声韵，中间不能换韵。而词可押平声韵，也可押仄声韵，而且也可换韵。初学者择韵一定要先选择宽韵，也就是韵字比较多的韵部，尽量回避或少选韵字比较少的险韵。

叶圣陶先生说过："先说用韵。韵与词的情绪有关系。'萧''骚'的韵宜于逍遥、豪爽的情绪。'尤''侯'的韵宜于幽深、劲峭等意境。'阳''王'的韵使人感到庄重、唐皇。'张''昌'的韵使人感到兴奋、飞扬。再说仄声韵。我看李清照的《声声慢》用个入声韵非常恰当，就凭这韵脚，极有助于表达烦闷孤寂意境。还有相传李白所作的《忆秦娥》也用入声韵，再加上下都有一处重叠同一字押韵，更令人起促迫沉郁之感。——我的简单意思是，作者如能据内容而选韵，当能增加词的效果。自来作者不一定自觉地选韵，可是无意之中用韵用得得当而成佳词者，往往有之。"填词之前，除了选词牌之外，还要挑选适合自己抒发情感的韵部。比如《声声慢》《忆秦娥》《满江红》《念奴娇》《贺新郎》《桂枝香》等曲调，就必须选用短促的入声韵，才能更好地收到情与声自然交会的表达效果。反之，表现效果就会大打折扣。龙榆生先生曾以南宋韩元吉的《六州歌头·桃花》作为一个选韵失败的例子：

六州歌头·桃花

韩元吉

东风着意，先上小桃枝。红粉腻，娇如醉，倚朱扉。记年时。隐映新妆面，临水岸，春将半，云日暖，斜桥转，夹城西。草软莎平，跋马垂杨渡，玉勒争嘶。认蛾眉凝笑，脸薄拂胭脂。绣户曾窥，恨依依。

共携手处，香如雾，红随步，怨春迟。销瘦损，凭谁问？只花知。泪空垂。旧日堂前燕，和烟雨，又双飞。人自老，春长好，梦佳期。前度刘郎，几许风流地，花也应悲。但茫茫暮霭，目断武陵溪，往事难追。

龙榆生先生认为："作者只体会到'繁音促节'适宜表现紧促心情的一面，同时也了解到兼协仄韵是可以增加本调的声容之美，他却选用了'萎而不振'的'支思'和'齐微'两部韵，虽然和他所要表达的感情是颇相适应的，但和本调的原有声情确是截然两回事了。"

可见，选韵对于一首词的表达效果，也是有着重要作用的。

《忆江南》《浣溪沙》《鹧鸪天》《临江仙》《浪淘沙》等词牌接近近体诗的形式，适合表达各种不同的内容，其情感差别根据韵部的不同而有不同的效果，这时候对韵部的选择，就需要更加细细的体味了。

诗一般是在偶数句上押韵，而词中的韵脚设置则根据不同的词牌，有不同的设置。韵脚一般都设置在乐曲顿挫之处。而每个词牌的乐谱不同，所以韵脚设置也大不相同。总起来说，在韵脚的位置安排上，词比诗自由得多。填词既可以每句都押韵，也可以隔上好几句再押韵，既可以用一个韵部一韵到底，也可以中间换其他韵部，甚至还可以回头再换回原来的韵部。而且还可以平韵、仄韵交替使用，并且允许有叠字、叠韵甚至叠句。

容易为初学者忽略的是所谓句中韵，即不仅在句尾用韵，而且在句中用韵，也可称为暗韵。如《惜分飞》的上下阕结句，毛滂作"更无言语、空相觑""断魂分付、潮回去"；汪元量作"泪珠成缕、眉峰聚""断肠能赋、江南句"，这里的"语""付""缕""赋"就都是句中韵。

词的用韵比较灵活，也有一些巧妙的变体很有意思，比如辛弃疾学《楚辞·招魂》体写过一首"用些语再题瓢泉"的《水龙吟》，每个韵句的结尾都是一个"些"字，而"些"字前面的一字则是韵脚。黄庭坚根据欧阳修的《醉翁亭记》写过一首《瑞鹤仙》，每句都用"也"字押韵，读来妙趣横生。词人石孝友甚至写过全押"你"字的《惜奴娇》，这种新奇的形式还是令人很有阅读兴趣。不过，词之用韵，乍看似乎比诗宽了，实际上也有部分地方甚至较严于诗。因为诗韵只分平仄，而词韵在平仄之外，又要根据词牌的不同区分上、去、入三声。词韵平声独押，上声、去声通押，入声亦独押。虽也有词牌有三声通押者，不过并不多见。

关于新韵

为更规范使用新韵，教育部、国家语委于"十三五"期间研究制定汉语普通话韵的国家标准，并委托中华诗词学会、北京大学、中国社科院等机构的专家学者进行课题研究，重新制定以普通话为基础的《中华通韵》。日前，国家语委语言文字规范《中华通韵》正式实施。《中华通韵》拟定为十六韵，即将原十四韵中的波韵细分为喔、鹅两韵，并增加了儿化韵作为附录。略述如下：

《中华通韵》简表

（依据《汉语拼音方案》韵母的排列顺序）

韵部	韵母	韵部	韵母
一啊	a ia ua	九敖	ao iao
二喔	o uo	十欧	ou iu
三鹅	e ie üe	十一安	an ian uan üan
四衣	i (-i)	十二恩	en in un ün
五乌	u	十三昂	ang iang uang
六迂	ü	十四英	eng ing ueng
七哀	ai uai	十五雍	ong iong
八诶	ei ui	附：儿	er

当代旧体诗词用韵，出现了新韵和旧韵的论争。有的人激烈反对新韵，有的人坚决摒弃旧韵。无论是报刊还是网络上，都有不少的争论。我因为从事诗词刊物编辑的原因，在工作中是认真执行"双轨并行、知古倡今"原则的。但如果从一个诗词作者的角度来谈点个人观点，我则是坚决坚定地站在新韵的立场上来说话的。

宜以诗生韵

诗词用韵问题，曾经被认为非常重要。清人就有一种：说法，认为"诗中韵脚，如大厦之有柱石。此处不牢，倾折立见"。但我不赞成这种夸张的说法。试想诗词为什么用韵？无非是为了更好地表达思想情感，更多地增加作品的亲和力和感染力。"韵脚"在诗词中的作用，与其说是大厦的柱石，倒不如说是墙面的涂料更贴切罢。只有诗人的思想、情感和境界，才是诗词真正的"大厦的柱石"，是诗词作品的"核儿"。

前人说："宜以诗生韵，不宜以韵生诗。意到其间自然成韵者，上也；句到其间韵自来凑者，次也；以句求韵尚觉妥者，又其次也；若由韵而成诗，是诗由韵生而非由我做，诗之下者也。"诗词用韵，无关乎学力浅深，功夫疏密，仅仅只是增强诗歌表达力的一种艺术手段或曰艺术技巧。

现代人填词，若用新韵，按普通话的平仄就可以了。

若用旧韵，则需注意一些词牌对仄声的特殊要求。

按谱填词，大多数只需要区分平仄就可以了，但在一些特殊的地方，不但要讲究平仄，而且要求分辨四声，尤其要在仄声中注意上、去、入三声的分别。根据音律的要求，该用入声的地方，就必须用入声字。这一点，是填词比作诗复杂的地方。不过实际操作起来并不难，因为词谱上会有一些相应的标记，严格按词谱的要求去做就是了。比如《满江红》《贺新郎》《雨霖铃》等词牌，要求押入声韵，那么就把所有的韵脚全换成入声字就可以啦。

诗中的平仄如果不合，还可以有拗救措施，而词则没有平仄拗救的说法。因为词的很多句式已经定格，无拗可救。也就是说，只能遵守词谱去严格执行，不能变通，更不能"突破"。

四　句式、词眼、对仗、用典

一、句式

1980年初秋，诗刊社主办的第一届青春诗会的最后5天去了河北的北戴河，住在中海滩宾馆。有一天，与会的青年诗人和一些老诗人坐在宾馆内的一大片钻天杨树下面聊天，时间是傍晚，树梢的暮蝉临风乱唱。老诗人流沙河说："试以眼前真实景况，写诗一首，要求诗中必须包括这些内容：一，季节是秋；二，时间是傍晚；三，钻天杨树很高；四，风在吹着；五，蝉在叫着。请一位自命为现代派的诗人来写吧，拖拖沓沓，堆砌定语、状语，不知道该写多少行。如果我来写，一个内容写一行吧，也该写五行。我们的老祖宗，南宋的姜夔，只用一行便将这五个内容包括完了。那一行是：高树晚蝉，说西风消息。"的确，流沙河引用的这句词凝练简洁，意境优美，很好地体现了旧体诗词的语言魅力。环境描写，个人感慨，时代写照，水乳交融，气韵浑然，意蕴丰厚。

从"高树晚蝉，说西风消息"这九个字，我们可以看到词的句式与律诗、绝句是大不相同的。词为什么又叫长短句呢？看一看词的句式就一目了然了。词中的短句有的只有一个字、两个字，长句则甚至可能达到十几个字。一个字的，如毛泽东《十六字令》中的"山"。两个字的，如苏轼《定风波》中的"谁怕"。三个字的，如韦庄《望江南》中的"梳洗罢"。四个字的，如苏轼《念奴娇》中的"大江东去"。五个字的，如李煜《浪淘沙》中的"帘外雨潺潺"。六个字的，如辛弃疾《西江月》中的"明月别枝惊鹊"。七个字的，如晏几道《鹧鸪天》中的"彩袖殷勤捧玉钟"。八个字的，如岳飞《满江红》中的"待从头、收拾旧山河"。九个字的，如苏轼《念奴娇》中的"浪淘尽、千古风流人物"。十个字的，如姜白石《摸鱼儿》中的"漫说道、年年野鹊曾并影"。十一个字的，如苏轼《水调歌头》中的"不知天上宫阙、今夕是何年"……

　　叶圣陶先生谈到词的句式与近体诗的句式不同时说道："凡四字句如上一下三，或上三下一，这就不是均衡的两个节拍了。凡五字句如上三下二，七字句如上三下四，这就不是近体诗的句式了。这一类的词句，作者如能挑选好的意思去配合它，往往能出警句。例如稼轩的'千古江山，英雄无觅孙仲谋处''倩何人唤取盈盈翠袖，揾英雄泪''问何人又卸片帆沙岸，系斜阳缆'。上面漏掉说六字句。词里的六字句，我看绝大多数依照骈文的六字句和近体诗的六言绝句。其格式或是'×仄×平×仄'，或是'×平×仄×平'，也简单极了。"由此可见，词的句式比近体诗确实更多了不少的活泼和自由。

　　词中的只有一个字、两个字或三个字的句子叫作短句。比如毛泽东的《十六字令》：山，快马加鞭未下鞍。惊回首，离天三尺三。首句就是一个字。这种一字句并不多见，但作为一字句的变体，词中特有的"领字"现象则需要特别注意一下。

　　所谓领字，是不断句的，只是用来领出全句。在慢词中，领字用得最多，这种领字一般都用去声或者入声的仄声字，很少用平声字。这些领字有的是虚词，也可以用动词。如王安石"正故国晚秋，天气初肃"中的"正"便是领字，柳永"对潇潇暮雨洒江天，一番洗清秋"中的"对"字便是领字，毛泽东"望长城内外"的"望"字，"问苍茫大地"的"问"字就是领字。

　　按谱填词，一定注意该用领字的地方千万不能混同于普通词句。那样虽然平仄相和，字数一致，也是不正确的。常用作领字的单字有：望、数、任、看、正、待、乍、怕、总、问、爱、奈、似、但、料、想、更、算、况、怅、快、早、尽、嗟、凭、叹、方、将、未、已、应、若、奠、念、斟、怎、恁、又、这、你、渐、也、须、渐、甚、尚、纵、且、莫、待、恰、记、漫、只、便、况、把、向、指、对、标、恨等。这些字以虚词和动词为主，多是仄声，且基本是去声。

　　有时候，领字也可以有两个字、三个字的，如安得、纵使、试问、莫问、敢问、正是、却喜、却忆、却将、恰又、恰似、纵把、堪羡、漫道、怎禁、遥想、记曾、闻道、无端、独有、只今、不须、多少、莫是、还又、那堪、休说、何况、好是、可是、正是、更是、又是、不是、却是、却又、恰又、恰似、绝似、莫非、还又、又还、忘却、纵把、拚把、那知、那番、那堪、何处、何奈、谁料、况值、无端、独有、回念、乍向、只今、须念、不须、多少、犹觉、更能消、最无端、又却是、却又是、更那堪、最好是、算只有、见说道、君不见、君知否、到而今、忆前番、当此际、怎禁得、且消受、都付与、空负了、莫不是、都应是、又早是、又况是、又何妨、又奈何、又匆匆、只赢得、只落得、最难禁、最堪怜、最妙处、最好是、更何堪、更不堪、那更知、谁知道、君莫问、再休提、况而今、记当时、问何事、倩何人、似怎般、怎禁得、且消受、赏不尽、君不见、再休说、都付与、待行到、便有人、拚负却、空负了、要安排、嗟多少等。

正是这些领字的巧妙运用，使词摇曳生姿、疏密有致、跌宕起伏、精彩纷呈。《沁园春》《行香子》《水龙吟》《满庭芳》等很多词牌中，都在某些位置规定必须安排领字，这就要求我们增加阅读量，细细体味前人词作中的微妙变化。

谈到词的句式，常常会遇到"句"与"豆"的概念。古人指文辞休止和停顿处。文辞语意已尽处为句，未尽而须停顿处为"豆"（或"读"）。也就是说，"句"是指一个完整的句子，"豆"则是指句子中间需要停顿的地方，但是并不断句。

"豆"是词学上的一个独特概念。"一字豆"，就是前面说的一个字的领字。比如有的词谱中的句子是上一下四，那么这个句子中的第一个字就称为一字豆，比如毛泽东《沁园春·雪》中"望长城内外"，这个"望"字就是一字豆。一字豆一般用仄声字，且常用去声。

两个字的领字，就叫二字豆。比如李煜的"恰似一江春水向东流"，这里的"恰似"就是二字豆。

三个字的领字，就叫三字豆，比如柳永的"更那堪冷落清秋节"，这里的"更那堪"就是三字豆。

下面再说一说词句的构成方式：

词的一般句式更接近口语化，接近散文式的语句在词中经常出现。比如纳兰性德的《采桑子》：谁翻乐府凄凉曲？风也萧萧，雨也萧萧，瘦尽灯花又一宵。　　不知何事萦怀抱？醒也无聊，醉也无聊，梦也何曾到谢桥。这首词基本都是用口语来创作，句子结构以主语、谓语、宾语的方式构成，部分句子加上了定语、状语和补语，具有清新流畅之美。

再请看黄景仁的《贺新郎·太白墓和稚存韵》：何事催人老？是几处、残山剩水，闲凭闲吊。此是青莲埋骨地，宅近谢家之眺。总一样，文人宿草。只为先生名在上，问青天、有句何能好？打一幅，思君稿。　　梦中昨来逢君笑。把千年、蓬莱清浅，旧游相告。更问后来谁似我，我道才如君少。有或是、寒郊瘦岛。语罢看君长揖去，顿身轻、一叶如飞鸟。残梦醒，鸡鸣了。这首词里的句子基本也是口语模式。"何事催人老"就是主语、谓语、宾语、补语的句式。"此是青莲埋骨地"就是主语、谓语、定语、宾语的句式。这样的句式结构素朴简单，表达清晰，语言亲切，是词中经常见到的句子类型。

词人们在创作过程中，有时候为了使句式更加跌宕生姿，有时会突破散文句式，故意颠倒语序，省略内容、改变词性、大胆混搭等方式，形成一种崭新的语言感觉。

颠倒语序 如苏轼的《江城子》："西北望，射天狼。"真正的语序应该"望西北，射天狼"，但是作者故意改换了"望"字的位置，一方面照顾了词谱的平仄要求，更重要的是突出了西北的位置感，更有了鲜明的针对性。柳永的"寒蝉凄切，对长亭晚"，其实是寒蝉凄切、晚对长亭的意思，辛弃疾的"英雄无觅孙仲谋处"，其实是无觅英雄孙仲谋处的意思。再比如辛弃疾的"旧时茅店社林边，路转溪桥忽见"，其实就是路转溪桥忽见旧时茅店社林边的意思。以上词中，词人都大胆地进行了巧妙的语序变易，使自己要表达的重点情绪得到了突出，也大大增加了作品的表现力。

省略内容 如曹雪芹的《南柯子》：空挂纤纤缕，徒垂络络丝。也难绾系也难羁，一任东西南北各分离。　　落去君休惜，飞来我自知。莺愁蝶倦晚芳时，纵是明春再见隔年期！这首词的句子通篇没有主语"柳絮"，但是并不会让人觉得句子不完整，反而更加含蓄、顺畅。再请看蒲松龄的《浣溪沙》：旧向长堤缆画桡，秋来秋色倍萧萧，空垂烟雨拂横桥。　　斜倚西风无限恨，懒将憔悴舞纤腰，离思别绪一条条。这首词中除了第二句和第六句之外，均把主语省略掉了，而第六句"离思别绪一条条"则把谓语省略掉了，但是整首词并不觉得少了点什么东西，反而读出了串珠坠地般的流畅感觉。

改变词性　如蒋捷《行香子·舟宿兰湾》：红了樱桃。绿了芭蕉。送春归、客尚蓬飘。昨宵谷水，今夜兰皋。奈云溶溶，风淡淡，雨潇潇。　　银字笙调。心字香烧。料芳惊、乍整还凋。待将春恨，都付春潮。过窈娘堤，秋娘渡，泰娘桥。这首词中的"红"和"绿"，本来都是形容词，在这里则都作为动词来使用，色彩鲜明而又劲健俊朗。再比如当代诗人曾少立的《临江仙·今天俺上学了》：下地回来爹喝酒，娘亲没再嘟囔。今天我是读书郎。拔烟柴火灶，写字土灰墙。　　小凳门前端大碗，夕阳红上腮帮。远山更远那南方。俺哥和俺姐，一去一年长。这首词语气平淡，扫尽铅华，但是"夕阳红上腮帮"的"红"字却格外惊艳，这里也是把形容词当作动词来用了。

大胆混搭　如朱彝尊的《满庭芳》：雨盖飘荷，霜枝钉菊，满庭芳草萋萋。莫愁催送，香径手重携。叠取鸳鸯绣被，屏山近已分双栖。金篝拔，暗除了鸟，不用绕唐梯。　　低帷听细语，五湖心事，钗卜难稽。得雾深三里，花隔千溪。只是仙源无路，添惆怅残月荒鸡。绳河晓，黄姑织女，依旧水东西。"雨"和"盖"本来是无法搭配的，但是作者故意把"雨飘荷盖"的每个字都大胆混搭，创造出一种独特的朦胧奇诡的语境。下一句"霜枝钉菊"同样把每个字进行了奇妙混搭，产生同样新鲜的阅读效果。

宋词高频词和常见句式举隅：

据《扬子晚报》报道，有网友"yixuan"根据《全宋词》算出了其中的100个高频词汇。这位网友在个人博客里写道："突然想看看宋词里面什么样的意象是最常见的，比如可以做个频率分析什么的。当然文本挖掘需要分词，我没法在其中花太多时间，于是想出了一个土办法。宋词的句子都很短，如果穷举可能的字的组合的话并不是太多，况且最常见的词语一般是两三个字，这样可能的组合就更少了。比如'犹解嫁东风'这句话，可能的二字组合是'犹解''解嫁''嫁东''东风'，三字组合是'犹解嫁''解嫁东''嫁东风'，词的字数越多，可能的组合就越少。如果把每句话可能的字的组合都列举出来，就可以整体统计频率了。"

随后，yixuan 贴出了他算出来的高频词，排在前面的分别是：东风、何处、人间、风流、归去、春风、西风、归去、江南……这个结果一出来，一位网友就一语道破了"玄机"，"原来，最流行的宋词就是'东风何处在人间'啊！"

了解这些高频词及其所属名句，当然不一定就能马上会作词，但可以以最快的速度接近宋词的语感和意象密码，进入宋词的语言氛围。

以下是网友制作的宋词高频词汇：

东风、何处、人间、风流、归去、春风、西风、归来、江南、相思、梅花、千里、回首、明月、多少、如今、阑干、年年、万里、一笑、黄昏、当年、天涯、相逢、芳草、尊前、一枝、风雨、流水、依旧、风吹、风月、多情、故人、当时、无人、斜阳、不知、不见、深处、时节、平生、凄凉、春色、匆匆、功名、一点、无限、今日、天上、杨柳、西湖、桃花、扁舟、消息、憔悴、何事、芙蓉、神仙、一片、桃李、人生、十分、心事、黄花、一声、佳人、长安、东君、断肠、而今、鸳鸯、为谁、十年、去年、少年、海棠、寂寞、无情、不是、时候、肠断、富贵、蓬莱、昨夜、行人、今夜、谁知、不似、江上、悠悠、几度、青山、何时、天气、惟有、一曲、月明、往事

网友统计的宋词中出现的一些高频短句：

到如今、君知否、谁知道、功名事、须信道、最好是、人间世、从今去、凝伫、归去、不如归去、知否、谁信道、倚阑干、到而今、又还是、归去来

兮、人不见、当此际、记当年、东风里、怎奈向、春去也、须知道、争知道、更那堪、留不住、谩赢得、那堪更、一觞一咏、休休、君不见、家山好、归来也、思往事、悠悠、无绪、还知否、追往事、人间天上、最苦是、疏影横斜、空怅望、空惆怅、记年时、人间事、又只恐、回首处、夜沉沉、断人肠、早归来、有多少、空凝伫、向尊前、微雨过、情脉脉、斜阳外、无语、月明中、朱颜绿鬓、绿鬓朱颜、谁念我、还知么、问何如、不堪回首、东风恶、人何处、人正在、今老矣、从别后、倚东风、又何须、多少事、天长地久、安阳好、对东风、对西风、广寒宫殿、归去也、归来晚、愿年年、江南岸、空回首、终不似、肠断、肠断处、落花飞絮、西源好、阑干外、风流、飕飕、与谁同、五云深处、人间何处难忘酒、人静、从此去、倚西风、分明是、功名富贵、南徐好、岁岁年年、思晴好、想当年、无限事、朝朝暮暮、歌窈窕、独自个、竹篱茅舍、纶巾羽扇、良辰美景、记当时、诗曰、醉归来、七十古来稀、人如玉、人尽道、何处、凝望处、千古恨、千秋岁、去年今日、向此际、座中客、天赋与、好天良夜、年年今日、待归来、愁绝、故人何处、明月清风、暗香浮动、曲水流觞、浑不似、清绝、盈盈、空肠断、空赢得、算人间、算只有、缘底事、记当日、还又是、道骨仙风、都付与、都休问、酒醒时、问人间、问何时、风不定、一声声、不见、二十年、人散后、人易老、从今后、休去、休辞醉、依然是、几时休、凭阑久、去天尺五、又谁知、君且住、吾老矣、回首、堪羡、多少恨、夜来风雨、天下事、天如水、如何得、嫣然一笑、寂寞、山居好、归去来、心下事、怎知道、思悠悠、恁时节、悄无人、愿岁岁、文章太守、无个事、最关情、最好处、有谁知、浮世事、满城风雨、玉骨冰肌、画堂深、登临处、看不足、真个是、知何处、知音少、称寿处、空相忆、笑人间、纱窗外、落花流水、长安道、问当年、雨初晴、频回首、风又雨、风流云散、一杯酒、一蓑烟雨、三千岁、东风外、人去后、人未老、人道是、今夜里、但怅望、佳人何处、再相逢、冰肌玉骨、净几明窗、凄凉、凌波微步、凝望久、千山万水、卷珠帘、又何妨、又过了、叹人生、君看取、吴头楚尾、地久天长、堪恨处、堪爱处、多应是、夜将阑、天付与、天寒日暮、如今憔悴、山无数、帘栊静、广寒宫里、待明朝、忆当年、急管繁弦、恨悠悠、憔悴、携手处、无一事、暗香疏影、最难忘、月明风细、有个人人、水悠悠、江南春早、深院宇、深院静、清风明月、画图中、留恋、留春不住、相逢、相逢处、看明年、算惟有、经行处、绮罗丛里、缓带轻裘、肠欲断、自别后、莫匆匆、行乐处、许多愁、试与问、试屈指、谈笑里、谩回首、还知道、送君南浦、都不管、都莫问、酒巡未止、采菱拾翠、长亭路、问谁是、难忘处、非烟非雾、风前月下、黯销魂、一叶扁舟、一年一度、一杯相属、一枝枝、一轮明月、下缺、不知今夕何夕、东风起、举杯相属、之句、人似玉、人别后、人生行乐、人都道、人间、今夕何夕、仙风道骨、似当年、但回首、但赢得、佳丽地、依前是、依然、便从今、便直饶、凝眸、几番风雨、凭谁说、凭阑处、凭阑干、分付与、分携处、别离情绪

二、词眼

填词之学，拘于律，限于韵，长不可减，短不能增。一阕之中有一语不工，一字不稳，则全词必为之减色。要想"语语激得起，字字敲得响"，不下苦功夫怎么能行呢？

好的诗要注意炼字炼句，好的词也要注意锤炼那些新鲜、生动、准确而具有活力和色彩的"词眼"。尤其要注意动词和形容词的锤炼。填词句法，最宜讲究字面。这"眼"的锤炼，可以是一个句子，可以是一个字词，也可以是一个"活色生香"的段落。王国维列举过两个著名的词眼："'红杏枝头春意闹'（宋祁《玉楼春》），着一'闹'字而境界全出；'云破月来花弄影'（张先《天仙子》），着一'弄'字而境界全出。"这里的"闹"字和"弄"字，就像一片词里的一点灯火，把整篇作品照耀得光彩熠熠。再比如辛弃疾的"众里寻他千百度，蓦然回首，那人却在灯火阑珊处。"这几句话，就是这首词的词眼。这首词描绘了元宵节灯火辉煌、车水马龙的热闹情景，接着描绘了观灯人的花车美服，笑语欢声，主要还是为了反衬最后出场的在灯火将熄未熄之处的"那人"的主角形象。这首词的艺术魅力，通过最后这几句放射出了耀眼的光辉。

尽管把这几句中的字句拆开来看，平淡无奇，但是组合成一个整体，则玲珑剔透，万种风情。李清照的《醉花阴》结尾："莫道不销魂，帘卷西风，人比黄花瘦。"贺铸的《青玉案》结尾："试问闲愁都几许？一川烟草，满城风絮，梅子黄时雨。"也都是这样的词眼。尽管作者不假雕饰，素笔描来，但是却又炫人眼目，极具魅力。个中三昧，值得细细咀嚼。

字面即词中起眼处，被称为"词眼"。比如秦观《满庭芳》中的名句："山抹微云，天粘衰草。"其中的"抹""粘"二字，用特定的"抹""粘"的动作表现出山的线条和天的轮廓，生动迷人，不愧为一词之"眼"。李清照的"绿肥红瘦"用"肥"和"瘦"来形容红花绿草的不同状态，也是准确生动，令人难忘。而同样是写红和绿，蒋捷出人意料的吟出"流光容易把人抛，红了樱桃，绿了芭蕉"，直接把形容词"红""绿"用作动词来表现，读来似曾相识，细看拍案惊叹，也成为让人叹赏的千古名句。这就是炼字的功效所在。

词和诗比较，长短句的句式更适合口语化的表达，更接地气，但是词的语言的简洁凝练却没有被忽略。我们继续看一下李清照《如梦令》全词：

如梦令

李清照

昨夜雨疏风骤，浓睡不消残酒。试问卷帘人，却道海棠依旧。知否？知否？应是绿肥红瘦。

这首小令中省略了抒情主人公的问句，而直接让读者从卷帘人的回答来推导出抒情主人公的问题。这首词中所有句子的主语都省略掉了，但是并不影响作者清晰晓畅的表达效果。

词之炼字，古人还提供了一种巧捷的代字之法。代字就是替代之字，代名词的意思。用涉及某物某景某人某事的标志性词来替代自己要表达的某种事物，让人产生丰富的联想和敏锐的领会。在词人来说，从历史典故和前人作品中提炼出来的代字是学问和词才的体现。词人为了调谐平仄和增加韵味采用代字方式，能在创作中收到凝练间接的巧妙效果。比如姜夔丁未元日至金陵、江上感梦而作《踏莎行》："燕燕轻盈，莺莺娇软。分明又向华胥见。"这里的"华胥"就是用来借代梦中。《列子》说黄帝"昼寝而梦，游于华胥氏之国"。这里引的就是这个典故。这就比直接说梦中显得更加蕴藉。

苏轼《水调歌头》中"但愿人长久，千里共婵娟"，就是用"婵娟"来作为月亮的代字。再比如曹操"何以解忧，惟有杜康"，这里的"杜康"不是指名士杜康，而是代指酒。杜康喜欢酒，因此曹操用它来作"酒"的代称。这种替代手法，就是代字。

关于酒，李白在"醉月频中圣，迷花不事君"中用的代字是"中圣"，杜甫在"竹叶于人既无分，菊花从此不须开"中用的代字是"竹叶"，李贺在"琉璃钟，琥珀浓，小槽酒滴真珠红"中用的代字是"琥珀"，苏轼在"老人饮酒无人佐，独看红药倾白堕"中用的代字是"白堕"。柳宗元"蒔药闲庭延国老，开樽虚室待贤人"中的代字则是"贤人"。李贺的作品经常使用代字，比如用玉龙代指剑，用苍圆代指天，用冷红代指秋花，用寒绿代指秋草，用碧华代指暮云，用长翠代指水，用紫云代指紫砚等等。再比如苏轼"冻合玉楼寒起粟，光摇银海眩生花"中以"玉楼"代肩膀，以"银海"代眼睛。很多诗人更是经常用日下、日边来代指京城。这些代字的使用，有效地增加了作品的书卷气和陌生感，也使文字更洗练新鲜，避免了诗词的口水化，收到了"惟陈言之务去"的效果。

沈义父《乐府指迷》说："炼字下语，最是紧要。如说桃，不可直说破桃，须用'红雨''刘郎'等字。如咏柳，不可直说破柳，须用'章台''灞岸'等字。又用事如曰'银钩空满'，便是'书'字了，不必更说'书'字。'玉箸双垂'，便是'泪'了，不必更说'泪'。如'绿云缭绕'，隐然鬓发；'困便湘竹'，分明是簟。正不必分晓，如教初学小儿，说破这是甚物事，方见妙处。"这里的代字，就是一种简单的文字技巧，作词时还可以用"桂华""嫦娥""吴刚""玉兔""望舒"替代"月亮"，用"秋波"替代"眼光"，用"绿云"替代"发髻"之类，这对于增加作品的文采和典雅度，使词作"点染生色"，都是有一定辅助作用的。

不过，事物都有两面性，代字虽好，过犹不及，具体创作中尤其不能让代字束缚住自己的创造性思维。我们不妨重温一遍《红楼梦》中香菱学诗的故事。香菱学的是作诗，对我们填词也有一定借鉴意义：

黛玉道："什么难事，也值得去学！……若是果有了奇句，连平仄虚实不对都使得的。"香菱笑道："……如今听你一说，原来这些格调规矩竟是末事，只要词句新奇为上。"黛玉道："正是这个道理，词句究竟还是末事，第一立意要紧。若意趣真了，连词句不用修饰，自是好的，这叫作'不以词害意'。"香菱笑道："我只爱陆放翁的'重帘不卷留香久，古砚微凹聚墨多'，说的真有趣！"黛玉道："断不可学这样的诗。你们因不知诗，所以见了这浅近的就爱，一入了这个格局，再学不出来的。你只听我说，你若真心要学，我这里有《王摩诘全集》，你且把他的五言律读一百首，细心揣摩透熟了，然后再读一二百首老杜的七言律，次再李青莲的七言绝句读一二百首。肚子里先有了这三个人作了底子，然后再把陶渊明、应玚，谢、阮、庾、鲍等人的一看。你又是一个极聪敏伶俐的人，不用一年的工夫，不愁不是诗翁了！"

香菱随后写了一首咏月亮的诗：

> 月挂中天夜色寒，清光皎皎影团团。
> 诗人助兴常思玩，野客添愁不忍观。
> 翡翠楼边悬玉镜，珍珠帘外挂冰盘。
> 良宵何用烧银烛，晴彩辉煌映画栏。

这首诗词藻华丽，还用了"玉镜""冰盘"等不少的代字，但仅仅是罗列意象，就月说月，呆板平常，了无新意，所以黛玉评价说："意思却有，只是措辞不雅。皆因你看的诗少，被他缚住了。把这首丢开，再作一首，只管放开胆子去作。"

香菱回去后又作了一首：

非银非水映窗寒，试看晴空护玉盘。
淡淡梅花香欲染，丝丝柳带露初干。
只疑残粉涂金砌，恍若轻霜抹玉栏。
梦醒西楼人迹绝，余容犹可隔帘看。

黛玉批评说："只是还不好。这一首过于穿凿了，还得另作。"这一首中的"玉盘""玉栏"等现成的代字还是用得多了些。

后来，香菱的第三首诗是这样写的：

精华欲掩料应难，影自娟娟魄自寒。
一片砧敲千里白，半轮鸡唱五更残。
绿蓑江上秋闻笛，红袖楼头夜倚栏。
博得嫦娥应借问，缘何不使永团圆？

这首诗表达的是内心真实的失落和惆怅，情感浓烈却又含蓄有味，从炼字升华到了炼意，从无我变成了有我，因而受到众人的夸奖。

学习炼字之前，可以挑选自己喜欢的一些唐宋词人的作品，挑选"诸家诗句中字面之好而不俗者"，简练揣摩。以下是民国学者刘坡公选取温飞卿、李长吉、李义山等作品中的部分词句，每句中之两虚字，也即名词之外的那两个字，就是词人精心挑选的所谓"词眼"，我们可以仔细体味其中的妙处：

燕娇莺姹　绿肥红瘦　笼灯燃月　醉云醒月　挑云研雪
柳昏花暝

翠阴香远　玉娇香怨　蝶凄蜂惨　柳腴花瘦　绾燕吟莺
燕昏莺晓

渔烟鸥雨　翠颦红妒　愁胭恨粉　月约星期　雨今云古

恨烟颦雨

　　燕窥莺认　愁罗恨绮　移红换紫　联诗换酒　选歌试舞
舞勾歌引

三、对仗

　　上节所谓词眼范句，实际上还可以看成两两对仗的一些对句。

　　词的对仗的作法和律诗大体相同的，比律诗略为宽松。常见的比如"山
抹微云，天粘衰草""落花人独立，微雨燕双飞""相见争如不见，有情还似无
情""雾失楼台，月迷津渡"等。

　　词的对仗基本也是遵循句型相同、词性相对的规律，名词对名词，动词
对动词，副词对副词，以此类推。有意思的是，词中出现的对仗不仅可以同
字相对，如李清照"才下眉头，却上心头"，还可以同字同句相对，如辛弃疾
"爱上层楼，爱上层楼"，也可以不拘平仄，甚至可以同平同仄对仗。如李之
仪"我住长江头，君住长江尾"、范成大的"困人天色，醉人花气"、柳永的
"霜风凄紧，关河冷落"……这就比律诗的对仗范围宽泛多了，也就比律诗的
对仗更加摇曳生姿，变换出更多的情味。

　　律诗的对仗只有五言和七言，而词的对仗字数则有很大的自由。可以有
三字句：

　　如叶梦得的"人醉后，雪消时"、朱敦儒的"歌宛转，舞蹁跹"、辛弃疾
的"将扰扰，付悠悠"……

　　可以是四字句：

　　如秦观的"雾失楼台，月迷津渡""驿寄梅花，鱼传尺素"、朱敦儒的
"江梅退步，幽兰偷眼"、辛弃疾的"白沙远浦，青泥别渚"……

　　可以是五字句：

　　如苏轼的"此身如传舍，何处是吾乡"、洪适的"人随秋易老，情寄水东
流"、晏几道的"莫如云易散，须似月频圆""梦回芳草夜，歌罢落梅天"……

　　可以是六字句：

如史达祖的"幽思屡随芳草，闲愁多似杨花"、辛弃疾的"明月别枝惊鹊，清风半夜鸣蝉"、苏轼的"欲吊文章太守，仍歌杨柳春风"……

可以是七字句：

如晏殊的"无可奈何花落去，似曾相识燕归来"、秦观的"自在飞花轻似梦，无边丝雨细如愁"、吴文英的"落絮无声春堕泪，行云有影月含羞"……

以上各类对仗，在词作中比比皆是，此处不再列举。

从词的对仗形式来看，不仅可以邻句相对，而且还可以出现隔句相对的扇面对。如柳永《玉蝴蝶》"水风轻、苹花渐老，月露冷、梧叶飘黄。"就是很明显的扇面对。毛泽东《沁园春·雪》："望长城内外，惟余莽莽；大河上下，顿失滔滔。""长城内外"对"大河上下"，"惟余莽莽"对"顿失滔滔"，也是一种扇面对。

词中的对仗也可以出现比两句对仗更多句子的形式，比如很多作品中都有被称为鼎足对的三句连对。名作中这种例子很多。如朱淑真《眼儿媚》"绿杨影里，海棠亭畔，红杏梢头"，温庭筠《酒泉子》"绿阴浓，芳草歇，柳花狂"、秦观《行香子》"正莺儿啼，燕儿舞，蝶儿忙"，张元干《眼儿媚》"如今眼底，明朝心上，后日眉头"，等等。

值得注意的是词中带领字的对仗形式。如"正莺儿啼，燕儿舞，蝶儿忙"中的对仗，其实多了一个"正"字。因为"正"字在这里算领字，或者说是"一字豆"，所以此种句式也算对仗。类似的例子还有很多，比如柳永的"渐霜风凄紧，关河冷落"的"渐"字就是领字。

刘勰《文心雕龙》专有一篇《丽辞》来谈对偶。他认为奇偶适变，不劳经营，也就是说大自然中的事物均可自然成对，不用刻意去追求，其实也就是说对仗句虽然美，但是也不能刻意去崇盛丽辞、堆砌辞藻，而要注重自然谐和，率然对尔即可。他把对偶分为四种类型：言对、事对、反对、正对。指出言对易，事对难，反对优，正对劣。他的分析对于我们在填词实践是有指导意义的。

词中对仗，有以下几种常见句型和构成方式：

（1）视觉对比。利用颜色、形态等视觉效果的不同来构成对仗关系。如"新绿旧红春又老，少玄老白人生几"中的红绿、玄白对比，突出物是人非的苍凉意境。"粉箨半开新竹径，红苞尽落旧桃蹊"，利用红和粉的对比，突出了竹箨和桃苞的抒情形象。再如"记舞可怜宫柳细，写情但觉香笺短"，通过细和短的不同形状，细腻表现了舞和情的独到韵致。而"漠漠野烟生碧树，漫漫衰草际黄云"既通过碧与黄的颜色构成对比，还用野烟向上和黄云漫铺的形状对比，更增加了这一对仗的表现力。

（2）时空变化。一句写时间，一句写空间，拓宽作品的境界，增加沧桑感。如"花柳伤心经岁月，江湖无梦失津涯"，上一句写岁月，下一句写津涯，两相对比，更添其厚重。而"甚霎儿晴，霎儿雨，霎儿风"则通过同一空间的天气状态变化，来比拟心中情感的不同表现，非常新鲜。

（3）大小映衬。一句描写一个宏大事物或景象，一句描写细微的事物或景象。如"向武昌溪畔，于彭泽门前"，其中武昌溪是个大的地理坐标，彭泽门则是一个小的历史特写镜头，二者相对，相映成趣。再如"况绣帏人静，更山馆春寒"，绣帏是小环境，山馆是大空间，由小衬大，更加突出了凄凉清寂的氛围。

（4）动静结合。一句描写动态景物，一句描写静态景物。如"马上黄昏、楼上黄昏""雪里花清、月下香浮"。再如"醉吟风，闲钓月，困眠云"，笔触逐步由动到静，曲径通幽，妙不可言。

（5）虚实相对。一句虚笔描写心中情思，一句实笔描写眼前景色。如"今日思家、明日思家""莫思身外，且斗樽前""香传细蕊，春透灵根""昨宵谷水，今夜兰皋"，均是虚实对比的有趣词例。

（6）动作连排。按照动作的过程，一一顺序写来。如"影渐横斜，态转玲珑""一叶舟轻，双桨鸿惊""听风听雨，吾爱吾庐""虚度韶光，瘦损容光""酒深歌拍缓，愁入翠眉长"。

（7）数字成对。巧妙利用数字的对比构成对仗，这是一种常见的对仗方式。如"愁一搦，月三更""半炉烧叶火，一盏勘书灯""可怜双雪鬓，禁得几秋风""满阶芳草绿,一片杏花香""草平天一色,风暖燕双高"。

（8）方位成对。利用方位词的不同来构成对仗,这也是一种常见的对仗方式。如"月下横枝、雪下横枝""坐中人半醉,帘外雪将深""流水青山屋上下,束书壶酒船头尾""病中留客饮,醉里和人诗""如何天上客,来佐海边城"。特别值得注意的是,"月下"和"雪下"在近体诗中不能构成对仗,在词中却是可以的。

（9）反义成对。利用进退、生死、有无、悲欢、甘苦、荣辱、远近、老少、高低、冷暖、多少等各种反义词构成对仗。比如"夜长嫌梦短,泪少怕愁多""客情今古道,秋梦短长亭""江山如有恨,桃李自无言""惊秋远雁横斜字,噪晚哀蝉断续弦""羡君人物东西晋,分我诗名大小山"。

（10）叠字成对。利用重叠字构成对仗。比如"情脉脉,思纷纷""秋渺渺,夜沉沉""从今袅袅盈盈处,谁复端端正正看""炎乌影里年年好,碧玉枝头日日春""盈盈醉眼横秋水,淡淡蛾眉抹远山"。

……

学填词一定要在对仗上下功夫。而写长调,更需要把握句式整散结合的妙处,用好对仗,使读者读起来不觉其"慢",不感涩滞,反而在错综变化、回环往复的情感脉络中产生酣畅淋漓的阅读快感。另外,王力先生说过:"关于对偶,我们不要光看见古人求同的方面,还要看见古人求异的方面,后者比前者更重要。"王力先生的意思是说,对仗要避免内容重复、辞藻平庸、孤立成对等刻板教条模式,作品中的对偶除了工稳之外,还有注意创新,要有习惯思维之外的异质因素,要有陌生感,于平顺中显示峭拔劲挺,总之不能对得表面工整而内涵熟滥。

在《钦定词谱》《白香词谱》《唐宋词格律》等词谱上,对于每个词牌的字、句、平仄、韵脚甚至变体都有明确标注,但关于对仗的标记却并不严格。有的标上"例用对仗",有的则什么也不标。而且同一个词牌,有的诗人在这里用对仗,有的诗人在这个位置却没有用对仗。这就给我们后人的创作留下了更多的选择余地。

刘坡公整理的部分古人对句范例

小雨分出	断云笼口；	烟横山腹	雁点秋容；	问竹平安	点花番次；
樨柳苏晴	故溪歇雨；	虚阁笼云	小帘通月；	蝉碧勾花	雁红攒月；
落叶霞翻	败窗风咽；	风泊波惊	露零秋冷；	花匝么弦	象奁双陆；
珠靥花舆	翠翻莲额；	汗粉难融	袖香新窃；	种石生云	移花带月；
断浦沉云	空山挂雨；	画里移舟	诗边就梦；	砚冻凝花	香寒散雾；
系马桥空	移舟岸易；	疏绮笼寒	浅云栖月；	竹深水远	台高日出；
香茸沾袖	粉甲留痕；	就船换酒	随地攀花；	调雨为酥	催冰作水；
做冷欺花	将烟困柳；	巧剪兰心	偷粘草甲；	罗袖分香	翠绡封泪；
池面冰胶	墙腰雪老；	枕簟邀凉	琴书换日；	薄袖禁寒	轻妆媚晚；
倒苇沙闲	枯兰洲冷；	绿芰擎霜	黄花招雨；	紫曲迷香	绿窗梦月；
暗雨敲花	柔风过柳；	霜杵敲寒	风灯摇梦；	盘丝击腕	巧篆垂簪；
翠叶垂香	玉容消酒；	金谷移春	玉壶贮暖；	拥石池台	约花栏槛；
问月赊晴	凭春买夜；	醉墨题香	闲箫弄玉；		

四、用典

用典，又叫用事，就是引用典故。词中用典，可以用最简短的语言扩大词的思想空间和表现范围，并能收到典雅庄重、含蓄蕴藉的艺术效果。

我们来看看苏轼的《江城子·密州出猎》：

老夫聊发少年狂，左牵黄，右擎苍，锦帽貂裘，千骑卷平冈。为报倾城随太守，亲射虎，看孙郎。

酒酣胸胆尚开张。鬓微霜，又何妨！持节云中，何日遣冯唐？会挽雕弓如满月，西北望，射天狼。

这首词里提到的孙郎，指三国时吴国的孙权。孙权曾经有亲自射虎的故事。因其为少年雄才，所以苏轼在词中称他为"孙郎"。后边提到的冯唐，是汉文帝时的一位大臣，曾经带着皇帝的命令到云中赦免名将魏尚的小过错。苏轼引用孙郎的典故来表达自己少年狂的豪情，显得更加热烈奔放。引用冯唐的典故来抒发自己渴望被朝廷信任和重用的心情，显得更加委婉含蓄，也更有说服力。苏轼这种创作技巧，就是人们常说的用典。

宋代词人中用典很多，很普遍，甚至还有人拿用典多少、难易和明隐来说事儿，认为是作诗词、评价诗词的一个标准，有"无典不成句"说法。不过，词中用典，还是贵在圆转、贴切、自然、和谐，最忌堆砌、卖弄、掉书袋。如果真的"无典不成句"，弄得读者读得累，作者写得累，那么词的活泼自然的本真就被破坏了，其实根本没有必要。

词的用典方式比较丰富，有的是在词作中引用历史事件，有的是引用前人典籍、语录，也有的是直接引用或化用前人诗词作品。

比如辛弃疾《永遇乐·京口北固亭怀古》："凭谁问：廉颇老矣，尚能饭否？"这里用的就是赵国名将廉颇的故事。赵王想用廉颇，派使者去探看，廉颇为了表示自己身体还行，可以上阵杀敌，当着使者的面大嚼大咽，可是使者暗地接受了贿赂，回去却谎报廉颇"一饭三遗矢"，就是说廉颇吃一顿饭去了三次茅房，赵王以为廉颇身体老了，最后不再任用他。辛弃疾引用这个典故，借以表达自己报国无门且遭人陷害的悲愤心情，很含蓄得体，也很"给力"。

再比如贺铸的《南歌子》："疏雨池塘见，微风襟袖知。阴阴夏木啭黄鹂。何处飞来白鹭、立移时。"其中的"阴阴夏木啭黄鹂"就是王维的句子，但贺铸用得自然贴切，所以给全词增色不少。借用前人诗句有明暗两种。贺铸的做法就是明借。至于暗借，也就是引用前人作品时不用全句，而是进行一些修改化用，把前人语言进行改编节选，巧妙融入自己的作品中。比如姜夔过扬州作的《扬州慢》："纵豆蔻词工，青楼梦好，难赋深情。"这里就巧妙地化用了杜牧"十年一觉扬州梦，赢得青楼薄幸名"和"豆蔻梢头二月初"。但是用得贴切、简练，产生了以少少许胜多多许的艺术效果。

这种创作方式在今人作品中也经常出现。比如夏承焘先生的《水调歌头·亮夫告我,秋光之美,世界名胜奥区,无及我国西湖者。今年九月,自杭赴沪,夜车中作此词。时施华德先生自柏林来书,即以此为报》:秋水不能画,西子有明眸,醉人千顷波碧,临镜欲横流,待续坡翁俊语,宜雨宜晴而后,谁识更宜秋。三月碧桃水,切莫酿春愁。 攀斗柄,探月窟,壮哉游。故人相望何处,万里海西头。争似断桥吹笛,携得波光仙子,招手落双鸥。让汝广寒阙,容我占湖楼。这里的“宜雨宜晴而后,谁识更宜秋”,就是活化了苏东坡的“水光潋滟晴方好,山色空蒙雨亦奇。欲把西湖比西子,淡妆浓抹总相宜”,而且妙想叠出,极尽夸饰和生趣之美。

词中用典,还有一种不是单个句子用典,而是整篇作品均化用前人作品的词句和意境。比如米友仁的《诉衷情·渊明诗》:结庐人境美陶潜。车马不来喧。胜处自多真趣,飞鸟日相还。 心既远,地仍偏。见南山。手持菊颖,山气常佳,欲辨忘言。通篇化用的是陶渊明的《饮酒》诗诗意,大雪无痕,入口即化,别有一番风味。

同样是用陶渊明的典故,叶梦得的《念奴娇·南归渡扬子作,杂用渊明语》:故山渐近,念渊明归意,翛然谁论。归去来兮秋已老,松菊三径犹存。稚子欢迎,飘飘风袂,依约旧衡门。琴书萧散,更欣有酒盈尊。 惆怅萍梗无根,天涯行已遍,空负田园。去矣何之窗户小,容膝聊倚南轩。倦鸟知还,晚云遥映,山气欲黄昏。此还真意,故应欲辨忘言。干脆把陶渊明的名言和事迹统统搬进词里,用典呈连珠炮式样,非常密集,但也营造出了自己的一番意境。

此种用典,除了像叶梦得和米友仁这样通篇化用前人词句之外,还有一种更直接、更剧烈的方式,就是不仅引用前人成句,而且通篇干脆搬用前人的整篇作品,直接化用前人诗意。比如苏轼的《定风波》:与客携壶上翠微。江涵秋影雁初飞。尘世难逢开口笑。年少。菊花须插满头归。 酩酊但酬佳节了。云峤。登临不用怨斜晖。古往今来谁不老。多少。牛山何必更沾衣。这首词就是直接套用的杜牧的一首《九日齐山登高》:江涵秋影雁初飞,与客携壶上翠微。尘世难逢开口笑,菊花须插满头归。但将酩酊酬佳节,不用登临恨落晖。古往今来只如此，牛山何必独沾衣。这种套用不仅有了一些文人的狡黠，而且还给自己的文字添了一些变化，让熟悉原作的人们会心一笑。古人为这种用典方式起了一个词学名词，即檃括词。

除了檃括前人的诗词，前人文章也能在高手笔下檃括出来。请看宋代方岳的一首《沁园春》：岁在永和，癸丑暮春，修禊兰亭。有崇山峻岭，茂林修竹，清流湍激，映带山阴。曲水流觞，群贤毕至，是日风和天气清。亦足以，供一觞一咏，畅叙幽情。　　悲夫一世之人。或放浪形骸遇所欣。虽快然自足，终期于尽，老之将至，后视犹今。随事情迁，所之既倦，俯仰之间迹已陈。兴怀也，将后之览者，有感斯文。这首词的前面有个小序："檃括兰亭序汪强仲大卿禊饮水西，令妓歌兰亭，皆不能，乃为以平仄度此曲，俾歌之。"意思也就是说，这首词檃括的是晋王羲之的《兰亭集序》。

黄庭坚也曾用一首《瑞鹤仙》檃括欧阳修的《醉翁亭记》，也很精彩：

环滁皆山也。望蔚然深秀，琅琊山也。山行六七里，有翼然泉上，醉翁亭也。翁之乐也。得之心、寓之酒也。更野芳佳木，风高日出，景无穷也。

游也。山肴野蔌，酒洌泉香，沸筹觥也。太守醉也。喧哗众宾欢也。况宴酣之乐、非丝非竹，太守乐其乐也。问当时、太守为谁，醉翁是也。

这首词风流万象，雍容典雅，既巧妙地檃括原文，同时又自然地表达了自己超迈的哲思。

现当代词人也有檃括词的例证。比如唐圭璋先生的《水调歌头·檃括〈桃花源记〉依东山四声》：

舟逐古津远，绿树蘸波圆。缃桃红浅，一川相映落英繁。花外云山新换。忽入千家庭院。男妇笑声喧。斟酒初开宴，不计是何年。

　　掩松萝，寻碧藓。乐幽闲。太平鸡犬，浑疑灵境住神仙。归去缤纷两岸，犹念当时人面。啼损隔林鹃。回首溪如练，樵径散风烟。

　　这同样是一首檃括词。唐圭璋在这里巧妙地把陶渊明《桃花源记》的语义用词的形式表现出来。声韵上按照《东山词》的贺铸的格式，贺铸被认为"尤长于度曲，掇拾人所弃遗，少加檃括，皆为新奇"。所以唐圭璋在这里"依东山四声"。唐词本身很浅显，不过是表达了一个世外桃源的甜蜜梦想而已。

　　需要多说几句的是檃括词，也就是用檃括手法把其他诗文剪裁改写而成的词。檃括原指把弯曲的竹木弄平直或做成某样器具，后来由刘勰引入文学批评领域，由宋人晏几道、苏轼等引入文学创作领域。词的檃括其实就是将其他诗文剪裁改写为词的形式。相当于今人所谓的"改编"，由此形成宋词中一种非常有特色的奇怪文体，叫"檃括体"。它不但丰富了宋词的表现方式，而且也在一定程度上反映了宋人的文学观念和文体观念。

　　词学研究界普遍认为檃括词产生之前，未有此类诗歌文体。而这种体制在词里却是相当普遍的。真正明确使用"檃括"这个术语的是苏轼，所以，历来都把苏轼视为开宋代檃括词风气之先者。苏轼创作有《哨遍》檃括陶渊明《归去来兮辞》，《水调歌头》檃括韩愈《听颖师弹琴》，《定风波》檃括杜牧《九日齐山登高》，《浣溪沙》檃括张志和《渔歌子》等，也有檃括自己的诗，如《定风波·咏红梅》檃括自己的《红梅》诗。

　　总之，词中用典，是为了增加表达效果。用与不用，也要围绕表达需要而取舍，不能故意选用生僻典故来炫耀才学，制造阅读障碍。贵在不着痕迹，浑然无觉。更要深入了解典故的背景和环境，一要准确，二要自然，三要能消化。

五 章法

风入松

红椒串子石头墙，溪水响村旁。有风吹过芭蕉树，风吹过、那道山梁。月色一贫如洗，春联好事成双。

某年某日露为霜，木梓赶圩场。某年某日三星在，瓦灯下、安放婚床。几只火笼偏旺，一坛米酒偏黄。

这是今人李子写的一首词，表现的是赣南客家山村的生活景象，轻巧自然，而又沉郁悲凉，让人想起流行歌曲《弯弯的月亮》歌词："只为那今天的村庄还唱着过去的歌谣，故乡的月亮，你那弯弯的忧伤穿透了我的胸膛。"而这首词的章法也很讲究。上阕描写山村所见，用的是今天的视角。"月色一贫如洗，春联好事成双"巧妙暗示了理想和现实的巨大差距。下阕接着描写过去的记忆。纪念一段流连，回味某种美好。"几只火笼偏旺，一坛米酒偏黄"把淡淡的忧伤笼上一层温柔的暖色调，荡漾起含蓄悠远的无穷情韵。

这首词表面散淡，而内里谨严，脉络连贯。呼应转折在漫不经心的前搭后托中自然完成，体现出很讲究的章法技巧。

词的章法，其实就是词作布局谋篇的规律。古人说过："有章法，欲其布置谨严。"词本来就被叫作长短句，它的句式长长短短，参差不齐，有的句子仅有一个字，有的句子却又长达八九个字甚至十几个字。这种句式组合在一起，如果没有一个尽心构思的章法脉络，就很容易写成一堆乱麻，东一句西一句，不成片段。所以要有一条红线，把那些散乱的珍珠真正串联成一条闪光的珠链。这条红线，就是词的章法。

词的句式虽然长长短短，比较随意，但是章法上确实还是非常讲究的，需要认真构思，决不能前言不搭后语，东一榔头西一棒槌。刘熙载在《艺概》中说："余谓起、收、对三者皆不可忽。大抵起句非渐引即顿入，其妙在笔未到而气已吞。收句非绕回即宕开，其妙在言虽止而意无尽。对句非四字六字即五字七字，其妙在不类于赋与诗。"意思是说，词的章法结构不能忽视，起句要逐步铺垫或者逆势顿挫，结句则要含蓄委婉，留下思考品味的余地。对仗则要有词的文体特色，不能像赋的铺排绮丽、诗的直接凝重。词的对仗则要求清新巧妙，真率活泼。"渐引"就是逐渐铺垫，比如李煜的"无言独上西楼，月如钩"。顿入就是逆势顿挫，比如苏东坡的"明月几时有，把酒问青天"。

一般来说，小令要求意象比较集中，章法上也比较简单，一句一字闲不得，末句最当留意，有余不尽之意始佳。但是中长调因其篇幅长，章法上的要求也就比较高。张炎在《词源》中说："作慢词看是甚题目，先择曲名，然后命意，命意既了，思量头如何起，尾如何结，方始选韵，而后述曲。最是过片不要断了曲意，须要承上接下，如姜白石（夔）词云：'曲曲屏山，夜凉独自甚情绪？'于过片则云：'西窗又吹暗雨。'此则曲之意脉不断矣。"意思是说，作中长调的慢词要注意审题，然后构思如何开头、如何结尾，然后选择合适的韵部和词牌，尤其要注意上下阕的过片部分，要把上下阕连通起来，不能让意脉中断。

刘熙载曾经说过词的三种常见章法方式："词或前景后情，或前情后景，或情景并到，相间相融，各有其妙。"中长调常见的章法方式，是上阕写景、下阕抒情或者上阕抒情、下阕写景，再或者上下阕情景交杂，水乳和融。

上阕写景、下阕抒情或者上阕抒情、下阕写景这两种章法关键是要在下阕开头与上阕结尾的地方安排好转折的句子。柳永词的章法一般是采用这种模式，顺着情感的变化娓娓道来，即景生情，单线而下。这种章法自然流畅，较易掌握。但即使是采用情和景分开的章法模式，也有一些作者的作品仍然能够造成一种跌宕起伏的奇妙变化。晏几道的词经常夹杂有回忆和心灵直白，章法上喜欢运用插叙，也很有特色。而周邦彦、姜夔等人的作品则时空变化非常大，章法上回环曲折，层层渲染，非常复杂。

还有一种比较常见的章法模式是上下阕对比。比如朱淑真的《生查子》就用去年元夜时与今年元夜时来对比。辛弃疾的《丑奴儿》也是用"少年不识愁滋味"来与"而今识尽愁滋味"相比。不过，这种对比的篇幅不一定就是上下阕平均分配，平均用力。比如辛弃疾的《破阵子·为陈同甫赋壮词以寄之》就仅在最后用一句"可怜白发生"来与前面对当年"沙场秋点兵"的回忆来形成对比，相互映衬，层层递进，最后收到惊心动魄的艺术效果。

古人词中常见的还有上阕叙述原因、下阕描述结果的章法方式。还有上阕问、下阕答，上阕古、下阕今，上阕外、下阕内等章法方式。总之，一般情况下，双调词大都是上下阕各自独立叙述一个中心意思，然后再用转折句的红线把上下阕串成一个葫芦式的艺术整体。

下面我们结合具体作品来做个详细的了解：

（1）上阕听觉，下阕视觉。如苏轼《桃源忆故人·暮春》：华胥梦断人何处。听得莺啼红树。几点蔷薇香雨。寂寞闲庭户。　暖风不解留花住。片片着人无数。楼上望春归去。芳草迷归路。上阕写听到的情况，下阕写看到的情况，实际连起来借景语写的是情语。以一句问话"华胥梦断人何处"带起全篇。

（2）上阕思想，下阕动作。比如晏几道《思远人》：红叶黄花秋意晚，千里念行客。飞云过尽，归鸿无信，何处寄书得。　泪弹不尽当窗滴，就砚旋研墨。渐写到别来，此情深处，红笺为无色。上阕写自己触景生情的思维过程，下阕写自己弹泪、研墨作书等等动作。

（3）上阕前忆，下阕今情。如晏几道《采桑子》：非花非雾前时见，满眼娇春。浅笑微颦，恨隔垂帘看未真。　殷勤借问家何处，不在红尘。若是朝云，宜作今宵梦里人。上阕追忆前时见得满眼娇春，下阕写现在殷切借问的情景和心理活动。

（4）上阕景致，下阕人事。如秦观《望海潮·洛阳怀古》：梅英疏淡，冰澌溶泄，东风暗换年华。金谷俊游，铜驼巷陌，新晴细履平沙。长忆误随车，正絮翻蝶舞，芳思交加。柳下桃蹊，乱分春色到人家。　　西园夜饮鸣笳。有华灯碍月，飞盖妨花。兰苑未空，行人渐老，重来是事堪嗟。烟暝酒旗斜，但倚楼极目，时见栖鸦，无奈归心，暗随流水到天涯。上阕写风景，但也有卸任的情感，下阕写人物活动，但也是一种风景。上下阕相互交错，互相照应。

（5）上阕描景，下阕抒情。如秦观《阮郎归》：褪花新绿渐团枝，扑人风絮飞。秋千未拆水平堤，落红成地衣。　　游蝶困，乳莺啼，怨春春怎知。日长早被酒禁持，那堪更别离。上阕叙述眼前所见，下阕写心中所感。

（6）上阕心情，下阕风景。如张先《天仙子》：水调数声持酒听，午醉醒来愁未醒。送春春去几时回，临晚镜，伤流景，往事后期空记省。　　沙上并禽池上暝，云破月来花弄影。重重帘幕密遮灯，风不定，人初静，明日落红应满径。上阕写午睡醒来的心情，下阕写自己看到的美丽夜景，比继续抒情更加拨动心弦。

（7）上阕今天，下阕昨夜。如晏殊《蝶恋花》：槛菊愁烟兰泣露，罗幕轻寒，燕子双飞去。明月不谙离恨苦，斜光到晓穿朱户。　　昨夜西风凋碧树，独上高楼，望尽天涯路。欲寄彩笺兼尺素，山长水远知何处。上阕写的是今天的情绪，下阕是回忆昨夜的情绪。

（8）上阕过去，下阕现在。如陈与义《临江仙·夜登小阁，忆洛中旧游》：忆昔午桥桥上饮，坐中多是豪英。长沟流月去无声。杏花疏影里，吹笛到天明。　　二十余年如一梦，此身虽在堪惊。闲登小阁看新晴。古今多少事，渔唱起三更。上阕一句忆昔，倒回去二十多年。下阕一句"二十余年如一梦"，又拉回现在，短短几句，有着巨大的时空变换和情感空间。

（9）上阕少壮，下阕而今。如蒋捷《虞美人·听雨》：少年听雨歌楼上，红烛昏罗帐。壮年听雨客舟中，江阔云低、断雁叫西风。　　而今听雨僧庐下，鬓已星星也。悲欢离合总无情，一任阶前、点滴到天明。这首词选取几个典型场景，按时间顺序，细水长流，绵绵不绝，章法上非常有匠心。

（10）上阕记事，下阕务虚。如朱淑真《菩萨蛮》：山亭水榭秋方半，凤怅寂寞无人伴。愁闷一番新，双蛾只旧颦。　　起来临绣户，时有疏萤度。多谢月相怜，今宵不忍圆。上阕写的是实事，下阕的月相怜则是此人的想象。

……

仅就眼力所见，类举双调词的上下阕方式如上，供读者参考。最后我们再欣赏一首夏承焘先生的词，体味一番章法之妙。

玉楼春·北京看节日焰火，次日乘机南归，歌和一浮、无量两翁

夏承焘

归来枕席余奇彩，龙喷鲸呿呈百态。欲招千载汉唐人，共俯一城歌吹海。

天心月胁行无碍，一夜神游周九塞。明朝虹背和翁吟，应有风雷生謦欬。

作者和马一浮、谢无量二位先生一起在北京观看国庆焰火，随后一起乘机南归。起笔用"归来"二字，描写回忆中的节日焰火，把景语直接变成情语，把外象直接变成心象。前两句回忆焰火奇景，后二句改为之际抒情，豪写心中感叹。下阕开头两句写乘坐飞机的奇妙感受，笔墨奇诡雄健。而第三、四句则更驰骋想象，一直写到明天的笔底风雷。全词按照时间的顺序从昨天、今天到明天，脉络清晰，章法谨严，非常精彩。

夏承焘先生的这首作品，在结构上的特点特别鲜明，确实值得反复回味。当然，具体创作实践中的章法脉络，应该是融到具体词句之中，一定不要机械套用，而应该安排妥帖，水乳交融。既要层次分明，又要骨肉相连、一气贯通。

六 开头、过片、结尾

宋代词人作词非常讲究结构变化，尤其是双调词的上下阕脉络非常清晰。这是大处着眼，同时词还要注意几个关键处的细节变化，一是开头，二是结局，三是过片。张炎《词源》说："思量头如何起，尾如何结。""最是过片不要断了曲意，须要承上接下。"沈义父《乐府指迷》也说："先须立间架，将事与意分定了。第一要起得好，中间只铺叙，过处要清新，最紧是末句，须是有一好出场方妙。"

开头

唐宋词开头，大致有顺起、倒起、乍起三种。

1. 顺起

顺起就是按照感情的时间先后顺序，从头说起，娓娓道来，慢慢进入高潮。比如温庭筠《更漏子》开头："柳丝长，春雨细，花外漏声迢递。惊塞雁，起城乌，画屏金鹧鸪。"开头先叙述风景，然后从风景再切入抒情的脉率，用典型景物渲染出典型环境中的典型心情，由景入情，触景生情，这种开头方式，在唐宋词中最常见。

再如陆游《鹊桥仙》开头："一竿风月，一蓑烟雨，家在钓台西住。卖鱼生怕近城门，况肯到红尘深处？"开头先说渔夫的生活环境和家庭地址，然后再接下来叙述他的心理活动和平生志向，表现和寄托高洁的理想追求。这样的开头波澜不兴，却也中规中矩。

2. 倒起

倒起开头就是逆着情感发展的流向，从反方向着笔入手，可收到先声夺人，出人意料的效果。

比如张炎的《八声甘州》。作者在小序中说："辛卯岁，沈尧道同余北归，各处杭、越。逾岁，尧道来问寂寞，语笑数日，又复别去。赋此曲，并寄赵学舟。"可见，这是一首送别词，但作者没有一上来就先写眼前景物，而是先逆着情感流程上溯到记忆深处："记玉关踏雪事清游，寒气脆貂裘。傍枯林古道，长河饮马，此意悠悠。短梦依然江表，老泪洒西州。一字无题处，落叶都愁。"这样，就是送行的情感流的更远，更深，更回肠荡气。

再如陆游的《诉衷情》："当年万里觅封侯，匹马戍梁州。关河梦断何处？尘暗旧貂裘。"这个开头也是倒着上溯记忆的深处，一句"当年"，引出对现实的多少感慨和激愤。

3. 乍起

乍起开头，就如"风乍起，吹皱一池春水"，荡起无数感情的涟漪。这样的开头最是出人意料，却也最能动人心旌。比如韦庄的《菩萨蛮》开头："人人尽说江南好，游人只合江南老。春水碧于天，画船听雨眠。"突然从"人人尽说江南好"入笔，突兀而又醒目，确实是个豹头。这种中间骤起波澜的做法，在吕本中《采桑子》中也有很鲜明的表现："恨君不似江楼月，南北东西。南北东西，只有相随无别离。"这种恨没来由，但到了第四句又有了一个合理的交代，这种手法如层峦叠嶂，引人入胜。

乍起除了以叙述口吻平直推出，还可以以问句的形式来出现，更加夺人眼球。比如晁补之《水龙吟》："问春何苦匆匆？带风伴雨如驰骤。幽葩细萼，小园低槛，壅培未就。吹尽繁红，占春长久，不如垂柳。算春常不老，人愁春老，愁只是、人间有。"开头的问句破空而来，匪夷所思，然后再转入正常的感情渠道，很自然地让感情继续向前流淌。元好问的《摸鱼儿》也是如此开头："问世间、情为何物，直教生死相许。天南地北双飞客，老翅几回寒暑。"他的另一首《摸鱼儿》同样是以设问开头："问莲根、有丝多少？莲心知为谁苦。双花脉脉娇相向，只是旧家儿女。"这些开头都很成功，成为这些脍炙人口的千古名篇的精彩部分之一。

实际上，词的开头还有多种，此处无法一一列举，但从效果上看，都应该既抓人眼球，同时又要留有余地和神秘感，要有感情回旋的空间，为下文接续进行一个好的铺垫。好的开头"如奔马收缰，尚存后面地步，有住而不住之势"。不能让读者一看开头就知道结尾，或者一看了开头就不想看结尾了。那样的开头再精彩，也是失败的。

过片

词的过片写得好，就如一个榫头，将上下两阕串连成一个整体。词的过片写得不好，就会使上下阕成为两半截的断腰死蛇。重要的是既要收得住上阕的万马奔腾，又要在勒马回缰的时候为下阕留有余地，"岭断云连""水穷云起"，让下阕翻出新意。沈祥龙《论词随笔》说："须辞意断而仍续，合而仍分，前虚则后实，前实则后虚，过变乃虚实转捩处。"

词以婉转为上，妙处在如九曲湘流一波三折，而这其中关键的一折就是词的过片。过片写得好，就如曲径通幽，另开一番新天地。过片写得不好，就如迎面铁壁高墙，把所有的风光全都截断了。清·刘体仁《七颂堂词绎》："中调长调转换处，不欲全脱，不欲明黏，如画家开阖之法，须一气而成，则神味自足。以有意求之不得也。"我们来看一下范成大的《眼儿媚·萍乡道中乍晴，卧舆中困甚，小憩柳塘》是怎么过片的。全词如下：酣酣日脚紫烟浮，妍暖破轻裘。困人天色，醉人花气，午梦扶头。　　春慵恰似春塘水，一片縠纹愁。溶溶泄泄，东风无力，欲皱还休。上阕用工笔画般的笔触写萍乡道中小憩柳塘的各种细腻动作，下阕用写意画法集中写春慵的感受和浮想。上阕结尾"困人天色，醉人花气，午梦扶头"，以"困人天色，醉人花气"接应上阕文气，又以"午梦扶头"为下阕行文埋下伏笔。下阕起处"春慵恰似春塘水，一片縠纹愁。"用一个新鲜的比喻继续上阕的情调，同时又从细节描写转向情感抒发和心理描写。其中"春慵"二字总系全篇，上下贯通。上阕实写，下阕虚写，由实入虚，脉络清楚，层次分明，可说是一个精彩的过片。

下面我们再来看张炎的《解连环·孤雁》：楚江空晚，怅离群万里，恍然惊散。自顾影、欲下寒塘，正沙净草枯，水平天远。写不成书，只寄得、相思一点。料因循误了，残毡拥雪，故人心眼。　谁怜旅愁荏苒？谩长门夜悄，锦筝弹怨。想伴侣、犹宿芦花，也曾念春前，去程应转。暮雨相呼，怕蓦地、玉关重见。未羞他双燕归来，画帘半卷。此词过片用一句设问"谁怜旅愁荏苒"既承接了上阕结句的"故人心眼"，有藕断丝连之妙。同时又章法突转，异军突起，从描述眼前境况自然进入心理描写。这个问句关涉上阕，而最重要的还是转合下阕，是这个词的关节紧要之处。一般讲，长调在章法上的要求更多，尤其在行文之间要体现出一种波澜起伏的变化和错落。关键节点，要有提神和醒目的词句。这里的"谁怜旅愁荏苒"，体现的就是一种机智的巧妙转折，非常有韵味。承上而又启下，看似漫不经心的舒缓一问，实则另起新意，语透情深，词脉承转之间问出一番悲凉，一番落寞，一番轻灵无痕的伤痛。

过片"要如骊龙之珠，抱而不脱"，但并不是一定要故作奇诡，弄得神秘兮兮。我们来看牛希济《生查子》是怎么处理的。全词如下：春山烟欲收，天淡星稀小。残月脸边明，别泪临清晓。　语已多，情未了。回首犹重道：记得绿罗裙，处处怜芳草。过片的"语已多，情未了"实际就是一些大白话，接着上阕的感情脉络自然而然处置，看似漫不经心，但也妥帖自然，很好地完成了承转的任务。小令如此举重若轻，长调的过片其实也可以如此简单。虽然长调的篇幅比较长，可以通过回忆、梦想等手法进行时空转换，增加跌宕起伏，但以长调见长的柳永的作品却大都是单线条的结构，他的过片处也多是随着感情的流向自然呈现。我们来看他的《昼夜乐》：洞房记得初相遇。便只合、长相聚。何期小会幽欢，变作离情别绪。况值阑珊春色暮。对满目、乱花狂絮。直恐好风光，尽随伊归去。　一场寂寞凭谁诉。算前言，总轻负。早知恁地难拼，悔不当时留住。其奈风流端正外，更别有、系人心处，一日不思量，也攒眉千度。从"直恐好风光，尽随伊归去"再过片到"一场寂寞凭谁诉",顺流而下,娓娓道来,中间没有任何隔断,无论内容还是语气,都承接得非常自然流畅。

唐宋词常见的过片方式,大约有以下几种:

(1)流水式。即过片紧承上阕意思,自然过渡到下阕。如柳永的《浪淘沙令》:有个人人。飞燕精神。急锵环佩上华茵。促拍尽随红袖举,风柳腰身。 簌簌轻裙。妙尽尖新。曲终独立敛香尘。应是西施娇困也,眉黛双颦。过片的"簌簌轻裙"自然承接上阕的"风柳腰身"的描写,中间没有情感停顿。

(2)小桥式。即上下阕之间内容情绪略有变化,而用过片把这两阕连接起来,成为一个整体。比如李之仪的《卜算子》:我住长江头,君住长江尾。日日思君不见君,共饮长江水。 此水几时休,此恨何时已。只愿君心似我心,定不负相思意。上阕写思念,下阕写心愿。过片的"此水几时休"既连接了上阕结句的"水"字,又自然带出了下阕的"只愿君心似我心"。

(3)彩虹式。即上下阕之间内容情绪差别很大,用过片把两者接续在一起。这种接续似有似无,但又精彩光鲜。比如黄庭坚的《满庭芳·茶》:北苑春风,方圭圆璧,万里名动京关。粉身碎骨,功合上凌烟。樽俎风流战胜,降春睡、开拓愁边。纤纤捧,研膏溅乳,金缕鹧鸪斑。 相如虽病渴,一觞一咏,宾有群贤。为扶起灯前,醉玉颓山。搜搅胸中万卷,还倾动、三峡词源。归来晚,文君未寝,相对小窗前。上阕写的是茶,下阕写的是人。中间用"相如虽病渴"的典故来过渡,最后用有用"文君未寝"来呼应。

(4)葫芦式。即上下阕之间吟咏的是同一种情绪或事物,但又分成两个段落,用过片把他们穿成一个葫芦。比如李清照的《孤雁儿·世人作梅词,下笔便俗。予试作一篇,乃知前言不妄耳》:藤床纸帐朝眠起。说不尽、无佳思。沉香断续玉炉寒,伴我情怀如水。笛声三弄,梅心惊破,多少春情意。 小风疏雨萧萧地。又催下、千行泪。吹箫人去玉楼空,肠断与谁同倚。一枝折得,人间天上,没个人堪寄。通篇写的是梅花,上下阕力量均衡,各自组成一个美学段落,中间用"小风疏雨萧萧地。又催下、千行泪"自然串联起来。

（5）**葡萄式**。即上阕诉说多种事物，下阕只集中到一点开掘。过片如一串葡萄的把儿，把上阕的葡萄粒集中到一起。如苏轼的《卜算子·黄州定慧院寓居作》：缺月挂疏桐，漏断人初静。谁见幽人独往来？缥缈孤鸿影。　惊起却回头，有恨无人省。拣尽寒枝不肯栖，寂寞沙洲冷。上阕写了"缺月""疏桐""幽人""孤鸿"等，下阕由过片"惊起却回头"一带，转而只写孤鸿的意象了。

（6）**蝴蝶式**。即上下阕各自精彩，过片像蝴蝶一样扑动着两个翅膀。如辛弃疾《丑奴儿·书博山道中壁》：少年不识愁滋味，爱上层楼。爱上层楼。为赋新词强说愁。　而今识尽愁滋味，欲说还休。欲说还休。却道天凉好个秋。"少年"的情景和"而今"的情景各不相同，并列在一起形成鲜明的对比。这里的过片其实是省略了，没有多余的文字，却又气脉相连。这种并列有用鲜明的对比并列的，也有用排比并列的，如蒋捷的《虞美人·听雨》：少年听雨歌楼上，红烛昏罗帐。壮年听雨客舟中，江阔云低、断雁叫西风。　而今听雨僧庐下，鬓已星星也。悲欢离合总无情，一任阶前、点滴到天明。

（7）**抛球式**。即上阕叙某情某景，下阕通过过片转折，对上阕做出回应。比如李清照的《渔家傲》：天接云涛连晓雾。星河欲转千帆舞。仿佛梦魂归帝所。闻天语。殷勤问我归何处？　我报路长嗟日暮。学诗漫有惊人句。九万里风鹏正举。风休住。蓬舟吹取三山去。过片"我报路长嗟日暮"是对上片的自然回应。

结尾

　　古人在谈到词的结尾时，经常用"豹尾"这个词来形容。豹子的尾巴漂亮，有力，没有任何赘肉。好的结尾，也要做到既简洁利落，又劲健给力。古人又喜欢用奔马来比喻词的文脉，好的结尾就如同奔马勒缰，既有奔腾之势，又收得住脚步，站得稳脚跟。结尾就像好山好水，要能让人看了又看，不能让人一览无余，要给读者留下一些思考或想象的空间，不能浅薄平淡。唐宋词人的结句有种种方式，或者首尾呼应，或者卒章显志，或者发出奇问，或者转出别意，或者以景结情，或者描写细节，或者联翩浮想，或者引用典故……一个有力而美好的结尾，往往能给读者留下深刻的印象。我们下面仔细来探讨。

（1）**首尾呼应**。首尾呼应是作词最常用的方法之一，词人在结尾时用重笔回应词的起笔，让全词首尾贯通，文气流畅。比如潘阆《酒泉子》：长忆西湖，湖上春来无限景。吴姬个个是神仙。竞泛木兰船。　楼台簇簇疑蓬岛。野人只合其中老。别来已是二十年。东望眼将穿。开头说"长忆"，结尾说"别来已是二十年。东望眼将穿"，首尾互相呼应，使全词形成一个整体。

（2）**卒章显志**。在结尾表明全词的中心题旨，起到画龙点睛的效果。比如岳飞《满江红》中的"待从头收拾旧山河，朝天阙"就是一个典型的卒章显其志的结尾。再如刘克庄的《玉楼春·戏林推》：年年跃马长安市，客舍似家家似寄。青钱换酒日无何，红烛呼卢宵不寐。　易挑锦妇机中字，难得玉人心下事。男儿西北有神州，莫滴水西桥畔泪。最后的言志也是非常鲜明有力，掷地有声。拳拳之心，感天动地。正如《蕙风词话》所言："此等语愈朴愈厚，愈厚愈雅，至真之情，由性灵肺腑中流出，不妨说尽，而愈无尽。"

（3）**发出奇问**。以问句结束，启迪读者思考词外之意，深化了词的内涵，扩大了词的表现空间。比如王安石的《浣溪沙》：百亩中庭半是苔。门前白道水萦回。爱闲能有几人来。　小院回廊春寂寂，山桃溪杏两三栽。为谁零落为谁开？不经意间的一问，很自然地结束全篇，又留下很大的想象空间。

（4）**转出别意**。词义之外，别开新景。如李之仪的《谢池春》：残寒销尽，疏雨过、清明后。花径敛余红，风沼萦新皱。乳燕穿庭户，飞絮沾襟袖。正佳时，仍晚昼。着人滋味，真个浓如酒。　频移带眼，空只恁、厌厌瘦。不见又思量，见了还依旧。为问频相见，何似长相守。天不老，人未偶。且将此恨，分付庭前柳。整首词叙述自己的相思之情，结局忽然转出别意，很无厘头地说要把这些怨恨交给庭前那些垂柳。这个结句破空而来，别有深意，却又引人无限遐思。

（5）**以景结情**。结尾用写景来收拾全篇，是词人们常用的一个艺术方式。

比如吴文英的《风入松》：听风听雨过清明，愁草瘗花铭。楼前绿暗分携路，一丝柳、一寸柔情。料峭春寒中酒，交加晓梦啼莺。　　西园日日扫林亭，依旧赏新晴。黄蜂频扑秋千索，有当时、纤手香凝。惆怅双鸳不到，幽阶一夜苔生。结尾一句景物描写，含蓄蕴藉，比说一万句想念、惆怅都有力量。

（6）**描写细节**。结尾描写细节，使全词表现的情感更加细腻真切。比如李清照的《蝶恋花》：暖日晴风初破冻。柳眼梅腮，已觉春心动。酒意诗情谁与共。泪融残粉花钿重。　　乍试夹衫金缕缝。山枕斜欹，枕损钗头凤。独抱浓愁无好梦。夜阑犹剪灯花弄。结尾剪灯花的这个细节虽然平常，却很精巧地使全词的情绪达到一个更加空明澄澈的境地。

（7）**联翩浮想**。用多姿多彩的想象来做结尾，生动具体形象，别有洞天。比如王观的《庆清朝慢》：调雨为酥，催冰做水，东君分付春还。何人便将轻暖，点破残寒？结伴踏青去好，平头鞋子小双鸾。烟郊外，望中秀色，如有无间。　　晴则个，阴则个，馁饤得天气，有许多般。须教镂花拨柳，争要先看。不道吴绫绣袜，香泥斜沁几行斑。东风巧，尽收翠绿，吹在眉山。唐宋词中多是悲伤哀怨的情调，这首词能把欢乐写得这么具体清新，真是令人喜爱。词的结尾用丰富的想象，说春风能够把那些翠绿的美好景色收集起来，吹到姑娘们的眉毛上去，真是匪夷所思，令人赞叹。

（8）**引用典故**。比如王安石的《桂枝香·金陵怀古》：登临送目。正故国晚秋，天气初肃。千里澄江似练，翠峰如簇。归帆去棹残阳里，背西风、酒旗斜矗。彩舟云淡，星河鹭起，画图难足。　　念往昔、繁华竞逐。叹门外楼头，悲恨相续。千古凭高，对此谩嗟荣辱。六朝旧事随流水，但寒烟、芳草凝绿。至今商女，时时犹唱，后庭遗曲。结尾一句引用商女犹唱后庭花的典故，迷离奇隽，言虽止而意无尽。既避免了直白，又表达了更丰富的意蕴。

七　词的体物技巧

　　体物词是诗词星空中的灿烂星座，群星闪耀，光芒璀璨。体物是填词创作中经常会遇到的重要题材，其中也有一些常用的方法和技巧值得特别注意。

　　体物即摹状事物，也就是咏物。咏物的意思就是以诗歌描写事物。范仲淹说："指其物而咏者，谓之咏物。"刘熙载说："咏物隐然只是咏怀，盖个中有我也。"写作体物词，首先要搞明白为什么要体物。主要还是因为这个"物"牵动了作者的情肠，引发了作者的哲思。体物词其实也就是用意象来表达自己的所见所思所感，尤其是抒发内心的思想情感。否则，作品就缺少分量和底蕴。比如清朱彝尊写过一首著名的《沁园春》来咏乳房：

沁园春·咏乳
朱彝尊

　　隐约兰胸，菽发初匀，玉脂暗香。似罗罗翠叶，新垂桐子；盈盈紫药，乍擘莲房。窦小含泉，花翻露蒂，两两巫峰最断肠。添惆怅，有纤褂一抹，即是红墙。

　　偷将碧玉形相，怪瓜字初分蓄意藏。把朱栏倚处，横分半截，琼箫吹彻，界住中央。量取刀圭，调成药裹，宁断娇儿不断郎。风流句，让屯田柳七，曾赋酥娘。

　　这首词虽词采斐然，传播广泛，但是作者所选择的体物意象则值得商榷。视野狭窄，情志卑弱，作品自然也就有个高下之分。体物的目的不是在物，而是要在"体"字上展现光彩。王国维曾引西人尼采之言："一切文学，余爱以血书者。"词虽轻浅物，更贵有灵魂。心态浮躁，则词作浮飘。如果失魂落魄，体物词也就失去了重量和体温。

所以写作体物词，选择适合自己情志的体物对象，是关键的一个步骤。常用来作为意象的植物种类有松竹梅兰菊莲牡丹杨柳等，动物种类有雁马虎鹰蝉鹅蟋蟀等，自然天象如风雨雷电霞日月等。不同的意象常有不同的情感氛围，如杨柳代表离别，梅花象征高洁，蝉象征悲凉，马象征远大抱负，蟋蟀象征凄凉孤寂……为了更有比较性，本书只列举几首咏梅词来比较和探讨一下体物词的写作技巧。

按照体物词的内容和特点，我认为体物词大约可以分为以下五种：

（1）描写被咏之物的形态。比如：

西江月·红梅
王安石

梅好惟嫌淡伫，天教薄与胭脂。真妃初出华清池。酒入琼姬半醉。

东阁诗情易动，高楼玉管休吹。北人浑作杏花疑。惟有青枝不似。

玉楼春·红梅
毛滂

当日岭头相见处。玉骨冰肌元淡伫。近来因甚要浓妆，不管满城桃杏妒。

酒晕脸霞春暗度。认是东皇偏管顾。生罗衣褪为谁羞，香冷熏炉都不觑。

这两首词都是详细描写了自己眼中的各种角度的红梅形象，从颜色到形态都观察细腻，描画生动。

（2）借体物来写风景。比如：

生查子·见梅花

王质

见汝小溪湾，修竹连疏影。 林杪动风声，惊下氄氄粉。

见汝大江郊，高浪摇枯本。 飞雪密封枝，直到斜阳醒。

一剪梅

张炎

闷蕊惊寒减艳痕。 蜂也消魂。 蝶也消魂。 醉归无月傍黄昏。 知是花村。 知是前村。

留得闲枝叶半存。 好似桃根。 不似桃根。 小楼昨夜雨声浑。 春到三分。 秋到三分。

这两首词都是铺排笔墨描写风景以及风景带来的各种情绪，笔墨的中心是放在对梅花所处的环境描写上。

（3）借体物来抒情。比如：

高阳台·落梅

吴文英

宫粉雕痕，仙云堕影，无人野水荒湾。 古石埋香，金沙锁骨连环。 南楼不恨吹横笛，恨晓风、千里关山。 半飘零，庭上黄昏，月冷阑干。

寿阳空理愁鸾。 问谁调玉髓，暗补香瘢。 细雨归鸿，孤山无限春寒。 离魂难倩招清些，梦缟衣、解佩溪边。 最愁人，啼鸟晴明，叶底青圆。

这首词，抒情意味非常浓郁。作者借物赋形，满含深情。描写的重心不是眼中梅，而是心中梅。词人的笔墨不是放在梅花上，而是用于直接抒发内心深处的各种感慨。

（4）借体物来言志。比如：

沁园春·梦中作梅词

刘克庄

天造梅花，有许孤高，有许芬芳。似湘娥凝望，敛君山黛，明妃远嫁，作汉宫妆。冷艳谁知，素标难衰，又似夷齐饿首阳。幽雅意，纵写之缣楮，未得毫芒。

曾经诸老平章。只一个孤山说影香。便诏书存问，漫招处士，节旄落尽，早屈中郎。日暮天寒，山空月堕，茅舍清于白玉堂。宁淡杀，不敢凭羌笛，告诉凄凉。

满江红·甲午宜兴赋僧舍墨梅

李曾伯

姑射山人，仙去后、唯存标格。犹赖有、墨池老手，草玄能白。留得岁寒风骨在，岂烦造化栽培力。有世间、肉眼莫教看，非渠识。

元不夜，枝何月。元未腊，花何雪。最孤高不受，多情轻折。只有暗香天靳予，黄金作指难为术。更若将、解语付真真，空成色。

这两首词都是借吟咏梅花的高洁来表达自己的内心品格和清高志向。

（5）借体物来表达生活感悟。比如：

定风波·咏红梅

苏轼

好睡慵开莫厌迟。自怜冰脸不时宜。偶作小红桃杏色，闲雅，尚馀孤瘦雪霜姿。

休把闲心随物态，何事，酒生微晕沁瑶肌。诗老不知梅格在，吟咏，更看绿叶与青枝。

西江月·赋红白二梅
汪莘

红白虽分两色，清香总是梅花。早春风日野人家。相对伯夷柳下。

爱影拈将灯取，惜香放下帘遮。长安如梦只堪嗟。乐此应须贤者。

这两首词表达的是从梅花得到的启示，其实可以看成是两首纯粹的哲理词。

体物词的写作往往根据意象的某一侧面或者某一特征来落笔，有时候由于作者的遭际、情感和表现手法的不同，即使同样的一个意象，也会产生各种不同的甚至截然相反的感悟哲思和情感氛围。比如：

卜算子·咏梅
陆游

驿外断桥边，寂寞开无主。已是黄昏独自愁，更着风和雨。无意苦争春，一任群芳妒。零落成泥碾作尘，只有香如故。

卜算子·送梅花与赵使君
陈师道

梅岭数枝春，疏影斜临水。不借芳华只自香，娇面长如洗。还把最繁枝，过与偏怜底。试傍鸾台仔细看，何似丹青里。

卜算子·咏梅
朱淑真

竹里一枝斜，映带林逾静。 雨后清奇画不成，浅水横疏影。
吹彻小单于，心事思重省。 拂拂风前度暗香，月色侵花冷。

卜算子·梅
张元干

的皪数枝斜，冰雪萦馀态。 烛外尊前满眼春，风味年年在。
老去惜花深，醉里愁多瞧。 冷蕊孤芳底处愁，少个人人戴。

卜算子·吏部梅花八咏，夔次韵
姜夔

江左咏梅人，梦绕青青路。 因向凌风台下看，心事还将与。
忆别庾郎时，又过林逋处。 万古西湖寂寞春，惆怅谁能赋。

这五首《卜算子》都以梅花为主题，但是因为吟咏的角度的不同，抒发的情感也各有差异。陆游的作品直接以花拟人，物我合一，把花当成自己来写，抒发的是自己对不平遭际的愤懑和对情操的坚持。陈师道的作品借梅花来比喻友谊，把梅花当作友人来写，细腻传神，表面上写的是梅花的美好，实际是对友人美好品格的赞美。朱淑真的作品偏于写景，开头借用对比和衬托的手法，描绘出梅花的鲜明形象，不直接说破自己要表达的心事，文字也更加含蓄和委婉。张元干的作品借物抒怀，主要运用了衬托的手法，以上阕年年在的满眼春，来衬托下阕老去和醉中的孤寂心情，抒发内心对能够让自己来给她戴花的人的期待。姜夔的作品不求形似，用典颇多，用典也使这篇作品更加厚重。作者不偏重描写梅花的明艳形象和外在环境的诗情画意，而是浓墨重彩写出了梅花带来的深厚的历史沧桑感。这五首词的表现手法不同，但都抓住了梅花的特点，写出了不同的旨趣和韵味。

要写好体物词，基本上需要有下面七个简要步骤：

（1）**追求形似**。要写某物，就要熟悉某物的独特样貌、习性和环境，写什么就要像什么。比如辛弃疾的《生查子·重叶梅》上阕："百花头上开，冰雪寒中见。霜月定相知，先识春风面。"这几句词准确地描写了重叶梅的开花时令，同时也写出了重叶梅的植物特点。这就需要作者细腻的观察体悟，尤其是对所咏之物要有必要的知识储备和生活积累。

（2）**力求神似**。仅仅满足于照相式的客观描摹和直接叙述，还仅仅是体物词的初级阶段。要能够做到不即不离之中突出某一点特别的地方，这才显出作者的高明和词作的妙处。比如辛弃疾的《临江仙·探梅》中的词句："一枝先破玉溪春。更无花态度，全有雪精神。"既不粘滞于梅花的表面描写，又没有脱离梅花的具体神韵，同时又切合梅花的植物特色，由实到虚，空灵剔透，真是令人难忘的千古名句。

（3）**笔底含情**。体物词在形神兼备之外，作者还不能干巴巴地冷眼旁观，也不能拿着手术刀像冷血动物一样一块一块进行意象解剖。词句中倘若注入作者的情感温度，会更加打动读者的心灵。请看宋代一位不太知名的作者李邦献的一首《菩萨蛮·蜡梅》：薰沉刻蜡工夫巧。蜜脾锁碎金钟小。别是一般香。解教人断肠。　冰霜相与瘦。清在江梅右。念我忍寒来。怜君特地开。作者在对梅花细腻的描写中，倾注了一片深情，结尾两句说是梅花是因为怜惜作者冒寒来看花，专门为自己盛开的。这样描写，出人意料，别致新鲜。

（4）**寄托情志**。体物词，要有灵魂。在体物之中结合作者自己的生活经历和社会境遇，抒发出自我的情操、社会感悟和人生志向，是体物词的更高一层境界。以下三首当代人仿陆游咏梅词而成的新词均寄托情操，各见襟怀，不妨对读：

卜算子·咏梅
毛泽东

风雨送春归，飞雪迎春到。已是悬崖百丈冰，犹有花枝俏。
俏也不争春，只把春来报。待到山花烂漫时，她在丛中笑。

卜算子·步韵咏梅

林散之

大气转乾坤，又见春光到。已辞香海百花魁，独爱东风俏。

风光处处新，消息年年报。嫣红姹紫灿人间，赢得花争笑。

卜算子·施肖丞有反陆游咏梅之作，
汤影观夫人答以同调，愚亦继声

龙榆生

危立孕春生，冷蕊迎阳放。顾影低徊自获持，幻作庄严相。

细吐骨中香，肯逐柔波漾。醉倚东风荡旧尘，未要供观赏。

毛泽东的词体现出政治家的特色，气魄宏大，境界超拔。林散之的词是暖色调的，表达心中挚爱，赞美之情溢于言表，群芳荟萃，温暖明亮。龙榆生先生的词则是冷色调的，隐逸之气中有暗蕴一份清高襟抱。

（5）侧面烘托。体物词，除了直抒胸臆和正面抒情言志，还可以在构思谋篇时换一种思路，通过委婉迂回的侧面入笔。比如刘克庄的《长相思·惜梅》：寒相催。暖相催。催了开时催谢时。丁宁花放迟。　　角声吹。笛声吹。吹了南枝吹北枝。明朝成雪飞。词人并不直接写梅花，而是侧面写人们盼望梅花的各种心情来烘托气氛，表达自己对梅花的怜惜之情。这就比空洞的感叹更加有表现力。

（6）装饰词句。在句子中巧妙运用一些比喻、对仗、对比、反衬、用典等装饰手法，把词句打扮得花枝招展，让整篇词也更加高妙空灵，摇曳多姿，焕然出彩。比如陈亮的《最高楼·咏梅》：春乍透，香早暗偷传。深院落，斗清妍。紫檀枝似流苏带，黄金须胜辟寒钿。更朝朝，琼树好，笑当年。　　花不向沉香亭上看。树不着唐昌宫里玩。衣带水，隔风烟。铅华不御凌波处，蛾眉淡扫至尊前。管如今，浑似了，更堪怜。作者用了一个"偷"字，把梅花的淡香写得极为灵动。接着用"紫檀枝似流苏带，黄金须胜辟寒钿"这样两个明喻，把梅花紫檀色的枝干描写得像流苏那样飘逸，把它的金色花蕊比喻成黄金须，接着又说这金色花蕊比辟寒钿（即辟寒金做成的首饰。唐段成式《酉阳杂俎·羽篇》记载："不服辟寒金，那得帝王心。不服辟寒钿，那得帝王怜。"）更加珍贵、灵验。随后又用琼树、牡丹、玉蕊花这三种植物来反衬梅花的高洁。其中"沉香亭"是用了杨贵妃招李白在沉香亭里看牡丹花的典故，"唐昌宫"用了唐元和年间游人在长安唐昌观争看玉蕊花的典故，"铅华不御"还用了《洛神赋》中宓妃的典故，"蛾眉淡扫"用了杜甫《丽人行》中虢国夫人的典故……通过如此高妙精巧的种种语言技术，委婉而又清晰优美地传达出自己内心的美好操守和愤懑情绪。

（7）添加生趣。体物词若增加一些生趣，就如煮汤时放进了一点味精，味道格外鲜美。比如周邦彦的《一剪梅》：一剪梅花万样娇。斜插梅枝，略点眉梢。轻盈微笑舞低回，何事尊前拍误招。 夜渐寒深酒渐消。袖里时闻玉钏敲。城头谁恁促残更，银漏何如，且慢明朝。作者以其生趣盎然的笔法传达出强烈的美感和眷恋。他笔下的美丽女孩既调皮又可爱，最后一句"且慢明朝"更是活力四射，让读者忍俊不禁，兴味十足。

再请看宋代名气不太大的黄升的《贺新郎·梅》：自扫梅花下。问梢头、冷蕊疏疏，几时开也。间者阔焉今久矣，多少幽怀欲写。有谁是、孤山流亚。香月一联真绝唱，与诗人、千载为嘉话。馀兴味，付来者。 清癯不恋华亭榭。待与君、白发相亲，竹篱茅舍。喜甚今年无酒禁，溜溜小槽压蔗。已准拟、雪天霜夜。自醉自吟仍自笑，任解冠、落珮从嘲骂。书此意，寄同社。别人写梅花大都是开放了的梅花，黄升笔下的梅花却是一直没开。通过想象中和梅花进行的有趣的问答，作者在词的上阕和下阕，把自己对梅花的喜爱抒发得淋漓尽致而又饶富兴味。

词是一种需要空灵轻松的诗体，诗词的生趣问题，常常容易被人忽略，所以特别提醒读者在作词时留心。

八 词的写景技巧

词中写景的词句很多。借景抒情，是词人们常用的一种写作方式。探讨一下词的写景技巧，对我们的填词练习是有借鉴意义的。我们先来看一下下面这首小令：

生查子
牛希济

春山烟欲收，天淡星稀小。残月脸边明，别泪临清晓。
语已多，情未了，回首犹重道：记得绿罗裙，处处怜芳草。

这首词描写的是恋人清晨分别时候的感情波澜。清峻委婉的风景描写在词中占有很大的比重。春山上的雾气渐渐飘散，鱼肚白色的天空还闪烁着稀稀疏疏的小星星。残月斜照在脸上，映照着离别的眼泪格外晶莹……寥寥几笔，清晰简练地交代清楚了离别的季节、时间、环境和心情，而且还采用由大及小、由远及近的手法，把特写镜头定格在恋人的眼泪上，含蓄婉转，情深意长。下阕的最后两句"记得绿罗裙，处处怜芳草"非常有名，这两句其实也是在从另一个角度描写风景，萋萋芳草连天碧，把美丽忧伤的意境也一起拓展到远方……在感情的浸润下，风景也富有了生机和感染力。触景生情，寓情于景，风景描写的重要作用，在这首词中体现得十分鲜明。

写景，首先要观察仔细，要对景物的形态、色彩、声音、大小、清浊等特征有自己独特的美学发现。另外还要抓住风景的特征，写出不同于别的时间内、地点、季节中的独到特点，尽量做到心中有丘壑，让风景在自己笔尖鲜活起来。根据创作情景的不同，词人们在写景时采用了不同的表现方式，仅就眼力所及，略述如下：

移步换景，直接描写。 根据作者视角的变换，见什么景色就按照顺序写下什么景色，或者由远及近，或者由近及远，或者由点及面，或者由面到点，全词自然流畅，步步生辉。比如秦观的《满庭芳》：山抹微云，天粘衰草，画角声断谯门。暂停征棹，聊共引离尊。多少蓬莱旧事，空回首，烟霭纷纷。斜阳外，寒鸦万点，流水绕孤村。　　销魂、当此际，香囊暗解，罗带轻分。谩赢得青楼、薄幸名存。此去何时见也？襟袖上、空惹啼痕。伤情处，高城望断，灯火已黄昏。

在这首《满庭芳》中，词人的笔墨首先勾勒出一片"山抹微云，天粘衰草"的晚秋景致，营造出凄凉的情感氛围，随后很自然地极目远望，大手笔写出了"斜阳外，寒鸦万点，流水绕孤村"的一片微茫景象。直到下阕"高城望断"，已经是"灯火已黄昏"了，词人都是在按照移步换景的节奏、井然有序地步步写景，而词人自己缠绵悱恻、难舍难分的滂沛情感，也就随着一步步风景描写畅快淋漓地一泻而下，直抵读者内心。

再请看叶梦得的《水调歌头·濠州观鱼台作》：渺渺楚天阔，秋水去无穷。两淮不辨牛马，轻浪舞回风。独倚高台一笑，围围游鱼来往，还戏此波中。危槛对千里，落日照澄空。　　子非我，安知我，意真同。鹏飞鲲化何有，沧海漫冲融。堪笑磻溪遗老，白首直钩溪畔，岁晚忽衰翁。功业竟安在，徒自兆非熊。词人开头设置了一个巨大的楚天秋水的时空背景，然后逐步缩小意境空间，直到"围围游鱼来往"，抒情焦点从楚天阔，竟然逐渐缩微到了几条小鱼的来往游姿，细腻的心中情感也在这由大到小的视角下拨云见月，很自然地抒发了出来，同时更为下阕书写内心的感悟也做了很好的情感铺垫，使其不致过分突兀，也是意境更加丰满。

细节生动，特色突出。 写景时经过仔细观察，细腻而耐心地描绘风景细节，能够使自己的作品特色更加突出。比如晁补之的《望海潮·扬州芍药会作》：人间花老，天涯春去，扬州别是风光。红药万株，佳名千种，天然浩态狂香。尊贵御衣黄。未便教西洛，独占花王。困倚东风，汉宫谁敢斗新妆。　　年年高会维阳。看家夸绝艳，人诧奇芳。结蕊当屏，联葩就幄，红遮绿绕华堂。花面映交相。更秉管观浦，幽意难忘。罢酒风亭，梦魂惊恐在仙乡。这首词中的"结蕊当屏，联葩就幄，红遮绿绕华堂"，就是作者独特的细节描写，也是作者个人的艺术发现。

秦观的《望海潮》中的细节描写更加具体：梅英疏淡，冰澌溶泄，东风暗换年华。金谷俊游，铜驼巷陌，新晴细履平沙。长记误随车，正絮翻蝶舞，芳思交加。柳下桃蹊，乱分春色到人家。　　　　西园夜饮鸣笳。有华灯碍月，飞盖妨花。兰苑未空，行人渐老，重来是事堪嗟。烟暝酒旗斜，但倚楼极目，时见栖鸦。无奈归心，暗随流水到天涯。这首词中的景物描写精彩纷呈。梅英的疏淡，冰澌的溶泄，都是需要仔细观察之后才能采撷出来的。"乱分春色"和"暗随流水"，更是情境雅致，襟抱幽远，别有一番咀嚼。

巧用侧笔，制造波澜。 改变描写顺序，不按常理出牌，直接从侧面用笔描写风景，异军突起，鲜明醒目。比如吴文英的《点绛唇·越山见梅》：春未来时，酒携不到千岩路。瘦还如许。晚色天寒处。　　　　无限新愁，难对风前语。行人去。暗消春素。横笛空山暮。词人开头先荡开一笔，侧面描写"春未来时"的情景和动作，接着借傍晚寒梅的特写镜头，表达自己心中的愁苦和孤寂。全词感情脉络跌宕起伏，句句写景，句句情深，营造出清疏空灵的独特意境。

再请看另一位宋代词人王质的《生查子·见梅花》：见汝小溪湾，修竹连疏影。林杪动风声，惊下氋氃粉。　　　　见汝大江郊，高浪摇枯本。飞雪密封枝，直到斜阳醒。这首词不直接破题写梅花，而是先侧笔从梅花周围的不同环境写起。上阕描写梅花在小溪湾的风景，接着下阕又描写了梅花在大江郊的另一种风景，上下阕两种不同的地理环境互相映衬，体现出词人不俗的结构能力。

虚实结合，声色交加，动静呼应。 文似看山不喜平，词则更注重曲折变换、回肠荡气之美。词人把虚与实、声与色、动与静的不同矛盾元素错落有致地安排进作品里，使作品的表现空间有声有色，更加丰富宏阔，也更加绚丽多姿。

请看贺铸的《青玉案》：凌波不过横塘路，但目送，芳尘去。锦瑟华年谁与度？月桥花院，琐窗朱户，只有春知处。　　　　飞云冉冉蘅皋暮，彩笔新题断肠句。试问闲愁都几许？一川烟草，满城风絮，梅子黄时雨。这首词把虚的"愁"与实的"一川烟草，满城风絮，梅子黄时雨"结合起来，这样，看不见的人生况味就用可感可见的实景鲜明地表达了出来，词句巧妙而又飘逸漂亮。

请看仲殊的《南柯子·忆旧》：十里青山远，潮平路带沙。数声啼鸟怨年华，又是凄凉时候、在天涯。　　白露收残月，清风散晓霞。绿杨堤畔问荷花：记得年时沽酒、那人家？词人把青、白、红、绿与鸟的啼声、人的问声结合在一起，画境清新，画外音清悠，意境灵动活泼，色彩鲜丽，不同凡响，饱含韵致，无限缠绵。

再请看石孝友的《木兰花·送赵判官》：阳关声里催行色。马惜离群人惜别。入怀风月记衔杯，迎步溪山供散策。　　阴飙断渡江吹白。晴壑吞云天放碧。悬知诗兴满归途，三四野梅开的砾。词人用了入怀和迎步这样两个动作，巧妙地把静态风景的风月和溪山，变成了动态的风景，静中有动，动中有静，以动活静，以静衬动，独出心裁，境界全出。

景融于情，寓情于景。 把情感和风景结合在一起来写，是大部分词人的常用手法。前面列举的贺铸"试问闲愁都几许？一川烟草，满城风絮，梅子黄时雨"就是典型的例证。我们再看柳永的《雨霖铃》：寒蝉凄切，对长亭晚，骤雨初歇。都门帐饮无绪，留恋处，兰舟催发。执手相看泪眼，竟无语凝噎。念去去，千里烟波，暮霭沉沉楚天阔。　　多情自古伤离别，更那堪，冷落清秋节！今宵酒醒何处？杨柳岸，晓风残月。此去经年，应是良辰好景虚设。便纵有千种风情，更与何人说。这首词把凄切悲凉的秋景和悲哀悱恻的心情结合在一起，达到了很高明的艺术境界，历来为人称道。词人通过精确的景物描写，灵动地营造出了复杂委婉的情感氛围。"念去去，千里烟波，暮霭沉沉楚天阔"，一个"念"字，把千里烟波和暮霭沉沉的楚天都变成了凄楚惆怅的情语，而"今宵酒醒何处？杨柳岸，晓风残月"，更是把酒醒后的感觉用风景的凄清、破碎、悲凉衬托了出来。勾勒环境，描摹情态，表达心情，抒发感叹，均在白描中不动声色地完整表现了出来，的确不愧千古名句。

再请看辛弃疾的《浣溪沙·偕叔高、子似宿山寺戏作》：花向今朝粉面匀，柳因何事翠眉颦？东风吹雨细于尘。　　自笑好山如好色，只今怀树更怀人。闲愁闲恨一番新。把花柳山水风雨的景色与个人的感受搅在一起，句句说景，句句又在抒情，从中显示的情景交融的高超表达技巧，更是值得我们细细体味。

妙用手段，词句生辉。 词句中运用比喻、拟人、排比、对偶、夸张、借代、衬托、通感、列锦、点染等一切语言手段，把词句打扮得像春风一样温馨清爽。以辛弃疾的词句为例，如"郁孤台下清江水，中间多少行人泪"，这里就是比喻。"屋上松风吹急雨，破纸窗间自语"，这里就是拟人。"大儿锄豆溪东，中儿正织鸡笼。最喜小儿无赖，溪头卧剥莲蓬"，这里就是排比。"万事云烟忽过，百年蒲柳先衰"，这里就是对偶。"乃翁依旧管些儿，管竹管山管水"，这里就是夸张。"红莲相倚浑如醉，白鸟无言定自愁"，这里既是拟人，又是对仗。"浮天水送无穷树，带雨云埋一半山"，这里既是对仗，又是拟人，还是夸张。"把春波都酿作、一江醇酎。约清愁、杨柳岸边相候"，这里既是比喻、拟人、夸张，还有了通感的意味……

妙用手段，有时候不只个别词句下功夫，倘若词的整体构思上用些特别手段，也特别给力。下面我们完整地看一下辛弃疾的《玉楼春·戏赋云山》：何人半夜推山去？四面浮云猜是汝。常时相对两三峰，走遍溪头无觅处。 西风瞥起云横度，忽见东南天一柱。老僧拍手笑相夸，且喜青山依旧住。这首词写云，整体运用设问、拟人、夸张和比喻，把云山写得幽默诙谐，妙趣横生。云彩掩不住青山的现象，也非常耐人寻味。上句设问，下句回答的手法，也空灵美妙，活泼流畅。这首体物词细腻真实，显示了作者对云山的精细观察和深刻体味。

列锦和点染的表现手法，在词的创作中常见，所以下面多介绍几句。

列锦

列锦被称为"诗词中的蒙太奇"，就是把几个名词或名词性短语排列起来构成句子的一种修辞手法。列锦句中没有谓语性词汇，却能完整地叙事述怀，表达出作者在整个句子中所要表达的思想情感。这种奇特的句子在词的创作中经常会遇到，比如贺铸的"一川烟草，满城风絮，梅子黄时雨"，其中的"烟草""风絮""梅雨",既各自独立构成画面,同时又经过串联叠加,共同构成一幅更加立体化的鲜明画面,创造出淡雅凄美的幽远意境,表达出作者心中柔软细密湿润的哀愁之情。另外还可以随手列举出很多列锦句,晏殊的"燕子来时新社,梨花落后清明",柳永的"烟柳画桥,风帘翠幕,参差十万人家",陆游的"红酥手,黄縢酒,满城春色宫墙柳",岳飞的"三十功名尘与土,八千里路云和月",纳兰性德的"春花春月年年客"……

构成列锦的名词性意象群,并不是互相之间毫无关联的机械罗列,而是有着共同的情境关联,他们的流畅组合与复杂叠加,目的是为了构成一种完整的抒情境界,多角度地表达思想情感,展示洗练、单纯、蕴藉、空灵的意境之美。我们来看宋代汪莘的《行香子·雪后闲眺》:策杖溪边。倚杖峰前。望琼林、玉树森然。谁家残雪,何处孤烟。向一溪桥,一茅店,一渔船。别般天地,新样山川。唤家僮、访鹤寻猿。山深寺远,云冷钟残。喜竹间灯,梅间屋,石间泉。这首词中的列锦句颇多,比如"谁家残雪,何处孤烟""别般天地,新样山川""一溪桥,一茅店,一渔船""竹间灯,梅间屋,石间泉"等都是很典型的列锦句。罗列在一起的几个意象,将词人的情感浇注到雪、烟、天地、山川、桥、店、渔船、灯、屋、泉的审美意象之中,同时结合对仗、排比等修辞手法,对画面进行快节奏的明快剪辑,把看似单个的名词组织成一个苍凉辽远的意象空间,既是在用工笔般细腻的笔触实写眼前风景,同时又是在用大写意的清丽笔触铺陈奇崛的心路历程,没有动词,却又跳如串珠,动态十足,"止提掇出紧关物色字样,而音韵铿锵,意象具足"。

第一,列锦使内容更加丰富。通过相互关联词语的有效叠加,增加了词句的表现范围和涵盖面,收到了1加1大于2的效果,强化了表现力。

第二,列锦使句子更加凝练。因为省略了不必要的动词,等于使句子减去了多余的赘肉,增加了词作的清癯绰约之美。

第三,列锦使内蕴更加厚重。省略的谓语所留下的语感断裂,有点类似于绘画中的特意留白,添加了读者参与的想象空间。

第四,列锦使节奏更加明快。并列而出的名词,经过一定的巧妙选择组合，音韵和谐，轻灵爽利，自然而然地形成一种流水般的跳跃节拍，使节奏感更加空灵和强烈。

当然，列锦是否成功，不是孤立的修辞现象，而是和整篇作品的格调、风韵相关联的。比如元末明初邵亨贞的《太常引·追和赵文敏公旧作》：蓬壶阆苑景飘萧。青玉案、紫鸾箫。五彩凤皇毛。记曾览、彤廷奏韶。　　夕阳回首，汉家陵阙，霜露满岩峣。说着旧游遨。便想起、风流二乔。这里的"青玉案、紫鸾箫。五彩凤皇毛"，也是采用列锦手法，但是语汇陈旧、思想空洞，这种列锦就寡淡无味，形同鸡肋。而这也和整首词的整体质量较平庸是有极大关系的。

点染

什么是点染？点染是从绘画技术中借鉴出来的一个名词，是唐宋词创作中的一种常用的技法。刘熙载《艺概》有言："词有点、有染，柳耆卿《雨霖铃》云：'多情自古伤离别，更那堪冷落清秋节。今宵酒醒何处？杨柳岸晓风残月。'上两句点出离别冷落，'今宵'二句乃就上两句意染之。点染之间，不得有他语相隔，隔则警句亦成死灰矣。"近来词界颇为重视"点染"一说。陶文鹏先生认为："'点'就是'点明'，'染'就是用景物来烘托。词的抒情、说理多用点笔，状物、写景多用染笔；叙事则既可点，亦可染；情、景、事、理都可以点，但点多是抒情、说理的提醒之笔，而染就是围绕点而做铺垫、描绘、渲染、烘托，使主旨表现得具体、形象、生动、感人；点染手法在唐宋词中的具体运用，既变化多端，又有一定规律可循：点常常出现在词的开篇、结尾、换头等关键处。"陶尔夫、诸葛忆兵则认为："词（主要是慢词）中的所谓'点染'，就是说，根据主题与艺术表现的需要，有的地方应予点明，有的地方则需要加以渲染。点，就是中锋突破；染，就是侧翼包抄。这二者相互配合，里呼外应，便造成强大攻势，给读者留下深刻印象。点染，又很像是议论文中的总说和分说。点，是总提；染，是分说。"

词的点染之法，其实也就是分清帅兵之别，使词的结构有所倚重，旨志更加鲜明。我们先来看几个点染的例子。

先请看宋代陈著的《青玉案》：青山流水迢迢去。总是东风往回路。送得春来春又暮。莺如何诉。燕如何语。只有春知处。　　时光渐渐春如许。何用怜春怕红雨。到处空飞无实据。花开也好，花飞也好，此意须双悟。前边的景色描写都是烘托气氛，结尾的"此意须双悟"则点明题旨。也就是说，最后的说理尾句是"点"，前边的写景句子则是"染"。

再比如辛弃疾的《鹊桥仙·送粉卿行》：轿儿排了，担儿装了，杜宇一声催起。从今一步一回头，怎睚得、一千余里。　　旧时行处，旧时歌处，空有燕泥香坠。莫嫌白发不思量，也须有、思量去里。上阕的尾句"怎睚得、一千余里"是作者要点明的遥远的距离，也是"思量"不"思量"的缘由，而其余的动作和景色都是在渲染这份悲怆的距离感，所以"怎睚得、一千余里"就是抒情的"点"，而叙事和写景的其余的句子就是"染"。

再比如刘过的《贺新郎·赠邻人朱唐卿》：多病刘郎瘦。最伤心、天寒岁晚，客他乡久。大斾翩翩何许至，元是高阳旧友。便一笑、相欢携手。为问武昌城下月，定何如、扬子江头柳。追往事，两眉皱。　　烛花细剪明于昼。唤青娥、小红楼上，殷勤劝酒。昵昵琵琶恩怨语，春笋轻笼翠袖。看舞彻、金钗微溜。若见故乡吾父老，道长安、市上狂如旧。重会面，几时又。开头的"多病刘郎瘦。最伤心、天寒岁晚，客他乡久"点明自己写这首词的时间、地点和缘由，后边则水流而下，继续铺叙伤心之后的各种风景和遭际。那么开头的"多病刘郎瘦"就是抒情的"点"，其余叙事和写景的句子就是"染"。

"点染"法，其实就是一笔先蘸上深浅不同的色彩落在纸上，然后再在画面上连点带染，烘托成篇。也就是先突出重点词句，然后再围绕这个重点词句在语言上进行写景、状物、叙事等烘托渲染。点染法在写景词中的作用尤其值得关注。不过，不一定每篇作品都要"点染"，有时候故意不"点破"，也能收到含蓄云集的效果，这一点则有待作者自己在具体创作中去具体把握了。

九　词的言情技巧

词为情体，以情动人。词本身就是一种抒情性很强的文体。

言情，是词的重要成分，也是词的主要题材，更是词的重要文体特点。

清代的查俭堂说："情有文不能达，诗不能道者，而独于长短句中可以委婉形容之。"历代词人都善于运用各种言情技巧，留下了许多情韵悠长的言情佳作。

情者，贵在自然流露，以纯真挚切为上。情之于词，如花之于春。自然生发，不必强求，不可或缺。难道言情还需要什么人为的技巧吗？当然不需要。但是我们比较一下前人的创作规律，了解一下前人的言情习惯和审美手段，更深入地理解言情的具体内涵和艺术风味，对于增进词在言情时的表现力和表达能力，应该也都是有益的。

言情如果说有什么技巧的话，**第一技巧就是直抒胸臆、情真意切。**

言情成功，离不开"真"字诀。"吐纳精华，莫非性情"，词中有了真情，才会有真实的感动和共鸣。词中的真情，如同荷花之香，有香远益清的境界之美。请看纳兰性德的这首词：

金缕曲·亡妇忌日有感
纳兰性德

此恨何时已。滴空阶、寒更雨歇，葬花天气。三载悠悠魂梦杳，是梦久应醒矣。料也觉、人间无味。不及夜台尘土隔，冷清清、一片埋愁地。钗钿约，竟抛弃。

重泉若有双鱼寄。好知他、年来苦乐，与谁相倚。我自中宵成转侧，忍听湘弦重理。待结个、他生知己。还怕两人俱薄命，再缘悭、剩月零风里。清泪尽，纸灰起。

一开头就是倾诉衷肠，脱口而出，"无矫揉装束之态。以所见者真，所知者深也"。这首词不雕琢，不讲究辞藻，不惺惺作态，一个"真"字，贯穿全词，清朗自然，流畅朴素。可说是直抒胸臆类型中的上品之作。

再请看元代的元好问这首《三奠子·离南阳后作》：

怅韶华流转，无计留连。行乐地，一凄然。笙歌寒食后，桃李恶风前。连环玉，回文锦，两缠绵。

芳尘未远，幽意谁传。千古恨，再生缘。闲衾香易冷，孤枕梦难圆。西窗雨，南楼月，夜如年。

这首词开门见山就是情，直截了当表达了自己离开南阳后的思念和怅惘。百般忧伤，一泻而出，直抵人心。

直抒胸臆是词中言情的常见方式，纳兰性德和元好问这两首词采用的都是这种在作品中直接抒发对有关人事、环境、氛围和情感的表达过程。这种抒情方式有以下七点需要特别注意：

（1）情绪要自然。说心里话，不能故作姿态地大喊大叫，不能矫揉造作地做哭天抢地状。

（2）情绪要健康。不能抒发不健康的思想感情，不能让读者因为某些违反天伦的情感觉得恶心和反感。这一点，今天的现代词人尤其需要注意。

（3）有感而发。言情的词不是硬憋出来的，不是无病呻吟出来的，要注意内心情感的自然流露。

（4）有对象而发。言情要有一个关注焦点，情感才能有寄托，要围绕一个抒情中心来做文章，不能搞漫无目标的散点透射。

（5）要基于真实的生活体验。言情不能胡编乱造，情求真，词戒伪。

（6）突出个性。言情不能人云亦云，要寻找到自己的独特感觉。

（7）锦心绣口。直抒胸臆也不是不讲文采。比如纳兰性德的悼念亡妇之作和元好问离开南阳之后作，这两首词都用了很漂亮的文字，但并不妨碍情感的宣泄，反而更能帮助文字的表现力和亲和力。

除了直抒胸臆这种正面进攻的言情方式，前人诗词言情时还创造了不少迂回游击的手段，使言情的效果更加高明，文字也更加五彩缤纷。迂回言情，就是词人不把自己的思想感情直接表达出来，而是借助某种具体事物、情景等等客体来间接表达情绪。常见的迂回言情手段有以下五种：

（1）**托物言情**。就是借助于某些具体植物、动物、物品的动作、神态、习性等等独特的性征，迂回委婉地表达作者的内心感情、志向、情趣等等，抒发喜怒爱好。钟嵘《诗品·序》中说："气之动物，物之感人，故摇荡性情，行诸舞咏。"托物言情，不把笔墨放在营造意境和叙述事件上，而是把情感和思想倾注到所吟咏的客体物上，使抽象的情感在客体上产生了具体事物的形状、神态、触感和重量，从而直观而巧妙地表达出来，文字更含蓄曲折，抒情气氛也更加浓郁（当然有时候也可集中议论），这也就是"摇荡性情"。

摸鱼儿
元好问

乙丑岁赴试并州，道逢捕雁者云："今旦获一雁，杀之矣。其脱网者悲鸣不能去，竟自投于地而死。"予因买得之，葬之汾水之上，垒石为识，号曰"雁丘"。同行者多为赋诗，予亦有雁丘词，旧所作无宫商，今改定之。

问人间、情是何物，直教生死相许。天南地北双飞客，老翅几回寒暑。欢乐趣。离别苦。就中更有痴儿女。君应有语。渺万里层云，千山暮雪，只影为谁去。

横汾路。寂寞当年箫鼓。荒烟依旧平楚。招魂楚些何嗟及，山鬼暗啼风雨。天也妒。未信与、莺儿燕子俱黄土。千秋万古。为留待骚人，狂歌痛饮，来访雁丘处。

在金庸武侠名著《神雕侠侣》中，为情所困的李莫愁常常会引用"问世间情为何物，直教人生死相许"，就出自元好问的这首以言情为中心内容的《雁丘词》。这首词就是元好问借咏雁儿表达对真挚爱情的赞美。作者在这篇关于爱情悲剧的词中并没有拘泥于详细铺排事件，而是在小序中简要叙述了来龙去脉，接着在词的正文中浓墨重彩地抒发对雁为情而殉身的深深同情和感叹，感情强度更为强烈。"问人间、情是何物，直教生死相许。"一开头就直接设问，把大雁的爱情对自己的心灵震撼直接传递到读者心中。接着并没有直接回答上句的提问，而是用"天南地北双飞客，老翅几回寒暑"来继续宣泄心中的浓情，同时也很自然地告诉读者，上句的答案就在大雁这双飞客的生死相许的凄清身影上体现出来了。这首《雁丘词》表面写的是雁，实际言的是情，词中每一句都是围绕回肠荡气的一个"情"字在做文章。其情之深，情之浓，情之真，情之切，句句在咏雁，句句又在抒情。雁之情就是词人之情，词人之情又全寄托到大雁之情中抒发出来，给读者带来很强烈的阅读震撼。这首词，就是托物言情的成功例证。

（2）**托景言情**。言情就是抒发和表达感情。托景言情就是借助读自然景物、天气状况、周围环境等审美意境来抒发情感。"深于言情者，正在善于写景"，寓情于景是言情词的重要表现方式，清代李渔也曾说过："作词之料，不过情景二字，非对眼前写景，即据心上说情，说的情出，写的景明，即是好词。情景都是现在事，舍现在不求，而求诸千里之外，百世之上，是舍易求难……安得复有好词？"情和景相互交融，构成浓郁的抒情氛围和美好意境。

江南春
寇准

波渺渺，柳依依。孤村芳草远，斜日杏花飞。江南春尽离肠断，苹满汀洲人未归。

寇准这首词细腻描写了清丽柔美的风景，托景言情，烟波渺渺，杨柳依依，芳草杏花，江南春尽。这些景物寄托的意蕴和情思，层层渲染和铺垫，一句一句地把心中的凄清和苦涩慢慢展现在读者面前。

江城子·赏春

朱淑真

斜风细雨作春寒。对尊前。忆前欢。曾把梨花，寂寞泪阑干。芳草断烟南浦路，和别泪，看青山。

昨宵结得梦夤缘。水云间。悄无言。争奈醒来，愁恨又依然。展转衾裯空懊恼，天易见，见伊难。

朱淑真的《江城子·赏春》托赏春景来抒发思念之情，眼中景和心中情交相出现，情与景合，景与情融，非常感人。王国维说："昔人论诗词，有景语、情语之别。不知一切景语，皆情语也。"朱淑真这首词，描写春寒的斜风细雨，衬托的是心中的孤单冷寂。描写芳草断烟南浦路，抒发的是离别带来的心中哀痛。景语和情语，笔笔分明，结合得也水乳交融，非常自然。

景语的适当闪现，既渲染气氛，同时使情语略有收敛和节制，更加了含蓄之美，不致一览无余，了无余味。景语在词中的出场方式，大约有以下五种形态：

①托哀景言哀情。就是用凄清的风景描写来衬托心中的悲哀。比如朱淑真的"斜风细雨作春寒。对尊前。忆前欢"。

②托欢景言欢情。就是用欢快的风景描写来衬托心中的欢快。比如苏轼的"一千顷，都镜净，倒碧峰。忽然浪起，掀舞一叶白头翁。堪笑兰台公子，未解庄生天籁，刚道有雌雄。一点浩然气，千里快哉风"。

③托哀景言欢情。就是用清冷的风景描写来反衬心中的欢情。比如李清照的"露浓花瘦，薄汗轻衣透。 见客入来，袜刬金钗溜，和羞走。"露浓花瘦的风景，当然凄清，而在这首词中加上了女孩的娇羞，就反衬出心中的愉悦。

④托欢景言哀情。就是用明媚的风景描写来反衬心中的哀婉。比如李祁的"不见玉人清晓。长啸一声云杪。碧水满阑塘，竹外一枝风袅。奇妙。奇妙。半夜山空月皎"托无情景言有情。就是用看似无情的风景描写来衬托心中的深情。我们来看蒋捷的《虞美人》：少年听雨歌楼上，红烛昏罗帐。壮年听雨客舟中，江阔云低，断雁叫西风。 而今听雨僧庐下，鬓已星星也。悲欢离合总无情，一任阶前，点滴到天明。虽然词人自己自称"无情"，也掩不住一腔真情的灼人火热。蒋捷在词中自称"悲欢离合总无情"，但是以"听雨"为线索，用三个貌似无情的场景，表现了词人三个不同时期的三种情。这首词表面上看三个不同的场景平淡无奇，然而认真咀嚼，就会感受到词人心中的无限浓情。

(3) **托典言情**。借典故来表达感情，把古籍诗文、历史事件、历史人物、掌故逸闻等融会在特定的时代场景和情感氛围中，借以婉转表达某种特定的含义，抒发感情，宣泄爱憎。这种方法可以增加作品的历史纵深，使言情更加厚重和含蓄。

鹧鸪天

元好问

只近浮名不近情。且看不饮更何成。三杯渐觉纷华远，一斗都浇块垒平。

醒复醉，醉还醒。灵均憔悴可怜生。离骚读杀浑无味，好个诗家阮步兵。

这首词借对屈原的贬斥和对阮籍的褒扬，委婉抒发了心中对黑暗世态的愤恨和绝望。反讽入笔，铿锵有力。

托典言情，需要由人到情、由古到今的自然过渡，要贴切得体，求得神似，还要晓畅明白，尽量不要引用僻典或者只有自己明白的事物，言浅情浓为上。

（4）**托事言情。** 就是选取抒情主人公有代表性的动作细节、生活片段、现实神态来抒发感情。这样不直接言情，却又含情无限。

请看辛弃疾的《鹊桥仙·己酉山行书所见》：

> 松冈避暑。茅檐避雨。闲去闲来几度。醉扶孤石看飞泉，又却是、前回醒处。
>
> 东家取妇。西家归女。灯火门前笑语。酿成千顷稻花香，夜夜费、一天风露。

这首词开头"松冈避暑，茅檐避雨"，描写自己游览、栖息的生活，特别重复两个"闲"字，表达自己的复杂心情。接下来"醉扶孤石看飞泉"，酒醉身软，只好手扶一块怪石看飞流直下，这里同样描写动作细节以突出闲适的情绪。闲也好醉也好，在表面轻松的背后，还反衬出不被朝廷重用的赋闲之悲，尤其是被边缘化之后的寂寞郁闷之情。动作和事件的叙述，使感情的表达也增加了一份旷逸和恬淡。

（5）**托角言情。** 这种抒情方式类似现在电子游戏中的角色扮演类型。就是作者假托自己是另一个人，用另一个人的口气来说话，借以曲折避实就虚，正话反说，拐着弯儿来言自我之情。表面是说甲，其实是说乙。比如寇准的《踏莎行·春暮》：

> 春色将阑，莺声渐老。红英落尽青梅小。画堂人静雨濛濛，屏山半卷余香袅。
>
> 密约沉沉，离情杳杳。菱花尘满慵将照。倚楼无语欲销魂，长空黯淡连芳草。

这首词将自己假托为一位倚楼少妇，借细腻沉郁、婉转灵动的语言，仔细描写这位少妇对久别远人的深深怀念，表达自己被贬谪之后的落寞和对朝廷的忠贞。经过这样的曲笔，避免了平铺直叙的直白和肤浅，以一波三折的笔触，得体地充分抒发了凄婉动人的绵绵情韵。

这种手法就像电影中的画外音一样，作者则像导演一样，指挥笔下的文字按照自己的情感流程来自由组合，通过想象创造出超越时空的另一个崭新的情感空间。这种言情方式的象征意味和技术含量更高，不过风险也更大。如果作者把握不好或者留的空白太多，再或者读者对作者自身的境遇欠缺了解，作者所言之情在读者中就会发生审美错觉。比如寇准的《踏莎行·春暮》，脱离寇准自身遭际，其实也完全可以看成一首普通的闺怨词作。

十 词的铺叙技巧

铺叙是词学中的一个概念。就是陈述也是详细叙述的意思，即充分铺展叙述，使描写的事物得到充分表现。宋李清照《词论》："晏苦无铺叙，贺苦少典重。"意思就是说晏殊不善于陈述，贺铸不善于用典故。铺叙也称作"铺陈""铺排"，是词的创作中常用的一种手法，尤其慢词或曰长调更善用这一手法。

宋代词人柳永"变旧声作新声"，铺叙手法是他的长调中常见的、必用的艺术手法。周济说柳词"铺叙委婉，言近意远"，刘熙载说柳永"善于叙事，有过前人"。柳永尤其擅长以铺叙手法和通俗的市井语言，创造性地描写爱情、乡愁、旅思和底层生活，他对铺叙手法的运用更是十分引人注目。我们来比较看一下下面两首作品：

谒金门
冯延巳

风乍起，吹皱一池春水。闲引鸳鸯芳径里，手挼红杏蕊。

斗鸭阑干独倚，碧玉搔头斜坠。终日望君君不至，举头闻鹊喜。

昼夜乐
柳永

洞房记得初相遇。便只合、长相聚。何期小会幽欢，变作离情别绪。况值阑珊春色暮。对满目、乱花狂絮。直恐好风光，尽随伊归去。

一场寂寞凭谁诉。算前言、总轻负。早知恁地难拚，悔不当时留住。其奈风流端正外，更别有、系人心处。一日不思量，也攒眉千度。

这两首词都是写相思。《谒金门》捕捉瞬间的心理变化，精致典雅，活泼可爱，感情波澜起得快，也消失得快。而《昼夜乐》则不疾不徐地铺展笔墨，全面描述了少妇内心的苦闷心声。情采纵横，文辞展衍，直接深入女主人公的精神纹理之中，从头到尾诉说了无尽的相思之情。其中既有初次幽欢的回味，又有暮春时节的情境，还有"算前言，总轻负"的懊悔，更有"一日不思量，也攒眉千度"的表情刻画。一唱三叹，百般怀想，都展现得十分充分。

小令偏重瞬间的情感触发，而慢词则能够细腻地铺叙丰富复杂的内心状态和情境场面。冯延巳的小令采用了托景言情，而柳永的《昼夜乐》采用的就是铺叙状情的手法。在柳永的笔下，人物的神态、语言、动作、心理活动等都有详细具体的摹状。从现在到从前，再到明天，接着又到现在，落笔百转千回，跌宕起伏，其中有细节，有情节，有着很明显的叙事成分。铺叙手法的这种巧妙运用，增大了词的意象空间，突出了词的抒情力度，拓展了词的内在容量，发展了词的表现能力。

宋代词人在创作中对铺叙手法的运用得心应手，非常普遍。他们的铺叙技巧大致有以下几种：

一是章法宛然，层次分明。倘若眉毛胡子一把抓，就会把一首词铺叙成一锅糨糊。铺叙中一定要讲章法，或发端，或结尾，或换头，一定要做到笔笔有着落，才能够使读者读着不累。

贺新郎·送陈真州子华

刘克庄

北望神州路。试平章、这场公事，怎生分付。记得太行山百万，曾入宗爷驾驭。今把作、握蛇骑虎。君去京东豪杰喜，想投戈、下拜真吾父。谈笑里，定齐鲁。

两河萧瑟惟狐兔。问当年、祖生去后，有人来否。多少新亭挥泪客，谁梦中原块土。算事业、须由人做。应笑书生心胆怯，向车中、闭置如新妇。空目送，塞鸿去。

词人送朋友陈子华赴真州上任，一开头就先提出一个北望神州的问题让对方思考，接着表达对宗泽当年用人的钦佩和怀念，随后表达对陈子华平定齐鲁的祝愿，一路铺叙，豪气逼人。下阕笔锋陡转，开始描述沦陷区人民的悲愤和空谈误国的士大夫们的嘲讽，提出"算事业，须由人做"的感悟，并用细腻的笔法嘲笑那些"向车中、闭置如新妇"的"胆怯书生"。整首词有明显的散文化的倾向，由表入里、由浅入深地一路铺叙，章法讲究，气韵贯通，曲折跌宕，层次分明。

二是铺展充分，主线突出。铺叙的作用就是充分陈述，描写的笔墨一定要运足力气，而同时就如书法讲究中锋用笔一样，铺叙中还要突出一条主线，做到主宾有定。

水调歌头·游览
黄庭坚

瑶草一何碧，春入武陵溪。溪上桃花无数，花上有黄鹂。我欲穿花寻路，直入白云深处，浩气展虹霓。只恐花深里，红露湿人衣。

坐玉石，欹玉枕，拂金徽。谪仙何处，无人伴我白螺杯。我为灵芝仙草，不为朱唇丹脸，长啸亦何为。醉舞下山去，明月逐人归。

这首词描写的是春游武陵溪。开头铺叙美景，接着用"我欲穿花寻路"描写自己的心理活动，在接着用"坐""欹""拂"三个动词，叙述自己的游览经历，按着时间顺序一直写到"醉舞下山去，明月逐人归"，全词高华超逸，信马由缰，同时又紧紧围绕游览主线，俯仰高蹈，怡然自得，表现了自己超凡脱俗的风月襟怀。作者善于运用细节和整体相结合的技巧，详略得当，既有概括描写，又有细部渲染，把武陵溪之游铺叙得淋漓尽致、穷形尽现。

三是情节紧密，针脚绵致。铺叙切忌温吞水一样平铺直叙，切忌拖沓冗长，务必要笔墨紧凑，使读者全程沉浸在紧张刺激的语言节奏中，拳拳到肉，抓铁留痕。

八声甘州·陪庾幕诸公游灵岩

吴文英

渺空烟四远，是何年、青天坠长星。幻苍崖云树，名娃金屋，残霸宫城。箭径酸风射眼，腻水染花腥。时靸双鸳响，廊叶秋声。

宫里吴王沉醉，倩五湖倦客，独钓醒醒。问苍波无语，华发奈山青。水涵空、阑干高处，送乱鸦、斜日落渔汀。连呼酒，上琴台去，秋与云平。

这首词打破时空的限制，一笔紧逼一笔，笔笔掘进，把游览灵岩山的所见所闻所想信笔铺叙而出，变幻灵奇，味醇情永，句与句之间承转连绵，紧凑细密。词人全方位、多角度地状写了游山之奇遇，详细铺陈各种表情、行为、思考和联想，以设问、比喻、典故、拟人等各种手段渲染情景空间，意象密不透风，美感联翩而至。

四是大笔挥洒，一波三折。铺叙的长处就是可以用大量词句进行大面积地烘托渲染，同时还要注意笔墨的曲趋转折，使词作曲径通幽。

望海潮

柳永

东南形胜，三吴都会，钱塘自古繁华。烟柳画桥，风帘翠幕，参差十万人家。云树绕堤沙。怒涛卷霜雪，天堑无涯。市列珠玑，户盈罗绮、竞豪奢。

重湖叠巘清嘉。有三秋桂子，十里荷花。羌管弄晴，菱歌泛夜，嬉嬉钓叟莲娃。千骑拥高牙，乘醉听箫鼓，吟赏烟霞。异日图将好景，归去凤池夸。

作者开头用了四个字"东南形胜"来点出本词的主旨，下面就从这句话开始生发，用了铺叙渲染的手法，以"形胜""都会""繁华"三个维度对杭州的繁华景象进行了多层次、多侧面的描绘，浓墨重彩地勾画出了繁荣富庶的豪奢风光。接着又从自然美景到富庶生活的描述之中荡开一笔，表达了自己要图将好景归去凤池夸的美好愿望。全词如行云流水，层层出彩，酣畅淋漓。

五是景情事谐，有机统一。铺叙笔法，把握不好就容易单调。如果孤立地写景、写情和写事，倒不如巧妙结合写景、抒情和叙事三种因素，构筑相迎相向、相融相映的立体化艺术境界。

雨霖铃·秋过城南蒋氏园亭追忆瞻武
并悼吴傅星又邺许埙友诸子

陈维崧

斜阳城阙。晚秋行散，偶尔游歇。故人曾有池馆，风帘零乱，镜湖超越。花朵柳丝如画，映秋水林樾。更三五、知己流连，河没参横浩歌发。

笛声隐隐霜空阔。廿年余、往事星明灭。如今园里只有，荒井畔、蟋蛄悲咽。满目山阳，催得盈颠种种华发。最恼是、绿水桥边，尚挂当初月。

这其实就是一首叙事词。作者追忆往事，情怀浩荡，呈现出苍劲悲凉的气象。凄切的情状、深挚的情感、热烈的倾诉……让读者在抒情、叙事和景色描写中感受到郁涩深沉的复杂情绪。清雅俊逸，虚实相生，明畅清鲜，韵致十足。

六是鲜活情节，趣味十足。铺叙也可以完整地叙述一个故事或事件，不一定都是陈述句，也可以采用对话状写人物神态，推进故事演进。同时也可采用比喻、联想、用典等等手法增加铺叙内容的表现力。铺叙也不是一味板着面孔说话，加些幽默风味，读起来更加生动轻松。

六州歌头·寄辛承旨。时承旨招，不赴

刘过

斗酒彘肩，风雨渡江，岂不快哉。被香山居士，约林和靖，与东坡老，驾勒吾回。坡谓西湖，正如西子，浓抹淡妆临镜台。二公者，皆掉头不顾，只管衔杯。

白云天竺飞来。图画里、峥嵘楼观开。爱东西双涧，纵横水绕，两峰南北，高下云堆。逋曰不然，暗香浮动，争似孤山先探梅。须晴去，访稼轩未晚，且此徘徊。

这首词巧用樊哙、苏东坡、白居易、林和靖等历史人物的典故，性格鲜明，气势灵动，逸兴飞扬。词中出现人物对话的非常罕见，而这篇作品中泼辣鲜活的对话语言，活灵活现地突出了每个人物的不同形象，匠心独运，别出心裁。互相之间称名道姓的举动，也从侧面显现了诸位的豪迈胸襟和洒脱个性。不拘礼数，超越时代，创造性地对话带来大开大合的艺术张力。岳珂曾经笑评这首词为"白日见鬼"，字里行间的幽默趣味，令人忍俊不禁。

七是脱口而出，细叙心声。铺叙的手法不仅可以用于事件和景致，也可以陈述复杂的情感，可以深入内心，细腻刻画人物的心理活动。

鹊桥仙·说盟说誓

蜀妓

说盟说誓。说情说意。动便春愁满纸。多应念得脱空经，是那个、先生教底？

不茶不饭，不言不语，一味供他憔悴。相思已是不曾闲，又那得、工夫咒你。

这首词是陆游的门客带回的一位蜀妓写的。开头就"说盟说誓，说情说意，动便春愁满纸"，直接宣泄心中的疑虑和不满。接着数落对方："多应念得脱空经，是那个、先生教底？"脱空，就是扯谎。后边加"是那个、先生教底？"，幽默中透出别样娇嗔。下阕接着铺叙自己的心情："不茶不饭，不言不语，一味供他憔悴。"把相思的心情表现得具体入微，接着又说"相思已是不曾闲，又那得、功夫咒你"，可以想见女子破涕为笑的表情。这首词铺叙的不是事件，而是心理活动。不加藻饰，刻画入微，发自肺腑，生活气息浓郁，个性鲜明，颇动人心。

八是巧用领字，盘活关钮。领字句，是慢词的一种常用技术。最早提出领字概念的是南宋沈义父的《乐府指迷》："腔子多有句上合用虚字，如磋字、奈字、况字、更字、又字、料字、想字、正字、甚字，用之不妨。"张炎接着在《词源》中说："词与诗不同，词之句语……合用虚字呼唤，单字如正、但、任、甚之类，两字如莫是、还又、那堪之类，三字如更能消、最无端、又却是之类，此等虚字，却要用之得其所。"这里的"虚字"并非现代语法中的虚字，而是指"领字"。担当领字（虚字）的有副词、动词、连词、介词、形容词等，主要在句首，有领一句的、领二句的、领三句的，最多领四句。小令一般是不用领字的，"引""近"中出现领字的也不太多，只有长于铺叙的慢词大量使用领字句。领字句在长短不等的词句中，增加了句式的灵活变化，使句意和文气更加跌宕转折，使音乐更加和谐通畅，同时还发挥特有的提挈下文或承上启下的作用，前呼后应，仰承俯注，把语言修饰得更妥溜而不板实。

我们来看今人李子的一首《沁园春》：

某市城南，某年某日，雾霾骤浓。有寻人启事，飘于幻海；欢场广告，抹遍流虹。陌路西东，行人甲乙，浮世喧嚣剧不终。黄昏下，看车流火舞，谁散谁逢？

消磨雁迹萍踪。在多少云飞雨落中。算繁花与梦，两般惆怅；远山和你，一样朦胧。岁月初心，江湖凉血，并作行囊立晚风。青春是，那一场酒绿，一局灯红。

李子巧妙地通过回忆、想象、比较等方式打破时间和空间的界限，铺叙出一个亦真亦幻、虚实并生、今昔交织的感情空间。上阕的"有"字提挈出下面七个分句，构成七幅白描画稿，重叠翻续，很有力地扩大了铺叙情景的表现视域。下阕的"算"字同样领起下面七个分句，勾勒内心的细腻波澜，移情入梦，移远及近，增大了各种际遇的情感密度和思想比重，促进了铺叙情境的巧妙营构。领字的独特铺叙功能，很值得仔细回味。

九是简练节制，当止则止。铺叙的大敌，就是啰唆。文字要洗练干净，干脆利落，不能拖泥带水，不能黏黏糊糊。

蓦山溪·剪彩梅花
无名氏

危栏独倚，往事思量遍。回首掩朱扉，敛云鬟、闲拈针线。轻罗碎剪，缝个小梅花，灯闪闪，夜沈沈，玉指轻轻捻。

寒苞素艳，浑似枝头见。半拆与初开，谁赢得、江南手段。玉冠斜插，惟恨欠清香，风动处，月明时，不怕吹羌管。

这首词详细描写了剪彩梅花的整个过程，从准备针线，剪花样，到欣赏剪成的作品，一气呵成，最后三句展开想象的翅膀，把词境更开拓到一个广袤浪漫的羌管明月之夜。不过，这首词值得关注的还有开头两句"危栏独倚，往事思量遍"，就是这两句，使这些欢快节奏的剪彩动作，蒙上了一缕斯人不见的哀愁之情。但是作者没有在思远这上面浪费笔墨，只是寥寥几笔，而又生动传神，就给读者带来了充分的想象空间，留下绵绵遗韵……

十一 词的感喟技巧

感喟，就是感触、感叹，也可引申出放言、放议的意思。在词人需要表达自己的感想、感悟、思考和意见时，就会用到感喟。感喟要求词人有真知灼见，评析公允，论理透彻，以理服人。有了有分量有冲击力的感喟，可以使词的内涵更加深沉，思想含量更加厚重。

比如《雨霖铃》这个词牌是善于抒情的，柳永等词人留下了许多言情名作。另外，也有词人用这个词牌来发表议论，也别有一番风色。请看王安石的《雨霖铃》：

雨霖铃
王安石

孜孜矻矻。向无明里、强作窠窟。浮名浮利何济，堪留恋处，轮回仓猝。幸有明空妙觉，可弹指超出。缘底事、抛了全潮，认一浮沤作瀛渤。

本源自性天真佛。只些些、妄想中埋没。贪他眼花阳艳，谁信道、本来无物。一旦茫然，终被阎罗老子相屈。便纵有、千种机筹，怎免伊唐突。

这首词里的句句都在讲道理，论是非。词人通过列举浮名浮利的可笑，用严谨的逻辑嘲讽和批评来阐明自己的理想境界，鲜明地表达了自己否定什么，赞成什么，说长道短，态度明确，以智慧光芒和思想深度来吸引读者和自己一起思考和践行。这首词感慨良深，但是流畅自然，一点也不枯燥。尤其结尾的反问句，洗练、明了、干净利落，真如豹尾横空，有力又漂亮。词中感慨成功的关键，在于作者的远见卓识。只有具备了透过现象看本质的洞察力，才能直接揭示事物内在的复杂规律，说出独到的具有启示意义的思想见解。

词中感喟，要选择有价值、有意义的内核。 也就是要提纲挈领，进行有价值、有意义的感喟。"平淡不流于浅俗，奇古不邻于怪癖。"内核的选择十分重要，这种选择从某种角度上说，也是在界定一首词的格调和分量。比如贺铸的这首《渔家傲》：莫厌香醪斟绣履。吐茵也是风流事。今夜夜寒愁不睡。披衣起。挑灯开卷花生纸。　倩问尊前桃与李。重来若个犹相记。前度刘郎应老矣。行乐地。兔葵燕麦春风里。"香醪斟绣履"，就是把美酒放在女孩的绣鞋里来欢饮。如此行乐生活，本身就是轻飘飘的。如此感叹戏谑，更是显得空洞而又俗气，有些变态和令人作呕。这样的感喟轻薄纤弱，昧于识理，缺乏胸怀和格调。

词中感喟，要有鲜明的观点和态度。 要明确表达自己的爱憎和评判，不能温吞水一样，含混模糊，没有清浊。观点和态度，代表了词人的见解和主张。有了观点和态度，一首词才有了自己的价值和意义。词人在生活中要善于动脑筋，要仔细分析复杂的社会矛盾，激发出内心深处的智慧火花。比如宋黎廷瑞这首《念奴娇·题项羽庙》：鲍鱼腥断，楚将军、鞭虎驱龙而起。空费咸阳三月火，铸就金刀神器。垓下兵稀，阴陵道隘，月黑云如垒。楚歌哄发，山川都姓刘矣。　悲泣呼醒虞姬，和伊死别，雪刃飞花髓。霸业休休骓不逝，英气乌江流水。古庙颓垣，斜阳老树，遗恨鸦声里。兴亡休问，高陵秋草空翠。全词用大量的篇幅追述项羽生平，最后发出的感慨却是一句轻飘飘的"兴亡休问"，态度含糊，面目模糊，气脉弱竭，缺少劲道和味道。

词中感喟，要有充分的比较和合理的分析。 感慨要有由头，议论要有依据，评判要有标准。由头，就是激发感情的艺术材料。依据，就是深刻论点的存在基础。标准，就是大胆评判的鉴别准绳。只有进行了充分的情感铺垫并具有合理性的理论前提，词中的感喟才能具有针对性的说服力和感染力，才能避免说空话套话，避免放空炮。比如元张弘范这首《满江红·襄阳寄顺天友人》：奔驿南来，拥貔貅，且趋江右。良自愧，劣才微渺，圣恩洪厚。万里长江今我有，百年坚壁非他守。看虎牙，飞上万山头，诛群丑。　风雨梦，乡关友。南北事，君知否。寄一缄梅信，小春时候。夜静戟门严鼓角，月明莲幕闲诗酒。怕故人，相忆问归期，平蛮后。张弘范曾逼文天祥给部下写劝降信，最后文天祥写了"人生自古谁无死，留取丹心照汗青"的诗句来拒绝他。知道了张弘范的身份，再看他的这首《满江红》，就会有很多不同的感触。作者的立意简单，就是表示效忠元朝皇帝的意思。虽然词中描写了风雅韵致和云水襟怀，但是加上了"劣才微渺，圣恩洪厚"这样的肉麻词汇，就是许多壮词和雅韵都缺少了坚实的格调根基，词中的感喟也就成了无声的辛辣讽刺。

词中感喟，要进行周密的辩证和耐心的论说。运用各种艺术手法使自己的主要观点更加突出和明白，论证要严密，情感要真实，逻辑要严密，同时还要精心地安排组织各种内容材料。比如宋魏了翁这首《水调歌头·燕甲戌进士归自都城》：古说士夫郡，犹欠殿头魁。记曾分付公等，行矣勉之哉。世事弈棋无定，甲子循还复尔，不免且低回。人物价自定，万事付衔杯。　试与公，同握手，上春台。繁红丽紫何限，转首便尘埃。欲识化工定处，须向报秋时节，未用较先开。休道屋犹矮，卿相个中来。这首词的上阕结尾"人物价自定，万事付衔杯"和下阕的结尾"休道屋犹矮，卿相个中来"，并没有什么内在关联。全句语义模糊含混，既有出世的想法，又有入世的功利，矛盾纠结，意蕴枯窘，诗才不足。

如果你平时也算个喜欢想事情的词人，对一些事情也有着清醒的判断能力，只是不知道应该怎么表达自己的感慨，从哪里入手进行议论，那么我们下面可以一起来探讨一下。

第一，**开门见山直抒胸臆、亮明判断。**词的开头先抒发感慨，或者亮明自己的观点，然后通过铺叙、演绎、分析和推理等方式，对观点进行评述和论证。请看下面这首作品：

临江仙

史达祖

倦客如今老矣，旧时不奈春何。几曾湖上不经过。看花南陌醉，驻马翠楼歌。

远眼愁随芳草，湘裙忆着春罗。枉教装得旧时多。向来箫鼓地，犹见柳婆娑。

作者在词的开头先发出一声叹息"倦客如今老矣"，随后从这一声叹息中生发出去，从色彩、声音和动态等等不同侧面，追述当年的风流繁华，抒发自己对往日生活的依依眷恋，表达垂老失势之时的怅惘和悲叹。

第二，列举事例说明和类推判断。词中列举感触最深最能表现观点的事例来进行议论和评判，还可以采用对比、反证、类比、互证等等方式来发表感慨。例举的事例注意要抓住关键，要有典型意义，要符合感喟的主题需要。事例的安排也应该贴合感喟的情感逻辑和辩证关系，这样才能产生具有说服力的表达效果。请看下面这首作品：

沁园春·题吴明仲竹坡

严参

竹焉美哉，爱竹者谁，曰君子欤。向佳山水处，筑宫一亩，好风烟里，种玉千余。朝引轻霏，夕延凉月，此外尘埃一点无。须知道，有乐其乐者，吾爱吾庐。

竹之清也何如。应料得诗人清矣乎。况满庭秀色，对拈彩笔，半窗凉影，伴读残书。休说龙吟，莫言凤啸，且道高标谁胜渠。君试看，正绕坡云气，似渭川图。

这首词的观点是"爱竹者谁，曰君子欤"，也就是说爱竹的人都是君子。为了证明这个观点，词人列举了各种种竹的风雅际遇，接着类比了竹子对人的各种影响，既赞美了种竹的朋友，也表达了自己对竹子和君子的倾慕。由于列举了大量的动作和想象，使本词的意境非常宏大，这就比干巴巴地喊上一些"我爱竹子"的口号，要有韵味得多了。

第三，运用反讽的方式发愤激语。也就是采用说反话的手法，从相反的角度来表达感喟。这是一种带有讽刺语气的作词技巧，单纯在词的字句中了解的并不是作者的真实意图，而是需要联系历史背景和前后语境，从其字面相反的方向来理解作者的观点和态度。请看下面这首作品：

最高楼

刘克庄

吾衰矣，不慕勒燕然。不爱画凌烟。此生惭愧支离叟，何功消受水衡钱。错教人，占卦气，算流年。

漫摘取、野花簪一朵。更拣取、小词填一个。晞素发，暖丹田。罗浮杖胜如旌节，华阳巾不减貂蝉。这先生，非散圣，即臞仙。

这就是一首反讽的作品。词人表面说自己老了，不想建功立业，只想做个散圣臞仙之类的隐士，实际是表达自己报国雄心不被理解的悲愤和郁闷。作者力主抗金，却多次遭到排斥打击，失意朝廷，不能为国建功，只能把感情倾注在小词中，抒发自己心中的寂寞和愁苦。

欢快的情调，暗寓着凄凉的叹息。这是一首用欢乐来写愁苦的代表性作品。

第四，运用反驳的方式来结构全篇。词人设定一种错误观点来做靶子，通过反证、辩诘，来剖析和暴露这种观点的谬误，从而确立某种正确的新的观点。或者侧面反驳支持这种错误观点的材料依据，然后步步深入，运用对比、引用、典故等等手法陈说利害，辨别是非和正误。请看下面这首作品：

沁园春·寄辛稼轩

刘过

古岂无人，可以似吾，稼轩者谁。拥七州都督，虽然陶侃，机明神鉴，未必能诗。常衮何如，羊公聊尔，千骑东方侯会稽。中原事，纵匈奴未灭，毕竟男儿。

平生出处天知。算整顿乾坤终有时。问湖南宾客，侵寻老矣，江西户口，流落何之。尽日楼台，四边屏幛，目断江山魂欲飞。长安道，奈世无刘表，王粲畴依。

这首词的开头"古岂无人，可以似吾，稼轩者谁"，是词人故意设立的"错误"的观点，然后这首作品就在这样一个"错误"观点的基础上结构成篇，从陶侃、羊公等一个个历史名人一路列举下来，笔锋犀利，气势如虹，干脆利落，简明扼要，完整地表达了对友人的赞佩，同时也坚定地抒写了自己的文化自信。全词严密周到，余音袅袅。

第五，假托历史人物来表达观点。援古证今，借故说事。词中有不便于直接感叹议论的地方，可以假借历史人物的故事来婉转表达，同时也使词句更加简练，立论更加厚重。

请看下面这首作品：

八声甘州·读诸葛武侯传

王质

过隆中、桑柘倚斜阳，禾黍战悲风。世若无徐庶，更无庞统，沈了英雄。本计东荆西益，观变取奇功。转尽青天粟，无路能通。

他日杂耕渭上，忽一星飞堕，万事成空。使一曹三马，云雨动蛟龙。看璀璨、出师一表，照乾坤、牛斗气常冲。千年后，锦城相吊，遇草堂翁。

这首词是作者在读《三国志·蜀书·诸葛亮传》后的感慨。词人用精练的语言高度概括了诸葛亮一生的行迹，饱蘸笔墨，旁征博引，详细论述了诸葛亮的历史功绩和人生绝唱。

在当时，朝廷中存在着投降派和主战派的激烈斗争。这首词，是有着鲜明的现实意义的。词人假借对诸葛亮的评述来含蓄地借古讽今，表达了对当时朝廷里的投降派们的鄙视和鞭挞。历史故事与现实社会互相对比映衬，沉郁苍凉，郁勃激愤，充满讽喻色彩而又不露痕迹，深析透辟，手法非常高明。

第六，运用想象场景来抒发内心情感。看似在发议论，却又不直接评价和判断，其实又是在描叙一种想象中的情境。这样更增加了"词之言长"的蕴藉和厚重。这也是词人常用的一种表达方式。下面请看一首上海当代的盲诗人李忠利的作品：

调笑令·杜甫草堂
李忠利

云雾云雾，两个黄鹂带路。春来老杜门前，遥看白鹭问天。天问，天问，诗圣一行脚印。

这首小令叙写了在杜甫草堂参观的情境，表达对杜甫的仰慕和怀念。最后把天上的白鹭说成是"诗圣一行脚印"，出于想象，归于判断，感喟的是杜甫的高洁和伟大。

当然，以上仅仅列举了词中感喟的几种基础思路，仅供读者打开思路、大胆实践的过程中做个初步参考。实际创作中的有效运用，相信比这里简单列举的几种方式要复杂得多，深入得多。读者朋友们经过对照比较，一定能够体会到更多的个中三昧。

十二　修改

古今词人，有一挥而就的名篇，但也有许多修改推敲的佳话。我们来看今人叶圣陶先生对一首词的具体修改过程。

1972 年叶圣陶先生写了一首《醉太平》，题孙儿叶永和的四张花丛、雪花丛中的照片：

菊科野花，缀枝雪花，何输烂漫春花？赛桃花李花。
古人插花，今人佩花，永和别样怜花，竟藏身入花。

这首词采用别致独木桥体，"花"字一韵到底，空灵活泼，生趣盎然，温暖亲切，今天的眼光来看，也是令人称道的，何况这首词的写作年代是 20 世纪 70 年代初那样偏重豪放和斗争的特殊环境，能有如此细腻优美的情怀，更是独开生面。叶先生随后把这首词寄给了在河南潢川黄湖团中央"五七"干校劳动的儿子叶至善。叶至善先生回信谈到修改建议如下："第一句：'菊科野花'，这种花四周的唇形花冠为紫色，中间管状花冠为黄色，名叫'紫菀'，根可入药。在诗词中，不知可以简称为'菀花'否？如果简称'菀花'，可否把这一句改一下，最好能表示地点是陕北，如用'原''梁''沟'等字眼作这一句的第二个字，第一个字用个适当的动词。""菊科野花"这一句直接借用植物学名词，一方面失对，另一方面也缺少典雅风韵。叶至善先生委婉提出的修改建议，确实是慧眼独具。

叶圣陶先生 2 月 23 日回信说："来信中提及小词的第一句，我知道你辨出一二两句不对称，所以要我改。……若确是'紫菀'，第一句不妨改为'连坡菀花'，与第二句对称。若确是菊科花，那就把第二句改为"琼枝雪花"也对称了。你看如何？"

3月2日，叶圣陶先生又致信叶至善："今天翻看了《辞海》，紫菀有一条，现在抄给你看看。你说得完全对，那照片里一定是紫菀了。紫菀，菊科。多年生草本。须根多数簇生。基生叶丛出，大形，长椭圆状，秋季开花时脱落。茎生叶互生，较狭小，上部叶线形。头状花序密集生于茎顶，边缘舌状花蓝紫色；中央管状花黄色。……中医学上以根入药，性温味苦，功用温肺下气，化痰止咳，主治咳嗽气喘等症。"

经过这样严谨的考证之后，"菊科野花"最后定稿为"连坡菀花"，就像一位乡野粗汉瞬间变成了花间玉人，修改之功，善莫大焉。原来的"菊科野花"有点"直拔直"的感觉，修改之后的"连坡菀花"形象鲜明，对仗工稳，感染力也更强了。词这种文体，有自身的特点，修改时一定要记得删掉那些概念化的、生硬的词汇，也要避免人们用熟用滥了的腔调，调换上有温度的有形象美的新鲜典雅的语言。

通过"连坡菀花"这样的修改例证，我们可以想见叶圣陶先生严谨的创作态度和叶家良好的家风。父子俩像在一起饮酒聊天似的通过书信探讨诗词创作，一个认真学，一个认真批改讲解，相互交流互相探讨，娓娓道来无拘无束，真是诗坛佳话。

词的修改，我认为有以下四步程序：

一是对照词谱检查格律。 一首新作写出来之后，先对照词谱检查一下格律，修正调整不合格律的地方。力求使自己的作品符合这一词牌的音乐特征。

二是对照例词检查句式。 对于词调的情感特色和领字句、对仗等词体的特殊要求做到合体符情。

三是检查文字是否准确。 沈德潜说："诗到真处，一字不可易。"词到真处，也是一字不可改变的。词人总要用最合适的词句表达自己的思想情感，要有本事找到最合适的那一个字眼。我们来看李白的《菩萨蛮》的下阕："玉阶空伫立，宿鸟归飞急。何处是归程？长亭更短亭。"作者为什么在这里选择了"空"字这样一个看似平常的字来表情达意？用"长"好不好？用"惊"字好不好？用"方"字好不好？用"闲"字好不好？……从格律上来说，这几个字都还符合要求，语义上也大致说得过去，但都不如"空"字更符合特定的语言环境。"空"在这里既有"白白地"的意思，也有"长久"的意思，还有孤独惆怅和失望的意思，比其他的字更加贴切和准确。王国维《人间词话》中说："'红杏枝头春意闹'，着一'闹'字而境界全出。'云破月来花弄影'，着一'弄'字而境界全出矣。"这里的"闹"字和"弄"字也都是用单纯普通的字眼来表达思想情感的例证。

"云破月来花弄影"是张先的作品。叶至善先生曾经和他的父亲叶圣陶先生通信中探讨过这句词，提出过不同评价。叶至善先生认为"'云破月来花弄影'……七个字中三个主词，挤得够呛，与所表现的那种悠闲的心情也不相符。'太直'就是直拔直，没有联想、比喻等""读起来有迫促的感觉，这与声调大有关系，'破''来''弄'这三个动词，都是仄声（原文如此，"来"应是平生），好像赶什么似的，来煞勿及"。叶圣陶先生在回信中提出了自己的意见："我现在随便想，这一句做作，不自然，'破'字硬用，'来'字勉强，而'弄影'也有做作的毛病。说简单些，这一句不能一下子给人一个活泼鲜明的印象。""我看'云破月来花弄影'之毛病还在不自然，不真切。说云'破'，似新鲜而生硬。说月'来'，也比月'现'月'露'勉强（当然，'现'与'露'都是仄声，不合用）。说'花弄影'，有趣，但是太纤巧。"

叶至善先生对张先这首词的第一句"水调数声持酒听"的"数声"两个字，也提出过的质疑："歌只能是'一曲'，'几曲'，'数声'就不成其为歌了。用'数声'，大概又为了迁就平仄。我常常想，古人为了追求形式，不免有些败笔。"叶至善先生对张先"隔墙送过秋千影"这句词同样提出疑问："墙、秋千、阳光射来的方向、秋千的影子，四者的位置不知道是怎么布局的，总之无法画出来。可以说根本不会有这回事，是矫揉造作。还有一句好像是'××扬花坠无影'，一个'坠'字，就把扬花的轻盈都破坏了，（跟'破'字起的作用类似）就是'无影'也挽救不回来。"

两位先生在古典书籍缺乏的特殊环境里依然沉醉在纯粹的词学探讨之中，是很令人感佩的。叶圣陶先生和叶至善先生的观点可能见仁见智，但是他们的对话首先提醒了我们，在关心辞藻的华美同时，第一要关心的是词句的准确和自然。

南宋胡仔在《苕溪渔隐丛话》卷五十九写道："先君尝言，坡词'低绮户'当云'窥绮户'，一字既改，其词愈佳。"意思是说他的父亲胡舜陟认为苏轼的《水调歌头》"转朱阁，低绮户，照无眠"中的"低"字应该改为"窥"字。但是一字之改，把单纯的月亮变成了一个"偷窥犯"，完全曲解了作者的感情脉络，不知道"佳"在何处？词中已经有了"转"和"照"两个动词，换一个"低"字这样的形容词作动词用，把月亮的行踪交代得清晰明白，也使文字更多了一分波澜，有什么不好？另外，如果改成"窥"字，那么就和下文的"照"字产生了语义冲突，反而前后错乱，不知所云了。

四是检查文字是否风雅。 诗词分疆，词的味道和诗的味道是有区别的。古人提出作词要协音、字雅、字隐、意柔的主张，其实也就是强调词要打扮得更漂亮一点。

1964 年秋，胡乔木发表了一首《沁园春·杭州感事》：穆穆秋山，娓娓秋湖，荡荡秋江。正一年好景，莲舟采月；四方佳气，桂国飘香。雪裹棉铃，金翻稻浪，秋意偏于陇亩长。最堪喜，有射潮人健，不怕澜狂。　天堂，一向宣扬，笑古今云泥怎比量！算繁华千载，长埋碧血；工农此际，初试锋芒。土偶欺山，妖骸祸水，西子羞污半面妆。谁共我，舞倚天长剑，扫此荒唐！这首词是经过毛泽东改动的。胡乔木词原稿、毛泽东改笔及其批语现在均已经公开发表了，我们不妨来对照其中的两处修改：原稿"西子犹污"，毛泽东改为"西子羞污"；原稿"谁与我，吼风奇剑，灭此生光"，毛泽东改为"谁共我，舞倚天长剑，扫此荒唐"。这两处修改，都使原词增色。一个"羞"字，恰到好处，满篇生辉。既有西施的柔美，也把西湖拟人化了，感染力更浓。最后的结句修改，既纠正了原稿的词谱漏字，更增加了豪放飘逸的气概，斩钉截铁，力度十足。

下面，我也和读者分享我的一首《沁园春·家》的修改经过。

2015 年，读到报上介绍的全国最美家庭故事，颇多感慨，我写了这样一首《沁园春·家》：

绕膝温馨，棠棣同枝，甜蜜的家。任鲸波起落，并肩观浪；壶天晴雨，执手烹茶。清白襟怀，光阴静好，笑脸团团绽似花。真风景，围桌边灯下，共话桑麻。

东风绿染天涯。正一路弦歌闾里夸。看楼头月朗，梦来吐蕊；堂前萱茂，爱正抽芽。扫去乌云，拨开灰雾，万丈长虹送彩霞。心底里，有真情无价，大美无瑕。

这首词在《光明日报》发表后，也听到一些诗友的反馈。不同意见主要集中在下阕。"楼头月朗，梦来吐蕊；堂前萱茂，爱正抽芽"原意是想把"梦"和"爱"运用通感的方式，与花朵和草芽来比拟。但是读起来比较费解。另外"真情无价，大美无瑕"也有点直白。还有诗友对"甜蜜的家"一句也提出疑问。这一句是引用西方民歌的题目《家，甜蜜的家》，考虑到整首诗的氛围是古典情调，插入一个西方民歌题目也不大和谐，所以也决定此处再做个修改。后来接受诗友和读者们的意见，这首词的改稿如下：

绕膝温馨，棠棣同枝，岁岁春华。任鲸波起落，并肩观浪；壶天晴雨，执手烹茶。清白襟怀，光阴静好，笑脸团团绽似花。真风景，围桌边灯下，共话桑麻。

东风绿染天涯。正一路弦歌闾里夸。有楼头月朗，依依弄影；堂前萱茂，恋恋抽芽。扫去乌云，拨开灰雾，万丈长虹送彩霞。此间乐，看缤纷岁月，烟火人家。

香港的诗评家梦欣先生评价这一修改稿时说："这个是传统笔调，尽管都是一些旧的意象，但有了新的组合，便感觉还有些面目可亲。权且状景笔力雄浑，抒情心绪高昂，快乐与幸福感，跃然纸上。《沁园春》多四字句，要写出气势、写出痛快、写出婉转流动、写出境界浑涵，才有该词牌的特色。此作将幸福家庭的温馨景象一一诉之笔下，读之让人勾忆起居家有乐的种种片段，容易激发读者的思想共鸣。此作上下阕的两组扇面对写得很有功力，为作品横添几许添彩。不足之处在于，一是看不出当今的家与历代的家有何区别，如果能将电脑、手机这些改变家庭生活状态的元素适当用上，时代气息就会不一样；二是《沁园春》的第三句之第三字，必须用仄，会不会关注这一细节，是衡量《沁园春》粉的等级标志，既然方家看重这一拗句，便不可轻易放过。当然也有故意不用者，但那得有权威或精警，舍此你得尊重前人的约定俗成。"

　　梦欣先生提出的《沁园春》第三句之第三字必须用仄的情况，我以前确实没有关注过。尽管我也找到文天祥"恨又何妨"、毛泽东"橘子洲头"等第三字不用仄声的特例，但还是发现果然用仄声的占绝大多数。最后，我在这个位置上先后试着换了"翠华""秀华""丽华""素华"等词。原来倾向用"素华"，屈原有"绿叶兮素华，芳菲菲兮袭予"，白居易也有"素华春漠漠，丹实夏煌煌"。这两个字比较符合我个人的审美习惯。最后考虑"素华"本意就是白色的花。家里岁岁开白色的花，毕竟不是吉祥的意象，所以最后干脆用"苒苒岁华"，取草木柔嫩或者慢下来的时光这两种意思都能讲通，语感上似乎也还通顺些。定稿如下：

　　绕膝温馨，棠棣同枝，苒苒岁华。任鲸波起落，并肩观浪；壶天晴雨，执手烹茶。清白襟怀，光阴静好，笑脸团团绽似花。真风景，围桌边灯下，共话桑麻。
　　东风绿染天涯。正一路弦歌闾里夸。有楼头月朗，依依弄影；堂前萱茂，恋恋抽芽。扫去乌云，拨开灰雾，万丈长虹送彩霞。此间乐，看缤纷岁月，烟火人家。

　　以上就是我对《沁园春·家》的具体修改过程，谨请读者朋友们对读罢。

古往今来，词人们在词的文字"打扮"上下了很多功夫，这也是填词修改的最后一个环节。房子盖好，总要装修之后才能入住。我们来看姜夔的"渐黄昏，清角吹寒，都在空城"，这里的"吹"用得多么美妙，仿佛阵阵寒意从角声中透了出来。再请看苏轼的"缺月挂疏桐，漏断人初静"，一个"挂"字，一个"断"字，前者把静景写出了动感，后者把平静写出了尖锐。再请看周邦彦的"风老莺雏，雨肥梅子"，把"老"和"肥"这两个形容词变成动词来用，既添加了灵动的韵律，又突出了意象的质感。再请看辛弃疾的《临江仙·探梅》：老去惜花心已懒，爱梅犹绕江村。一枝先破玉溪春。更无花态度，全有雪精神。　剩向空山餐秀色，为渠著句清新。竹根流水带溪云。醉中浑不记，归路月黄昏。这首词里的"态度""精神""破""剩""带"的韵味和魅力，值得细细体味。前两个名词不动声色地就把花和雪全部拟人化了，后三个动词营造出一种奇特的流动美，突出了探梅人的愉悦惊喜，也渲染出以动衬静的丰赡绵邈的独特风致，让平凡的山间景色有了不平凡的灵气和情感。

据周笃文老师回忆，他的老师夏承焘先生曾就"鬼灯一线，露出□□面"让大家填空。"□□"填哪两个字呢？有的学生说"鬼灯一线，露出狰狞面"的，有的学生说"鬼灯一线，露出血盆面"的，有的学生说"鬼灯一线，露出獠牙面"的。然而最后夏先生提供的答案却是"鬼灯一线，露出桃花面"。"桃花"二字虽美，用在这里却更铺垫和反衬了惊悚的感觉，而且增加了想象的余地。本书前文有专节论述词的炼字，此处不多赘了。钱锺书先生曾经说过："诗文斟酌推敲，恰到好处，不知止而企更好，反致好事坏而前功抛。锦上添花，适成画蛇添足。"的确，词的修改当然也不是越多越好，最主要的还是要恰到好处，准确自然，务必要化腐朽为神奇，而不能化神奇为腐朽。

十三　婉约和豪放

　　宋词与唐诗一样是中国古典文学的瑰宝。关于宋词的总体成就，袁行霈先生主编的《宋代文学》认为："首先，完成了词体的建设，艺术手段日益成熟。无论是小令还是长调，最常用的词调都定型于宋代。在词的过片、句读、字声等方面，宋词都建立了严格的规范。词与音乐有特别密切的关系，词的声律和章法、句法也格外细密。宋词独特的艺术魅力是五七言诗难以达到的，它为丰富古典诗歌的艺术做出了独特的贡献。其次，宋词在题材和风格倾向上，开拓了广阔的领域。晚唐五代词，大多是风格柔婉的艳词，宋代词人继承并改造了这个传统，创作出大量的抒情意味更浓的美丽动人的爱情词，弥补了古代诗歌爱情题材的不足。此外，经过苏、辛等人的努力，宋词的题材范围，几乎达到了与五七言诗同样广阔的程度，咏物词、咏史词、田园词、爱情词、赠答词、送别词、谐谑词，应有尽有。艺术风格上，也是争奇斗艳，婉约与豪放并存，清新与浓丽相竞。无论是题材还是风格，后代词人很少能超出宋词的范围。"

　　宋代是词的全盛时期，宋代文学也以词的成就为最高。据《全宋词》记载，宋词作品有2万余首，能留下名字的词人有1400余人。影响广泛，流派众多，名家辈出。宋词可分为北宋、南宋两大段。北宋时词的创作进入成熟阶段，南宋时词更增加了一些忧患意识和家国情怀。宋词的艺术风格丰富多彩，但按照人们约定俗成的说法，基本上可以分为两个主要流派：以柳永、李清照等为代表的婉约派和以苏轼、辛弃疾等为代表的豪放派。婉约是婉转含蓄的意思，这一派词作柔婉和谐，圆润清丽，有一种缠绵之美；豪放是豪迈放纵的意思，这一派的词作苍凉慷慨，高亢嘹亮，非常有气势。读者可在阅读具体作品的过程中细细体味二者的不同。

　　宋词中这两种明显的风格，也就是婉约和豪放，同样影响到我们今天填词的审美趣味和艺术风格。"婉约"一词，出自《国语·吴语》的"故婉约其辞"，"婉约"两字分别有"美"和"曲"的意思。"婉"指柔美，"约"指含蓄。分别言之："婉"为柔美、婉曲；"约"的本意是为缠束，引申为精炼、隐约、微妙。"豪放"则有慷慨放达的意思。明确提出词分婉约、豪放者，一般认为是由明人张綖提出的。

什么是婉约派呢？

请看这样两首词：

一剪梅
李清照

红藕香残玉簟秋，轻解罗裳，独上兰舟。云中谁寄锦书来，雁字回时，月满西楼。

花自飘零水自流，一种相思，两处闲愁。此情无计可消除，才下眉头，却上心头。

凤栖梧
柳永

伫倚危楼风细细，望极春愁，黯黯生天际。草色烟光残照里，无言谁会凭栏意。

也拟疏狂图一醉，对酒当歌，强乐还无味。衣带渐宽终不悔，为伊消得人憔悴。

什么是豪放派呢？

也请看这样两首词：

江城子·密州出猎

苏轼

老夫聊发少年狂。左牵黄，右擎苍。锦帽貂裘，千骑卷平冈。为报倾城随太守，亲射虎，看孙郎。

酒酣胸胆尚开张。鬓微霜，又何妨！持节云中，何日遣冯唐？会挽雕弓如满月，西北望，射天狼。

西江月·遣兴

辛弃疾

醉里且贪欢笑，要愁哪得工夫。近来始觉古人书，信着全无是处。

昨夜松边醉倒，问松我醉何如？只疑松动要来扶，以手推松曰"去"！

前两首的作者是婉约派的代表人物，后两首的作者是豪放派的代表人物。据南宋俞文豹《吹剑续录》载："东坡在玉堂，有幕士善讴，因问：'我词比柳词何如？'对曰：'柳郎中词，只合十七八女孩儿执红牙拍板，唱杨柳岸晓风残月。学士词，须关西大汉，执铁板，唱大江东去。'公为之绝倒。"这则经常被人们引用的故事，表明两种不同词风的鲜明对比是多么强烈。

婉约派委婉、清新，感情真挚，讲究"音律欲其协，下字欲其雅，用字不可太露，发意不可太高"。其内容主要写闺情绮怨，离情别绪，绮罗香泽，叹月啼花；其形式大都婉丽柔美，工整细腻，结构深细缜密，词采圆润清丽，声调和谐婉转。婉约派词家代表以《花间集》和李煜词为开端，北宋有柳永、晏殊、欧阳修、秦观、周邦彦、李清照等，南宋有姜夔、吴文英、张炎直至清代尚有纳兰性德等一大批优秀词家。婉约词风长期支配词坛，古人有所谓诗庄词媚的说法，形成了婉约派为正宗的词学审美理念。

豪放派豪迈放纵，豪则我有可盖乎世，放则物无可羁乎我，体现了一种气度超拔，不受羁束的审美追求。他们的创作视野较为广阔，创作题材比较广泛博大，气象恢宏，风格雄放，多悲壮慷慨的高亢呐喊和悲鸣。这一派词人不仅描写花间、月下、流水、青山，而且更关心天下兴亡，"国际"风云，喜欢摄取政治性的重大题材入词。好采用诗文的创作手法和句法写词，用典较多，不拘守音律，所谓"无言不可入，无事不可入"，横放杰出，词气迈往，慷慨纵横，不可一世，"书挟海上风涛之气"。代表人物苏轼、辛弃疾，还有李纲、陈与义、叶梦得、张元干、张孝祥、陆游、陈亮、刘过、刘克庄、黄机、戴复古、刘辰翁、岳飞、文天祥等一大批杰出的词人，组成壮词宏声的一大雄阔的艺术阵容。

豪放也好，婉约也好，初学者可以仔细阅读他们的作品，品味不同艺术风格带来的不同艺术享受。但不必把自己硬往豪放或婉约的框子里边去套。正如胡适先生所言："醉过才知酒浓，爱过才知情重。你不能做我的诗，正如我不能做你的梦。"每个人有每个人的生活状态，也有每个人的审美体验。诗词创作，最珍贵的是艺术个性和审美发现。如果婉约和豪放的标签就能把词人们像男厕所和女厕所一样简单区分开来，词的艺术世界也就太可笑了。

记得一位著名的政治家诗人曾经说过：好作品的出现需要"长期积累，偶然得之"。而诗词名家的出现，则更需要长期的积累——除了生活的积累、知识的积累、经验的积累之外，也需要一定数量的优秀作品的积累和沉淀。

有了积累，也就有了创造的底蕴，有了成功的底气，但还需要一定的灵感和机遇，然后才能"偶然得之"。灵感是什么？灵感其实就是诗人经过艰苦学习和长期实践之后，不断积累的生活经验、创作经验突然出现的创造性的思想火花。它是突然而来、倏然而去的，具有随机性、偶然性。我们不能按照主观愿望制造灵感，更不能按照长官意志去分配灵感，但我们可以为灵感的产生准备条件，创造机遇。所以，灵感的产生，好作品乃至名家的产生，又离不开一定的环境因素的影响。

谁也不是占卜师，谁也无法预言好词和名家将会在什么时候、什么地方产生，但是我们可以为好词和名家的产生创造良好的环境，为诗词作者提供一个健康发展、公平竞赛的创作平台。一个杰出的诗词人物，往往能够推动一个时期的艺术飞跃，乃至改变一个地区、一个流派的诗词生态。回溯我国诗歌发展的文化长河，正因有了屈原、宋玉，才有了楚辞的多姿多彩；正因有了曹操、曹植、曹丕，才有了建安风骨的千古流芳，正因为有了李白、杜甫、白居易，才有了唐诗的恢宏气象，正因为有了苏轼、辛弃疾、柳永、李清照，才有了宋词的光彩夺目。人间要好作品，诗坛呼唤名家。有了好作品，然后才会有名家。有了名家，必然还会有更多好作品。

填词，要填心灵之词，不要填匠人之词、标签之词、台阁之词。提倡倾听心灵深处的声音，细密幽微的隐秘波动，激昂慷慨的大声镗鞳，狂野奔放的性灵舞蹈……都可以真实地采撷到自己的作品里来，也都能够焕然出彩，闪射光芒。说到底，填词毕竟是一种个人劳动，而不是几个人抱团炒作，不是谁自己打出个什么旗子，自我标榜个什么风格、自我表扬形成了什么流派就能够如愿以偿。

一些跟风的克隆作品，一些标榜诗出"名门"的所谓诗人，已经让读者的视听神经变得很麻木。正应了鲁迅小说《风波》中的九斤老太的"名言"："一代不如一代。"九斤老太生下来九斤，她儿子生下来八斤，她孙子生下来七斤……所以她说"一代不如一代"了。其实，后"出生"的诗词并不一定就比先"出生"的差多少分量，主要还是"生"得太晚，而且与先"出生"的"哥哥姐姐"长得又太相像，自然就很难给观众带来新鲜的审美感受了。

启功先生曾经讽刺伪婉约派说：

妄将婉约饰虚夸，句句风情字字花。
可惜老夫今骨立，已无余肉为君麻。

启功先生也曾经讽刺伪豪放派：

豪放装成意外声，欲教石破复天惊。
闭门自放牛山屁，地下苏辛恐未能。

启功先生的讽刺犀利尖锐，一针见血，同时也令人忍不住会心一笑。当前的诗词创作除了启功先生讽刺的伪豪放派和伪婉约派，更多的毛病是堆砌辞藻，四平八稳，中规中矩，但是缺少创意，没有新鲜感。美酒越陈，味道越醇。可是语言如果陈旧了，就会失去时代的魅力。为什么手机祝福短信近年来非常火爆，而某些春联在某种程度上却只剩下了装饰意义，其内容则渐渐失去人们的关注？其中一个重要原因就是短信贴近时代和生活，常写常新，不断创造，而春联则在时代变迁方面显得有些麻木，只满足于做节日的应景点缀了。春联的遭遇，对诗词写作来说也是有警示意义的。读诗词就像品茶，越新鲜才越香醇。好的诗词绝不应该陈陈相因，一成不变。古人说"总把新桃换旧符"，我想这里换的不仅仅是纸张和笔墨，还有构思、词汇、意境，然后才能让人耳目一新，百读不厌，既有新时代的特色，又不失传统文化的韵味，清新时尚，不落窠臼。

酒有茅台、五粮液、竹叶青，茶有龙井、铁观音、碧螺春，好的诗词也应该各显奇才，体现出自己的个性和特色。创作者要有对生活的深刻体验和感悟，要有深厚的语言功力，要有对社会的细致观察、研究和发现，更要有勇于打破陈规的创新精神。好的诗词，应该学习手机短信的创新精神和探索勇气，应该反映当代人的生活，融入当代人的情感和审美体验。当然，这种创新也有个度的把握和平衡问题，绝不能丢掉诗词的传统文化底蕴。如果把诗词的文化特色改掉，就好比把酒和茶改成洋咖啡，那就变了味了。

词接地气，与生活最为贴近。豪放和婉约只是研究者视角下的区分，作词的人是不必放在心上的，更不能直接拿来给自己的创作随便贴上豪放或婉约的标签。20世纪30年代初，上海的《新时代月刊》曾经发起"词的解放运动"，1933年2月1日出版的《新时代月刊》（第4卷第1期）"词的解放运动专号"刊有柳亚子、林庚白、郁达夫、曾今可、刘大杰、章衣萍的各种词文，其中王礼锡先生写给作家胡秋原夫妇的《调胡秋原夫妇——如梦令》颇为有趣：不相识时烦恼，一相识时便好，好得不多时，爱把边纽儿闹。别闹，别闹，惜取如花年少。这种来自生活的作品鲜活生动，生趣十足。曾今可发表的《新年词抄》四首影响也很大。比如《卜算子》：东北正严寒，不比长江暖；伪国居然见太平，何似中原乱？ '全会'亦曾开，救国成悬案；出席诸公尽得官，国难无人管。再比如《画堂春》："一年开始日初长，客来慰我凄凉。偶然消遣本无妨，打打麻将。且喝干杯中酒，国家事，管他娘。樽前犹幸有红妆，但不能狂！"几首词都泼辣清灵，自成风色。后一首因为"国家事，管他娘"这两句话备受批评，可是结合《卜算子》等作品来看，作者这里还是一种对于时局的激愤之语，不懂反讽就不解其妙。汪精卫投敌做汉奸之后，曾今可曾经用其《落叶》词韵填《忆旧游》讽刺卖国：谬说终何用，婢膝奴颜，已被看清。南北空奔走，如灯前暗影，水面浮萍。本事投机分子，左右几曾经。奈反复无常，游魂落叶，只合飘零。 君心竟先死，作国民公敌，以辱为荣。抗战须持久，不中途妥协，异口同声；胜利行将属我，万古有余馨。看敌寇全歼，凯歌高唱，返金陵！如此铿锵慷慨的胸襟，说曾今可贪图享乐、不顾国难，应该是误会了。

外国人说过："风格即人。"人的思想情感是会不断变化的，人的创作风格也是会不断变化的。婉约不一定婉约起来就一成不变，豪放也不一定豪放起来就一成不变。诗词的风格是相对的，也是活态的。每一篇新作都有自己的艺术个性，有自己的风格和长处，尤其是各有各的创新理念和艺术努力，就不会让读者产生审美疲劳和阅读厌倦。苏轼就苏轼，柳永就柳永，辛弃疾就辛弃疾，李清照就李清照，各领风骚，谁也不模仿谁，谁也不克隆谁。大家都力争在思想、情感等方面积极创新，带给观众新鲜的灵动的观赏体验。这种创新精神和个性追求，希望能给我们的填词后来者带来一些有益的启示。

总之，填词一定要根据自己的真实的生活体验，表达真实自然的生活之美。无论什么风格什么词牌的作品，都应该做到"立意贵新，设色贵雅，构局贵变，言情贵含蓄"。清人沈谦说："小调要言短意长，忌尖弱。中调要骨肉停匀，忌平板。长调要操纵自如，忌粗率。"又说："词不在大小浅深，贵于移情。白描不可近俗，修饰不得太文，生香真色，在离即之间。"如果仅仅是什么火了就去写什么，虽然可以暂时吸引眼球，可以规避某些市场风险，可以省钱省力，但是不在创新上下功大，不在艺术特色上多努力，就永远不会有出息。诗词要真正振兴，就要增强创新活力，就要呈现自己的艺术个性，就要生产精品，而不是生产肥皂泡沫。

婉约风格和豪放风格均是动态的，不是一成不变的。再次重复一遍我常说的这句话：在艺术创造上，令人赞赏的永远都是"这一个"，而不是"那一群"。

十四　词外赘语

关于中国诗词大会

2017 年春节期间，很多朋友都在谈论中央电视台的《中国诗词大会》。借此契机，诗词文化再一次引起了全社会的极大关注。人大附中校长翟小宁先生说："《中国诗词大会》是一个窗口，让人们看到了美好的诗词世界；是一座桥梁，架起了人们与中国文化的情感联系；是一支火把，点燃了人们心中对诗词的热爱之情。"翟先生的话，引起我颇多共鸣。《中国诗词大会》开得确实很红火，这个节目所唤起的文化共鸣，也是热烈而真挚的。

诗词大会之后不久，《光明日报》的记者朋友就"诗词大会"的话题来采访我，出的题目是"诗词大会"热播的深层原因以及中国优秀传统文化如何现代传播和继承。我说首先想到白居易和杜甫的两句诗，一个是"野火烧不尽"，一个是"当春乃发生"。一方面，缘于中华传统美学精神所具有的天然魅力，诗词把汉语的声韵美、形式美推向了极致，是汉语言中最美丽的艺术花朵，文脉绵长，福泽深远。另一方面，我们今天的文化生态为诗词的传承发展提供了一个春意融融的宏阔时代背景，也为这样一档似乎比较冷门的节目提供了一个良好的成长空间。

当然，选手们的参与热情和深厚学养，主持人的精彩表现，编导的巧妙编排和创新努力，点评老师们的妙语连珠，再加上观众的热情支持等诸多积极因素所形成的合力，更是节目热播所不可或缺的关键所在。前两年，河北电视台、甘肃电视台等地方台也做过几档以诗词为主题的节目，效果也都不错。可以说，《中国诗词大会》等类似节目，为中国传统文化的现代传播和继承，提供了一些很有意思的实操样本。

选手也好，观众也好，相信通过节目所自我积累的美学感悟和古典学养，将更有益于他们今后丰富的人生历练和生活积淀，从而创造更加优美的诗意人生。《中国诗词大会》第二季第九场的选手、40岁的河北农民白茹云就很令人赞赏，她说自己从诗词中"体会到了人生的喜怒哀乐""输也好，赢也好，只要我走过就好"。白茹云的人生故事在节目播放时让许多观众感动。作为癌症患者，她自信地站在诗词大会的现场，笑言"每个人都要经历一些波折"。这种朴实乐观而又坚忍执着的人生态度，不正是"千磨万击还坚劲，任尔东西南北风"的真实写照吗？来自抚顺的选手王轶隆知道自己的母亲在节目比赛期间要进行手术，毅然决定放弃录制回家陪伴。这份质朴而温暖、坚决而坚定的孝心，不正是"谁言寸草心，报得三春晖"的现代回声吗？

上海女孩武亦姝在诗词大会的精彩表现，引起了我们对传统诗词教育的深入思考。尤其值得关注的是，她所就读的复旦附中一直坚持把背诵古诗文融入日常教学，为孩子们营造了一个重视古诗文教育的学习环境和人文氛围。该校语文教研组长黄荣华老师说，有的家长曾经质疑，高考只占6分的古诗文默写，为何让学生花那么多时间来背诵？其实正是某些人心中的这种"用最小的投入，获得最高的产出、最高的分数"的功利思想，才让中小学语文教育剑走偏锋，甚至堕入应试教育思维下的分数误区。

据报道，武亦姝坚持背诵古诗词，并不是单纯为了几个分数，而纯粹是出于内心深处的热爱和享受。看来"诗教"还是应该要静下心来，唤醒学生们内心深处的情怀和感动，让大家一起共同体味诗词之美和经典之醇。如果仅仅看武亦姝通过诗词大会圈了多少粉儿，朋友圈里加了多少迷哥迷妹，那就只是"锣鼓喧天，彩旗飘扬"的娱乐心理在作怪了。

《毛诗》曰："诗者，志之所之也。在心为志，发言为诗，情动于中而形于言。言之不足，故嗟叹之。嗟叹之不足，故咏歌之。咏歌之不足，不知手之舞之足之蹈之也。情发于声；声成文，谓之音。"郭沫若先生在1920年1月18日致宗白华先生的一封信中也说："只要是我们心中的诗意诗境底纯真的表现，命泉中流出来的 Strain（感应力），心琴上弹出来的 Melody（旋律），生底颤动，灵底喊叫，那便是真诗，好诗，更是我们人类底欢乐底源泉，陶醉的美酿，慰安的天国。"这里的"情动于中而形于言"，以及"生底颤动，灵底喊叫"，其实说到底也就是"尽情"二字而已。诗词最好的打开程序，不都是"飞花令"这样竞技和游戏色彩浓郁的电视场景；诗人也不都是白衣飘飘、峨冠博带、对酒高歌、对花洒泪的奇特形象。一位点评老师在诗词大会上提到"人间有味是清欢"和"此心安处是吾乡"，其实体味诗词之美，我认为最重要的还是要通过诗词的浸润，保有和修持一颗晶莹的诗心。

当年梅兰芳和孟小冬表演的京剧《游龙戏凤》非常轰动。其中孟小冬演的正德皇帝初次见到梅兰芳演的李凤姐之后，他们之间有一个交流。梅兰芳说："你不能这么用语言来冒犯我吧？"孟小冬说："我过来见你，不是我存心要冒犯你，因为什么呀？是因为你头上戴了一朵海棠花，风流就在那朵海棠花上，是这朵花吸引了我。"同样，一颗美丽的诗心就像这朵海棠花一样，能够使我们的人生更加丰富和鲜明，更加新鲜和亮丽。另外我还想起了唐代诗人裴迪的一首《华子冈》：日落松风起，还家草露晞。云光侵履迹，山翠拂人衣。我觉得诗心就像裴迪笔下的华子冈一样，是一个令人陶醉的美好所在，云光淡然，山色幽微，松风盈耳，丘壑在胸。

诗词的独特美学特色和艺术品质，决定了它所独具的审美效应和美育功能。《中国诗词大会》的节目重心不是看谁背诵诗词的数量多寡，不是看谁抖几个小机灵、玩几个小热闹，也不是为了给诗词界炒出几个"明星"，而是让更多的观众和选手共同重温那些古典诗心的深情跃动和激情汹涌，让大家分享他们的襟抱、情怀和本真，让大家的心灵世界变得更加清澈。可以说，《中国诗词大会》在传统文化的醇美底色上，画下了一笔彩虹般璀璨的绚丽亮色。如果这个节目在背诵诗词之外，再增加一些创作环节，增加一些鉴赏内容，可能会办得更加丰富和厚重。死记硬背，就会把传统文化变得僵化死板。活色生香，才能激活传统文化的现代魅力。感心动情，活化经典，滋养诗意人生。《中国诗词大会》像一枝报春花，向我们报告着中华优秀传统文化传承发展的美丽春光。相信明天的风景一定会更加辽阔和美好。

激活传统的创字诀

关于中华优秀传统文化传承发展的话题最近很热，也非常值得深入研究。文化本身是柔软而温润的，传承不是机械地复制粘贴，发展不是简单地顺流而下。中华优秀传统文化的传承发展，离不开创造性转化和创新性发展。

秉持客观、科学、礼敬态度的"创造"和"创新"，是激活优秀传统、滋养文艺创作的两个关键词。致力创造，优秀传统文化才能更加丰富多彩。勇于创新，优秀传统文化才能更加活力无限。简单否定、数典忘祖的生硬态度当然会撞南墙，而复古崇古、泥古不化的迂腐做法也会走入死胡同。只有不断赋予优秀传统文化新的时代内涵和现代表达形式，不断补充、拓展、完善，才能真正获得涵育人心的不竭之力，才能挥动时代大手笔，写好传承发展这篇底蕴深厚、万众瞩目、举足轻重的大文章。

2017年2月，恰逢新诗百年纪念活动达到高潮。尽管学界关于新诗起源说法纷纭，但大多数人还是以胡适先生1917年2月在《新青年》2卷6号发表《白话诗八首》，作为新诗诞生的一个鲜明标志。此前此后，出现了众多的尝试者和探索者，共同组建了新诗发轫的灿烂星座。新诗的出现是20世纪中国最重要的文学现象之一。百年回眸，很多优秀作品因其善于从中华文化资源宝库中提炼题材、获取灵感、汲取养分，而给我们带来创造性转化和创新性发展方面的许多启示。比如闻一多先生就声称要做"中西艺术结婚的宁馨儿"，他的《死水》《一句话》《忘掉她》等诗受西方诗歌的影响是隐形的，而中国古典诗歌的韵味却浓郁而鲜明。另一位卞之琳先生在读者眼里可能也是比较"洋气"的诗人了。但在他生前，有一次接受我采访时，先生殷切地说："我希望年轻人日后比我们老一代强，同时也希望他们千万不要丢掉我们中国文学的传统。""千万不要丢掉我们中国文学的传统"，这是老诗人经过几乎一生的创作实践后发出的感慨。现在重读下之琳先生的《断章》《雨同我》《鱼化石》等名作，同样能明显感受到基于优秀传统文化的创造热情和创新回响。

谈到"创造"和"创新"，我还想起袁世海先生对振兴京剧艺术的一些见解。袁先生生前，我曾多次听他讲起郝寿臣先生第一次为他上课的情景。郝寿臣先生问他："跟我学戏，是把我捏碎了成你，还是把你捏碎了成我？"袁世海说："当然是把我捏碎了成您啦。"郝寿臣听了哈哈大笑："错了，把你捏碎了，你永远成不了'郝世海'。你得把我捏碎了，再成一个'你'。"我理解，这里谈的，实际上也是一个传统艺术的传承发展问题。创造性转化和创新性发展，并不是对前人成就的简单重复和机械模仿，而是后人集前人成就之大成的一种创造和创新。这种创造和创新吸纳传统、检验传统，同时在传统的基础上不断提高。

郝寿臣先生的话，袁世海始终记在心上。现在回头来看，创造和创新的理念，一直贯穿在他和他们那一代人的舞台实践之中。新中国成立后第一部以架子花脸为主角的京戏是《黑旋风》，剧本原有李逵背诵军师吴用所作的四句诗的桥段，以"桃花流水……"来夸赞梁山水泊的美景。这四句诗本身很优美，但袁世海在表演时，认为这不符合李逵的性格，所以改成了："记得军师还做了四句诗，叫桃……桃……桃什么来着，嗨，我想不起来了。"这种创造和创新既符合人物身份，又没有破坏剧目固有的情境，所以得到了观众的认可。

袁世海曾经将某些墨守流派之见的演员讥为"伸手派"：他们不是想着如何创新，而是满足于把前人的东西伸手拿过来，吃现成的饭。他们爱问："我像不像某某派？说他不像就不高兴。遇到这种演员，袁世海先生只好说："不错不错，再努力。"记得谈起这些的时候，老先生拿扇子往桌子上一拍，冲我哈哈一乐："他们的耳朵只听进去了前半句，后边那个'再努力'就被风刮走了。"的确，流派是京剧艺术的精华，但流派并不是艺术小圈子，也要有新的发展、新的创造。只有创造才有转化，只有创新才有发展，只有创造和创新才能焕发出蓬勃生机和旺盛活力。

由于缺乏创造精神和创新能力，内容雷同、构思陈旧的一些所谓"派"腔"派"调、"派"体"派"法、"派"门"派"见，时常出现在人们的面前。郝寿臣先生提出的"你得把我捏碎了，再成一个'你'"的观点，实际上就是创造性转化和创新性发展的一个朴素的现实例证。传统文化的传承发展，当然需要固守本根、不忘初心，同时也需要革故鼎新、与时俱进，需要交流互鉴、开放包容。以此验诸今天某些戏曲流派传人，他（她）们表演的节目固然中规中矩，甚至令人有原汁原味、大师再现之叹，但是他们离"大师"的"高峰"确实还有着一段"再努力"的艺术距离。其中一个重要内容就是尊重人的创造精神，激发人的创新活力，挖掘人的积极因素，营造一种礼敬先贤、鼓励探索的良性氛围。

中华优秀传统文化的传承发展，不能仅仅靠几个遗老遗少的皓首穷经，不能靠几本四书五经的死记硬背，不能靠几篇《千字文》《百家姓》的照本宣科，更不能靠几位弟子眼中的"大师"或"准大师"的资源垄断，而是需要依靠更广泛文化人才的认真学习、积极研究和深入挖掘。当前传统文化传承发展的热度的确令人振奋，而此时奉献一些冷静的理论思考和科学辨析，我想也一定是不无裨益的。

优秀传统文化的传承发展，不能完全靠政府、社会给予"吃偏饭"的待遇而"养"起来，而是要与当代文化相适应、与现代社会相协调，通过创造性转化和创新性发展不断增强生命活力和文化影响。激活传统、滋养文心，一定要念好创造和创新的"创字诀"。目前，某些过去很接地气的传统文化形式，却在传媒和口碑中日渐获得高雅艺术的"美誉"，这种"美誉"有关心爱护的用意，但是也要引起我们的一些反思：千万不能把"高雅"弄成"曲高和寡"

的委婉描述啊。

崇尚创造、追求创新，应该成为传统文化继承发展的文化自觉，也是传统文化传承发展过程中不应忽略的一个重要环节。

故实和清峻

1.专注情致，而少故实

李清照有一首《如梦令》：昨夜雨疏风骤，浓睡不消残酒。试问卷帘人，却道海棠依旧。知否？知否？应是绿肥红瘦。

秦观也有一首《如梦令》：莺嘴啄花红溜，燕尾点波绿皱。指冷玉笙寒，吹彻小梅春透。依旧，依旧，人与绿杨俱瘦。

李清照立意是赏春，秦观立意是伤春。一个清丽欢谑，一个冷寂凄清。秦观比李清照在词句上更雕琢一些，造语更玄奥，文人气也更浓。两首词词牌相同，韵部相同，题材也都是咏春，李清照的词写得比秦观的晚些，而且秦观"人与绿杨俱瘦"还直接启发了李清照另一首词中的名句"人比黄花瘦"，但是，秦观的《如梦令》却远不如李清照的出名。

从诗艺上讲，秦观比李清照要高明一些。"溜""冷""寒""彻""透""瘦"等字奇峭精美，都很讲究，用得稳健。他将人与草木的憔悴连在一起，营造了天人合一的巨大寂寞感与孤独感，更凸现了内心的巨型苦闷和磅礴忧伤。而李清照只是用对话描述一个小的剧情冲突，语不惊人，情不惊人，事不惊人，为什么却能够超越秦观？其中奥秘，正如李清照批评秦观所言"专注情致，而少故实"。秦观的作品格平气贫，所描写的意境也了无新意。而李清照的作品则独出机杼，俏丽明快，言之有物。语言上虽有沿袭，故实上却为新创。

就诗词而言，故实才是根脉，辞藻只是花叶而已。花叶之美，动摇不了根脉之基。

我们还可以看陆龟蒙的《白莲花》：素蕖多蒙别艳欺，此花端合在瑶池。

无情有恨何人觉，月晓风清欲堕时。这首诗受到李贺《咏笋》的启发。李贺诗是这样写的：斫取青光写楚辞，腻香春粉黑离离。无情有恨何人见，露压烟啼千万枝。读起来还是陆龟蒙的诗更顺畅些。

我认为，陆龟蒙的诗切物切情，意象集中，词句凝练，也是胜在了"故实"上。

2.绮丽易成，清峻难得

我读到晚清词坛名家张祥龄的一首《虞美人》：今朝潮没帆樯上，归梦寻鸳帐。明朝携手绣楼中，玉软未温、钗䰂燕儿风。　暂时委曲孤灯下，便是姑苏也。拌将憔悴为多情，一刻难挨、离枕到天明。这首词依南宋末年蒋捷《虞美人》原韵，蒋词如下：少年听雨歌楼上，红烛昏罗帐。壮年听雨客舟中，江阔云低、断雁叫西风。　而今听雨僧庐下，鬓已星星也。悲欢离合总无情，一任阶前、点滴到天明。

两首词一个写于宋末，一个写于清末，各自带着各自朝代的特有气息。相同的一点是文字间都有浓得化不开的愁苦。不同处也很鲜明，高下宛然：张祥龄的词尽管密丽婉曲，合乎所谓词体风味，但是少了蒋捷词中那种清峻之气。

张祥龄作品中很有几首漂亮的作品，比如：

踏莎行·答文叔问送别即用其韵

吴苑莺花，越溪烟雨，湖山风月谁为主。本图弦管送年华，那期箛鼓成羁旅。

似旧楼台，依然云树，游人只当看花去。绿杨三百九十桥，无桥不是相思处。

巫山一段云

鸦逐将归日，松留欲散烟。愁乡知有几重天，况堆千万山。

虫网经风吹绝，又向帘旌重结。一丝分做一条心，教人怎么禁。

摊破浣溪沙

水面红鳞欲上钩，登临无处觅高楼。庭院梨花春不管，梦悠悠。

那有红颜能百岁，凭他杯酒解千愁。空把镜中双脸泪，各分流。

这些词作中也很有几个好句子。比如"绿杨三百九十桥，无桥不是相思处""愁乡知有几重天，况堆千万山""空把镜中双脸泪，各分流"，都颇可爱，但也似曾相识。绮罗香泽之态从宋到清，年年岁岁，代代复制也。如果和电脑自动作诗作出来的作品放在一起，估计是一个情调的。

张祥龄先生认为诗和词要各遵体式，并说"如谓诗佳，何不诵唐诗。非谓诗之道大，词之道小，体格然也。"但是，我对他的话有点忧虑：词体如果把思想分量的责任拱手出让给诗体，然后自矜于轻浅熟艳，无异于一种要眇宜修的隐性自戕。

清薛雪《一瓢诗话》曾引用明李东阳的话说："作诗不用闲言助字，自然意象具足，此为最难。"薛雪认为"一落村学究对法，便不成诗"。确实，绮丽易成，清峻难得。绮丽在腠理，而清峻在骨髓啊。

3. 着一直语

诗词之道易也，见所见、闻所闻、书所书而已。"人比黄花瘦"，是一句直语。"只恐双溪舴艋舟，载不动，许多愁"，也是一句直语。前者妙用比喻，后者妙用通感，这都是评论家的口气。就作者而言，也不过是写眼前所见和心中所想而已。

作家阿城在《孩子王》中有个段落挺精彩。主人公教孩子们写作文，提了两个要求："字，第一要清楚，写不好看没关系，但一定要清楚，一笔一划。"而且还说"否则还不如放个臭屁有效果。"主人公提的"第二件事"，就是"作文不能再抄社论，不管抄什么，反正是不能再抄了。不抄，那写些什么呢？……你们自己写，就写一件事，随便写什么，字不在多，但一定要把这件事老老实实、清清楚楚地写出来。别给我写些花样，什么'红旗飘扬，战鼓震天'你们见过几面红旗？你们谁听过打仗的鼓？分场那一只破鼓，哪里会震天？把这些都给我去掉，没用！清清楚楚地写一件事，比如，写上学，那你就写：早上几点起来，干些什么，怎么走到学校来，路上见到些什么——"

阿城这里讲的作文之道，其实可以用四个字来概括，就是"着一直语"。对于被各种高深的诗词学问唬得一楞一楞的诗词作者而言，倒是可以开一下这个四字药方。

我想李清照写作之前，先想的肯定不是什么通感和比喻，而是怎样表达彼时彼地的内心情感。有的作品是嚷出来的，有的作品是想出来的，有的作品是仿出来的。脱口而出者妙合无垠，最为高超。

这里涉及到创作的直觉性，也涉及到评论的理性。此二者有区别，但从根本上说，也具有一致性。潜意识、显意识，二者均来自生活的感发和理念的积累，可以互相转化、相辅相承，而相较而言，潜意识更接近于艺术创作的本真本色之态，更注重妙手偶得之趣。苏轼说"作诗必此诗，定知非诗人。"从另一个角度来思考，似乎也可以说"作诗非此诗，定知是假人。"

俞陛云先生在《诗境浅说》序言中回忆道："以弱冠学诗，先祖曲园公训之曰：学古人诗，宜求其意义，勿猎其浮词，徒作门面语。"我觉得曲园公所言，是诗教的根本所在。一般人教诗侧重讲辞采格律，喋喋不休，津津乐道。而曲园公则提出了求其意义和勿猎浮词的见解，令人一新耳目。作诗作文，以意为上。意如天体，词如衣装，主侧本来分明，本末焉能倒置。诗教，首先教的是为人之标。学诗，首先学的是修心之道。

常用词谱

关于填词，当然还是要按谱来填。字的多寡有定数，句的长短有定式，韵的平仄有定声，原型原调，才能谐合悦耳。古人有所谓自度曲，今人也有人热衷此道。但是古人精通音律，可以自创新曲，今人尤其是一些初学者，实际上并不精于此道。所以建议还是先从固定的词牌入手为好，毕竟古人已经留下了足够多的词牌供我们选用。

还有一种情况，就是某人选择了某一词牌，却不按词牌要求去填，那么只能称作是"仿沁园春""仿行香子"等仿作，却不宜说成写的就是某某词牌。

因为古人留下的词牌有几百种，那么我们选择词牌是不是越多越好呢？不是。创作的最佳状态还是我手写我口，贵在抒发自我的真实情感和审美发现。有的词牌古人都很少用，说明那些词牌的表现力和生命力都值得怀疑。只要选择几种常见的，尤其是比较能够表现汉语言的声韵之美的词牌，熟练掌握和运用，也就可以了。

在这里提供了一百多个常见的词牌格式和本人创作的习作，并介绍了一些古今词范和笔者填词的一些心得体会，供想尝试填词的文友略作参考。这些词牌按第一个字的声母读音次序排列，以方便检阅。

考虑到本书仅仅是一本针对初学者的书，词谱有变体的，这里一般只介绍其中一种。等到读者迈过了初学的门槛，感觉到这些词牌不能满足自己写作需要的时候，也可找其他一些词学工具书来参考。下面先介绍几本前人的词谱工具书，建议读者日后进一步研究。明代之前，古人填词并无词谱，词人们只是按照传诵的乐调吟唱来作词。晚唐之后，文人雅士开始大量填写词作，所创词牌词律也越来越多。但是，唐宋时期人们传诵的词作一般沿自前人词调，并无"词谱"。即使是某人新创词调，人们也是根据乐调来继续填写。但是越到后来，乐谱慢慢失传，词谱的作用才凸现了出来。以下推荐4.5种前人的词谱：

《词律》：清初万树撰。万树字花农，一字红友，号山翁，江苏宜兴人。

清康熙时任两广总督吴兴祚幕僚。工词曲，还编有杂剧、传奇等二十余种，着有《堆絮园集》《香胆词》《璇玑碎锦》及《词律》等。《词律》是一部深孚众望的词谱工具书，甚至被称为"三百年来，洽词学者无不奉为圭臬"。《词律》之前，还出现过明代张诞的《诗余图谱》，程明善根据《诗余图谱》编著的《啸余图谱》，清初的赖以邠著有《填词图谱》，但均不如万树《词律》的影响大。《词律》驳缪纠讹，发明补充，排比声律，据唐、宋、金、元之词作归纳整理为填词成格。初刊于康熙二十六年（1687 年），共收入 660 调，1180 体。排列次序词牌字数为据，字少者居前，同调中各体亦以字数多寡为序，书"又一体"。同调异名者，则列异名于正名之下。每调每体均注明字敷、平仄、韵脚和句读，分别段落，并在谱后略有论说。本书前有俞樾、吴兴作、严绳孙、万树序言，随后是万树所作《发凡》一卷，阐明自己的词学见解。现行版本后附《词律拾遗》和《词律补遗》，所收词谱更加可观。

《钦定词谱》：今人又称"康熙词谱"。清康熙朝王奕清、陈廷敬等根据康熙的旨意编撰的词谱，因该书为康熙所钦定，故名《钦定词谱》。这部词谱以万树《词律》为基础，纠正错漏，并予以增订，共收 820 词牌，2306 体。被称为"倚声家可永守"的"法程"。凡唐至元之遗篇，靡弗采录；元人小令，其言近雅者，亦间附之；唐宋大曲，则汇为一卷，缀于末。每调各注其源流，每字各图其平仄，每句各注其韵叶。排序方式采用每调长短来分先后。若同一调名，则长短汇列，以又一体别之，其添字、减字、摊破、偷声、促拍、近拍以及慢词，皆按字数分编。每调选用唐、宋、元词一首，必以创始之人所作本词为正体，皆是宋、元选本及各人本集。词谱详细标明格律和句读。有四字句而上一下一中两字相连者，有五字句而上一下四者，有六字句而上三下三者，有七字句而上三下四者，有八字句而上一下七或上五下三、上三下五者，有九字句而上四下五或上六下三、上三下六者，均详细说明。谱内以整句为句，半句为读；直截者为句，蝉联不断者为读，逐一注明行间。韵有三声叶者，有间入仄韵于平韵中者，有换韵者，有叠韵者，有短韵藏于句中者，也逐一进行了标注。

《白香词谱》：《白香词谱》是清朝人舒梦兰编选。舒梦兰，字香叔，又字白香，晚号天香居士。清乾隆二十四年（1759 年）生于靖安，道光十五年

（1835年）卒，享年77岁。一生没有当官，潜心著述，热衷游历，著有《湘舟漫录》《骖鸾集》《香词百选》《秋心集》等，乾隆六十年（1795年），合编成《天香全集》。所著《白香词谱》至今风行。《白香词谱》收自唐至清诸家词一百首，小令、中调、长调均有。为便于初学者，每调还详细列注平仄韵读。本书编于万树《词律》和《钦定词谱》之后，简便易学。此后有谢朝征《白香词谱笺》，此书抽去苏轼一首《蝶恋花》，存99调，改以作家时代先后为序，先标姓名，再列词调，并于每词后详列籍贯、本事、文献掌故等资料性文字。再后来，陈栩、陈小蝶父子又为《白香词谱》作过考证，以新版问世，称《考证白香词谱》，值得注意的是陈氏父子在每调后附"填词法"一项，说明该词调句法、平仄、叶韵等方面应注意事项，给初学者做详细指导。

《唐宋词格律》：大陆出版的版本署名龙榆生著，台湾出版的版本署名龙沐勋著，均为同一作者。龙榆生（1902—1966），名沐勋，晚年以字行，号忍寒，又号忍寒居士、风雨龙吟室主，曾任暨南大学、中山大学、中央大学、上海音乐学院教授。编著有《风雨龙吟室词》《唐宋名家词选》《近三百年名家词选》等。《唐宋词格律》是作者在上海音乐学院时所编，又名《唐宋词定格》，时人也简称"龙谱"，是一本专讲唐宋词体制格律的书。叶至善先生认为："龙榆生的办法与王力不同。王是统计，龙是两个准则，一是溯源，一是依佳作。因此王的谱可平可仄的字比龙的多得多，龙的有些谱简直没有一个可平可仄的字。"本书共收词牌百余调，其中大多数是唐宋词中常见的，按照平韵格、仄韵格、平仄韵互换格的顺序排列，词牌的说明中指出其产生的来历和演变情况，适宜表达何种情感及其中某些特定的句法和字声等。每一词牌附有"定格""变格"等词格，标明句读、平仄和韵位。每一词格附有一首或数首唐宋词人的作品。这本书携带方便，选调经典，我个人非常喜爱。

《诗词格律》：王力先生著，诗词合讲，半本谈词。王力（1900—1986），字了一。1931年获巴黎大学文学博士学位。历任清华大学、燕京大学、广西大学、昆明西南联合大学的教授，岭南大学教授、文学院院长，中山大学教授、文学院院长、语言学系主任。1954年后任北京大学教授，并兼任中国文字改革委员会委员、副主任，中国科学院哲学社会科学部学部委员。《诗词格律》是一本影响广泛的诗词常识读物，书中所讲的诗词格律，大部分是前人研究的成果，也有一些地方是著者自己的意见。着重在讲诗词格律，对于举例的诗词，不加注释。先讲诗，后讲词。例词选择则侧重于毛泽东诗词。其第三章为词律，第四章为诗词的节奏及其语法特点，附录三为词谱举要。

尽管市面上关于词谱的工具书，名目众多，版本众多，也各有特色，但是限于篇幅，我这里仅推荐以上 4.5 种。因为王力先生的《诗词格律》有一半是讲诗的做法，所以只能算作半本填词工具书的话，写作 0.5 种吧。《白香词谱》《唐宋词格律》和王力先生的半本《诗词格律》均形制短小，携带方便，尤其值得向尝试填词的读者推荐。我的这本书中所介绍的 109 种常用词谱，基本也是参照以上工具书，依照个人观点和喜好进行比较和杂取的，所选虽有不同，但是本书选录的每一种词谱均肯定有一种可靠出处。

需要特别说明的是，《词律》《钦定词谱》《白香词谱》《唐宋词格律》所收词谱也有同一词调而平仄各异的情况，甚至有互有抵触的地方。此时就需要读者"剖析毫厘，折中而求一是"。另外，即使一时无法取长补短、考证谬误，也不要着急。只需按照任何一个版本来填，有个依据即可，不必一定较真。

这么多词谱，谁能够都背诵下来呢？除了少数受过专门训练的奇才，恐怕很少人能够把这些词谱都背诵下来，也没有必要把这些词谱都背下来。最管用的办法是三个：

（1）**查工具书。**《词律》《钦定词谱》《白香词谱》《唐宋词格律》等，手边要经常备有一册，以便随时查阅。

（2）**例词记忆法。**一定要熟记几种格式的例词，作品写完后，再对照例词检查一下格律就大功告成了。这也就是说，要把枯燥的词谱平仄放进具体的词作语境中去记忆。

（3）**网上查验。**现在人们来填词，和古人相比真是太轻巧太便捷了，因为有了很多网上和手机上的诗词格律检测工具。伴随着互联网的发展，带有网上格律查验功能的网站和微信平台真如雨后春笋一般，可以让我们在写出初稿之后，很迅速地在手机和电脑等现代载体上查验诗词格律的情况，为诗词创作和推广带来巨大的时代助力。以下是几个笔者目力所及的公益性格律查验平台：

搜韵，网址: http://www.sou-yun.com

稻香居电脑作诗机（网络版），网址: http://www.poeming.com/web

诗词吾爱网站，网址: http://www.52shici.com

初学者入手练习，可先选择《生查子》《鹧鸪天》等与近体诗格式相近的词牌。当然说到底，理论总是苍白的，贵在实践。至于具体填词，张中行老人说过一段朴素的话:"作，要始于勇，不怕难;继以勤，锲而不舍;终于稳，斟酌，修改，不急于求成。"此话值得深思。了解了必要的一些词学常识，积累了一定的阅读量，就可以对照词谱来学习填词了。填词，首先要有自信心，要敢于大胆地写，大胆地试验。实践出真知。有了一定的量的积累，必然会迎来一个质的飞跃。

本书所列词谱中○表示平声，●表示仄声，⊙表示可平可仄，◎表示本应是平声字改用了仄声字，▲表示仄韵，△表示平韵。当然直接背诵词谱比较枯燥，初学者可先背诵几个自己喜欢的词牌中所附录的古今范词，然后对照平仄试填即可。

还要特别说明的是，词谱是作词的依据，初学者尤其应该持严格的态度按谱来填。不过，词谱不是金科玉律，熟悉之后也是允许略加变通的。

叶至善先生曾经说过:"词谱的平仄规定得很严，的确限制人的思想，但是也有它的道理。就像乐曲的高低、快慢、强弱一样，不合一定的规律，念起来别扭，听起来也别扭。像'望长城内外，唯余莽莽;大河上下，顿失滔滔。'如果末一句不用'×仄平平'，就收不住前面三句'×平×仄'。所以这种规律也是自然形成的，不是硬造出来的。"他的父亲叶圣陶先生在回信时也说过:"作词，从自由的观点想，何必一一受它拘束? 但是只要反问一句，你既然喜爱自由，又何必作词? 作自由诗不是很好吗? 这就回答不来了。确然是如此，既然选了某某牌子作词，就是自愿地受它拘束。要在受拘束而仍表现其自由之中抒情达意，才见出本领。这是自来词家所努力争取的。在此中，成功的人并不多。但是真有成就的人却是真个留下了几首好东西给后人永远吟诵。"在探讨了遵守词谱、格律的必要性之外，叶圣陶先生同时认为填词在词谱之外也是允许"通融"的。他说："历来词家讲声韵，一致推崇周美成，有些作者填词以美成为准，平上去入四声全依美成，宁可句子不通，用词勉强。这实在是牛角尖。苏辛二家就是不太受拘束的，为表情达意的需要，宁可不合格律。"叶圣陶先生还列举过毛泽东的一个词例："毛主席句'恰同学少年''学'是'仄'，'年'是'平'，与谱不合。另一句'惜秦皇汉武'则全合。"他认为"如果调转来，作'恰少年同学'，就合谱了。不调转来而宁可不合谱，一则'同学少年'与下文的'书生意气'相对（严格说，'少年'与'意气'对得并不工），再则'同学少年'在古来诗词中是习用的。二者不可得兼，必须牺牲其一，作者就宁可不合谱。"

叶先生父子探讨的，正是一个突破格律而又不害词义的具体事例。总之词谱是应该遵守的，在表达情感时也是允许根据词义进行通融的。律为我之助，我非律之奴。

1.【卜算子】

简介：《卜算子》，又名《卜算子令》《缺月挂疏桐》《百尺楼》《眉峰碧》《楚天遥》等。相传是借用唐代诗人骆宾王的绰号。骆宾王写诗好用数字取名，人们称他为"卜算子"。也有人认为词牌名来自黄山谷词"似扶着，卖卜算"，取卖卜算命的意思。其他别名均来自著名词人作品。如秦湛有"极目烟中百尺楼"句，也有人把这个词牌称作"百尺楼"。卜有四种读音，"卜算子"中的"卜"意思是占卜，据意应读"bǔ"，不能读成bo、pū和pú。

作法：共四十四字，前后两阕，每阕四句，两仄韵。各句第一字均平仄不拘。

词范:

卜算子·咏梅
陆游

驿外断桥边，寂寞开无主。已是黄昏独自愁，更着风和雨。
无意苦争春，一任群芳妒。零落成泥碾作尘，只有香如故。

词谱:

⊙●●○○，⊙●○○▲。⊙●○○●●○，⊙●○●▲。
⊙●●○○，⊙●○○▲。●●○○●●○，⊙●○●▲。

高昌试作:

卜算子·那爱

总是在奔波，总是求温饱。总是风霜雨雪多，总是真情少。
那梦美如花，那爱青如草。那朵卿云渡彩虹，那点阳光好。

填词心得: 这个词牌有民歌的风味，同时又有构思精巧、含蓄深沉的特点。《卜算子》的句式类似两首五言绝句，只是把每阕的第三句改成了一个仄起的七言句式。但是这一词牌完全违拗绝句的粘连规律，韵部也只选用上、去二声，适宜表达高峭郁勃的特殊情调。前人填写此词大多不假藻饰，喜采寻常口语入词，运用回环往复的句式，并多有体物名作，实际是用比兴手法，委婉含蓄地表达词人的情怀和思想。

2.【八声甘州】

简介:《八声甘州》，又名《潇潇雨》《宴瑶池》，简称《甘州》。是从唐教坊大曲《甘州》截取一段改制的。原为唐边塞曲，所以用"边塞甘州"为名。因全词上下阕共八韵，故名八声。

作法: 共九十七字，上阕四十六字，下阕五十一字，上下阕各九句四平韵。上阕起句、第三句，下阕第二句、第四句，多用领字句。

词范：

八声甘州

柳永

对潇潇暮雨洒江天，一番洗清秋。渐霜风凄紧，关河冷落，残照当楼。是处红衰翠减，苒苒物华休。惟有长江水，无语东流。

不忍登高临远，望故乡渺邈，归思难收。叹年来踪迹，何事苦淹留。想佳人、妆楼颙望，误几回、天际识归舟。争知我、倚阑干处，正恁凝愁。

词谱：

●○○○●○○，◎○●○△。●●○○●，⊙○○●，⊙●○△。◎●○○●，◎●●○△。⊙●○●，⊙●○△。

◎⊙●○●●，●◎○●●，⊙●○△。●○○●，⊙●○△。●●⊙、⊙●⊙●，●●○、⊙●●○△。○○●、⊙○●，◎●○△。

高昌试作：

八声甘州·词绎美国诗人艾伦·金斯伯格《泪》

任行行酸泪洒长空，日夜放悲声。叹巴哈凄紧，沃街惆怅，寥落平生。苒苒青枝半老，时序蓦然更。惟有无心朵，独自娉婷。

多彩多姿多福，数人间甜蜜，大地安宁。问骚人心迹，何故苦愁萦？！锁双眉，拊膺涕泣，恸上苍，悒郁总难晴。凝眸处、帕城风雨，步步心惊！

注：巴哈，又译巴赫，德国作曲家。沃街，指西雅图沃布利大街。帕城，即帕特逊城，诗人的故乡。

填词心得：《八声甘州》这一词牌正如龙榆生先生所言"极参差错落之致，借以显示摇筋转骨、刚柔相济的声容之美……最能使人感到回肠荡气的"。全词领字颇多，句式变化也千回百折，跌宕生姿，篇幅虽长，整体结构却很紧凑。这一词牌多表现慷慨悲苦的内容，尤其适宜用来抒发凄清苍凉的感慨。笔者这里翻译的是美国垮掉派诗人金斯伯格的一首诗，表达的也是此词牌常见的悲凉情绪。填此词牌，尤其要注意领字句的妙处。

3.【拜星月慢】

简介：《拜星月慢》又名《拜新月》。

作法：双调，一百零四字，上阕十句四仄韵，下阕八句六仄韵。上阕之第五、第十句，下阕之第四、第八句，句法皆为上一下四，且皆为"仄平平平仄"式，不可自变。上阕第七句八字，乃二字领起，后六字与下句对仗。

词范：

拜星月慢
吴文英

绛雪生凉，碧霞笼夜，小立中庭芜地。昨梦西湖，老扁舟身世。叹游荡，暂赏、吟花酌露尊俎，冷玉红香罍洗。眼眩魂迷，古陶洲十里。

翠参差、澹月平芳砌。砖花溇、小浪鱼鳞起。雾盎浅障青罗，洗湘娥春腻。荡兰烟、麝馥浓侵醉。吹不散、绣屋重门闭。又怕便、绿减西风，泣秋檠烛外。

词谱：

●●○◎，⊙○⊙◎，◎○○◎▲。●●◎●，●○○●▲。●○●，
●●、◎●●●，●●⊙○▲。◎◎○●，⊙○○◎▲。

●○○、●◎●○▲，◎○●、◎●○○▲。◎●●○○，●○○○▲。●○○、●●◎○▲，○○●、◎●○○▲。●⊙●、◎●○○，●○●▲。

高昌试作：

拜星月慢·三道岭水库有感

落地蟾华，相逢玉镜，眼底横波秀美。静水流深，便瑶池沉醉。铎铃振，绕梦盘旋飞舞，踏浪展翼、凌波鸥似。笑我多情，又狂吟如是。

叠青澄，润得山苍翠。倾莹澈，溅得人心肺。皂白拟教分明，许银河来洗。叹人寰，恨憾终山积。天阶远，更帝阍难启。嘶唤苦，乱世纷纭，干清波底事！

填词心得：开头二句必用对仗。上阕第七、第八两句十四字，或可成三句，即六、四、四句式。如此则平仄亦有异，为："（平）仄平平平仄，仄仄仄仄，平平平仄。"笔者词中"绕梦盘旋飞舞，踏浪展翼、凌波鸥似"，即用此句式。

4.【春风袅娜】

简介：《春风袅娜》为宋朝冯艾子所创的自度曲。冯艾子又名伟寿，号云月、双溪子。也有人说他小名艾，字文子。《春风袅娜》最早出现在其作品集《云月词》中，题名《春恨》。袅娜含义有两说：其一指柳枝。李白有："池南柳色半青青，萦烟袅娜拂绮城。"白居易有："两枝杨柳小楼中，袅娜多年伴醉翁。"另一说指春风，苏辙有："春风娜娜还吹霰，岁事骎骎已发机。"因"袅娜"与"娜娜"相近，所以被前人猜测为春风的形容词。"袅娜"的"娜"字在这里读"nuo"。

作法：双调，一百二十五字，上阕十二句五平韵，下阕十五句五平韵。

词范：

春风袅娜·甲寅元夜

陈维崧

记旧时元夜，月挂红楼，钗影乱，笑声柔。火蛾儿、簇著凝妆艳粉，轻盈妖冶，打块成毬。的的春娇，溶溶夜景，夹路银花烂不收。一曲紫绡催薄醉，六街绛蜡试清讴。

谁料一天冰彩，化为丝雨，随风去、洒遍皇州。萦蝶翅，困莺喉。谁家抛盏，何处藏阄。微雪犹零，怕沾鞋印，碧云未合，莫上帘钩。风光非旧，叹传柑佳会，今年换做，万里边愁。

词谱：

●○○○●，●●○△。○○●，●○△。●○●、⊙○●⊙○●，○○●○○△。●●○○，○○●●，●○○●，⊙○●○●○●，○○●●○△。

⊙●○○○●，○●●●，○○●、●●○△。○○●，●○△。○○●、⊙●○△。⊙●○○，○○○●，⊙○●●○●○△。○○○●，●○○●，○○●●，⊙●○△。

高昌试作：

春风袅娜·凤凰城

叹沧桑翻覆，不忍回眸。心底暖、眼底柔。访新城，点点旧痕犹在。断垣残壁，寒梦淹留。苦泪酸诗，悲笳哀笛，系我胸中如许愁。负手唏嘘自奇句，凝眉多舛此神州。

难忘相逢笑美，葳蕤梦碧。凤凰舞，展翼昂头。苍原立、白云浮。凭高远瞩，思绪悠悠。巧引虹霓，漏天能补。力搬山岳，裂地重修。人间春满，看缝云裁月，披红着绿，今日风流！

注：凤凰城，河北唐山美称。1976年，唐山曾遇大地震。此词作于2007年。

填词心得：押平声韵，一韵到底。此调适合铺叙感情，多用对偶句，和谐流畅。注意上下阕的两个三三句，例用对仗句。上阕第七、八、九、十句，下阕第八、九、十、十一句，例作四言隔句对。上阕第一句与下阕倒数第三句，均用上一下四句式，领字用仄声韵。上阕第十一句七言后三字格律用"平仄平"，第十二句七言后三字的格律用"仄平仄"。

5.【长相思】

简介： 调名取自南朝乐府"上言长相思，下言久离别"句。又名《相思令》《双红豆》《吴山青》《越山青》《长相思令》《山渐青》《忆多娇》《长思仙》《青山相送迎》等。另外，杨无咎作"急雨回风"一百字体，柳永作"画鼓喧街"为一百零三体，也均题《长相思》。

作法： 上下两阕，三十六字，每阕四句，押平韵。每阕第二句可叠首句韵，甚至叠首句最末二字，也可不叠。上下阕最后一句采用平起五绝句式，不能犯孤平，即第一字如果用仄声，那么第三字必须用平声。

词范：

长相思

冯延巳

红满枝，绿满枝。宿雨厌厌睡起迟，闲庭花影移。
忆归期，数归期。梦见虽多相见稀，相逢知几时。

词谱：

●⊙△，●⊙△。⊙●●○○⊙△，⊙○○⊙●△。
●○△，●○△。⊙●●○○⊙△，●○○●△。

高昌试作：

长相思·本意

酒一推，手一挥，烟雨前程几度催。花开花又飞。
泪也垂，梦也随，唇上清愁镜里眉。春风唤不回。

填词心得： 此词牌多写男女之间的相思之情，但也可表达怀乡怀友的情感，以委婉含蓄缠绵悱恻情调为多。填词时注意音节的节奏感，尽量少用典故，做到明朗晓畅。

6.【钗头凤】

简介：《钗头凤》又名《折红英》《摘红英》《清商怨》《惜分钗》《玉珑璁》。词调是根据五代无名氏《撷芳词》每阕结尾增加三叠字改易而成。因《撷芳词》中原有"都如梦，何曾共，可怜孤似钗头凤"，所以取名"钗头凤"。关于《钗头凤》，有个南宋诗人陆游的爱情故事最为著名。陆游年轻时娶表妹唐琬，夫妻恩爱，但陆母不喜唐琬，强行拆散他们的婚姻。多年后二人在绍兴沈园相遇。陆游写了《钗头凤》一词"题园壁间"。唐琬后来也用《钗头凤》词调写了和词，郁郁而终。

作法：六十字，上下两阕，各叠用四个三言短句，两个四言偶句，一个三字叠句，而且每句都用仄声收脚。全词共换四韵，上半阕以上换入，下半阕以去换入，适宜表达爱情，尤其是缠绵复杂的情绪。

词范：

钗头凤

陆游

红酥手，黄縢酒。满城春色宫墙柳。东风恶，欢情薄。一怀愁绪，几年离索。错、错、错。

春如旧，人空瘦。泪痕红浥鲛绡透。桃花落，闲池阁。山盟虽在，锦书难托。莫、莫、莫。

词谱：

○○▲，○○▲，●○○●○○▲。○◎▲（换），⊙○▲，●◎○⊙，●○○▲。▲，▲（叠），▲（叠）。

○○▲，⊙○▲，●○○●○○▲，○○▲（换），●○▲。○○○⊙，●○○▲。▲，▲（叠），▲（叠）。

高昌试作：

钗头凤·滋味

风霜少，阳光好，闹春红杏花开早。酣酣睡，悠悠醉，酒般情韵，蜜般滋味。媚，媚，媚。

莺相扰，蜂相搅，绕枝争把相思吵。棋能对，琴能配，心间温暖，眼中高贵。最，最，最。

填词心得： 唐琬和词如下：世情薄，人情恶，雨送黄昏花易落。晓风干，泪痕残，欲笺心事，独语斜阑。难！难！难！ 人成各，今非昨，病魂常似秋千索。角声寒，夜阑珊。怕人寻问，咽泪装欢。瞒！瞒！瞒！这一词牌用四仄韵，尤其要注意换韵。古人上半阕以上换入，下半阕以去换入，非常讲究。这一曲调采用三言短句、四言偶句和三字叠句，四度换韵，仄韵收尾，节奏急促而调式急促险苦，适合表达哀婉沉痛的心情。笔者此词改为每阕以上换去，较古人略有变通，同时尝试改变凄凉情调，尝试用此词表现欢快的情绪。

7.【采桑子】

简介：《采桑子》，又名《采桑子令》《丑奴儿》《丑奴儿令》《罗敷艳歌》《罗敷媚》《伴登临》《苗而秀》。采桑是古代女子的劳动内容，相和歌辞就有《采桑曲》，南朝文人写过多首《采桑》。唐代有"采桑"为名的歌舞大曲，《采桑子》就是从唐教坊曲《采桑》中截取出来而形成词牌。现存最早的《采桑子》是南唐后主李煜的《采桑子》。宋黄庭坚有《丑奴儿》："夜来酒醒清无梦，愁倚阑干。露滴轻寒，雨打芙蓉泪不干……"用的是《采桑子》的词谱，"丑奴儿"实际是题目。后来以讹传讹，误把"丑奴儿"当作"采桑子"的别名了。另外，因为南唐冯延巳和宋贺铸的不同作品，这首词又有了《罗敷艳歌》《伴登临》等别名。

作法： 四十四字，上下阕各四句三平韵。每阕二三句大多用叠韵、叠句。回环复沓，适宜直抒胸臆。节奏明快，有民歌风。

词范:

采桑子·恨君不似江楼月
吕本中

恨君不似江楼月，南北东西。南北东西，只有相随无别离。
恨君却似江楼月，暂满还亏。暂满还亏，待得团圆是几时？

词谱:

⊙⊙⊙●●○●，⊙●●○△。⊙●○△，⊙●○○○●△。
⊙⊙⊙●●○●，⊙●●○△。⊙●○△，⊙●○○○●△。

高昌试作:

采桑子·神女峰

依稀神女如慈母，千里叮咛，万里叮咛，风雨人间阴转晴。
朝朝暮暮凝眸子，花也朦胧，草也朦胧，百转柔情眼底浓。

填词心得: 由于《采桑子》这个词调的特点，像"千里叮咛，万里叮咛"等叠韵很多，重复而稍加以变化的句子也时有出现，容易表达回肠百转的情感。笔者过三峡，遥望神女峰，填了这首词。今人写神女峰，多将其看作恋人，以舒婷的新诗"与其在悬崖上展览千年，不如在爱人肩头痛哭一晚"最为有名。笔者遥望神女峰，想到的是一位望儿还家的母亲的形象。

8.【朝中措】

简介:《朝中措》，宋以前旧曲，又名为《照江梅》《芙蓉曲》。

作法: 双调，四十八字，上阕三平韵，下阕两平韵。

词范：

朝中措·平山堂

欧阳修

平山栏槛倚晴空，山色有无中。手种堂前垂柳，别来几度春风？

文章太守，挥毫万字，一饮千钟。行乐直须年少，尊前看取衰翁。

词谱：

⊙○○●○●○△，⊙●○●○△。⊙●○●⊙○●，⊙○○⊙●○△。
⊙○○●，⊙○○●，⊙○●○△。⊙●○⊙○●，⊙○●⊙●○△。

高昌试作：

朝中措·老同学

寻来明月小朦胧，流水恨匆匆。执手重寻消息，回眸已改形容。

橡皮抹过，酸甜擦去，往事随风。云似眉前旧梦，心如井底寒蛩。

填词心得：音韵谐和，婉转回环，适合表达深情的意境或题材。

9.【滴滴金】

简介：《滴滴金》这词牌出处已不可考，有研究者曾列举宋人谢逸《西江月·代人上许守生日》有"滴滴金盘露冷，萧萧玉宇风清"和赵文《莺啼序·春晚》有"十年暗洒铜仙泪，是当时、滴滴金盘露"，或许"滴滴金"三字与此二词有关联。

作法：双调，五十字，前后段各四句，三仄韵。注意第二句由两个三字句组成，中间是句读。这种形式又称"折腰句法"。

词范：

滴滴金

李遵勖

帝城五夜宴游歇，残灯外、看残月。 都人犹在醉乡中，听更漏初彻。

行乐已成闲话说，如春梦、觉时节。 大家同约探春行，问甚花先发？

词谱：

◎○○○●●○○▲，⊙○○、●○▲。⊙○○○●○○，●○○○▲。

⊙○○○⊙○○▲，○○○、●○▲。◎○○○●●○○，●○○○▲。

高昌试作：

滴滴金·当年明月

当年明月你和我，三个字、烫如火。 缤纷还向梦中飘，叹青春花朵。

有谁能解眉头锁，心相近、路相左。 月老昏昏系红绳，问几时能妥？

填词心得： 此词牌表达婉约含蓄的情感。 除注意第二句用折腰句法之外，还要注意每阕最后一句用"一字豆"，即采用上一下四句式。

10.【淡黄柳】

简介：《淡黄柳》，宋姜夔自度曲。

作法： 双调，六十五字，前片三仄韵，后片五仄韵。

词范:

淡黄柳
姜夔

空城晓角，吹入垂杨陌。马上单衣寒恻恻。看尽鹅黄嫩绿，都是江南旧相识。

正岑寂。明朝又寒食。强携酒，小桥宅。怕梨花落尽成秋色。燕燕飞来，问春何在，唯有池塘自碧。

词谱:

⊙○●▲。○●○○▲。●●○○○●▲。●●○○⊙▲，○●○○●○▲。
●○▲。○○●○▲。○⊙○、●○▲。●○○、○○○▲。●●○。
●○○○。○●○○●▲。

高昌试作:

淡黄柳

花开锦萼，花盏欣欣酌。百叠冰霜劳剪剥。笑看喷红溅绿，弹指春风满丘壑。

赴花约、浓情固难却。薄寒暖、更须略。看繁花一路开新幕。大片阳光，好些颜色，飞个麻花小雀。

填词心得: 一般用入声韵。原调凄清，这首《淡黄柳》反其意而用之。

11.【多丽】

简介:《多丽》又名《绿头鸭》《陇头泉》《跨金鸾》《鸭绿头》等。北宋歙州新安人聂冠卿填写的《多丽》被称为最早的慢词，前人说"盖北宋慢词始于此篇"。慢词指节奏缓慢，旋律悠扬的长调。聂冠卿仅传下来一首《多丽》，被称为"北宋第一首慢词"，在词史上有突出地位。据《能改斋漫录》

记载：聂冠卿的《多丽》是在李良定组织的宴会上当场填写的。《多丽》原本是唐教坊曲名，传入北宋，用为词牌。"多丽"一词的来历有两种说法，一种认为出自杜甫《丽人行》"三月三日天气新，长安水边多丽人"，另一种说法认为出自唐朝天宝年间刑部尚书张均的一位家妓的名字，这位多丽擅长弹琵琶，曲顶上有高丽丝结。她也会赋诗填词。

聂冠卿的《多丽》是仄韵体，押入声韵。晁补之作同一词调，改押平声韵。后来作者大多采用平韵格式。本书所录例词作者晁端礼是晁补之的"十二叔"，二人多有唱和。

作法：双调，一百三十九字，前片六平韵，后片五平韵。一韵到底。亦有于首句起韵者。变格改用仄韵（入声韵），一百四十字。上阕第五、六句，下阕第三、四句，一般采用上三下四句式，并用对仗。上阕第七、八句，下阕第五、六句为四言对仗句。

词范：

多丽·咏月

晁端礼

晚云收，绀天一片琉璃。烂银盘、来从海底，皓色千里澄辉。莹无尘、素娥淡伫，静可数、丹桂参差。玉露初零，金风未凛，一年无似此佳时。露坐久，疏萤时度，乌鹊正南飞。瑶台冷，栏干凭暖，欲下迟迟。

念佳人、音尘隔后，对此应解相思。最关情、漏声正永，暗断肠、花影潜移。料得来宵，清光未减，阴晴天气又争知？共凝恋、如今别后，还是来年期。人强健，清尊素影，长愿相随。

词谱：

●○○，⊙○⊙●○△。●○○、○○●●，⊙⊙⊙●○△。●○○、⊙⊙●，⊙●⊙、⊙○○△。⊙●○○，⊙○⊙●，●○○●○●○△。●⊙●、

⊙○○●、⊙●●○△。○○●、⊙○●○、⊙●○△。

●○○、○○●●、●⊙○●○△。●○○、○○●●、⊙○○、⊙●○△。⊙●○●、⊙●○○●●、○○●○△。●⊙○、○○○●、⊙●○△。

高昌试作：

多丽·山亭遇雨

带云来。带温柔小风来。带些花、千红万紫，带清新画儿来。带雷鸣、天惊地坼。带蛇舞、电去光来。箫鼓齐鸣，丝弦漫奏，盗些天火眼前来。戛金响、涩笙寒笛，山鬼醒过来。　沉吟久，长门赋就，有泪飘来。

数连珠，凝眉难解，者番痴念由来。忆南园、浩茫心远。歌北陇、澎湃春来。忍把关雎，替歌卷耳，桃夭翻唱采薇来。染苍碧、一枝杨柳，轻似梦中来。缠绵曲，丝丝缕缕，赚却情来。

填词心得：《多丽》是现存宋词中第一首长调，颇有纪念意义。聂冠卿所作第一首《多丽》词详细刻画了士大夫春日宴游之乐和歌伎舞女的美丽风姿，所以这一词调适合铺叙，能细腻表达宴乐、情爱等题材。结构上要注意转合之趣。这一词谱的上下阕有两处用对偶，初稿分别为"带雷鸣、天惊地坼。龙蛇舞、驭电驰来""忆南园、韭芹鲜美。陇头绿、澎湃春来"，后来修改定稿则依例采用了对仗，分别改为"带雷鸣、天惊地坼。带蛇舞、电去光来""忆南园、浩茫心远。歌北陇、澎湃春来"。

12.【蝶恋花】

简介：《蝶恋花》，原为唐教坊曲，用为词调。本名《鹊踏枝》，宋晏殊改今名。词牌名出自梁简文帝乐府中的"翻阶蛱蝶恋花情"。五代南唐词人冯延已用此调创作十余首词，成为此调的典范。此调偶有作者用入声韵或平仄协韵者，但仍以仄声韵为恰当。又名《黄金缕》《卷珠帘》《明月生南浦》《细雨吹池沼》《凤栖梧》《一箩金》《鱼水同欢》《江如练》《西笑令》《桃源行》《洞花风》《望长安》《细雨鸣春沼》《转调蝶恋花》等。此词牌别名甚多。

作法：双调，六十字，各五句，四仄韵，格式相同。

词范：

蝶恋花

晏殊

槛菊愁烟兰泣露。罗幕轻寒，燕子双飞去。明月不谙离恨苦，斜光到晓穿朱户。

昨夜西风凋碧树。独上高楼，望尽天涯路。欲寄彩笺兼尺素，山长水阔知何处！

词谱：

⊙●⊙○○●▲。⊙●○○，⊙●○○▲。⊙●⊙○○●▲，⊙○●●○○▲。

⊙●⊙○○●▲。⊙●○○，⊙●○○▲。⊙●⊙○○●▲，⊙○●●○○▲。

高昌试作：

蝶恋花·春雨的路

不教春光风雪阻，紫燕来驮，万里相思旅。凄断长天歌未苦，旌头敢向云头竖。

滚滚惊雷挝壮鼓。冻土眉舒，喜沐甜甜雨。草梦回青花梦舞，诗飞遍地迷人句。

填词心得：《蝶恋花》这个词牌韵脚很密。句式以七言为主，共六句七言句，另有四言与五言各两句。这样形成流畅而又柔婉，激越而又低回的声情。因其上下阕同调，篇幅不长不短，写起来比较有感觉，受到很多词人的喜爱，多有脍炙人口之作。该词牌平仄音调婉转低回，比较适合婉约清丽的风格，给人朦胧含蓄的感觉。以抒写缠绵爱情的内容为多，也有用此词牌写山水风物。笔者不想写伤春叹秋之作，所以在这首词中尝试表达迎春的喜悦之情。

13.【洞仙歌】

简介：《洞仙歌》，唐教坊曲，用为词调。原用来咏洞府神仙。又名《洞仙歌令》《羽仙歌》《洞中仙》《洞仙歌慢》。传说苏东坡听到某老尼姑转述蜀主孟昶所作"冰肌玉骨清无汗""暇日寻味，岂洞仙歌令乎？乃为足之云"。据此传说，《洞仙歌》或许为苏东坡托名所创制。

作法：八十三字，上下阕各三仄韵。出现多处九字句，尤其要注意断句的地方要恰当。上阕第二句上一下四。第三句七字，第一字平仄不拘，最后三字必作仄平仄。第四句九字，应作上五下四，也可作上三下六。第五句上三下六，第三字处略豆。下阕收尾八言句是以一去声字领下七言，紧接又以一去声字领下四言两句作结。

词范：

洞仙歌
苏东坡

江南腊尽，早梅花开后，分付新春与垂柳。细腰肢、自有入格风流，仍更是、骨体清英雅秀。

永丰坊那畔，尽日无人，谁见金丝弄晴昼？断肠是飞絮时，绿叶成阴，无个事、一成消瘦。又莫是、东风逐君来，便吹散眉间、一点春皱。

词谱：

⊙○○●，●○○○▲，⊙●○●○●▲。●○●、●●●●○○，○●●、⊙●○○○▲。

⊙○○●●，⊙●○○，⊙○●○●○●▲。⊙●●○○，⊙○●○，○○●、

⊙◐⊙▲。 ●●●、○○●○○，●⊙●○○、●○○▲。

高昌试作：

洞仙歌·面朝大海

面朝大海，唱花开消息，月荡星摇浪飞白。怒风来、隐约惊动蛟龙，还又是、鳞甲皴皴赤色。

万年苍茫界，千里波澜，蟹将虾兵岂容寂？稊米看汪洋，众声喧哗，心更似、海天澄碧。但一笑、群鼾骤醒来，正唤起春潮、向青空拍。

填词心得：《洞仙歌》上下阕字数不一，是双调词中比较少见的不对称结构，分段时务必注意。词调音节舒徐，"极骀宕摇曳之致"。刘坡公说："宛转缠绵，可以写情，可以纪事，一叠不足，作若干叠者更妙。"作此调，起处不妨用偏锋，结处最宜用重笔。上阕从正面做出铺垫，然后在下阕略略翻腾，点到本题立即转笔抒怀，同时又不要把意思直接说尽，给读者留下想象的空间。诗人海子名句云："面朝大海，春暖花开。"笔者这首《洞仙歌》试演其意。

14.【点绛唇】

简介：《点绛唇》，因梁江淹《咏美人春游》诗中有"白雪凝琼貌，明珠点绛唇"句而取名。南唐冯延巳始用这一词调填词。又名《点樱桃》《十八香》《南浦月》《沙头雨》《寻瑶草》《万年春》。

作法：上下两阕，共九句四十一字。上阕四句，从第二句起用三仄韵；下阕五句，亦从第二句起用四仄韵。上阕第二句第一字、第三句第一字宜用去声。上阕第三句和下阕第四句用仄平平仄的句式。下阕第四句第一字亦宜用去声。下阕第三句为三字句，用上二下一句法。

词范：

点绛唇
李清照

蹴罢秋千，起来慵整纤纤手。露浓花瘦，薄汗轻衣透。
见客入来，袜刬金钗溜，和羞走。倚门回首，却把青梅嗅。

词谱：

●●○○，⊙○⊙●○○▲。●○○▲，⊙●○○▲。

⊙●○○，⊙●○○▲。○○▲，●○○▲，⊙●○○▲。

高昌试作：

点绛唇·词绎美国诗人狄金森《缘》

一刻相思，犹嫌太久熬不起。爱神还是，不在良缘内。
万载追寻，瞬息差堪比。如何你，恰能随抵，甜蜜如期兑。

填词心得：这里演绎的是美国诗人狄金森一首诗歌的诗意。上阕说如果没有爱，短短一刻也很漫长。下阕说如果有了爱，一万年也像一瞬间那么短。

15.【定风波】

简介：《定风波》，又名《卷春空》《定风波令》《醉琼枝》《定风流》。本义应为平定变乱之意。始见于五代后蜀欧阳炯词。

作法：上下两片，共十一句六十二字。上阕第一、二、五句，下阕第三、六句押平声韵；上阕第三、四句，下阕第一、二、四、五句押仄声韵。

词范：

定风波
欧阳炯

暖日闲窗映碧纱，小池春水浸明霞。数树海棠红欲尽，争忍。 玉闺深掩过年华。

独凭绣床方寸乱， 肠断。 泪珠穿破脸边花。 邻舍女郎相借问， 音信。 教人羞道未还家。

词谱：

◎●○○○●△，◎○○⊙●○△。◎●○○○○▲，⊙▲，◎○○⊙●○△。
◎●○○○●▲（换），⊙▲，◎○○⊙●○△。⊙●○○○●▲（换），
⊙▲，◎○○⊙●○△。

高昌试作：

定风波·曼谷瞻四面佛

汹涌人流似水流， 雍容气度压重楼。 一座金身呈四面， 听见。 最是尘寰风雨愁。

千里悲歌来入梦， 沉重。 何曾丝缕在心留。 飘进轻烟寻不见， 空叹。 衔些寂寞立街头。

填词心得：《定风波》更换平仄四韵，读来跌宕起伏，适宜表现矛盾纠结的复杂感情和生活感悟。

16.【捣练子】

简介：《捣练子》，又名《咏捣练》《捣练子令》《夜如年》《杵声齐》《夜捣衣》《剪征袍》《望夫妇》《深院月》。 白练是古代一种丝织品，制作中要经过在砧石上用木棒捶捣的工序，一般由妇女操作。

作法：单调，二十七字，五句三平韵。 一韵到底。 第一、二句，多用对偶。 常用上二下一句式。 后三句基本就是七言绝句的常用格式。 注意倒数第二句不能出现孤平。

词范：

捣练子
冯延巳

深院静。 小庭空。 断续寒砧断续风。 无奈夜长人不寐。数声和月到帘栊。

词谱：

⊙●●， ●○△， ◎●○○○●△。 ⊙●◎○○●●， ●○⊙◎●○△。

高昌试作：

捣练子·首都机场归去来

心好大， 梦真圆。 万里天涯指日还。 平步青云飞一霎，立身仍是在人寰。

填词心得： 此词以咏捣练得名，古人一般多用来写思妇怀念征人的题材。捣练子词很短，但要在方寸之间表达丰富的思想情感，犹如在米粒上作微雕，所谓尺幅千里，殊为不易。

17.【凤凰台上忆吹箫】

简介：《凤凰台上忆吹箫》，又名《忆吹箫》《忆吹箫慢》。词牌取吹箫引凤故事为名。相传战国时期，秦穆公有女名弄玉，嫁给萧史。传说他们吹箫能引来天上凤凰。秦穆公专门建造了一座凤凰台，让他们住在上面。有一天，二人笙箫相和后，竟引来金龙紫凤，萧史乘龙，弄玉跨凤，双双升空而去。成语"乘龙快婿""龙凤呈祥"由此而来。《凤凰台上忆吹箫》表达了人们对这对神仙眷侣的怀念。此调始见于北宋晁补之的作品集《晁氏琴趣外编》。

作法： 双调，九十五字，上阕四平韵，下阕五平韵。一韵到底。多用四字对偶，比如上阕开头结尾的两个四字句均用对仗。过片处开头二字用韵。上下阕各有一个领字句，请注意用上一下四句式。

词范：

凤凰台上忆吹箫

李清照

香冷金猊，被翻红浪，起来慵自梳头。任宝奁尘满，日上帘钩。生怕离怀别苦，多少事、欲说还休。新来瘦，非干病酒，不是悲秋。

休休，这回去也，千万遍阳关，也则难留。念武陵人远，烟锁秦楼。惟有楼前流水，应念我、终日凝眸。凝眸处，从今又添，一段新愁。

词谱：

○●●○○，●○○●，●○○○●○△。●●○○●，●●○△。○●○○●●，○●●、●●○△。○○●，○○○●，●●○△。

○△，●○●●，●○●○○，●●○△。●●○○●，●●○△。○●○○○●，○●●、●●○△。○○●，●●○●、●●○△。

高昌试作：

凤凰台上忆吹箫·职称叹

箍咒神愁，诡方仙惧，数年为此纷缠。盼脸添红粉，帽换金冠。须献腰弯五斗，交去了、月淡云闲。新来叹，情伤外语，证阻关山。

艰难。几番挣扎，偏苦对人家、那个圆圈。笑满床甜梦，都被惊翻。休道甘霖同洒，文件里、条目森然。眉峰聚，含羞阮囊，叵耐清寒。

填词心得：此词牌平仄谐和，句式严整，接近近体诗的声调组织规律，读起来圆润流转，悦耳动听。适宜表达柔情，按原意咏爱情者众多。后人则在题材上作了不少开拓。笔者试借此词牌写自己对职称考评的一些感叹。吹箫引凤固不可信，而对今日万千寒士而言，要吹箫引来一个高级职称证书，也是千难万难，势比登天啊。

18.【风入松】

简介：《风入松》原为琴曲，后演变为词牌名。此词牌原意一说出于唐代诗僧皎然《风入松歌》；一说晋嵇康作古琴曲《风入松》。又名《远山横》《风入松慢》。

作法：双调，七十六字，上下阕各六句。第一、二、四、六句押韵，均用平声韵。一韵到底。上下阕的最后两句一般用对仗。这一词牌还有其他一些变体。

词范：

风入松
吴文英

听风听雨过清明，愁草瘗花铭。楼前绿暗分携路，一丝柳，一寸柔情。料峭春寒中酒，交加晓梦啼莺。

西园日日扫林亭，依旧赏新晴。黄蜂频扑秋千索，有当时纤手香凝。惆怅双鸳不到，幽阶一夜苔生。

词谱：

⊙○⊙●●○△，⊙○●○△。⊙○⊙●○○●，⊙○⊙、⊙●○△。⊙●○○○●，⊙○○●○△。

⊙○⊙●●○△，⊙○●○△。⊙○⊙●○○●，⊙○⊙、⊙●○△。⊙●○○○●，⊙○○●○△。

高昌试作：

风入松·词绎美国诗人狄金森《致海》

小溪一路尽情流，从此不回头。扬波借问沧溟水，结同心、把臂同游？盼得春潮回信，悠然皓月消愁。

清澄一脉把君投，揖别小渠沟。阴森晦暗曾多久，只期待、相伴歌讴。不负温柔召唤，难忘慷慨收留。

填词心得：《风入松》近似五绝和七绝的押韵方式，开头连续押韵，接着隔句一韵，音调婉转轻柔，适合表达深沉曲折的心曲，但一定要注意避免表面辞藻华丽而实际却晦涩难懂的弊病，尽量达到清雅素淡、细腻委婉的效果，妙在将眼前景和心中情浑然无间地融合在一起，以情真、境新、语雅为上。笔者试填的这首《风入松》，演绎的是美国诗人狄金森的诗意，表现的是一条小河对大海的爱慕和向往。

19.【桂枝香】

简介：《桂枝香》，相传唐懿宗时期的状元袁皓登第后喜欢上了妓女蕊珠，写下了"得意东贵过岳阳，桂枝香惹蕊珠香"句，桂枝隐含蟾宫折桂的意思，所以"桂枝香"被词人用来作为词牌名字。宋张辑赋此调，有"疏帘淡月，照人无寐"之语，所以《桂枝香》又名《疏帘淡月》。《词律·校刊》中说："此调旧谱分南北词，如用入声韵，则名《桂枝香》，用去声、上声韵，始可名《疏帘淡月》。"

作法：双调，一百零一字。上下阕各五仄韵，宜用入声部韵。上下阕第二句第一字是领格，宜用去声。下阕第一句用上三下四句式。上阕最后三局的前两句可用对仗。

词范：

桂枝香·金陵怀古

王安石

　　登临送目，正故国晚秋，天气初肃。千里澄江似练，翠峰如簇。征帆去棹残阳里，背西风、酒旗斜矗。彩舟云淡，星河鹭起，画图难足。

　　念往昔、繁华竞逐。叹门外楼头，悲恨相续。千古凭高对此，漫嗟荣辱。六朝旧事随流水，但寒烟衰草凝绿。至今商女，时时犹唱，后庭遗曲。

词谱：

⊙○◎▲，●◎●○○，⊙○○▲。⊙○●○○●●，●○○▲。
⊙○○●○○●，●○○、◎⊙○▲。●○○●，⊙○◎●，◎○○▲。

●○◎、○○●▲。⊙●◎○⊙，⊙○○▲。●○○○○●，●○○▲。
◎○○●○○●，●○○⊙⊙○▲。◎○●●，⊙○○，●○○▲。

高昌试作：

桂枝香·鼓浪屿

　　古榕摇露。唤琴岛醒来，好风和煦。鼓浪声声漫奏，鹭江轻诉。日光岩挺胸膛立，向苍天、撞开迷雾。碧波潮起，丹阳霞涌，画图如遇。

　　念悠悠、流年默数。望缥缈金门，寒暖同步。此际凭高，料亦锁眉齐吁。长桥四四今犹在，恨难虹架东西渡。良辰逢此，蓦然伤感，叹沧桑误。

　　填词心得： 鼓浪屿遥对金门岛。2011 年参加第三届中国诗歌节，有机会登上琴岛——鼓浪屿，万千感慨，以此词抒之。上阕写琴岛风景，下阕叙心中感慨。四十四桥为鼓浪屿名胜，但桥虽美，却可惜无法虹架东西海峡，让"天堑变通途"。《桂枝香》词牌顿挫苍凉，适宜抒发怀古寄远之幽思。

20.【甘露歌】

简介：《甘露歌》，又名《古祝英台》。此词形式比较少见，为三段。全词回环转折，读来一唱三叹，别有韵味。

作法：三段七十二字，每段各四句，两平韵、两仄韵。注意中间换韵。有的文献把这个词牌三段分为三首，但今人约定俗成，还是按《钦定词谱》，将其三段视为一首。

词范：

甘露歌

王安石

折得一枝香在手。人间应未有。疑是经春雪未消。今日是何朝。

尽日含毫难比兴。都无色可并。万里晴天何处来。真是屑琼瑰。

天寒日暮山谷里。的砾愁成水。池上渐多枝上稀。唯有故人知。

词谱：

●●●○○●▲，○○○●▲。○●○○●●△（换），○●●○△。

●●○○○●▲（换），○○●●▲。●●○○○●△（换），○●●○△。

○○●●○●▲（换），●●●○▲。○●○○●●△（换），○●●○△。

高昌试作：

甘露歌·8月8日夜，
听第 29 届奥运会主题歌《我和你》

小小地球村子里，生来"油"与"米"。东树西柯共长成，同历雨和晴。

域外鸡虫谁个某，番番斗虎狗。万里波涛烟水长，沧海转苍茫。

深情绝唱惊美妙，有爱唇边绕。清籁似花随梦飘，天地此良宵。

注："油"与"米"，戏译歌名"you and me"。

填词心得：《甘露歌》词牌今人词中并不多见，但这个词牌形式独特，典雅悠扬，平仄韵转换也很和谐优美，其实是个很值得向读者推荐的通俗易记的词牌。北京奥运会主题歌一反体育歌曲激烈的节奏，改用舒缓深情的风格，令人耳目一新。听来有滴滴甘露滋润心头的感觉。恰巧当时有友人约稿，甘露歌的词牌名立刻浮现在脑海，所以填了这首词，来记录当时感觉。

21.【高阳台】

简介：《高阳台》又名《庆春泽》《庆春泽慢》。词牌名取"宋玉赋神女事"，因为宋玉在《高唐赋》序中有"旦为朝云，暮为行雨，朝朝暮暮，阳台之下"的句子，所以取为词牌名。汉朝人习郁在岘南做养鱼池，中筑钓台，成为当地的一处名胜。山简每次到这里来，都会喝得酩酊大醉，说："此吾高阳台池也。"此调另有别名庆春宫，但现有例词字数格式均与高阳台有所不同。另有单独词牌名也叫《庆春泽》者，与《高阳台》也不是同一个词调。

作法：双调，一百字。上下阕各五平韵，一韵到底，不可换韵。开头二句多为四字对句，不用韵，首句第一字多用平声字。第四、五句为上四下六句式。第七句为七字句，句法为上一下六，或上三下四；但不可作上四下三之七言诗句。此句第四字可平可仄。第八句为三字句，为仄平平，可不叶韵。结为四字两句，末句叶韵。第一字俱可用平。如第八句三字不用韵，则此三句可连成十一字句，一气呵成。后阕第二句为四字对句加一字豆。

词范：

高阳台·丰乐楼分韵得如字

吴文英

修竹凝妆，垂杨驻马，凭阑浅画成图。山色谁题？楼前有雁斜书。东风紧送斜阳下，弄旧寒、晚酒醒余。自消凝，能几花前，顿老相如！

伤春不在高楼上，在灯前欹枕，雨外熏炉。怕舣游船，临流可奈清臞？飞红若到西湖底，搅翠澜、总是愁鱼。莫重来，吹尽香绵，泪满平芜。

词谱：

⊙●○○，○○●●，⊙○○⊙●○△。⊙●○○，●○○⊙●○△。○○⊙●○○●，●⊙○○⊙●△。●○△，⊙●○○，⊙●○△。

○○●○●，●○○⊙●，⊙●○△。●○○○，⊙○○⊙●○△。○○○●○○●，●⊙○○⊙●△。●○△，⊙●○○，⊙●○△。

高昌试作：

高阳台·海棠

玉景雍容，雪姿绰约，缠枝淡粉初匀。顾盼流辉，晴云未染淄尘。花前每遇前贤句，手轻扪、老韵尤温。共幽怀，才镂冰丝，又唤芳魂。

棠轩无恙心无改，但红笺更秀，素墨偏新。画露噙香，绵延一脉情根。蝠池水榭东风暖，正良辰、有梦随春。绕蓬壶，影动瑶簪，月步微醺。

填词心得：高阳台的上阕开头两句必须用对仗句。下阕的第二、三句一般用对仗。这一词牌句式长短错落，格局掩抑，疏宕跳脱，饶和婉凄抑之音，跌宕回绕。上下阕的中间和结尾都连用平收，适合表达幽婉缠绵的哀怨情绪，被认为是"写情佳调"。

22.【更漏子】

简介：《更漏子》，又名《付金钗》《独倚楼》《翻翠袖》《无漏子》。更漏子，原意是咏夜。汉代皇宫中值班人员分五个班次，按时更换，叫"五更"。古时夜间凭漏壶表示的时刻报更，所以漏壶又叫更漏。更漏就是古代的一种计时器。因为温庭筠咏更漏词非常著名，词牌遂以"更漏子"为名。另外，唐人也称夜间为"更漏"，杜甫《江边新乐诗》："余光隐更漏，况乃露华凝。"许浑《韶州驿楼》诗："主人不醉下楼去，月在南轩更漏长。""更"字有两种读音，此处应读为 gēng，不能读为 gèng。

作法：此词牌变体较多，以温词体式多见。双调，四十六字，上阕六句两仄韵，两平韵；下阕六句三仄韵，两平韵。仄韵平韵依次递转，不同部错韵。上下阕格式基本相同，只是上阕第一句不押韵。

词范：

更漏子

温庭筠

柳丝长，春雨细，花外漏声迢递。惊塞雁，起城乌，画屏金鹧鸪。

香雾薄，透帘幕，惆怅谢家池阁。红烛背，绣帘垂，梦长君不知。

词谱：

●○○，○●▲。⊙●○○○▲。○●●，●○△，●○○●△。

⊙○▲，⊙○▲，⊙●⊙○○▲。○●●，●○△，●○○●△。

高昌试作：

更漏子·花信风

雾苍苍，潮湃湃，芳讯传来飞快。青万水，碧千峰，艳阳晴正红。

心有待，春犹在，检点东风豪迈。鲜绿梦，嫩红情，倚松听鹤鸣。

填词心得：上下阕第一、二句和第四、五句一般都用对仗。此词牌最初表达的是委婉含蓄的情绪，笔者爱其节奏明快、一唱三叹之体，试作壮词。

23.【好事近】

简介：《好事近》，又名《钓船笛》《翠圆枝》《倚秋千》等。《好事近》的"近"指舞曲前奏，属大曲中的一个曲调。古人说："凡近词皆短韵密而音长。"词与音乐脱离后，"近"已成为词调名本身的组成部分。因张辑词有"谁谓百年心事，恰钓船横笛"句，所以名《钓船笛》。因韩滤词有"吟到翠圆枝上"句，所以名《翠圆枝》。

作法：双调，四十五字，上下阕各四句，两仄韵，一韵到底，以入声韵为宜。此词牌变体较多。

词范：

好事近

陆游

溢口放船归，薄暮散花洲宿。两岸白苹红蓼，映一蓑新绿。有沽酒处便为家，菱芡四时足。明日又乘风去，任江南江北。

词谱：

⊙●●○○，⊙●⊙○○▲。⊙●⊙○○●，●○○○▲。

⊙○○●●○，⊙⊙●○▲。⊙●⊙○○●，●○○○▲。

高昌试作:

好事近·望庐山瀑布

寂寞望多时，约比唐朝都久。直下飞流千尺，倾陈年醇酒。

欲摹太白老诗情，意象俱还有。依旧前川萦梦，任诗人胡吼。

填词心得:《好事近》除第一句用平声收尾外，后边三句连用仄声收脚，而且句式变化也较大，声情拗峭挺劲，适宜表达"孤标耸立"和激越不平的情调。前人填此调多选用入声韵部。另外此词牌须注意两结句皆用上一下四句法。笔者此词上阕结句原为"倒倾陈年酒"，不合上一下四句式。后改为"倾陈年醇酒"。

24.【贺新郎】

简介:《贺新郎》，词牌名，始见于苏轼词，原名《贺新凉》，因词中有"乳燕飞华屋，悄无人，桐阴转午，晚凉新浴"句，所以又名《乳燕飞》。后来将"凉"字误作"郎"字，所以名《贺新郎》。又有《金缕曲》《金缕歌》《金缕衣》《金缕调》《金缕词》《貂裘换酒》《风敲竹》《风瀑竹》《雪月江山夜》等名，大都取自名人所填词句。

宋人杨湜《古今词话》中记载:"苏子瞻守钱塘，有官妓秀兰，天性黠慧，善于应对。湖中有宴会，群妓毕至，惟秀兰不来。遣人督之，须臾方至。子瞻问其故，具以'发结沐浴，不觉困睡，忽有人叩门声，急起而问之，乃乐营将催督之，非敢怠忽，谨以实告'。子瞻亦恕之。坐中倅车，属意于兰，见其晚来，恚恨未已。责之曰:'必有他事，以此晚至。'秀兰力辩，不能止倅之怒。是时榴花盛开，秀兰以一枝藉手告倅，其怒愈甚。秀兰收泪无言。子瞻作《贺新凉》以解之，其怒始息。其词曰:乳燕飞华屋，悄无人、桐阴转午，晚凉新浴。手弄生绡白团扇，扇手一时似玉。渐困倚、孤眠清熟。帘外谁来推绣户？枉教人梦断瑶台曲。又却是、风敲竹。 石榴半吐红巾蹙，待浮花浪蕊都尽，伴君幽独。秾艳一枝细看取，芳心千重似束。又恐被、秋风惊绿。若待得君来向此，花前对酒不忍触。共粉泪、两簌簌。这首词描写的是当时情景。"倅车"音 cuì chē，"戎车之副"的意思，即副车。后称州郡长官副职为倅，因亦以就任倅职为乘倅车。杨湜用这个故事作为苏轼《贺新郎》词的来历。

作法：双调，一百一十六字。上阕下阕各十句，六仄韵。上下阕除第一句外，格式相同。首句五字起韵，第二、三句均四字句，上加三字豆。第三句格式为仄平平仄。第五句格式为平仄平平仄仄，一字不可移易。第六句上三下四句式。第八句为上三下五句式。结句六字，上三下三，依定格必作平仄仄，仄平仄。

词范：

贺新郎·送胡邦衡待制赴新州

张元干

梦绕神州路。怅秋风、连营画角，故宫离黍。底事昆仑倾砥柱，九地黄流乱注？聚万落千村狐兔？天意从来高难问，况人情老易悲难诉。更南浦，送君去。

凉生岸柳催残暑。耿斜河，疏星淡月，断云微度。万里江山知何处？回首对床夜语。雁不到，书成谁与？目尽青天怀今古，肯儿曹恩怨相尔汝！举大白，听金缕。

词谱：

◎●○○▲，●○○、◎○○●●，●○○▲。◎●○○○●●，◎●○○●▲。◎●●、○○○▲。◎●○○○●●，●○○●○○▲。○●●、●○▲。

◎○●○○●▲。●○○、○○●●，◎○○▲。◎●○○○●●，◎●○○●▲。◎●●、○○○▲。◎●○○○●●，●○○、◎●○○▲。○●●，●○▲。

高昌试作：

贺新郎·咏西府海棠

开谢红尘里。记当时、神瑛有约，绛珠仙泪。过眼荣华云泥隔，一霎崇光明媚。锦绣积、清欢如此。漫道无香苏子恨，想人寰、万事难全耳。花自在，碧墙倚。

名园往事沧浪水。冻云开、轻著胭脂，东风乍起。骚雅棠轩今还集，绿鬓朱颜寄意。但情洒、斑斓红紫。不向荣宁模旧范；涌心潮、新韵缤纷矣。春不老，淡然美。

填词心得：此词牌例用短促的入声韵部。悲凉慷慨，沉郁苍劲，音韵洪畅，歌时浩唱，听之慨然。适合抒发激越悲壮、清壮奋厉的情感，也可用以抒写抑郁之慨叹。历来为豪放派词家所习用。此调变体甚多。这一词牌也可改用上去声韵部，情调更偏凄凉沉郁。

25.【画堂春】

简介：《画堂春》又名《画堂春令》。唐时豪贵之家雕梁画栋、富丽堂皇的厅堂都叫画堂。白居易诗中即有"画堂三月初三日，絮扑窗纱燕拂檐"的句子。最初见于《淮海居士长短句》。因为秦观首创这一词用于画堂春色，所以有了《画堂春》这样的词牌。

作法：双调，四十七字，上阕四句，四平韵，下阕四句，三平韵。一韵到底。

词范：

画堂春·春情
秦观

东风吹柳日初长，雨余芳草斜阳。杏花零落燕泥香，睡损红妆。

宝篆烟销龙凤，画屏云锁潇湘。夜寒微透薄罗裳，无限思量。

词谱：

⊙○●●○△。⊙○⊙●○△。⊙○⊙●○○△。⊙●○△。

⊙●○○●●。⊙○⊙●○△。⊙○⊙●●○△。⊙●○△。

高昌试作：

画堂春·中山公园赏郁金香

花将媚眼看诗人，红颜还似含颦。暖风摇曳送芳芬，遍地红唇。

占得三春美丽，吟来一句清新。郁金妙笔写天真，满面彤云。

填词心得：北京中山公园年年举办郁金香节，为京城盛事。笔者赏郁金香千奇百态，"画堂春"三字悠然涌上心头，即兴填了这首小词。"画堂春"很喜兴，但古人多用来写伤春的情绪，缠绵悱恻，笔者这里尝试写欢乐美好的情绪。《画堂春》词调的下阕开头可用对仗。笔者初稿此处原为"斗艳争奇时节，引来一句清新"，未用对仗。后改为对仗句"占得三春美丽，吟来一句清新"。

26.【浣溪沙】

简介：《浣溪沙》，此处的"沙"本意应为纱。因西施浣纱于若耶溪，故又名《浣溪纱》或《浣沙溪》。最早的是唐人韩偓词，是正体。仄韵体始于南唐李煜。

作法：上下阕三个七字句。四十二字。分平仄两体。平韵体流传至今。上阕三句全用韵，下阕末二句用韵。过片二句用对偶句的居多。

词范：

浣溪沙

晏殊

一曲新词酒一杯，去年天气旧亭台。夕阳西下几时回？
无可奈何花落去，似曾相识燕归来。小园香径独徘徊。

词谱:

◎●○○●●△。 ◎○○●●○△， ○○○●●○△。

◎●○○○●● 。 ◎○○●●○△。 ○○○●●○△。

高昌试作:

浣溪沙

月色清凉似水流， 流光蝉蜕乍惊秋。 秋风寒叶叠成愁。
愁绪飘零随雾散， 散花萧瑟落枝头。 枝头一颤一凝眸。

填词心得: 这首词写的是秋蝉带给作者的心灵震颤。《浣溪沙》后阕前两句一般用对偶句，但不是硬性规定。 一般情况下，律诗要求比较严格，需要谨守格律，而词则比较自由，允许依词意略有变化。

27.【鹤冲天】

简介: 《鹤冲天》有小令、长调两种，长调以柳永所填最为著名。"鹤冲天"一词出现在《花间集》韦庄的《喜迁莺》里：街鼓动，禁城开，天上探人回，凤衔金榜出云来，平地一声雷。　莺已迁，龙已化，一夜满城车马。家家楼上簇神仙，争看鹤冲天。"鹤冲天"和"喜迁莺"都是恭贺举子登第高中的吉祥祝语。

作法: 八十四字，上阕九句五仄韵，下阕八句五仄韵。 此词多有变体，如柳永另一首《鹤冲天·黄金榜上》与《鹤冲天·闲窗漏永》相比，上阕起句押韵，换头添三字，作四字一句、六字一句，第五句添一字作六字句，略有差异。 初学者明白这些区别，先按一种词谱学习即可。

词范:

鹤冲天

柳永

闲窗漏永，月冷霜华堕。 悄悄下帘幕，残灯火。 再三追往事，离魂乱、愁肠锁。无语沉吟坐。好天好景，未省展眉则个。

从前早是多成破。何况经岁月，相抛亸。假使重相见，还得似、旧时么。悔恨无计那。迢迢良夜，自家只恁摧挫。

词谱：

○○●●，◎●○●▲。◎●●●◎，○○▲。●●○○●●，○○●、○○▲。⊙●○○▲。●●◎，◎●◎○▲。

○○●○●○▲。⊙◎○●●，○○▲。●●○○●，○●●、○○▲。●●○◎▲。⊙○○●。●⊙●◎○▲。

高昌试作：

鹤冲天·那棵芒果树

澄霄碧透，红日燃如火。胖胖小淘气、忙忙躲。密叶堆翡翠，深浅趣，层层裹。偶有风颠簸，玉镶金挂，一树侈奢枝果。

垂垂欲向人间堕，状若甜蜜锁。多情颗，总锁心无数。还热问，还来么？陌路多坎坷，暹罗孤旅，树下记曾留我。

填词心得：笔者这首词写的是初见芒果树的惊喜复杂的情感。是状物，更是抒情。注意又有《喜迁莺》《风光好》小令词牌，别名也叫《鹤冲天》，与此调不是同一词牌。

28.【喝火令】

简介：相传是黄庭坚狎妓后所作。全宋词只此一首。

作法：双调，六十五字，上阕五句三平韵，下阕七句四平韵。宋词只有黄庭坚一体，没有可平可仄的变动。必须严格按照原谱来填。另外，对偶和叠句处也要与原词一致。

词范：

喝火令

黄庭坚

见晚情如旧，交疏分已深。　舞时歌处动人心。　烟水数年魂梦，无处可追寻。

昨夜灯前见，重题汉上襟。　便愁云雨又难禁。　晓也星稀，晓也月西沉。　晓也雁行低度。　不会寄芳音。

词谱：

●●○○●，○○●●△。●○○●●○△。○●●○，○●●○△。

●●○○●，○○●●△。●○○●●○△。●●○○，●●●○△。

●●●○●，○●●○△。

高昌试作：

喝火令·龙门石窟观佛

石化尊尊佛，山留处处伤。　窟门开阖费思量。　悲喜万千尘梦，斑驳辨沧桑。

佛脚荣枯草，炉头寂寞香。　几行青藓入心房。　昨夜春花，昨夜又秋霜，昨夜电奔雷滚，壁上看风光。

填词心得：此词牌有一个关键节点，很容易被初学填词的人忽略，就是下阕的"三叠"句，实际是一个六言句的"摊破"句法。比如"晓也星稀，晓也月西沉，晓也雁行低度"，实际是把"星月雁行低度"摊破为一个"三叠句"，即一叠和二叠的分别是前两字，三叠的是后四字。

29.【江城子】

简介：《江城子》，因欧阳炯词中有"如西子镜照江城"句而取名，其中江城指的是金陵，即今南京。又名《江神子》。因韩淲的《江城子》中有"腊后春前村意远，回棹稳，水西流。"之句，所以又名《村意远》。

作法：双调，七十字，上下阕平仄相同。此词变体较多，比如亦有人单填上阕成单调小令，也名江城子。

词范：

江城子·密州出猎
苏轼

老夫聊发少年狂，左牵黄，右擎苍。锦帽貂裘，千骑卷平冈。为报倾城随太守，亲射虎，看孙郎。

酒酣胸胆尚开张，鬓微霜，又何妨！持节云中，何日遣冯唐？会挽雕弓如满月，西北望，射天狼。

词谱：

⊙○⊙●●○△。●○△，●○△，⊙●○○，⊙●●○△。⊙●○○●●○，○●●，●○△。

⊙○⊙●●○△。●○△，●○△，⊙●○○，⊙●●○△。⊙●○○○●●，○●●，●○△。

高昌试作：

江城子·词绎英国诗人艾略特《歌》

月光菊绽洁于霜，蝶徜徉，舞芬芳。春潮汹涌，薄雾罩苍茫。忽有雪枭离桤树，枝若醉，叶如狂。

卿卿手上亦花香。月清凉，梦悠长。真情宛转，脉脉暖心房。慷慨一枝堪赠否？生命里，永难忘。

注：月光菊，一种花名。

填词心得：上下阕的句式规律是两个七、三、三，中间夹一个上四下五的九言句，词谱很好记忆。《江城子》可抒豪放情怀，也可写委婉情致。豪放、婉约历代各有佳作。笔者这首词是译写的英国诗人艾略特的一首《song》，并非原汁原味直译，而是试图尽量贴近原作的艺术感觉。

30.【减字木兰花】

简介： 唐人张搏移居苏州，于堂前大植木兰花，当花盛开时，邀请诗人词客前来赏花。陆龟蒙题写"洞庭波浪渺无津，日日征帆送远人。几度木兰舟上望，不知元是此花身。"遂为一时绝唱。欧阳炯于是填词有"今年却忆去年春，同在木兰花下醉"之句，因以《木兰花》为调名。所谓"减字"，就是在《木兰花》词调上文字有所减省。《木兰花》本有五十二、五十四、五十五、五十六四体，本调只四十四字，较原调字数为减，所以叫《减字木兰花》，也简称《减兰》。又名《偷声木兰花》《木兰香》《木兰花慢》等。

作法： 双调，四十四字。首句四字平起，仄韵，第一、三字平仄不拘。次句七字，押第一句的仄声韵。第三句四字，换用平韵。第四句七字，押第三句的平声韵。下阕格式与上阕相同，只是再次更换两平仄韵。

词范：

减字木兰花

李清照

卖花担上，买得一枝春欲放。泪染轻匀，犹带彤霞晓露痕。
怕郎猜道，奴面不如花面好。云鬓斜簪，徒要教郎比并看。

词谱：

⊙○⊙▲，⊙●○○●▲。⊙●○△，⊙●○○⊙●○。
⊙○⊙▲，⊙●○○●▲。●○○△，⊙●○○⊙●△。

高昌试作：

减字木兰花·庐山谒陈寅恪墓

天风难撼，遍地芳芬君独占。寂寞萍踪，磊块参差郁郁胸。

心头热焰，光彩无须顽石嵌。笑傲群峰，云外昂然一老松。

填词心得：此词词谱好记，上下阕一致，初学者填此调者甚多。不过，一定要注意平仄韵的顺畅转换。陈寅恪先生墓葬庐山，墓碑上有黄永玉先生书写的陈寅恪先生名句："独立之人格，自由之思想。"旧体诗词的格律好掌握，而诗词的精魂则难参悟。其中最关键的，我认为就是陈先生墓碑上的这两句话。检点古今词客，能做到的又有几人？

31.【锦缠道】

简介：《锦缠道》，词牌名字的语意有两说：一种是说，道就是道路的意思，缠就是缠住马脚。隋炀帝为了炫耀富庶强盛，元宵之夜命令盛饰市容，街道树木用锦帛缠饰，锦帛落地，连路过的马脚都缠住了。《锦缠道》词调本初就是吟咏这个故事。另一种是说古代歌舞，演员用锦帕缠头，演出结束后，观众会用罗锦相赠，称为缠头。后来缠头就用作赠送歌伎财物的通称。两说均有道理，我倾向于采用后一种说法。此调又名《锦缠头》《锦缠绊》。

作法：双调，六十六字，上阕六句四仄韵，下阕六句三仄韵。下阕首句为上一下四，第四句为七字句上加一衬字，句法为上一下七，或以前三字为断。末尾一句上四下五，与前半阕结句相同。上下阕的第三句都是用上三下四句式，在第三字后用逗。下阕第四句也在第三字后面用逗，采用上三下五句式。

词范：

锦缠道

宋祁

燕子呢喃，景色乍长春昼。睹园林、万花如绣，海棠经雨胭脂透。柳展宫眉，翠拂行人首。

向郊原踏青，恣歌携手。醉醺醺、尚寻芳酒。问牧童、遥指孤村道，杏花深处，那里人家有。

词谱：

●●○○，⊙●●●○▲。●○○、⊙○○▲，⊙○○⊙●○▲。⊙●○○，
⊙●○○▲。

●○○●○，⊙○○▲。●○○、⊙○○▲。●⊙、○●○○○，
⊙○○●，⊙●○○▲。

高昌试作：

<h2 style="text-align:center">锦缠道 · 咏酒</h2>

玉液晶莹，纳尽世间滋味。忆青莲、月邀同醉。古来贤圣金樽会。酿梦时浇，举恨江滨醉。

伴阳关柳新，长亭云晦。数苍茫、几多心碎。小牧童、剩杏花村内。手儿遥指，一梦千秋岁。

填词心得：此词牌名字色彩绚丽，极尽工妍，很适合表现风流闲雅、明媚鲜妍的情调和欢快酣畅的风致，也可抒发明朗清澄的人生况味。

32.【解连环】

简介：《解连环》词牌为宋词人柳永所创，因为其词有"信早梅、偏占阳和"及"时有香来，望明艳、遥知非雪"句，当时名望梅。后因周邦彦词有"妙手能解连环"句，更名《解连环》。宋元词人多填周体，所以词调多以《解连环》为名。出处可以追溯到《战国策·齐策》："秦昭王尝遣使者遗君王后以玉连环，曰：'齐多智，而能解此环不？'君王后以示群臣，群臣不知解。君王后引锥破之，谢秦使曰：'谨以解矣。'"因张辑的词有"把千种旧愁，付与杏梁雨燕"句，这个词牌又名杏梁燕。"解"字是多音字，此处读"jie"，三声。

作法：双调，一百零六字，上下阕字数相同，各五仄韵。上阕下阕句式同中有异，韵位配置稀密相间。其中的五字句都是上一下四句式，七字句都是上三下四句式。

词范：

解连环

周邦彦

怨怀无托。嗟情人断绝，信音辽邈。纵妙手、能解连环，似风散雨收，雾轻云薄。燕子楼空，暗尘锁一床弦索。想移根换叶，尽是旧时、手种红药。

汀州渐生杜若。料舟依岸曲，人在天角。漫记得、当日音书，把闲言闲语，待总烧却。水驿春回，望寄我、江南梅萼。拚今生、对花对酒，为伊泪落。

词谱：

●○○▲，⊙○○●●，●○○▲。●●◎，⊙●○●○，●○○▲○，●○○▲。◎●○●，●○○●●，◎○●○，⊙○○▲。

○○●●○▲，●○○●▲，⊙○○▲。●●○，○●○●○，●○○▲。●○○●●，⊙○○▲。○○⊙、●○●●，●○○▲。

高昌试作：

解连环·参观山东新泰光伏发电示范基地

一声惊叹。竞挥云捧日，驭光生电。展画幅、栉比鳞排，恰列板成营，大棚连片。胜境重开，续壮曲，雁传声远。有澄明境界，线递情长，网流情暖。

羲和石年互挽，赏蔬苗滴翠，美似琼苑。仗异技，星转春甦，历塌陷沉浮，看妙人换。摘梦撷诗，算热土、热能无限。望新泰、好山好水，好风绿遍。

注：羲和指太阳神，石年为神农氏。互挽指"农光互补"模式。

填词心得：《解连环》词牌，适合表达缠绵悱恻、百感交集的情感。宋元人所填此调不多，清以后则颇受喜爱。历代作品的格律同中有异，词谱颇多出入，其中有古今读音差异的因素，也有变体多而定体少的原因。《钦定词谱》以周邦彦体重点参校，所以本书也采此体。今人填词，还是要遵守一种格式为本，先不要考虑变体和变通。

33.【九张机】

简介：《九张机》最早见《乐府雅词》中录取的宋代无名氏的词。其词为联章体，共有两体：一体为九首一组、另一体为十一首一组。《九张机》原来被称作《醉留客》，主要通过掷梭来描写闺中幽怨凄婉的思绪。金庸小说《射雕英雄传》中曾用《九张机》词来串联老顽童周伯通、瑛姑和一灯大师的复杂情感纠葛，非常感人。

作法：本书只介绍九节体。此体共九首，每首平仄相类，首句第一字可平，第二句为平起平收七言句，第三句为平起仄收七言句，第四、五句一、三可平可仄，结句为仄起平收五言句。除第三句压同部仄韵，通篇压平韵。因其例用"一张机""两张机"等起，韵为四支五微八齐十灰（半）通用。

词范：

九张机
无名氏

一张机，织梭光景去如飞。兰房夜永愁无寐。呕呕轧轧，织成春恨，留着待郎归。

两张机，月明人静漏声稀。千丝万缕相萦系。织成一段，回纹锦字，将去寄呈伊。

三张机，中心有朵耍花儿。娇红嫩绿春明媚。君需早折，一枝浓艳，莫待过芳菲。

四张机，鸳鸯织就欲双飞。可怜未老先白头。春波碧草，晓寒深处，相对浴红衣。

五张机，芳心密与巧心期。合欢树上枝连理。双头花下，两同心处，一对化生儿。

六张机，雕花铺锦未离披。兰房别有留春计。炉添小篆，日长一线，相对绣工迟。

七张机，春蚕吐尽一生丝。莫教容易裁罗绮。无端剪破，仙鸾彩凤，分作两般衣。

八张机，纤纤玉手住无时。蜀江濯尽春波媚。香遗囊麝，花房绣被，归去意迟迟。

九张机，一心长在百花枝。百花共作红推被。都将春色，藏头裹面，不怕睡多时。

注：此词见于金庸《射雕英雄传》，有人认为金庸所作，实际此词作者为宋无名氏。

词谱：

●○△，●○●●○●△。○○●●○○●。○○○●，○○○●，●●●○△。

●○△，○○●●●○△。●○○●○○●。○○○●，●○○●，●●●○△。

○○△，○○●●●○△。○○●●○○●。○○○●，○○○●，●●●○△。

●○△，○○○●○△。○○○●○○●。○○○●，○○○●，●●●○△。

●○△，○○●●○○△。○○○●○○●。○○○●，●○○●，●●●○△。

●○△，○○○●○△。○○○●○○●。○○○●，○○○●，●●●○△。

●○△，○○●●●○△。●●●●○○●。○○○●，●○○●，

○●●○△。

●○△，○○○●●○△。●●○●●○○。○○○●，○○○●，

●●●○△。

●○△，○○○●●○△。●●○●●○○。○○●●，○○○●，

○●●○△。

高昌试作：

九张机·小溪情书

静夜乡居，忽然想起诗人王竞成兄《小溪的情书》："多少年只写了一行／弯弯曲曲寄向海洋。"试以《九张机》演其意，依《钦定词谱》。

一张机，绿波荡漾出山居。明眸透亮莹如玉。银铃成串，叮咚弦奏，瓣撒满头归。

两张机，闻言海若意痴迷。浓情脉脉芳心系。徘徊月下，缠绵花底，一愿为君期。

三张机，心头朵朵浪花飞。山难阻挡风难止。天涯寻赴，千千歌阕，醒梦两依依。

四张机，波旋涡转一凝眉。骄阳难照泥淤藕。垂莲易绾，青荷空举，断处看情丝。

五张机，清灵透亮一行诗。中涵意境无涯际。蔚蓝颜色，涩咸滋味，澎湃在相思。

六张机，多情自古累心儿。鱼书雁字无由寄。回肠百转，风波万里，只许梦相随。

七张机，青天可鉴复奚疑。热泪两行流无语。洪波涌浪，几番寻觅，唯盼报君知。

八张机，些些衷曲总成痴。题中自有伤心处。涓涓滴滴，朦胧奇句，百转漾涟漪。

九张机，难分苍淼又其谁。 就中一脉清清水。 吾中有你，同归沧浪，天地到无涯。

填词心得：《九张机》词谱简单，适宜抒发一唱三叹回肠荡气的缠绵情感。注意第三句虽然不押韵，但一般还是暗押同部的仄声韵。

34.【临江仙】

简介：《临江仙》，原唐教坊曲，用作词调。 又名《谢新恩》《雁后归》《画屏春》《庭院深深》《采莲回》《想娉婷》《瑞鹤仙令》《鸳鸯梦》《玉连环》。《临江仙》源起颇多歧说。 任二北据敦煌词有句云"岸阔临江底见沙"，认为辞意涉及临江故名；明董逢元辑《唐词纪》认为此调"多赋水媛江妃"故名；黄升《花庵词选》则认为"唐词多缘题，所赋《临江仙》则言仙事……"；也有人认为初咏水仙事，还有人认为始于欧阳修"妓席"所作。 小说《三国演义》卷首引用明杨慎《临江仙》，后用于电视剧《三国演义》的片头曲歌词，由歌唱家杨洪基演唱，风靡一时。

作法：此词牌变体较多，古今词人多有佳作。 本书只介绍双调六十字体，上下阕各五句三平韵。 前后阕相同。 第一句为仄起仄收的七言句式，不用韵。 第二句为六字句，用韵。 第三句为平起平韵的七言句式，第一、三两字平仄不拘。 第四、五两句与仄起五言律句句法相同；每句第一字亦不拘平仄。

词范：

临江仙·夜归临皋
苏轼

夜饮东坡醒复醉，归来仿佛三更。 家童鼻息雷鸣，敲门都不应，倚杖听江声。

常恨此身非我有，何时忘却营营？ 夜阑风静縠纹平。 小舟从此逝，江海寄余生。

词谱：

⊙●⊙○○●●， ⊙○○●○△。 ⊙○○●●○△。 ○○○●●，
⊙●●○△。

⊙●⊙○○●●， ⊙○○●○△。 ⊙○○●●○△。 ○○○●●，
⊙●●○△。

高昌试作：

临江仙·雪

沧海曾经难再水，云头郁气凝冰。 清凉境里更柔情。 梦如
花朵朵，其实不零丁。

阅尽苍茫归淡定，随缘停处来停。 悠然揖处下天庭。 万千
心事重，缥缈一身轻。

填词心得：结尾两句一般不用对仗句，当然也有用对仗的。《临江仙》词
牌颇受古今词人喜爱，名作颇多。 因其篇幅较短，音韵和谐，容易记诵，可
作为向初学者推荐的入门词牌之一。 笔者此词上阕直接咏雪，下阕借雪来抒
写心境和感慨。

35.【离亭燕 】

简介：《离亭燕》，此调始于北宋张先，因词中有"随处是离亭别宴"句
而得名。 又名《离亭宴》。 张词双调七十七字，仄韵；另有七十二字体，宋人
多采用此体。 本书只介绍七十二字体。

作法：双调，七十二字，上下阕各六句，四仄韵。 下阕开头二句须用对
仗句。

词范：

离亭燕·怀古

张升

一带江山如画，风物向秋潇洒。水浸碧天何处断，霁色冷光相射。蓼屿荻花洲，掩映竹篱茅舍。

云际客帆高挂，烟外酒旗低亚。多少六朝兴废事，尽入渔樵闲话。怅望倚层楼，寒日无言西下。

词谱：

⊙●⊙○○▲，⊙●⊙○○▲。⊙●⊙○○●●，●●⊙○○▲。⊙●●○○，⊙●⊙○○▲。

⊙●⊙○○▲，⊙●⊙○○▲。⊙●⊙○○●●，●●⊙○○▲。⊙●●○○，⊙●⊙○○▲。

高昌试作：

离亭燕·游庐山仙人洞，于暮色苍茫中看劲松

眼底青峰如簇，头上白云相逐。更遣天风狂扑面，又戛寒泉鸣玉。鹄立老松苍，日月眼前轮续。

诗似一群花鹿，梦醉满山春绿。不见秋冬风雪酷，那管苍茫棋局。百劫任沧桑，万壑缠绵心曲。

填词心得：此词牌仄声韵较多，适宜表达苍凉深沉的情绪。这一词调的上阕开头两句都要求对仗，但下阕开头两句则须对仗，比如张升的"云际客帆高挂，烟外酒旗低亚"，笔者原稿此处为"诗似天真花鹿，沉醉满山春绿"，定稿改为"诗似一群花鹿，梦醉满山春绿"，"春绿"和"花鹿"用错落对。

36.【浪淘沙】

简介：《浪淘沙》，又名《浪淘沙令》《炼丹砂》《卖花声》《过龙门》等。原为小曲，单调二十八字，四句三平韵，亦即七言绝句。唐刘禹锡、白居易所作，皆专咏调名本意。刘禹锡词九首被认为是正格，白居易六首被认为是拗体。南唐李煜始作《浪淘沙令》，用唐人旧曲名，另创新声，双调五十四字，平韵。宋人也有于前段或前后段起句增减一二字的，也有人稍变音节改用仄韵。另有《浪淘沙慢》，一百三十三字，入声韵。本书只介绍李煜体。

作法：双调，五十四字，上下阕各五句，四平韵。此调前后阕字句完全相同。第一句五字，与《忆江南》次句同。第二句四字，为仄仄平平，第一字平仄不拘。第三句即平起平收的七言句式。第四句为仄起仄收的七言句式。第五句与第二句格式相同。

词范：

浪淘沙 · 怀旧

李煜

帘外雨潺潺，春意阑珊。罗衾不耐五更寒。梦里不知身是客，一晌贪欢。

独自莫凭栏，无限江山。别时容易见时难。流水落花春去也，天上人间。

词谱：

◎●●○△，◎●○△。○○◎●●○△。◎○◎○○●●，◎●○△。
◎●●○△，◎●○△。○○◎●●○△。◎○◎○○●●，◎●○△。

高昌试作：

浪淘沙 · 词绎爱尔兰诗人叶芝《抉择》

抉择总艰难，乱绪纷繁。几多缺憾几周全？若果只图安乐享，且去酣眠。

待到此生完，故事重翻。肯将足迹等闲看？双手空空余困惑，夫复何言。

填词心得：《浪淘沙》的上下阕其实就是在四个七字句的前后，各增加了一个五字句，两个四字句。每句的平仄安排也接近绝句的变化规律。此调的每阕除第四句外，句句用韵，读起来流畅谐和，酣畅平顺。而且平仄要求较宽，可平可仄处较多，下阕与上阕句式相同，好填好记，所以非常适合初学者入手学习。前人论词认为："小令《浪淘沙》，音调尤为激越，用之怀古抚今最为适当。"值得注意的是《谢池春》词牌的别名也叫卖花声，与此词牌不可相混。

37.【六州歌头】

简介：《六州歌头》，六州为唐代边地的州名，这些地区的曲调传入内地，被采用为词牌的名称。后又为词人"倚其声为吊古词，音调悲壮，又以古兴亡事实文之"，成为《六州歌头》的源头。

作法：一百四十三字，上下阕各八平韵。又有于平韵外兼押仄韵等变体。

词范：

六州歌头
贺铸

少年侠气，交结五都雄。肝胆洞，毛发耸。立谈中，死生同，一诺千金重。推翘勇，矜豪纵，轻盖拥，联飞鞚，斗城东。轰饮酒垆，春色浮寒瓮。吸海垂虹。闲呼鹰嗾犬，白羽摘雕弓，狡穴俄空。乐匆匆。

似黄粱梦，辞丹凤；明月共，漾孤篷。官冗从，怀倥偬，落尘笼，簿书丛。鹖弁如云众，供粗用，忽奇功。笳鼓动，渔阳弄，思悲翁，不请长缨，系取天骄种，剑吼西风。恨登山临水，手寄七弦桐，目送归鸿。

词谱：

◎○○●，◎●●○△。○○▲，○●▲。●○△，●○△，○●○○△，
◎○▲，●○▲，◎○▲，●○▲，△○△。●○○○○●▲，◎○○△。
○○○○●，◎●●○△，○●○○△。

　　●○○▲，◎○○●；○○▲，●○▲。○○▲，●○▲，●○△，●○△。
◎●○○▲，◎○▲，●○△。○○△，○○▲，●○△。◎○○△，◎○●○●。
◎○●△。●○○○●，◎○●○△。◎○●○△。

　　高昌试作：

六州歌头·词绎苏格兰诗人彭斯《杜河岸》

　　鲜花开遍，两岸正春荣。苍天湛，清风暖，杜河平。鸟争鸣。愁苦唯余我，心儿碎，眉儿锁。身儿冷，歌儿泣，泪儿凝。问雀何由，蹦跳青枝叶，唤友呼朋。却偏偏吵醒，远去那些情。绕梦悲鸣，不堪听。

　　念藤萝艳，蔷薇美，多少忆，几番惊！当年我，携君手，岸边行。笑盈盈。百鸟曾来和，唱天籁，似弦鸣。云暧暧，风曼舞，若为盟。手摘玫瑰香艳，而今却香散红更。只行人此处，空剩刺伶仃，酸叶飘零。

　　填词心得：《六州歌头》接连使用三言短句，适合表达激越悲凉的情绪。繁音促节，有繁弦急管、五音繁会之妙。古人说"闻其歌，使人慷慨"。笔者此词为平韵体，未押仄声韵。

　　38.【梁州令】

　　简介：《梁州令》，又名《凉州令》。唐教坊大曲原有《凉州》，后从大曲的曲调中摘遍而为小令词调，所以称作《凉州令》，因凉梁同音，宋朝以后讹称为"梁州令"。

作法： 双调，五十字，前段四句三仄韵，后段四句四仄韵。

词范：

梁州令

晏几道

莫唱阳关曲，泪湿当年金缕。离歌自古最销魂，于今更在魂销处。

南桥杨柳多情绪，不系行人住。人情却似飞絮，悠扬便逐春风去。

词谱：

●●○○▲，●●○○○▲。○○●●○○，○○●●○○▲。
○○○●●○▲，●○○●▲。○○●●○▲，○○●●○○▲。

高昌试作：

梁州令·观三月三对歌会

四野歌声在，热闹喧腾如海。乡音本已醉游人，弦飞更又添风彩。

飘香时节缠绵每，酒再添情倍。心头荡漾春水，眉间暖暖阳光汇。

填词心得： 此词均用仄韵，多有变体，大同小异。宋晁补之有词名《梁州令叠韵》，实际是把两首小令合并为一首。

39.【满江红】

简介：《满江红》，唐人名《上江虹》，以后读音转易，改为今名。又名《念良游》《伤春曲》等。《本草纲目》载有"满江红"水草，是一种浮游水面的细小植物，又叫芽胞果。所以有人猜测唐宋时已有此种水草名，或许随手撷取入词，演化为词牌。唐人无此调作品，宋人填此调者颇多，柳永是较早者。有仄平两体，仄韵流传较广，用入声韵者居多。偶有平声韵例。平韵体由南宋姜夔所创。

作法：双调，九十三字。上阕四十七字，八句四仄韵；下阕四十六字，十句五仄韵。上下阕两个相连的七字句例用对偶。下阕开头四句例用对仗，或两两对，或隔句对。上阕的第二、三个七言句用上三下四句式。上下阕结尾三句例用"三、五、三"句式。

词范：

满江红·皎皎昆仑

李叔同（弘一法师）

皎皎昆仑，山顶月、有人长啸。看叶底、宝刀如雪，恩仇多少！双手裂开鼷鼠胆，寸金铸出民权脑。算此生，不负是男儿，头颅好。

荆轲墓，咸阳道；聂政死，尸骸暴。尽大江东去，余情还绕。魂魄化作精卫鸟，血花溅作红心草。看从今，一担好山河，英雄造。

词谱：

⊙●○○，⊙⊙●、⊙○○▲。○○●，○○○●，●○○▲。
⊙●○⊙○⊙●，⊙○○⊙○○▲。●○○⊙●○●，○○▲。

○⊙●，○○▲。○⊙●，○○▲。⊙○⊙○●，●○○▲。
⊙●○○○⊙●，⊙○○⊙●○▲。○○●，○○●○○，○○▲。

高昌试作：

满江红·本"色"

据报载，贪官张二江在职湖北丹江口市、天门市市委书记期间，接受100多人"性贿赂"。当地群众讥为"一夜春梦，终身受益"。

春梦消时，方显现，先生本色。香满径，玉颜如润，秀丝如墨。朱印牵肠情韵美，乌纱敲梦声威赫。问苍天、天眼可曾开，开毋得？

多少丑，床上褶；多少耻，花间隔。看狂蜂性猛，野鸡骚迫。一脉丹江淫浪浊，千钧霹雳呼声惑。问谁羞、羞后又辛酸，酸还涩。

填词心得： 此词调的上下阕第七八句的七字句一般用对仗，下阕开头的四个三字句一般采用扇面对。这一词牌格调沉郁激昂，前人多用以抒发慷慨悲壮情怀，佳作颇多。注意古人选择这个词调除了表达高亢激昂之情之外，往往夹杂一种悲壮苍凉之气，常是表达失意状态下的心情，读之诵之，往往有催人泪下的效果。

40.【木兰花】

简介：《木兰花》，唐玄宗时教坊曲名，后用为词调。有三七言长短句的仄韵体和七言八句的仄韵体两种体式。本书只介绍后一体。这一体因为五代后蜀顾敻所作《木兰花》词有"月照玉楼春漏促""柳映玉楼春欲晚"之句；欧阳炯的词中有"日照玉楼花似锦"，"春早玉楼烟雨夜"的词句，所以别名《玉楼春》，又名《玉楼春令》《西湖曲》《惜春容》《归朝欢令》《春晓曲》《转调木兰花》《呈纤手》《归风便》《东邻妙》《梦乡亲》《续渔歌》等。

作法： 双调，上阕四句，每句七字，押三仄韵，下阕与上阕相同，共五十六字。

词范：

木兰花·戏呈林节推乡兄

刘克庄

年年跃马长安市，客舍似家家似寄。青钱换酒日无何，红烛呼卢宵不寐。

易挑锦妇机中字，难得玉人心下事。 男儿西北有神州，莫滴水西桥畔泪。

词谱：

⊙○⊙●○○▲，⊙●⊙○○●▲。⊙○○●●○○，⊙●○○○●▲。
⊙○⊙●○○▲，⊙●⊙○○●▲。⊙○○●●○○，⊙●○○○●▲。

高昌试作：

木兰花·游白银市银凤湖

最爱粼粼银凤美，縠皱满池如梦水。 清风穿浪抖龙须，红日浴霞摇凤尾。

素月澄波堪匹配，净洗铅华轻俗媚。 且收晴碧入相思，归去幽燕夸一醉。

填词心得： 基本就是一首仄韵的七律。 只是分成上下两阕。 上阕第三、四句一般用对偶句。 这一词调在宋代就与《玉楼春》不好区分。 刘克庄的《戏呈林节推乡兄》在当年就既署《木兰花》，又署《玉楼春》。 值得注意的是：所有《玉楼春》词牌均可以称作《木兰花》，而《木兰花》因还有另外的变体，所以只有七言仄韵这一体可以称作《玉楼春》，但不是所有《木兰花》都是《玉楼春》。

41.【蓦山溪】

简介： 《蓦山溪》，又名《上阳春》《蓦溪山》《弄珠英》《心月照云溪》。

作法： 双调，八十二字，押仄韵。 上下阕各九句。 第四句七字句为上三下四。

词范：

蓦山溪·别意
黄庭坚

鸳鸯翡翠，小小思珍偶。眉黛敛秋波，尽湖南、山明水秀。
娉娉袅袅，恰近十三余，春未透，花枝瘦，正是愁时候。

寻芳载酒，肯落他人后。只恐远归来，绿成阴、青梅如豆。
心期得处，每自不由人，长亭柳，君知否，千里犹回首。

词谱：

◎○○●，◎●○○▲。◎●●○，●○◎、○○◎▲。◎○○●，
◎●●○○，○◎▲，○◎▲，◎●◎○▲。

◎○○▲，◎●○○▲。◎●●○○，●○◎、○○◎▲。◎○○●，
◎●●○○，○◎▲，○◎▲，◎●○○▲。

高昌试作：

蓦山溪·咏珍珠贝

君休怨浪，既欲来寻美。还勿怪尘沙，既然来、搜珠觅贝。
涡旋浪转、本自为多情。沧溟水，珍珠泪，久砺成滋味。

天苍月晦，历劫方珍贵。剔透叹浑圆，看初心、晶莹纯粹。
一番苦涩，更请惜良缘。喧嚣外，微茫内，有梦悠悠醉。

填词心得：宋人填此调者甚多，字句数相同，但押韵方式各有差异，押韵
可密可疏，比较自由。有起句押韵、上下阕各六韵的。有上阕六韵、下阕四韵
的。有上阕四韵、下阕三韵的。有上下阕都只用三韵的。我们填这一词牌，只
要按照词谱，遵一体即可。本书只介绍黄庭坚体，上阕五仄韵，下阕六仄韵。

42.【摸鱼儿】

简介：《摸鱼儿》又名《摸鱼子》。原唐教坊曲名，用为词调，本为歌咏

捕鱼的民歌。"摸鱼"就是徒手在池塘里抓鱼。"儿"的语义有两解，一为表示儿化音，没有实际意义。一为与"子"同义，表示曲子的意思。因晁补之词有"买陂塘，旋栽杨柳"句，更名《买陂塘》，又名《陂塘柳》，或名《迈陂塘》；辛弃疾赋怪石词名《山鬼谣》，李冶赋并蒂荷词有"请君试听双蕖怨"句，又名《双蕖怨》。另外还有名字《安庆摸》。

作法：双调，一百一十六字，上阕六仄韵，下阕七仄韵。双结倒数第三句均为领字句，第一字宜用去声。上阕第一句为上三下四句式，不用韵，第四字可平。第五句定格为平仄仄。第六句十字句或作上五下五，或作上三下七。如作上五下五，则上五句法为上一下四，下五句法为上二下三；上下第一字俱可平。第七句第三字必用仄声。第八、九句是四字对句而加一豆。上下阕末句第三字必须用仄声，最后三字应为仄平仄格式。下阕开头为三字句，不押韵。第二句是六字句，其他格式与上阕第二句以下相同。

词范：

摸鱼儿·秋柳

王国维

问断肠、江南江北，年时如许春色。碧栏干外无边柳，舞落迟迟红日。沙岸直，又道是、连朝寒雨送行客。烟笼数驿，剩今日天涯，衰条折尽，月落晓风急。

金城路，多少人间行役。当年风度曾识。北征司马今头白，唯有攀条沾臆。君莫折，君不见、舞衣寸寸填沟洫。细腰谁惜？算只有多情，昏鸦点点，攒向断枝立。

词谱：

●○○、◎○○●，◎○○●●○▲。○○○◎●○●，◎●◎○○▲。○●▲，◎●●○○、●◎○▲。○○●▲，●●●○○，◎○○●，◎●●○▲。

○●●，◎●●●●●▲。◎○○●●▲。○○○●●○●，◎●●●○●▲。○●▲，◎●●、○○●●○●▲。○○●▲，◎▲●○○，○○●●，◎●●○▲。

高昌试作：

摸鱼儿·住房叹

叹人间、住房何物，直教心痛如许。少陵忧罢流光换，今又几多寒暑。狐竞舞。正纠结、蓬门无数痴儿女。填胸恨苦。痛万丈青云，九重霄汉，一价向天去。

朱帘后，勾串横行社鼠。来头生猛如虎。苍生刍狗无须问，陋室铭中谁语。愁百绪。纨扇绕、乾坤袖里圈黄土。此情怎诉。望乱似飞花，深如幽涧，阴影最浓处。

填词心得： 此词牌例选上、去声韵部，时拗时谐，适合表达苍凉郁勃情绪，尤其是吞咽式的哽咽情调，历代佳作颇多。填写时要留心上三下四句式和上三下七的特殊句式的句读结构。另外注意，上下阕的第六、七、八句以三字句、上三下七句和四字句个构成一个完整的感情段落，创作时语义要连贯。笔者这里借用元好问《摸鱼儿·雁丘》韵，抒反讽之忧思。元词"问人间，情为何物"因被香港电视剧《射雕英雄传》作为主题歌词而流布颇广。

43.【满庭芳】

简介：《满庭芳》，又名《江南好》《满庭花》《锁阳台》《满庭霜》《满庭芳慢》等。有说因唐吴融"满庭芳草易黄昏"诗句而得名，也有说因取柳宗元诗中的"偶地即安居，满庭芳草积"为调名。因方夔诗有"开门半山月，立马一庭霜"而为词名《满庭霜》。有平韵、仄韵二体。仄韵体又名《转调满庭芳》。

作法： 平韵正体为双调九十五字，上下阕各四平韵，或上阕四平韵，下阕五平韵。仄韵体双调九十六字，上下阕各四仄韵。本书主要介绍平韵体作法。上阕开头两句和下阕的第三、四句可用对仗。

词范：

满庭芳

苏轼

蜗角虚名，蝇头微利，算来着甚干忙。事皆前定，谁弱又谁强。且趁闲身未老，须放我、些子疏狂。百年里，浑教是醉，三万六千场。

思量，能几许？忧愁风雨，一半相妨。又何须抵死，说短论长。幸对清风皓月，苔茵展、云幕高张。江南好，千钟美酒，一曲《满庭芳》。

词谱：

⊙●○○，⊙○○●，●○○⊙●○△。⊙○○●，⊙●●○△。⊙●○●⊙●，○○●，⊙●○△。○○●，○○○●，⊙●●○△。

○△，⊙●●，⊙○○●，⊙●○△。●●○○●，⊙●○△。⊙●○○⊙●，○○●，⊙●○△。○○●，○○○●，⊙●●○△。

高昌试作：

满庭芳·访西峡恐龙遗迹园观恐龙蛋

隧道幽幽，酣酣清梦，蛋从太古而来。零星陈痛，黄土掩悲哀。遥想生离死别，料曾也春暖花开。沧桑幻，斑青纹褐，壳上费疑猜。

时乖。天地覆，身遭白垩，甲溃鳞埋。叹龙魂，沉沦久蛰尘埃。远举高飞壮志，均化作石泪空排。瞻遗迹，忧思几缕，万载一声唉。

填词心得： 龙榆生先生认为《满庭芳》适合表达轻柔婉转、往复缠绵的情绪。词调短句多，填写时尤其要注意对偶关系的变化，做到文气连贯，语义贯通，不能给人上气不接下气的感觉。结构布局上要有整体眼光。

一般认为《潇湘夜雨》是《满庭芳》的别体。但《潇湘夜雨》与《满庭芳》字数、体例均略有所区别。特据《白香词谱》将《潇湘夜雨》词谱（比《满庭芳》少三个字）附后，供读者填写时辨别。词调多处用对仗句，流畅和谐，请仔细体味。

词范：

潇湘夜雨·灯花

赵长卿

斜点银缸，高擎莲炬，夜寒不耐微风。重重帘幕掩堂中。香渐远，长烟袅毵，光不定，寒影摇红。偏奇处、当庭月暗，吐焰如虹。

红裳呈艳，丽蛾一见，无奈狂踪。试烦他纤手，卷上纱笼。开正好，银花照夜，堆不尽，金粟凝空。叮咛语，频将好事，来报主人公。

词谱：

⊙●○○，⊙○○●，⊙○○●○△。⊙○○●●○△。○●●，○○●，○●●，○●○△。○○●、○○●●，●●○△。

⊙○⊙●，⊙○⊙●，⊙●○○△。●○⊙●●○△。○●●，○○●，○●●，○○○△。○○●，○○⊙●，⊙●●○△。

高昌试作：

潇湘夜雨·人赠玫瑰

丽日当头，清香在手，温柔一片春光。茫茫尘海各奔忙。天暖暖，熏风袅袅。花艳艳，流韵长长。偏还有、殷殷嘱托，瓣瓣难忘。

红如火焰，亲如微笑，艳似霓裳。 更似双唇瓣、甘苦分尝。
情恰软，铺来眼底，歌亦美，堆向心房。 盼咐着："从今往后，
与我共芬芳。"

44.【南歌子】

简介：《南歌子》，词牌名，唐教坊旧曲，用为词调。 又名《南柯子》《春
宵曲》《风蝶令》《望秦川》《水晶帘》《碧窗梦》《十爱词》《恨春宵》。 调名本
自汉张衡《南都赋》中的"坐南歌兮起郑舞"，取淳于棼事，叙述在一个蚁穴
中的故事，就是南柯一梦。 原为单调，首创于晚唐温庭筠。

作法： 双调，五十二字，各三平韵，一韵到底。 每阕最后一句是一个九
字句。 每阕开头用对仗。 另有单调二十六字。

词范：

南歌子

秦观

香墨弯弯画，燕脂淡淡匀。 揉蓝衫子杏黄裙，独倚玉阑无
语点檀唇。

人去空流水，花飞半掩门。 乱山何处觅行云？ 又是一钩新
月照黄昏。

词谱：

⊙●○○●，○○●●△。 ⊙○⊙●●○△，⊙●⊙○○●●○△。

⊙●○○●，○○●●△。 ○○⊙●●○△，⊙●⊙○○●●○△。

高昌试作:

南歌子

日暖如知己，春香似故人。油盐柴米此良辰，且看清凉心上弹红尘。

牵手山花笑，迎眸岸柳新。小虫小草与诗亲。笑我果然越老越天真。

填词心得: 此调音节和婉，流丽动听，多表达清新欢快的小情调。注意每阕前二句用对偶句，与平起五律颈联相同。也可单填上阕，作为一首单调词。

45.【南乡子】

简介:《南乡子》，唐教坊曲，用作词牌。有单调，有双调。又名《莫思乡》《仙乡子》《好离乡》《蕉叶怨》。《南乡子》本是咏南方乡风土韵和山水草木的民歌，后来逐渐演变成词牌。单调始自后蜀欧阳炯。南唐冯延巳始增为双调。

作法: 单调有二十七字、二十八字、三十字各体，平仄换韵。本书只介绍双调体，平韵五十六字，十句，前后阕各四平韵，一韵到底。两个二字句均用平声。另有五十八字体，此处亦从略。

词范:

南乡子

纳兰容若

泪咽却无声，只向从前悔薄情。凭仗丹青重省识，盈盈。一片伤心画不成。

别语忒分明，午夜鹣鹣梦早醒。卿自早醒侬自梦，更更。泣尽风檐夜雨铃。

词谱：

⊙●●○△，⊙●●○○●●△。⊙●⊙○●●●，○△，⊙●○○●●△。

⊙●●○△，⊙●○○●●△。⊙●○○●●●，○△，⊙○○○●●△。

高昌试作：

南乡子·遍地落花

皓月冷如霜，寒叶飘零野径长。诗到感秋容易病，苍苍，空画形容罨醉乡。

回首碧微茫，眉角潸然两泪行。遍地落花犹识我，伤伤，一笛蒹葭老地方。

填词心得：《南乡子》比较接近于两首绝句，上下阕的第一句少了两个字，而在第三句后边加了一个两字句，并增加一个韵脚。易记易诵，音韵和谐，受到古今众多词人喜爱。既可以抒发豪壮情怀，也可以抒发婉约情愫，也是适合初学者入手的词牌之一。

46.【念奴娇】

简介：《念奴娇》得名于唐天宝年间著名歌妓念奴，意在赞美她的演技。唐玄宗每次辞岁宴会时间一长，宾客就吵闹，使音乐演奏不下去。玄宗叫高力士高呼念奴出来唱歌，大家才安静下来。念奴歌声激越清亮，"每执板当席，声出朝霞之上"，据说25人吹管也盖不过其歌声。唐元稹曾在《连昌宫词》诗中描写了此情此景："力士传呼觅念奴，念奴潜伴诸郎宿。须臾觅得又连催，特敕街中许然烛。春娇满眼睡红绡，掠削云鬟旋装束。飞上九天歌一声，二十五郎吹管逐。"此调作为词牌最早出现在北宋沈唐笔下，以念奴比喻情人，抒发爱情感受。《念奴娇》又名《大江东》《大江东去》《大江词》《大江乘》《千秋岁》《酹江月》《杏花天》《赤壁谣》《壶中天》《壶中天慢》《大江西上曲》《百字令》《百字谣》《百岁令》《白雪词》《赤壁词》《酹月》《太平欢》

《寿南枝》《古梅曲》《庆长春》《淮甸春》《双翠羽》《鬲指声》《无俗念》《湘月》等。

作法：双调，一百字。上阕四十九字，下阕五十一字，各十句，四仄韵。一韵到底。本调不甚拘平仄。上下阕后七句字数平仄相同。宜用入声韵。上阕第二、三句可用上五下四，也可用上三下六。下阕第二、三句可用上五下四，也可用上四下五。上下阕结句后四字均用平仄平仄格式。此调有仄二体。另有平韵格。本书主要介绍仄体正格。

词范：

念奴娇·凭空眺远
苏轼

凭空眺远，见长空万里，云无留迹。桂魄飞来光射处，冷浸一天秋碧。玉宇琼楼，乘鸾来去，人在清凉国。江山如画，望中烟树历历。

我醉拍手狂歌，举杯邀月，对影成三客。起舞徘徊风露下，今夕不知何夕。便欲乘风，翻然归去，何用骑鹏翼。水晶宫里，一声吹断横笛。

词谱：

⊙○⊙●，●○○，⊙●⊙○○▲。⊙●⊙○○●●，⊙●⊙○○▲。⊙●○○，⊙○○●，⊙●○○▲。○○○●，⊙○○●○▲。

⊙●⊙○○●，⊙○⊙●，⊙●○○▲。⊙●⊙○○●●，⊙●⊙○○▲。⊙●○○，⊙○○●，⊙●○○▲。○○○●，●○○●○▲。

高昌试作：

念奴娇

据报载，贪官胡长清之母曾劝其不要犯错误。后听到胡长清案发，老太太以头撞壁，泪流不绝。感赋。

一言难尽，恁乌纱朱印、与时俱唾。铜臭缠身浑不觉，放胆胡为胡作。名谓长清，实为浊秽，莸荞充兰朵。蜗名蝇利，算来心上枷锁。

小子辜负当年，殷殷叮嘱，却似风吹过。知否萱堂今日泪，点点行行悲堕。流向尘寰，全都是恨，粒粒辛酸果。迷茫长夜，有蛾犹在贪火。

填词心得：《念奴娇》一般选用短促的入声韵部，高亢激昂，隔句押韵或三句一韵，音乐氛围是悲壮慷慨的。除一句平收外，基本句式均用仄声收尾，适宜表达激越苍劲的豪迈感情。苏东坡更著名的《赤壁词·大江东去》，句读和这首例词《念奴娇·凭高眺远》微有出入，是变格。有的词谱把陈允平的平韵《念奴娇》作为正格，不过今人填写此体较少。另外，《念奴娇》上阕的第六、七句一般用对仗。

附录：《念奴娇》（平韵）
词范：

念奴娇
陈允平

霁空虹雨，傍啼螀莎草，宿鹭汀洲。隔岸人家砧杵急，微寒先到帘钩。步幄尘高，征衫酒润，谁暖玉香篝。风灯微暗，夜长频换更筹。

应是雁柱调筝，鸳梭织锦，付与两眉愁。不似尊前今夜月，几度同上南楼。红叶无情，黄花有恨，孤负十分秋。归心如醉，梦魂飞趁东流。

高昌试作：

念奴娇·南阳汉画馆赏石刻持花侍女图

芳枝鲜蕊，却碑前图刻，古墓存身。黄土撩开情烂漫，指

尖犹带芳芬。 问唤名谁， 难猜姓字， 倩影漾天真。 唇弯如笑，
眉凝又似含矉。

　　浮世多少烟云， 匆匆日月转， 几霎晨昏。 忧乐门前飘大梦，
牵系汹涌红尘。 开落闲花， 荣枯荒草， 风雨写单纯。 明眸春
醑， 恍兮犹醉清新。

　　47.【菩萨蛮】

　　简介:《菩萨蛮》， 又名《菩萨鬟》《子夜歌》《花间意》《城里钟》《花溪
碧》《梅花句》《晚云烘日》《巫山一片云》《菩萨蛮引》《菩萨蛮慢》等。 蛮是
古代对少数民族的泛称。 注意此词的别名《巫山一段云》和另一个词牌《巫
山一片云》不同， 各自成调。 词牌来历一般认为始自唐宣宗李忱大中年间，
女蛮国派遣使者进贡， 她们身上披挂着璎珞（璎珞是身上佩挂的珠宝）， 头上
戴着金冠， 梳着高高的发髻， 像菩萨妆扮一样。 号称"菩萨蛮队"， 当时教坊
就因此制成《菩萨蛮曲》， 于是后来《菩萨蛮》成了词牌名。 另外， 当代学者
杨宪益另有一种说法， 认为"菩萨蛮"是"骠苴蛮"或"符诏蛮"的异译， 其
曲调是古缅甸乐， 开元、 天宝时已传入中国。 现存最早的《菩萨蛮》为李白
所作。

　　作法: 双调， 四十四字， 以五七言组成; 通篇两句一韵， 共换四韵， 上下
阕各四句， 两仄韵， 两平韵， 平仄递转。 第一、 二句即为七言仄句。 第三句为
仄起之五言句， 换用平韵。 第四句为五言拗句。 后半第一句为平起仄韵之五
言句。 第二句为仄起仄韵之五言句。 第三、 四句格式与上阕的第三四句相同。

　　词范:

菩萨蛮

温庭筠

　　小山重叠金明灭， 鬓云欲度香腮雪。 懒起画娥眉， 弄妆梳
洗迟。

　　照花前后镜， 花面交相映， 新帖绣罗襦， 双双金鹧鸪。

词谱:

○○○●○○▲, ○○○●○○▲。 ○●●○△, ○○○●△。

○○○●▲, ●●○○▲。 ○●●○△, ○○○●△。

高昌试作:

菩萨蛮·冬过青海湖

经幡斑驳迎风送, 柔情万顷惊寒冻。 一夜梦留痕, 层冰旋皱纹。

白山昏更睡, 青海咸成泪。 举首问人愁, 蓦然霜满头。

填词心得: 传说李白是最早填写《菩萨蛮》的作者, 这一词牌也被公认为词调中之最古者。菩萨蛮混合了五言、七言绝句的形式, 而前后阕的平仄换韵又比绝句更增加了错综变换, 繁音促节, 句句押韵, 韵位匀称, 两句一转, 情调由紧促转低沉, 读来抑扬顿挫, 别有风韵。唐宋以来名作颇多, 深受历代词人们喜爱。初学者填此词牌, 要注意换韵处自然流畅, 文意相连。

附录:【联环结】

简介:《菩萨蛮》的回文词体, 称为《联环结》, 又名《重叠金》。同样是双调, 四十四字, 上下阕各四句, 两仄韵转两平韵。回文可以是全词倒读, 也可以两句倒读。回文词, 也有人仍然称为《菩萨蛮》。

请看宋代苏轼的:

菩萨蛮·红梅赠

峤南江浅红梅小, 小梅红浅江南峤。 窥我向疏篱, 篱疏向我窥。

老人行即到, 到即行人老。 离别惜残枝, 枝残惜别离。

菩萨蛮

落花闲院春衫薄，薄衫春院闲花落。迟日恨依依，依依恨日迟。

梦回莺舌弄，弄舌莺回梦。邮便问人羞，羞人问便邮。

再比如明代邱浚的：

菩萨蛮·秋思

纱窗碧透横斜影，月光寒处空帏冷。香炷细烧檀，沉沉正夜阑。

更深方困睡，倦极生愁思。含情感寂寥，何处别魂销。

回文：

销魂别处何寥寂，感情含思愁生极。倦睡困方深，更阑夜正沉。

沉檀烧细炷，香冷帏空处。寒光月影斜，横透碧窗纱。

《联环结》在明代颇为流行。汤显祖在杂剧《邯郸记》中，还为剧中人物崔氏代拟了两首联环结，借织锦的方式送给皇帝，第一首词是这样写的：

菩萨蛮·拟织妇闺怨

梅题远色春归得，迟乡瘴岭过愁客。孤影雁回斜，峰寒逼翠纱。

窗残抛锦室，织急还催织。锦官当夕情，啼断望河明。

倒读仍然构成含义相同的《菩萨蛮》：

明河望断啼情夕，当官织锦催还急。 织室锦抛残，窗纱翠逼寒。

峰斜回雁影，孤客愁过岭。 瘴乡迟得归，春色远题梅。

48.【破阵子】

简介：《破阵子》，一名《十拍子》。截取唐开国时之大型武舞曲《秦王破阵乐》中之一段。原为七言绝句，后沿用旧曲名，另倚新声。

作法：双调，六十二字，上下阕皆三平韵。每阕开头二句多用对偶。

词范：

破阵子
晏几道

柳下笙歌庭院，花间姊妹秋千。 记得春楼当日事，写向红窗夜月前，凭谁寄小莲。

绛蜡等闲陪泪，吴蚕到了缠绵。 绿鬓能供多少恨，未肯无情比断弦，今年老去年。

词谱：

●●○○○●， ○○●●○△。 ○●◎○○●●， ○●○○○●△。
◎○○●△。

●●○○○●， ○○○●○△。 ○●○○○●●， ◎●○○○●△。
○○○●△。

高昌试作：

破阵子·玩《植物大战僵尸》游戏

键下枯荣植物，屏前多少僵尸。 愿把阳光都洒遍，不许青天恶鬼滋。 此情与梦痴。

指下一番游戏，灯前几度沉思。 小胜纠缠夸关过，漫道前程已自知。 无穷未解题！

　　填词心得：《破阵子》是由句式、平仄、韵脚完全相同的两"片"构成的。下阕既要和上阕有联系，又要"换意"，从而翻出新意，又不死板。此词可填豪放情绪，也可表达婉约柔情。一般在上下阕的第一、二句用对仗句，也有的上下阕第三、四句的七言句子，也采用对仗句。注意上下阕句子中间的两联如果采用七言对偶句的话，其情绪表达则值得特别关注。一般情况下，词中的对偶句如果平仄相对，就形成一种和谐柔婉的情韵，而如果平仄相同，就构成一种激越豪壮的气格。破阵子中的七字偶句是平仄一致的，所以此处表现的必定是不平静的内心情绪。

　　49.【清平乐】
　　简介：《清平乐》，原为唐教坊曲名，取用汉乐府"清乐""平乐"这两个乐调而命名。后用作词牌。又名《清平乐令》《最春风》《醉东风》《忆萝月》，为宋词常用词牌。 还有一说李白曾作《清平乐》，并创制为词牌。《尊前集》载有李白《清平乐》词五首，但有学者认为恐后人伪托，不可信。注意"乐"字有五种读音，"清平乐"中的"乐"是乐调名，据意应读 yuè。不能读成 lè、yào、luò 或 liáo。
　　作法：双调，四十六字，八句，上阕四仄韵，下阕三平韵。
　　词范：

清平乐

李煜

别来春半，触目柔肠断。砌下落梅如雪乱，拂了一身还满。雁来音信无凭，路遥归梦难成。离恨恰如春草，更行更远还生。

词谱：

○○○▲，⊙●○○▲。⊙●⊙○⊙○▲，⊙●○○○▲。（换平韵）

⊙○○○●○△。○○○●○△，⊙●○○⊙●。○○○●○△。

高昌试作：

清平乐·月桂

千秋万岁，只伴嫦娥醉。每到团圆须仰对，偶辨婆娑仙袂。
遥思碧叶金花，翻疑风雪交加。今古沧桑遍阅，寒枝斜挂
天涯。

填词心得：《清平乐》上下阕分别用两个韵，一平一仄，仄韵急促，平韵舒缓，要注意相应情绪转换，前紧促而后转舒徐，有缠绵不尽之致，龙榆生先生认为"是短调中最为美听的"。另，该词牌另有全部仄韵体，本书不多介绍。

50.【青玉案】

简介：词牌名取于东汉张衡《四愁诗》"美人赠我锦绣段，何以报之青玉案"诗句。青玉所制短脚盘子叫青玉案，也指名贵的食用器具。案，其实就是我们今天常说的托盘。刘良注："玉案，美器。可以致食。"还有一说是青玉案几，李白《忆旧游寄谯郡元参军》诗："琼杯琦食青玉案，使我醉饱无归心。"青玉案也泛指古诗，杜甫句"试吟青玉案，莫羡紫罗囊"，仇兆鳌注："青玉案，谓古诗。"此词牌又名《横塘路》《西湖路》。

作法：此词牌变体颇多，本书只介绍一种。双调，六十七字，上阕七句五仄韵。下阕六句五仄韵。

词范：

青玉案

贺铸

凌波不过横塘路，但目送、芳尘去。锦瑟年华谁与度，月桥花院，绮窗朱户，只有春知处。

飞云冉冉蘅皋暮，彩笔新题断肠句。试问闲愁都几许？一川烟草，满城风絮，梅子黄时雨。

词谱：

⊙○◎○●○○▲，●○○●、○○▲。◎●◎○○○●▲。◎○○●，○○⊙▲，⊙●○○▲。

◎○○●○○▲，◎●○○●●▲。◎○●○○○●▲。●○○●，●○○▲，⊙●○○▲。

高昌试作：

青玉案·江岚招饮，为熊东遨老师送别（二首）

手机响唤阳光赴，缕缕暖、心头渡。约个天蓝晴朗晤。眼中无雨，眉前无雾，相对澄明处。

百年不过寻常许，圣手谁能海桑御。缘分珍如荷上露。散时难聚，聚时难固，逝水悠悠去。

忆来犹觉英华咀，淡淡驻、胸中趣。市井红尘能几度。云烟挥洒，珠玑吞吐，一共春风舞。

南来北往崎岖路，千万人中两三遇。愿伍红梅松竹侣。白云萦梦，青山留步，对酒悠悠许。

填词心得：《青玉案》上下阕第二、三句其实是一句，语意要连贯。上下阕两个四字句例用对偶。这一词调适合表现低回掩抑、哽咽幽怨的情感。

51.【齐天乐】

简介:《齐天乐》,又名《齐天乐慢》《台城路》《五福降中天》《如此江山》。始见于周邦彦《片玉词》。《宋书·乐志》:"英勋冠帝侧,万寿永齐天。"于是"齐天"二字一般用来比寿。"齐天"本为祝寿之词,宋人谱入乐章,演变为词调牌名。这个"乐"字是"音乐"的"乐",这里应读 yuè,不能读为 lè。

作法: 双调,一百零二字,上下阕各六仄韵。上阕第七句,下阕第八句,首字为领格字,例用去声。此调一般用上、去声押韵。不能押入声韵。上阕第三、四句和下阕第四、五句用对仗。上阕第七句、下阕第八句是领字句。上阕最后一句的最后三字用仄平仄格式。《齐天乐》词牌特殊之处是有几处除了遵守平仄,还要照顾四声,须分上去,如姜夔词的"暗雨""漫与""更苦"几处必用"去上"声。

词范:

齐天乐·蟋蟀

姜夔

庾郎先自吟愁赋,凄凄更闻私语。露湿铜铺,苔侵石井,都是曾听伊处。哀音似诉。正思妇无眠,起寻机杼。曲曲屏山,夜凉独自甚情绪?

西窗又吹暗雨。为谁频断续,相和砧杵?候馆迎秋,离宫吊月,别有伤心无数。幽诗漫与。笑篱落呼灯,世间儿女。写入琴丝,一声声更苦。

词谱:

●○⊙●○○▲,○○●○○▲。●●○○,○○●●,⊙●○⊙○▲。
○○●▲。●⊙●○●,●○○▲。●●○○,●○○●○▲。

○○●○●▲,○○●○●,●●○▲。●●○○,○○●●,⊙●○○▲。
○○●▲,●⊙●○○,●●○▲。●○○○,●○○●▲。

高昌试作：

齐天乐·洪泽湖观荷

望中袅袅青云举，团团下凡仙侣。绰约姿容，娉婷步态，道是红荷吹雾。风携细雨，拟茂叔幽怀，漫搜奇句，外直中通，洒千秋翠绿情绪。

今来偶逢妙遇，与莲还接续，相约怀古。影淡濡诗，香清画梦，漫解亭亭中趣。心如白鹭，欲浅涉沧波，默停云步，永驻湖乡，伴清圆共舞。

填词心得： 一般用去声韵。上阕的第七句、下阕的第八句是领字句，一般用对仗句。名字虽然吉祥喜庆，但很多词人借此词牌表达凄楚哀婉情怀。因其音调高隽，宜用于写伤秋之词。

52.【青门引】

简介：《青门引》又名《青门饮》。汉长安城东南门，本名霸城门，因其门色青，故俗呼为"青门"或"青城门"。汉人送客至此桥，折柳赠别。《三辅黄图·都城十二门》："广陵人召平为秦东陵侯，秦破，为布衣，种瓜青门外。"阮籍《咏怀》之六："昔闻东陵瓜，近在青门外。"后也泛指京城东门或游冶、送别、退隐之处。南朝梁何逊《车中见新林分别甚盛》诗："金谷宾游盛，青门冠盖多。"另外也有人认为青门犹东郭、东郊。古时为从葬之处。唐人王涣《悼亡》诗："腰肢暗想风欺柳，粉态难忘露洗花。今日青门葬君处，乱蝉衰草夕阳斜。"

作法： 双调，五十二字，前段五句三仄韵，后段四句三仄韵。

词范：

青门引

张先

乍暖还轻冷，风雨晚来方定。庭轩寂寞近清明，残花中酒，又是去年病。

楼头画角风吹醒。 入夜重门静。 那堪更被明月，隔墙送过秋千影。

词谱：

●●○○▲，○●●○▲。 ○○●◑●○○，⊙○○●，●●●○▲。
○○●●○○▲，●●○○▲。 ●○●●○○，●○●●○○▲。

高昌试作：

青门引·访泰国大成府"百万玩具博物馆"，
时在辛卯年腊月廿八日

举步悠悠进，微笑比春风润。 庭轩静寂弄红尘，萨娃迪卡，自有梦相认。

流年易逝人生迅，率性终难泯。 鬓霜瞬转青墨，忘年一朵甜甜吻。

注：萨娃迪卡，是泰国语"你好"的意思。

填词心得：注意上阕第三句用同部平声韵。

53.【鹊桥仙】

简介：《鹊桥仙》，词牌名取自牛郎织女七夕在鹊桥相会的神话。 又名《鹊桥仙令》《忆人人》《金风玉露相逢曲》《广寒秋》。

作法：双调，五十六字，上下阕各两仄韵，一韵到底。 上下阕开头两句要求对仗。 每阕最后一句用上三下四句式，前三个字全用仄声。

词范：

鹊桥仙·七夕

秦观

纤云弄巧，飞星传恨，银汉迢迢暗度。 金风玉露一相逢，便胜却、人间无数。

柔情似水，佳期如梦，忍顾鹊桥归路。两情若是久长时，又岂在、朝朝暮暮。

词谱：

⊙⊙●，⊙⊙●，⊙●⊙⊙▲。○○○●●○○，●⊙●、○○⊙▲。
⊙⊙●，⊙⊙●，⊙●⊙⊙▲。○○⊙●●○○，●⊙●、○○⊙▲。

高昌试作：

<h3 style="text-align:center">鹊桥仙·一份爱</h3>

黄藤那酒，红酥那手。绿叶青枝那柳。萧萧离绪罥风流。是或否？从无到有。

看云在走，看星在守，看是松风在吼。霎时欢享霎时愁，一份爱、危栏伫久。

填词心得：从词牌名即可想到，《鹊桥仙》比较适合表现爱情。古今爱情名作，这一词牌也较多。不过，这一词牌并不局限于写爱情题材。如陆游《鹊桥仙》：一竿风月，一蓑烟雨，家在钓台西住。卖鱼生怕近城门，况肯到红尘深处？ 潮生理棹，潮平系缆，潮落浩歌归去。时人错把比严光，我自是无名渔父。

54.【千秋岁】

简介：《千秋岁》，又名《千秋节》《千秋万岁》等。千秋本指长寿，据说唐玄宗过生日时大宴群臣，百官上表请求皇帝颁布这一天为千秋节，可能由此产生了唐教坊大曲中的《千秋乐》这个乐调。宋人根据这个旧曲另制新曲，就是《千秋岁》。另外，词牌《念奴娇》的别称也叫《千秋岁》，但与词牌《千秋岁》不是一回事。曲牌也有《千秋岁》这个曲名，与词牌不同。

作法：双调，七十一字，上下阕各八句，五仄韵。上阕起句比下阕起句少一字，上阕第五句开头一字用平声，而下阕此处可平可仄。上下阕其余句式字数平仄相同。上下阕的两个三字句例用对偶。三处相连的五字句，也多用对句。

词范：

千秋岁

秦观

柳边沙外，城郭轻寒退。花影乱，莺声碎。飘零疏酒盏，离别宽衣带。人不见，碧云暮合空相对。

忆昔西池会，鸳鹭同飞盖。携手处，今谁在。日边清梦断，镜里朱颜改。春去也、落红万点愁如海。

词谱：

◎○○▲，⊙●○○▲。⊙○●，○○▲。⊙○○●●，○●○○▲。○○●，◎○○●○○▲。

◎●○○▲，⊙●○○▲。⊙○●，○○▲。⊙○○●●，○●○○▲。○○●，◎○○●○○▲。

高昌试作：

千秋岁·挽陈强老先生

咸珠涩水，点点凄风里。苦雨沐，寒山洗。台前凶相露，台后佳名积。悲喜剧，几番扼腕呼君起。

南霸天生似，黄世仁曾识。真或假，疑非戏。名伶难谢幕，大梦尤惊世。衙场上，先生角色今成队。

填词心得：宋人填《千秋岁》，实际上也有表现祝寿内容的，但古今词人用此词牌，大多数还是表现悲凉哀悼情绪为多。《千秋岁》词牌用短句多，押急促的仄声韵，用来表现欢快祝贺情绪不甚协调。所以初学填词者，还是不要学宋人特例，不用此调表现祝寿和欢快内容为宜。

55.【沁园春】

简介：《沁园春》，又名《念离群》《东仙》《洞庭春色》《寿星明》《千春词》《大圣乐》。汉明帝刘庄在永平三年（公元 60 年），封五女刘致为沁水公主，婚配东汉开国元勋邓禹之孙高密侯邓乾。传说她是个冷面美人，难得露出几次笑容。汉明帝很宠爱她，建了一座沁园作为陪嫁。外戚窦宪的妹妹在汉章帝建初三年（公元 78 年）被立为皇后。窦宪恃宠欺人，用低价强买沁园。沁水公主不敢与其相争。汉章帝后来了解到此事经过，命窦宪把园田归还了公主。后人感叹其事，多咏叹之。后世的公主园林，也均被泛称为沁园。到唐代后，"沁园"已作为典故出现在音乐作品中。《万氏词律》云："《沁园春》是古调，作者极盛，其名最显。"此调从容中有庄严，舒徐中有严整，字句的平仄要求多有变体，略有差异，本书仅介绍其中一体。

作法：双调，一百一十四字。上阕十三句，四平韵；下阕十二句，五平韵。一韵到底，上阕四五句、六七句、八九句，下阕三四句、五六句、七八句均要求对仗。四个五字句，都是上一下四句法。注意第四、五为四字对句，而加一字豆，第二、四字与第一、三字各可平可仄。第六句与第五句同。第十一句定格三字，应作平平仄。第十二、第十三句，实为上五下四之九字句，亦即两句四字对偶尔加一字豆。下阕第二句为八字句，上一下七。这一词调多用对仗，最能考验作者的文字功力。

词范：

沁园春·赴密州早行马上寄子由

苏轼

孤馆灯青，野店鸡号，旅枕梦残。渐月华收练，晨霜耿耿，云山摛锦，朝露漙漙。世路无穷，劳生有限，似此区区长鲜欢。

微吟罢，凭征鞍无语，往事千端。

　　当时共客长安。似二陆初来俱少年。有笔头千字，胸中万卷，致君尧舜，此事何难。用舍由时，行藏在我，袖手何妨闲处看。身长健，但优游卒岁，且斗尊前。

词谱：

◎●○○，●●○○，●●●△。●◎○●●，○◎●○；○◎○，
⊙●○△。◎●○○　○◎●●，◎●○○○●△。○●●，●○◎●，
◎●○△。

　　○○●●○△。◎●●　○○⊙●△。●◎○○⊙，○◎●●；◎○⊙●，
◎●○△。⊙●○○，⊙○○●，◎●○○○●△。○○●，●○○●，
◎●○△。

高昌试作：

沁园春·劳动最光荣

　　动地雷奔，鼓震惊天，意气激扬。念巍巍山改，力开坦道；
悠悠水转，惊架飞梁。铁浪钢花，煤田油海，汗雨挥来别样香。
寻常处，看寻常故事，最不寻常。

　　牵来一路春光，数劳动人家幸福长。正歌飞网络，含情传
送；画描光谱，载梦通航。足转乾坤，肩担日月，臂挽虹霓慨
以慷。新常态，更风流万象，大美辉煌。

　　填词心得：《沁园春·劳动最光荣》是为2015年5月2日中央电视台1套
播出的"劳动礼赞"晚会所写的命题作文，曾由徐涛先生在晚会朗诵。《沁园
春》词牌音节高亢而稍带凄音，是一种适合铺排情感、显示宽阔胸襟和恢宏气
度的慢曲长调，多用对称的四言偶句作为结构骨干，是最受词人喜爱的词牌之
一。值得注意的是，常见词谱中均标明第三句第三字可平可仄，古今名作均

多有例证，如辛弃疾的"点检形骸"、刘克庄的"布衣麻鞋"、文天祥的"恨又何妨"、毛泽东的"橘子洲头"等。但是词坛也有一种意见认为这一词牌的第三句为仄仄仄平句式，第三字一定要用仄声。

附录:【寿星明】

简介:《沁园春》词用来祝寿，名为《寿星明》。

词范:

寿星明

邓廷桢

七十生辰，少穆寄诗志庆，公今年亦六十矣！为倚四阕，奉酬为寿。

塞雁飞还，寄到新诗，如聆麈谈。道贞元朝士，犹存老马；河阳从事，未尽春蚕。九万经环，七句庚甲，不作天花一现昙。人间世，尚料糜三品，展双骖。

尊前有味霭霭，爱黄绢新词妙义涵。说花于澹处，留香更久；果从酸后，得味尤甘。冷暖襟情，悲欢景况，不是同心不许谙。酬鹓久，是径荒彭泽，枕恋邯郸。

我七十耶，迟余十年，公今六旬。似前因藜杖，悬弧共乙；今生薤臼，射策同辛。半落青天，孤临碧海，等是三山寄此身。传佳话，记换巢鸾凤，受代元辰。

贾生才调无伦，听交口同声遍搢绅。笑吾先衰也，安能为役，公真健者，迥不犹人。百斛扛余，千钧系处，宣室还闻念逐臣。曾造郄，谓公才胜我，天语春。

珠海余生，西指天山，相从何（荷）戈。看伶仃雪窖，鸿泥同印，纵横沙迹，雁帛谁过。盾鼻书成，刀头唱彻，收拾苍凉入剑歌。邛与镥，有霜催鬓短，酒助颜酡。

玉关先走明驼，似苏李河梁别泪多。便欣逢马角，我闻如是，偶逢羝乳，于意云何？壮志依然，华年未老，听说秋来肺病瘥。为公寿，祝黄羊手矣，且宴头鹅。

万里边城，地干遥通，莱芜未开。恰我闻有命，劝农陇右；公行复起，辟地轮台。雁户操豚，鳞塍买犊，搜粟摸金莫浪猜。真成笑，笑屯田筹海，一例相陪。

曼胡缨短风吹，定策马龙沙日几回。念花门种别，休教咨怨，葑陂利溥，尽盼招徕。将受厥明，曰嘉乃绩，异域铭功羡此才。承丹诏，向酒泉西望，定远归来。

注：此词作于道光二十四年（1844年）岁次甲辰。这年邓廷桢70岁，林则徐从谪戍的伊犁投诗志庆；而这一年林则徐适逢花甲，邓廷桢遂以《寿星明》四阕"奉酬为寿"。

高昌试作：

寿星明·敬祝梁东老师八十寿

朴似乌煤，洁比晶玉，清若幽兰。任洪炉百炼，犹存骨耿；沧波九曲，不改心坚。染雪慈眉，餐霞善面，疑是仙方道秘传。八零叟、仍英姿勃发，十八青年。

翩翩鹤发童颜，有无数神奇仔细看。想龙蛇笔舞，洛阳纸贵；凤鸾歌动，合浦珠圆。桃李情浓，诗书味永，捧向骚坛火一团。雄风振，信长毫挥洒，更续新篇。

填词心得：梁东老师是《中华诗词》杂志的老社长，曾任职煤炭部，精诗词书法，为京剧名票，曾多年致力于中华诗词的诗教工作。2012年是先生80岁生日，笔者填写此词为其祝寿，并尽量将先生的经历和成就都有所体现。

56.【阮郎归】

简介：《阮郎归》词牌名用刘晨、阮肇故事。阮郎，指阮肇。故事见于《太平广记》：相传东汉永平年间，浙江剡县人刘晨和阮肇入天台山采药迷路，偶遇两位仙女，被邀至她们家中，住了半年。后因怀乡思归，仙女指点归路，送他们返乡。回家后才知道人世已历七代。后来刘晨再次娶妻生子，阮肇入山修道。《阮郎归》词牌即取此为名。因丁持正词有"碧桃春昼长"句，又名《碧桃春》。因韩淲词有"濯缨一曲可流行"句，又名《濯缨曲》。还因李祁词名《醉桃源》，曹冠词名《宴桃园》。另外还有别名《好溪山》《濯缨曲》。

作法：双调，四十七字，上阕四句，四平韵；下阕五句，四平韵。

词范：

阮郎归·耒阳道中为张处父推官赋

辛弃疾

山前灯火欲黄昏，山头来去云。鹧鸪声里数家村，潇湘逢故人。

挥羽扇，整纶巾，少年鞍马尘。如今憔悴赋《招魂》，儒冠多误身。

词谱：

⊙⊙⊙●●○△，⊙○⊙●△。⊙⊙⊙●●○△，⊙○⊙●△。

⊙⊙●，●○△，⊙○⊙●△。⊙⊙⊙●●○△，⊙○⊙●△。

高昌试作：

阮郎归·西府海棠

百年西府沛甘霖，风清传素心。悠然佳气涤尘襟，一眸惹梦深。

惜丽影，慎高吟，怜花春睡沉。猜应心事在山林，懒招蜂蝶寻。

填词心得：此调韵密，音乐平和，常作凄音，适合表现凄切哀婉的情感。这一词牌其实是由仄起五律演变而来，旨在上下阕的三个奇句各添二字，并改为韵句。另把下阕开头的五言韵句，扩展成了一个三三对句，这一对句例用对偶。

57.【如梦令】

简介：《如梦令》为后唐庄宗李存勖自度曲，本名《忆仙姿》，苏轼以为其名不雅，于是取李词中"如梦，如梦，和泪出门相送"之叠句，改为《如梦令》，周邦彦又取其首句"曾宴桃源深洞"，改为《宴桃源》。此词牌还有别名《比梅》《不见》《古记》《无梦令》等。这是古今词人使用频率很高的一个词牌。还有人把这个词牌更加叠变为双调，称为《如意令》。

作法：三十三字，以六言句为主。第一、二句第一字平仄可以通用，第三字以用仄声为佳，第五字则以用平为宜。开头二句例用对偶，也可不用。第三句为仄起平收之五言句，不用韵。第四句及末句，与第一、二句相同。第五、六句为两字叠句，押韵。

词范：

如梦令
李存勖

曾宴桃源深洞，一曲舞鸾歌凤。长记别伊时，和泪出门相送。如梦，如梦，残月落花烟重。

词谱：

⊙●⊙○○▲，⊙●○○○▲。●●●○○，⊙●○○○▲。○▲（叠句），○▲，⊙●○○○▲。

高昌试作：

如梦令·秋野漫步偶遇小红花

一点鲜红如染，愈冷愈添鲜艳。倔强小花开，岂任秋霜遮掩。呼喊，呼喊，请看这张笑脸。

填词心得： 本调有意用拗句，顺畅中有小拗，抑扬顿挫，适合表达的感情范围比较宽，可以表现哀婉，也可以表现欢快。第五、六句为两字叠句为"平仄"格，不能变易。这两句为全词关键，要体现转合之妙。

58.【人月圆】

简介：《人月圆》，始创于北宋王诜，因其词中有"华灯竞处，人月圆时"，所以取为调名。又名《人月圆令》《青衫湿》。这个词牌也是曲牌，而且曲谱和词谱相同。

作法： 双调，四十八字，前段五句两平韵，后段六句两平韵。一韵到底。

词范：

人月圆
倪瓒

惊回一枕当年梦，渔唱起南津。画屏云嶂，池塘春草，无限消魂。

旧家应在，梧桐覆井，杨柳藏门。闲身空老，孤篷听雨，灯火江村。

词谱：

⊙○⊙●○○●，⊙●●○△。⊙○⊙●，⊙○●●，⊙●○△。

○○●●，○○●●，⊙●○△。⊙○⊙●，○○●●，⊙●○△。

高昌试作：

人月圆·牵牛花

甜甜喇叭甜甜举，举上小篱笆。牵来碧绿，缠成美丽，点缀人家。

清晨鼓吹，平凡日子，朴素年华。开时简单，凋时快乐，几朵心花。

填词心得：下阕第二、三句一般用对仗。此词以四字句为主，语气须连贯流畅，要做到章法开合，词脉贯通，不能上气不接下气。刘熙载指出："词要放得开，最忌步步相连。又要收得回，最忌行行愈远。"

59.【瑞鹧鸪】

简介：《瑞鹧鸪》又名《五拍》《天下乐》《太平乐》《桃花落》《舞春风》《鹧鸪词》《拾菜娘》《报师恩》等。原本七言律诗，因唐人用来歌唱，遂成词调。

作法：此调变体较多，本书只介绍六十四字体。双调，前段五句三平韵，后段六句三平韵。

词范：

瑞鹧鸪

柳永

三吴嘉景占风流，渭南往岁忆来游。西子方来，越相功成去，千里沧波一叶舟。

至今无限盈盈者，尽来拾翠芳洲。最好簇簇寒村，遥认南朝路、晚烟收。三两人家古渡头。

词谱：

⊙○○●●○△，◎○○●●○△。⊙●○○，●●○○●，⊙○○●●○△。

◎○⊙●○○●，◎○○●●○△。◎○○●●○○，⊙●●○○●、●○△。⊙●○○●●△。

高昌试作：

瑞鹧鸪·青山关远眺

如烟如梦画斑斓，水帘一道性颇顽。 借得长风，笔笔添生趣，不许荒原带素颜。

描来青翠涂金碧，更鸣雅韵潺潺。 出岫几朵闲云，点缀多情梦、枕山眠。 汹涌黄花到眼前。

填词心得：这一词调的格律基础是七言诗，只是上阕的第三句根据音乐旋律做了添字处理，分为一个四字句和一个五字句。 下阕的第二句减字作六字句，第三句添字作一个六字句、一个八字句。 音韵谐和，婉转回环，适合表达委婉轻柔的意境或题材。

60.【生查子】

简介：《生查子》，又名《楚云深》《梅和柳》《晴色入青山》《梅溪渡》《陌上郎》《遇仙槎》《愁风月》《绿罗裙》《懒卸头》等。 有工具书认为此调始见韦应物词，也有工具书认为此调现存最早的是晚唐韩偓作品。 词中"查"有两种读音：一说"查"即"楂"之误笔，原意即为"生楂子"。 所以"查"读"楂"，不能读成"茶"。 另一说认为生查子原指海客乘槎造访天庭的故事。"生查"就是"星槎"，"生"同"星"，"查"同"槎"，意思是来往天河的木筏，据意应读"茶"，不能读成"楂"。《生查子》中的"查"字历来有两种读音，两种解释，读者可按照自己的判断来选其一。

作法：双调，四十字，上下阕格式相同，各两仄韵，上去通押。 第一、五句是两个律句，避免孤平。 各家平仄颇有出入，与作仄韵五言绝句诗相仿。单数句不是韵位，但末一字限用平声，在双数句用韵。

词范：

生查子·元夕

朱淑真

去年元夜时，花市灯如昼。 月上柳梢头，人约黄昏后。
今年元夜时，月与灯依旧。 不见去年人，泪湿春衫袖。

词谱：

⊙○⊙●○，⊙●○○▲。 ⊙○●○○，⊙●○○▲。
⊙○⊙●○，⊙●○○▲。 ⊙○●○○，⊙●○○▲。

高昌试作：

生查子·兰花草

幽幽独自香，淡淡兰花朵。 筇杖却难寻，总教青山锁。
惯居寒谷深，厌被红尘裹。 喧扰那些风，不改清清我。

填词心得： 此词牌变体较多，按一种词谱填即可。 当代以朱淑真体最流行。 古人多借此词抒怨抑之情。

61.【诉衷情】

简介： 唐教坊曲，用作词牌。 又名《桃花水》《画镂空》《偶相逢》《步花间》《试周郎》。 温庭筠取《离骚》"众不可户说兮，孰云察余之中情"之意，创制此调。

作法： 双调，四十四字，上下阕各三平韵，为定格。 另有一体平仄韵错叶格，三十三字，六平韵为主，五仄韵两部错叶，本书不做介绍。

词范：

诉衷情·眉意

欧阳修

清晨帘幕卷轻霜，呵手试梅妆。都缘自有离恨，故画作、远山长。

思往事，惜流光，易成伤。未歌先敛，欲笑还颦，最断人肠。

词谱：

⊙○⊙●●○△，⊙●●○△。○○○●○○，⊙●●、●○△。

○●●，●○△，●○△。●○○●，●●○○，⊙●○△。

高昌试作：

诉衷情·心上一枝

娉娉袅袅好风熏，扑面染青春。迎人千万花闹，只有恁，一枝亲。

香不淡，色常新，瓣缤纷。未开先盼，未谢先忧，辗转萦魂。

填词心得：《诉衷情》的下阕第四、五句一般用对仗句。这一词调篇幅不长，三字句多，中间没有回旋余地，所以起处一定要做到意在笔先，先声夺人，结处要做到意留言外。这一词牌表现范围宽泛。最早写男女情事较多，后来也用以写豪放情怀。

62.【水调歌头】

简介：《水调歌头》，作为词牌始于北宋苏舜钦笔下，现存最早的《水调歌头》为苏舜钦的《水调歌头·刺棹穿芦荻》。又名《元会曲》《凯歌》《台城游》《花犯念奴》等。相传隋炀帝开汴河时曾制《水调歌》，还有人说是唐明皇时的才子李峤进献的《水调歌》。总之《水调歌》在唐时颇为流行，演为大曲。凡大曲有"歌头"，《水调歌头》即是裁截其首段为之。另一说大曲有散序、中序、入破三部分，"歌头"当为中序的第一章。

作法：双调，上下阕各四平韵。本书只介绍九十五字体。宋人于上下阕中的各两个六字句，多夹押仄韵。也有平仄互押几乎句句押韵的，首句五字，下三字为仄平仄定格。第三句十一字，句法上六下五，或上四下七均可。另有九十四字、九十六字、九十七字体等7体。

词范：

水调歌头

陈亮

不见南师久，谩说北群空。当场只手，毕竟还我万夫雄。自笑堂堂汉使，得似洋洋河水，依旧只流东。且复穹庐拜，曾向藁街逢。

尧之都，舜之壤，禹之封。于中应有，一个半个耻臣戎！万里腥膻如许，千古英灵安在？磅礴几时通？胡运何须问，赫日自当中。

词谱：

⊙●●○●，●●●○△。⊙○⊙●○●，●●●○△。⊙●○○⊙●，⊙●○○●●，●●●○△。⊙●●○●，⊙●●○△。

●●○，●○●，●○△。⊙○⊙●，○●○●●○△。⊙●○○●●，⊙●○○⊙●，⊙●●○△。⊙●○○●，●●●○△。

高昌试作：

水调歌头·词绎爱尔兰诗人叶芝《当你老了》

待到青春老，倦卧火炉旁。翻开今日诗册，相信有沉香。

别个迷君俏丽，别个夸君妙趣，假笑或佯狂。 唯是我心苦，苦恋到斜阳。

圣魂洁，皱纹美，此情长。 人间烟火，何妨平淡看沧桑。 流水哗哗离去，岁月匆匆飞逝，浮世确无常。 君似星儿灿，永耀在心房。

填词心得：《水调歌头》也是一个受到历代词人喜爱的词牌，适合抒情写景，也可议论。 可以豪放，也可以婉约，名作颇多。 注意每阕的第五、六句用仄韵，同时用对偶。 因此调变体甚多，可用宽对，当然也有不用对偶的体例，作者可按照自己的情趣和功力自行选择。

63.【水龙吟】

简介：《水龙吟》词牌一说出自李白诗句"笛奏龙吟水"。 又名《水龙吟令》《水龙吟慢》《鼓笛慢》《海天阔处》《龙吟曲》《庄椿岁》《丰年瑞》《小楼连苑》。 现存最早《水龙吟》为《全唐诗》收录的唐末五代时期道士吕岩的作品。

作法：双调，一百零二字，上下阕各四仄韵。 第九句第一字宜用去声，结句宜用上一下三句法。 上阕十一句四仄韵，下阕十一句五仄韵。 上下阕第九句都用一字豆。 后结作九字一句，四字一句。 四言相连处多用对偶。 上阕结尾两句用平平仄、平平仄句式。 下阕结尾用"一二一"句式。 此调句读各家不同，本书只介绍其中一体。

词范：

水龙吟·白莲
张炎

仙人掌上芙蓉，涓涓犹湿金盘露。 轻妆照水，纤裳玉立，飘飘似舞。 几度消凝，满湖烟月，一汀鸥鹭。 记小舟夜悄，波明香远，浑不见、花开处。

应是浣纱人妒，褪红衣、被谁轻误。闲情淡雅，冶姿清润，凭娇待语。隔浦相逢，偶然倾盖，似传心素。怕湘皋佩解，绿云十里，卷西风去。

词谱：

○○○●○○，⊙○○●○○▲。⊙○○●●，⊙○●●，⊙○●▲。⊙●○○，⊙○○●，⊙○○▲。●○○●●，⊙○○●、⊙○●、○○▲。

⊙●○○○▲，●○○●、⊙○○▲。○○●●，⊙○○●，⊙○●▲。⊙●○○，⊙○○●，●○○▲。●○○●●，⊙○○●、●○▲。

高昌试作：

水龙吟·词绎美国诗人惠特曼《人海》

茫茫人海喧哗，偶逢一滴清清水。温柔口气，缠绵低语，谓其将死："长路迢遥，波涛险恶，只为爱你。忆相思万里，寻追颇苦，今还又、随风弃。"

"不必吁天飞泪，喜红尘、幸曾相会。潮来潮去，遗踪谁觅？浪平波碎。吾亦涓珠，共归海属，与君同醉。待残霞落日，声声祷祝，为亲人酹。"

填词心得：一般例用上、去声韵。这一词牌由十七个四言偶句构成，而上下阕各有三个偶句组合。上下阕后段各有一个领字句，逆折顿挫，精彩收束。前人论词，认为此调气势雄浑，宜用以抒写凄壮郁勃和激奋情思。但苏轼咏杨花，张炎咏白莲，并非都是雄浑激奋之作。可见归根结底，还是根据作者自己的性格胸襟和所处的环境来显示词作的风格，但从词牌是无法确定风格的。《水龙吟》词牌较长，要注意命意布局，首尾起结，不能留下"枝枝节节、格格不吐之病"。咏形胜可前阕写景，后阕写情；体物则上阕叙物理，下阕发议论。当然也可先情而后景，或景情交融，夹叙夹议，但一定要注意脉络分明，叠嶂奇峰，层层入胜，绝不能叠床架屋，画蛇添足。

64.【少年游】

简介： 因晏殊词有"长似少年时"句，取以为名。又因韩淲词有"明窗玉蜡梅枝好"句，更名《玉蜡梅枝》。因萨都剌词"海棠月淡，独自倚阑时"，名《小阑干》。《少年游》体式颇多，又分为《少年游令》与《少年游慢》。本书介绍《少年游令》之一种。

作法： 双调，五十字，前段五句三平韵，后段五句三平韵。

词范：

少年游

晏殊

芙蓉花发去年枝，双燕欲归飞。兰堂风软，金炉香暖，新曲动帘帷。

家人拜上千春寿，深意满琼卮。绿鬓朱颜，道家装束，长似少年时。

词谱：

⊙○○●●○△，⊙●●○△。⊙○○◎，○○○●，○●●○△。

⊙○⊙◎◎○●，⊙●●○△。◎◎○⊙，●○○●，⊙●●○△。

高昌试作：

少年游·老地方

流萤点点缀花枝，长夜串成诗。星眸轻闪，云腰慵懒，弯月拟蛾眉。

芳华零落青鸟杳，蝴蝶绕人飞。那些故事，某些情绪，飞逝已多时。

填词心得： 这一词调音节谐婉，句式匀称。全词轻快空灵，多抒发怀旧情怀。一定要注意结构布局，虽笔底波澜起伏，但形之笔下则务求血脉贯通，舒卷自如。

65.【声声慢】

简介：《声声慢》原名《胜胜慢》，最早见于北宋晁补之笔下。晁补之是苏门四学士之一，他家中有一个家妓，名叫荣奴，要离开他了，晁补之很伤感，为她写了一首《胜胜慢》：朱门深掩，摆荡春风，无情镇欲轻飞。断肠如雪，撩乱去点人衣。朝来半和细雨，向谁家、东馆西池。算未肯、似桃含红蕊，留待郎归。　　还记章台往事，别后纵青青，似旧时垂。灞岸行人少，竞折柔枝。而今恨啼露叶，镇香街、抛掷因谁。又争可、妒郎夸春草，步步相随。后蒋捷作此慢词俱用"声"字入韵，故改称《声声慢》。此词牌亦称《胜胜慢》《凤求凰》《寒松叹》《神光灿》《人在楼上》等。

作法：双调，仄韵体（一般押入声）。上阕十句，押四仄韵，四十九字；下阕九句，押五仄韵，四十八字，共九十七字。又有平韵体。

词范：

声声慢
李清照

寻寻觅觅，冷冷清清，凄凄惨惨戚戚。乍暖还寒时候，最难将息。三杯两盏淡酒，怎敌他、晚来风急？雁过也，正伤心，却是旧时相识。

满地黄花堆积，憔悴损，如今有谁堪摘？守着窗儿，独自怎生得黑？梧桐更兼细雨，到黄昏、点点滴滴。这次第，怎一个、愁字了得！

词谱：

○○●●，●●○○，○○●●●▲。●●○○●●，●○○▲。
○○●●○○，●●○、●○○▲。●●●，●○○，⊙●⊙⊙○▲。

●●○○○▲，○●●，○○●○●▲。●●●○，●●⊙○●▲。○○●●●，●○○、●●●▲。●●●，●●●、○●●▲。

高昌试作：

声声慢·乌坎河的诉说

把握了群众利益的诉求点，也就把握了问题解决的关键点。——摘自《"乌坎转机"提示我们什么》(2011年12月22日《人民日报》)

悠悠百转，脉脉流深，当年汩汩凝碧。何故惊涛汹涌，浪飞潮立？浓云漫天泼墨，更着那、雨狂风急。土欲挡，水思奔，此况怎生将息？

衷曲幽幽倾诉，寒骤至、雷电几番相激。上善温柔、却又管弦难默。铮鏦放歌一路，导时疏、堵来偏溢。载则起，覆则毁，舟者谨识。

填词心得：开头二句一般用对仗。这个词牌句长，韵少，节奏舒缓，其实很不好填，但颇有悠长婉转之处，非常适合抒情。唐人有"慢处声迟情更多"的说法。此调原用《胜胜慢》为名，较之一般慢曲更有缠绵深沉之意。李清照的仄韵《声声慢》比较常见，后附一首辛弃疾的平韵体：《声声慢·赋红木犀。余儿时尝入京师禁中凝碧池，因书当时所见》：开元盛日，天上栽花，月殿桂影重重。十里芬芳，一枝金粟玲珑。管弦凝碧池上，记当时、风月愁侬。翠华远，但江南草木，烟锁深宫。　　只为天姿冷淡，被西风酝酿，彻骨香浓。枉学丹蕉，叶展偷染妖红。道人取次装束，是自家、香底家风。又怕是，为凄凉、长在醉中。

66.【双雁儿】

简介：一名《双燕子》，微近《醉红妆》，但《醉红妆》后段第三句不用韵，此词牌前后俱用韵。

作法：双调，五十二字，前后段各四句，四平韵。

词范：

双雁儿·除夕

杨无咎

穷阴急景暗推迁。减绿鬓、损朱颜。利名牵后几时闲，又还惊、一岁圆。

劝君今夕不须眠。且慢慢、泛觥船。大家沉醉对芳筵，愿新年、胜旧年。

词谱：

○○●●●○△。●●●，●○△。●○○●●○△。●○○，●●△。
●○○●●△○。●●●，●○△。●○○●●○△。●○○，●●△。

高昌试作：

双雁儿·除夕小记

年年此夜待新年。酒正暖，梦还圆。说如烟却不如烟，路犹长，志未闲。

水推云转在心田。雾淡淡，雪绵绵。万千红紫有情牵，爆花鞭，震九天。

填词心得：此词牌宋词只有一体，没有可平可仄。必须严格按照词谱来填。

67.【苏幕遮】

简介：《苏幕遮》，词牌名。原唐教坊曲，后用作词名。幕，也写作"莫"或"摩"。俞平伯先生认为是波斯语的译音，原义为披在肩上的头巾。另一说指从古高昌国传来的"浑脱"舞曲。"浑脱"即"囊袋"。传说舞者用油囊装水，互相泼洒，表演者戴一种涂了油的帽子防水，这种帽子高昌语叫"苏幕遮"，因而舞蹈和乐曲，以及后来依曲填出的词就被称为《苏幕遮》了。《新唐书》有"比见坊邑相率为《浑脱队》，骏马胡服，名为《苏莫遮》。"的记载。还有一说，苏幕遮为西域胡语，正云"飒磨遮"。本是唐朝时期龟兹国一年一度的盛大节日，又名乞寒节，是龟兹国为祈祷天降瑞雪以便来年水源充沛而设立。每年七月初开始。后传入中原。曲辞原为七言绝句体（如张说的《苏摩遮》五首），以配合《浑脱舞》。唐人写的关于"苏幕遮"歌舞的诗词颇多。到宋时，"苏幕遮"就成了词牌名。又名《古调歌》《鬓云松令》《云雾敛》《般涉调》等。

作法：双调，六十二字，上下阕各七句，四仄韵，句式格律相同。上阕开头二句必用对仗句，下阕开头二句一般也用对仗句。上下阕四言五言连接的地方，语意要连贯。也有的词谱在四言处标为句豆，以示与下句的紧凑连接。

词范：

苏幕遮·怀旧
范仲淹

碧云天，黄叶地，秋色连波、波上寒烟翠。山映斜阳天接水，芳草无情、更在斜阳外。

黯乡魂，追旅思，夜夜除非、好梦留人睡。明月楼高休独倚，酒入愁肠、化作相思泪。

词谱：

●○○，○●▲。⊙●○○，⊙●○○○▲。⊙●○○○●▲。⊙●○○，⊙●○○▲。

●○○，○●▲。⊙●○○，⊙●○○○▲。⊙●○○○●▲。⊙●○○，⊙●○○▲。

高昌试作：

苏幕遮 · 海上浮想

去来波，深浅浪，放眼苍茫、浮想连潮涨。心事催舟飞箭样，苦雨飚风、更鼓豪情壮。

释千愁，融万象，日影横流、隐约鲸鲨唱。广袖遥舒云外掌，抱海成杯、畅饮如陈酿。

填词心得： 此词牌适合写苍凉悲壮之情。开头不必用偏锋重笔，要"如奔马收缰，尚存后面地步，有住而不住之势"。随后可清溪长流，前波后浪，连绵不绝。风格上如胡舞干脆劲健，一定要注意通体透脱，不要有重复堆垛、生搬硬砌之感。

68.【霜天晓角】

简介：《霜天晓角》体式颇多，各家颇不一致，通常以辛弃疾《稼轩长短句》为准。又因张辑词有"一片月当窗白"句，名《月当窗》；程垓词有"须共踏月深夜"，名《踏月》；吴体之词有"长桥月"句，名《长桥月》。

作法： 双调，四十三字，上下阕各三仄韵。别有平韵格一体。

词范：

霜天晓角 · 旅兴

辛弃疾

吴头楚尾，一棹人千里。休说旧愁新恨，长亭树，今如此！宦游吾倦矣！玉人留我醉。明日落花寒食，得且住，为佳耳。

词谱：

⊙○⊙▲，⊙○⊙○▲。⊙●⊙○⊙●，⊙⊙●、⊙○▲。

◎○○⊙●▲，◎⊙⊙○▲。⊙●◎○⊙●，⊙○●、⊙○▲。

高昌试作：

霜天晓角·昌黎黄金海岸观浪

柔似轻纱，那顽皮浪花。扯地牵天拍岸，轻一滚，笑声："哗……"

风来说个佳，雨来还美些。万顷波涛齐唤：归去也，海天涯。

填词心得： 此词牌以仄韵为正格。上下阕结尾二句的转折，尤其关键。词贵婉转，最忌平直肤浅，至每阕结尾二句宜若九曲黄流一波三折之最高潮。

69.【石州慢】

简介：《石州慢》，一名《石州引》。石州为今山西省吕梁市离石区，处于吕梁山脉中部，北周和隋唐时数度改为石州。当时有以此州名为歌舞者，唐李商隐《代赠》诗之二："东南日出照高楼，楼上离人唱《石州》。"宋欧阳修《浣溪沙》词："翠袖娇鬟舞《石州》，两行红粉一时羞。"清纳兰性德《菩萨蛮》词："人在小红楼，离情唱《石州》。"大多为描写相思情感的诗词曲调，后人把石州作为了相思的代名词。贺又因宋铸词有"长亭柳色才黄"句，此词牌又名《柳色黄》。

作法： 双调，一百二字，前段十句四仄韵，后段十一句五仄韵。

词范：

石州慢

贺铸

薄雨收寒，斜照弄晴，春意空阔。长亭柳色才黄，远客一枝先折。烟横水际，映带几点归鸦，东风消尽龙沙雪。还记出关来，恰如今时节。

将发，画楼芳酒，红泪清歌，顿成轻别。已是经年，杳杳音尘都绝。欲知方寸，共有几许清愁，芭蕉不展丁香结。枉望断天涯，两厌厌风月。

词谱：

◎●○○，○●●○，◎●●▲。⊙○○●○○，◎●○○○▲。○○○●，
◎○○●○○，⊙○●●○○▲。⊙●○○，●○○○▲。

○▲，●●⊙●，◎○○⊙，◎○○▲。●●○○，◎●○○○▲。
◎⊙○●，○○○●○○，⊙○○●○▲。◎○●○○，●○○○▲。

高昌试作：

石州慢·泰缅边境路祭中国远征军墓

浊浪鸣悲，清露默哀，老树荒草。孤碑寂寞他乡，偶尔桂河凭吊。榕苍花野，袭人阵阵风寒，愁丝万缕心头搅。含涕叹沧桑，有深情萦绕。

飘渺。水遥山远，尘寰百变，英名难考。此去经年，又是雪泥鸿爪。浅斟轻唱，红男绿女流行，长眠异域谁人晓。忆血战当年，惹凄凉啼鸟。

填词心得： 古人填此词牌，一般用入声韵。今人填词，用仄韵即可。石州慢两结句并用上一下四句法。又有于下阕第五、六句两句作上六下四者，为变格。

70.【十六字令】

简介： 蔡伸词名《苍梧谣》。周玉晨词名《十六字令》。袁去华词亦名《归字谣》。

作法： 单调，十六字，四句三平韵。

词范：

归字谣

张孝祥

归，猎猎熏风卷绣旗。拦教住，重举送行杯。

词谱：

△，◎●○○○●△。○○●，⊙●●○△。

高昌试作：

十六字令·云

云，龙马玄黄辨未真。清风散，一眼即红尘。

填词心得：《十六字令》文字较少，也可写成组词，表达更丰厚的情愫和感慨。

71.【桃源忆故人】

简介：词牌名取自晋陶渊明的《桃花源记》。这篇文章借东晋孝武帝太元年间的武陵渔人偶然发现桃花源的经过，描绘了桃花源人生活美好民风淳朴的情景。渔人后来又去寻找这个地方，最终还是迷失了方向。这个词牌又名《虞美人影》《胡捣练》《醉桃园》《杏花风》。

作法：双调，四十八字，前后段各四句，四仄韵。第一句与《菩萨蛮》首句同。第二句一、三两字平仄可不拘。第三句与第二句相同。第四句为仄起仄收五言律句，第一字不拘平仄。前后阕相同。通篇逐句用韵。

词范：

桃源忆故人·冬景

秦观

玉楼深锁薄情种，清夜悠悠谁共。羞见枕衾鸳凤，闷即和衣拥。

　　无端画角严城动，惊破一番新梦。　窗外月华霜重，听彻梅花弄。

　　词谱：

　　⊙○⊙●○○▲，⊙●⊙○○▲。⊙●○○○▲，⊙●○○▲。
　　⊙○⊙●○○▲，⊙●○○○▲。⊙●○○○▲，⊙●○○▲。

　　高昌试作：

桃源忆故人·雨

　　那年淅沥甜甜雨，陌上飘飘清醑。　染绿春风情绪，柔似轻烟缕。

　　多情红杏含羞舞，曾放一枝斜举。　量是清香难去，聚向心头驻。

　　填词心得：可据本意，填写抒发怀旧情怀的作品。

72.【调笑令】

　　简介：《调笑令》，又名《古调笑》《宫中调笑》《调啸词》《转应曲》《三台令》等。白居易《代书诗一百韵寄微之》："打嫌《调笑》易，饮讶《卷波》迟。"自注："抛打曲有《调笑令》，饮酒曲有《卷白波》。"现存最早的《调笑令》是唐戴叔伦的：边草，边草，边草尽来兵老。　山南山北雪晴，千里万里月明。　明月，明月，胡笳一声愁绝。

　　作法：三十二字，中间仄韵转平韵，平韵转仄韵。四仄韵，两平韵，两叠韵。首尾并用两个二言叠句，平仄韵递转，难在平韵再转仄韵时，二言叠句必须用上六言的最后两字倒转为之，所以又名《转应曲》。联章成"转踏"，可以演唱故事。

词范：

调笑令·宫词

王建

团扇，团扇，美人病来遮面。玉颜憔悴三年，谁复商量管弦。弦管，弦管，春草昭阳路断。

词谱：

○▲，○▲（叠句），●⊙⊙⊙○▲（换平韵）。⊙⊙○⊙●○△，⊙●○○●△。○▲（上句末二字颠倒，换仄韵），○▲（叠句），⊙●⊙○▲。

高昌试作：

调笑令·夜深沉

沉睡，沉睡，梦里神州都醉。只留醒月如眸，渔火江枫对愁。愁对，愁对，薤露珠珠是泪。

今夜，今夜，冷月当头狂泻。风来紧掩家门，门外蓦然雪纷。纷雪，纷雪，片片新愁如铁。

填词心得：适合表现急促紧迫的情调。

73.【摊破浣溪沙】

简介：《摊破浣溪沙》，又名《添字浣溪沙》《南唐浣溪沙》《感恩多令》《山花子》等。这一词调是在《浣溪沙》基础上演变而来，上下阕各比《浣溪沙》多了三个字的韵句作为结尾。

作法：双调，四十八字，上阕四句三平韵，下阕四句两平韵。

词范:

摊破浣溪沙·秋恨

李璟

菡萏香销翠叶残，西风愁起绿波间。 还与韶光共憔悴，不堪看。

细雨梦回鸡塞远，小楼吹彻玉笙寒。 多少泪珠何限恨，倚阑干。

词谱:

⊙●○○●●△，○○○●●○△。 ⊙●○●○○●●，●○△。

⊙●○●○○●●，⊙○○○●●○△。 ⊙●○●○○●，●○△。

高昌试作:

摊破浣溪沙·2012年1月7日刘征老师家赏砚

沉睡青山亿万年，"冰纹""鱼脑"隐其间。 萧索韶光已凝玉，待谁看?

最是天工惊慧眼，终教石砚续奇缘。 眼底好诗如燕子，此盘旋。

填词心得:《摊破浣溪沙》的下阕开头二句一般用对偶句。

74.【天仙子】

简介:《天仙子》本名《万斯年》，属龟兹部舞曲。因皇甫松词有"懊恼天仙应有以"句，取以为名。此调有单调、双调，唐人用单调，宋以后始有双调，双调即依单调叠一遍成上下两片。

作法:六十八字，上下阕各六句五仄韵。

词范：

天仙子·送春

张先

水调数声持酒听，午醉醒来愁未醒。送春春去几时回，临晚镜，伤流景，往事后期空记省。

沙上并禽池上暝，云破月来花弄影。重重帘幕密遮灯，风不定，人初静，明日落红应满径。

词谱：

⊙●○○●▲，⊙●○○●▲。○○○●●○○，○○▲，○○▲，⊙●○○○●▲。

⊙●○○●▲，⊙●○○●▲。○○○●●○○，○○▲，○○▲，⊙●○○○●▲。

高昌试作：

天仙子·初雪

谁把闲愁门外砌，不请偏从天外至。送愁愁去更愁回，情难弭，情难刈。碎似琉璃堆满地。

划地西风吹未已，黄叶飘时秋更徙。关雎一卷读从头，心难启，心难闭。愿得明朝寒雪霁。

填词心得：《天仙子》词多典雅端庄，尤其注重炼字。王国维言："'云破月来花弄影'，着一'弄'字而境界全出矣。"

75.【踏莎行】

简介：《踏莎行》，词牌名来自唐代陈羽的两句诗"众草穿沙芳色齐，踏莎行草过春溪"。也有记载说这两句是唐代韩翃的诗句。《踏莎行》成为词牌，则与北宋寇准有密切关系。相传寇准和友人郊外踏青时，想起唐代韩翃诗句"踏莎行草过春溪"，即兴作一首新词，定名为《踏莎行》。还有资料说这个词牌其实就是寇准的自度曲。"踏莎行"是郊野踏青的意思。这里的"行"字就是行走的意思，不是作为诗歌体裁的乐府歌行中的"行"的意思。《踏莎行》又名《柳长春》《喜朝天》《踏雪行》《平阳兴》《江南曲》《芳心苦》《芳洲泊》《度新声》《思牛女》《惜余春》《阳羡歌》《晕眉山》《踏云行》《题醉袖》《潇潇雨》等。又有《转调踏莎行》，双调，六十四字或六十六字，仄韵，是另外一个词调。"莎"有两种读音，此处读 suō，莎草，草名，不能读成 shā。

作法：双调，五十八字，三仄韵。一韵到底。上下阕格式相同。

词范：

踏莎行

吕本中

雪似梅花，梅花似雪，似和不似都奇绝。恼人风味阿谁知？请君问取南楼月。

记得去年，探梅时节，老来旧事无人说。为谁醉倒为谁醒？到今犹恨轻离别。

词谱：

◎●○○，⊙○○▲，⊙○○◎●○○▲。◎○○●●○○，⊙○○●○○▲。

◎●○○，⊙○○▲，⊙○○◎●○○▲。⊙○○●●○○，⊙○○●○○▲。

高昌试作：

踏莎行·阿育提亚遗址怀古

老树凝愁，斜阳兴叹。残垣断壁沧桑辨。依稀故事又眉前，圆明风景他乡现。

赤塔无言，白云有怨。陈年积恨如何算。哀歌缕缕绕人飞，悲风搅得心头乱。

注：阿育提亚府作为泰国大成时代的首都，自 1350 年兴起，至 1767 年遭缅军焚毁，现只剩下部分遗迹供人瞻仰。该遗址已被列为"世界遗产"。2012 年 1 月 5 日到此访问。伫立多时，感而有赋。

填词心得：填写《踏莎行》，一般在上下阕第一、二句用对偶。当然也有不用对偶的，如吕本中这首。不过笔者觉得还是用对偶为好，读来典雅优美，算是这个词调中的龙头，也是一个特色。

76.【唐多令】

简介：一作《糖多令》；周密因刘过词有"二十年重过南楼"句，又名《南楼令》；张翥，有"花下钿筝箜"句，又名《箜篌曲》。

作法：双调，六十字，前后段各五句，四平韵。亦有上阕第三句加一衬字者。

词范：

唐多令·柳絮
曹雪芹（林黛玉，出自《红楼梦》第七十回）

粉堕百花洲，香残燕子楼。一团团、逐队成逑。飘泊亦如人命薄，空缱绻，说风流！

草木也知愁，韶华竟白头。叹今生、谁舍谁收！嫁与东风春不管，凭尔去，忍淹留！

词谱：

⊙●●○△，⊙●◎●△。●○○、⊙●○△。◎●◎○○●●，⊙○●，●○△！

⊙●●○△，◎○○⊙●△。●○○、⊙●○△。◎●◎○○●●，⊙○●，●○△。

高昌试作：

唐多令·菊

雨暂冷时收，霜偏苦处留。任飘零、乱发缠头。剩取孤枝寒叶仄，香渐散，瓣微秋。

篱畔一凝眸，眉间千叠愁，叹情多、欲却还流。不信心花容易冷，风且劲，梦难休。

填词心得：首二句一般用对仗句。《唐多令》适合写柔情，但最忌填的"糖分"太多太腻，也就是辞藻不能弄得太花哨。意格和韵度上不要写得唧唧歪歪，无病呻吟。要写出词的"生香真色"，要写出境界。

77.【武陵春】

简介：《武陵春》因唐人方干《睦州吕郎中郡中环溪亭》诗"为是仙才登望处，风光便似武陵春"得名，源出东晋陶潜《桃花源记》"晋太元中，武陵人捕鱼为业"语。又名《武林春》《花想容》。

作法：双调，四十九字，前后段各四句，三平韵。有变体。

词范：

武陵春
李清照

风住尘香春已尽，日晓倦梳头。物是人非事事休，欲语泪先流。

闻说双溪春尚好，也拟泛轻舟。只恐双溪舴艋舟，载不动，许多愁。

词谱：

○●○○○●●，●●●○△。●●○○○●△，●●●○△。

○●○○○●●，●●○○△。●●○○●●△，●●●、●○△。

高昌试作：

武陵春·辛酉春节乘飞机访泰

大雪飘飘风飒飒，北国正寒流。欲使新诗色彩稠，铁翅赴南游。

追上春光飞速度，顾盼却回眸。万里平添异域愁，有朵梦，故园留。

填词心得：《武陵春》词牌结尾六字二句最见功力。写得好最出彩。不过过犹不及，千万不要一味在工巧上用工。贵在情真语真，于轻描淡写间显现天然标格。

78.【望海潮】

简介：《望海潮》为宋柳永创调。词见柳永《乐章集》。其中"怒涛卷霜雪，天堑无涯"正是观看钱塘潮的景象，望海潮的名字就是从这里来的。罗大经《鹤林玉露》载："孙何帅钱塘，柳耆卿作《望海潮》词赠之。"孙何当时任两浙转运使，曾镇守浙江。柳永作《望海潮》献给他，后来这一此调就流传下来。词人们多用以题咏节令风俗、地方风物和雅集欢宴等。

作法：双调，一百零七字。上阕十一句，五平韵，下阕十一句，六平韵。一韵到底。四字句相连的地方大多用对仗。上下阕的第八句均用上一下四句式，领字用仄声。

词范：

望海潮·凯旋舟次

折元礼

地雄河岳，疆分韩晋，潼关高压秦头。山倚断霞，江吞绝壁，野烟萦带沧州。虎旆拥貔貅。看阵云截岸，霜气横秋。千雉严城，五更残角月如钩。

西风晓入貂裘，恨儒冠误我，却羡兜鍪。六郡少年，三明老将，贺兰烽火新收。天外岳莲楼。想断云横晓，谁识归舟？剩着黄金换酒，羯鼓醉凉州。

词谱：

⊙○○●，○○○●，⊙○○⊙○△。⊙●●○，○○●●，⊙○○⊙●△。⊙●○○△。●○●○○，⊙●○△。⊙●○○，●○○⊙○△。

○○○⊙○△。●○○○●，⊙●○△。⊙●○○，⊙○○○，○○●●●，⊙○●○△。●●○○，⊙●⊙○，⊙○⊙●○△。●○●○△，●●○○，●●○△。

高昌试作：

望海潮·韩国济州岛望月

碧波如镜，银滩如砥，琼轮海岛初腾。晶雾散情，疏云笼梦，团团别样光明。拂面晚风轻。看一天寥廓，万里清澄。浪静潮平，珮鸣钗响美人横。

扁舟点点徐行，载朦胧百感，水上娉婷。那岸老家，今时夜色，缠绵多少愁萦。唤月莫冰凝，画一张笑脸，再踏归程。寄向相思枕畔，缱绻梦中停。

填词心得：上下阕的第四句的第三字，古人定格用去声，不用上声、入声字。《望海潮》词对偶句多，为其特色。上阕第十句与第十一句前四字例作对仗，这是最容易忽略的一个隐秘地方，尤应注意（也有一些词人不遵此例，但作为初学者，还是按常例来填比较好）。

79.【巫山一段云】

简介：《巫山一段云》，唐教坊曲，用为词调。原咏巫山神女事。唐李群玉《同郑相并歌姬小饮戏赠》诗："裙拖六幅湘江水，鬓耸巫山一段云。"宋向子谭《减字木兰花·韩叔夏席上戏作》词："想得横陈，全是巫山一段云。"后借其意为词牌名。注意《菩萨蛮》词调的别名为《巫山一片云》，和这里的《巫山一段云》并不是同一词牌。二者极易混淆，请读者注意。

作法：双调，四十四字，前后段各四句，三平韵。

词范：

巫山一段云

毛文锡

雨霁巫山上，云轻映碧天。远风吹散又相连，十二晚峰前。
暗湿啼猿树，高笼过客船。朝朝暮暮楚江边，几度降神仙。

词谱：

◎●○○●，○○◎●△。◎○○⊙●●○△，◎●●○△。

◎●○○●，○○◎●△。⊙○◎●●○△，◎●●○△。

高昌试作：

巫山一段云·飘

春作池波漾，心随岸柳摇。梨花素雪照夭桃，陌上绿掀潮。
片片愁成绪，般般美更娇。年年罨画入风骚，人在梦中飘。

填词心得：此词简单，读来也很悦耳，初学者可作入门词牌之一。每阕开头两句用对偶。

80.【行香子】

简介：《行香子》，又名《爇心香》。

作法：双调，六十六字，前段八句四平韵，后段八句三平韵。

词范：

行香子·过七里濑

苏轼

一叶舟轻，双桨鸿惊。水天清、影湛波平。鱼翻藻鉴，鹭点烟汀。过沙溪急，霜溪冷，月溪明。

重重似画，曲曲如屏。算当年、虚老严陵。君臣一梦，今古空名。但远山长，云山乱，晓山青。

词谱：

⊙●○○，⊙●○△。◎◎○○●○△。○○○●，◎●○△。●○○，⊙⊙●，●○△。

◎○◎●，○○⊙△。●◎○○●○△。○○○●，◎●○△。●○○，◎⊙●，●○△。

高昌试作：

行香子·题张仲景祠

药草轻摇，烟雾轻飘。看朱廊、碑记勋劳。岐黄手妙，二竖能逃。赞针儿巧，方儿好，病儿消。

杏林春染，人寰香续，到而今、身价翻娇。慈眉泥塑，善目金描。已神般玄，仙般远，圣般高。

填词心得： 此调短句多，读来声调铿锵，和谐优美。注意上下阕结尾以一字领三个三言句，前人在句中常用一些相同的字，更是风格独具。每阕开头二句多用对偶，最后三字也可用鼎足对。

81.【西江月】

简介：《西江月》原为唐教坊曲，用作词调。调名取自李白的《苏台览古》中的"只今唯有西江月，曾照吴王宫里人"。西江是长江的别称，"吴王宫"一句指吴王与西施的故事。又名《白苹香》《步虚词》《晚香时候》《玉炉三涧雪》《江月令》《壶天晓》《醉高歌》等。

作法：五十字，上下阕各两平韵，结句各押一仄韵。注意仄韵要押同平韵相同部，如平韵押"劳"字，仄声须押"冒"字、"噪"字等。

词范：

西江月

施耐庵（宋江，《水浒传》）

自幼曾攻经史，长成亦有权谋。恰如猛虎卧荒丘，潜伏爪牙忍受。

不幸刺文双颊，那堪配在江州。他年若得报冤仇，血染浔阳江口！

词谱：

⊙●⊙○○●，⊙○⊙●○△，⊙○○●●○△，⊙●⊙○○▲（叶仄韵）。

⊙●⊙○○●，⊙○⊙●○△（叶平韵）。⊙○○●●○△，⊙●⊙○○▲（叶仄韵）。

高昌试作：

西江月·二舅素描

偶尔诗词歌赋，平常忙碌辛劳。锄头放下又镰刀，不管发烧感冒。

好梦愈描愈美，新苗边唱边高。平凡日子比香醪，笑我闲人鼓噪！

填词心得：《西江月》平仄韵互换形式独特，韵位匀称，音韵和谐，受到很多词人喜爱。注意这一词调的每阕开头用对偶，上下阕结句调换的则是同部仄声韵。

82.【相见欢】

简介: 相见欢唐教坊曲,用作词调,又名《忆真妃》《上西楼》《秋月》《上西楼》《西楼》《西楼子》《秋夜月》《乌夜啼》《锦堂春》《月上瓜洲》等。此调有多种格体。现存最早的相见欢是五代前蜀薛昭蕴所作。

作法: 双调,三十六字,上阕三句,三平韵,下阕四句,两仄韵两平韵。第三句为九字句,可以四五断句,也可六三断句。

词范:

相见欢 · 秋闺
李煜

无言独上西楼,月如钩,寂寞梧桐、深院锁清秋。
剪不断,理还乱,是离愁。别是一番、滋味在心头。

词谱:

⊙○○⊙●○△,●○△。○●⊙○、○●●○△。
●⊙▲,⊙○▲,●○△,⊙●○○、○●●○△。

高昌试作:

相见欢 · 梅花咏

多情曾与流连。忆当年,风雪纠缠,憔悴此红颜。
攀之险,望之掩,触之寒。独秀尘寰潇洒却艰难。

填词心得: 句句押韵,例用平韵,而在下阕的开头改换两个仄声韵的三字句,语气陡转,增加了情感的厚度和力度。词调适合表现激越凄怨的气氛,抒发"如怨如慕,如泣如诉"长吁短叹。注意下阕开头二句换的仄韵,是同韵部仄声韵。

83.【谢池春】

简介: 谢池春,出自谢灵运"池塘生春草,园柳变鸣禽"。又名《玉莲花》《怕春归》《风中柳》《风中柳令》《卖花声》等。另有《谢池春慢》,为另一词牌,与此不同。

作法: 双调,六十六字,前后段各六句四仄韵;亦有六十四字,五仄韵,以及六十四字,四仄韵的变体。

词范:

谢池春

陆游

贺监湖边,初系放翁归棹。 小园林、时时醉倒。 春眠惊起,听啼莺催晓。 叹功名、误人堪笑。

朱桥翠径,不许京尘飞到。 挂朝衣、东归欠早。 连宵风雨,卷残红如扫。 恨樽前、送春人老。

词谱:

◎●○○,⊙●●●○▲。 ●○●、○○●▲。 ⊙○○●,●⊙○○▲。 ●⊙○、●○○▲。

○○●●,●●⊙○○▲。 ●○○、○○●▲。 ○○⊙●,●○○○▲。 ●○⊙、●○○▲。

高昌试作:

谢池春·四十初度

愿乘长风,共驾海缰云辔。 小乾坤、青锋一试。 贲张热血,教蛇豸难避。 笑浮生、角蜗闲事。

光阴不惑,几许红尘游戏。 臭皮囊、人寰偶寄。 诗书误我,剩脂香油腻。 忆青春、两行酸泪。

填词心得： 填此词牌，注意四处七字句中间的句读，均是上三下四结构。

84.【小重山】

简介：《小重山》又名《小冲山》《小重山令》《柳色新》。"重"字读为"chong"，不能读为"zhong"，指连绵不断的（山）。

作法： 双调，五十八字，上下阕各四平韵。

词范：

小重山

岳飞

昨夜寒蛩不住鸣。惊回千里梦，已三更。起来独自绕阶行。人悄悄，帘外月胧明。

白首为功名。旧山松竹老，阻归程。欲将心事付瑶琴。知音少，弦断有谁听？

词谱：

⊙●○○⊙●△。◎○○●●，●○△。⊙○⊙●●○△。⊙○●，⊙●●○△。

⊙●●○△。⊙○○●●，●○△。◎○⊙●●○△。⊙○●，⊙●●○△。

高昌试作：

小重山·乡愁

心上乡愁涌碧澜，流千山万水，已成泉。梦中忽又返家园，双眸湿，醒后总难干。

袖手坐忧烦。啼鹃鸣不已，月难圆。相思万缕对谁言。星细看，点点泪珠酸。

填词心得： 唐人例用以写宫怨，辞苦调悲，多表现悲凉的情绪。句式上三字句、五字句、七字句交错排布，低回婉转，流丽谐和。

85.【眼儿媚】

简介：《眼儿媚》，北宋词调。此词牌含义大抵类似白居易"回眸一笑百媚生，六宫粉黛无颜色"和苏轼"佳人未肯回秋波"之意。又名《秋波媚》《东风寒》《小阑干》。

作法：双调，四十八字，上阕五句，三平韵，下阕五句，两平韵。起句七字，为七言平韵句。次句五字，为五言平韵句。下阕首句换用平起仄收七言句，不用韵。

词范：

眼儿媚
贺铸

萧萧江上荻花秋，做弄许多愁。半竿落日，两行新雁，一叶扁舟。

惜分长怕君先去，直待醉时休。今宵眼底，明朝心上，后日眉头。

词谱：

○⊙○⊙●○△，⊙●●○△。○○○●，○○○●，⊙●○△。

○○⊙●●○●，⊙●●○△。○○○●，⊙○○●，⊙●○△。

高昌试作：

眼儿媚·青山下

红紫芳菲是谁家，远看灿如霞。风传春讯，香催诗韵，梦蘖新芽。

画般挂在青山下，臭美那些花。蟊斯儿闹，野蜂儿唱，阳雀儿夸。

填词心得：每阕后三句可用对偶，也可两两相对，也可不对。

86.【一斛珠】

简介：《一斛珠》，取自唐代梅妃的传说。传说唐玄宗曾封珍珠一斛密赐梅妃（即江采苹）。梅妃因皇帝宠幸杨贵妃而久受冷落。她不接受玄宗的珍珠，并写了一首诗，其中有"柳叶双眉久不描，残妆和泪污红绡。长门自是无梳洗，何必珍珠慰寂寥"之句。玄宗读诗很伤感，让乐府用新声度唱这首诗，名之《一斛珠》。又名《醉落魄》《醉落拓》《怨春风》《章台月》等。

作法：双调，五十七字，仄韵。上下阕各五句，四仄韵。上下阕除第一句不同外，其他平仄格式一致。

词范：

一斛珠·香口
李煜

晚妆初过，沉檀轻注些儿个。向人微露丁香颗，一曲清歌，暂引樱桃破。

罗袖裛残殷色可，杯深旋被香醪涴。绣床斜凭娇无那，烂嚼红绒，笑向檀郎唾。

词谱：

⊙○⊙▲，⊙○⊙●○○▲，⊙○○●○○▲。⊙●○○，⊙●○○▲。

⊙●○○○●▲，⊙○○●○○▲，⊙○○●○○▲。⊙●○○，⊙●○○▲。

高昌试作：

一斛珠·摇风画叶

摇风画叶，缠绵枝上朦胧月。紫薇藤绕相思结。欲掩柔情、却有幽芳泄。

蛙歌清脆蝉歌悦，逍遥蝴蝶双双惬。丁香暗地商量说，休顾围栏、共把瓣儿裂。

填词心得：刘熙载说："词之为物，色、香、味宜无所不具。以色论之，有借色、有真色。借色每为俗情所艳，不知必先将借色洗尽而后真色见也。"《一斛珠》多写缠绵悱恻的感情，尤其是哀情。尤其要写出摇曳多姿的色香味。特别需要注意不要"为俗情所艳"。

87.【盐角儿】

简介：据说唐时音乐教坊里的家人在买盐的纸角中得到这个词牌曲谱，于是翻唱，最后成为词牌名《盐角儿》。又名《盐角儿令》。

作法：双调，五十字，前段六句三仄韵、一叠韵，后段五句三仄韵。

词范：

盐角儿·亳社观梅

晁补之

开时似雪，谢时似雪，花中奇绝。香非在蕊，香非在萼，骨中香彻。

占溪风，留溪月，堪羞损山桃如血。直饶更，疏疏淡淡，终有一般情别。

词谱：

○○●▲，●○●▲，○○○▲。○○●●，○○●●，●○○▲。
●○○，○○▲。○○●，○○○▲。●○○、○○●●，○●●○○▲。

高昌试作：

盐角儿·咏盐

炎阳亦蔑，飓风亦蔑，其心奇节。多番曝晒，多番苦炼，洁还如雪。

爱仍咸，情犹切，人间世、三餐难缺。直饶是零星半点，滋味总能分别。

填词心得：用入声韵，多用四字句和三字句，适合表达拗峭劲挺的激越情调。开头对偶句是两个叠韵。下阕第三、四句连用两个上三下四的特殊句式。此调只有一体没有可平可仄之处。

88.【玉蝴蝶】

简介：此调有小令及长调两体，小令始于温庭筠，长调始于柳永。长调又称为《玉蝴蝶慢》。

作法：本书只介绍小令体。双调，四十二字，前段五句四平韵，后段五句两仄韵、三平韵。

词范：

玉蝴蝶

孙光宪

春欲尽，景仍长，满园花正黄。粉翅两悠扬，翩翩过短墙。
鲜飙暖，牵游伴，飞去立残芳。无语对萧娘，舞衫沉麝香。

词谱：

○●●，●○△，●○○●△。●●●○△，○○●●△。
○○▲，○○▲，○●●○△。○●●○△，●○○●△。

高昌试作：

玉蝴蝶·春似酒

春似酒，漫坡流，小花微眯眸。大地软如绸，冰融土亦柔。
乌雷吼，青云抖，乡梦绿油油。酸曲绕枝头，醉醺醺铁牛。

填词心得：下阕开头对偶句是两个仄韵，初学者容易忽略。

89.【谒金门】

简介：唐教坊曲，用为词调。又名《闻鹊喜》《空相忆》《花自落》《垂杨碧》《杨花落》《出塞》《东风吹酒面》《不怕醉》《醉花春》《春早湖山》。金门，就是金马门，汉代宫门名。汉武帝得大宛马，乃命东门京以铜铸像，立马于鲁班门外，因称金马门。金马门又是汉代的一官署名称，设在金马门中，为学士待诏处。著名的滑稽人物东方朔就当过金马门待诏。金马门在当时是文人荟萃之处，曾有许多人待诏金马门，后来也指翰林院，寓意功成名就。敦煌曲词中有"得谒金门朝帝庭"句，估计就是《谒金门》词牌名本意。另外，还有一种说法，认为金门在道教中比喻天帝及诸神仙之门，所以认为《谒金门》表现的是道教内容。

作法：双调，四十五字，上下阕各四句四仄韵。

词范：

谒金门·风乍起

冯延巳

风乍起，吹皱一池春水。闲引鸳鸯香径里，手按红杏蕊。

斗鸭阑干独倚，碧玉搔头斜坠。终日望君君不至，举头闻鹊喜。

词谱：

○⊙▲，⊙●○○○▲。⊙●○○○●▲，⊙○○●▲。

⊙●⊙○⊙▲，⊙●○○○▲。⊙○○○○○●▲，⊙○○●▲。

高昌试作：

谒金门·咏"搬不倒"

葫芦好，乖巧老天知晓。最是风流飘又渺，羡君"搬不倒"。

便是名缠利绕，稍带些些烦恼。薄似流云浮似草，应差人即小。

填词心得： 谒金门词调读来很美，所谓浏亮谐顺。这一词牌句句协韵，步步紧逼，适合表达激动迫切、急促奔放的情感氛围。句中短句虽押仄声，短促锐亮，但选择词汇要注意做到轻快悠扬，不可沉滞涩重。所谓"声音之道，本乎天籁，协乎人心"。

90.【忆江南】

简介： 据说，它是唐代宰相李德裕为悼念爱妾谢秋娘所作。本名《谢秋娘》《望江南》。同时期的白居易曾依其句格而做《忆江南》三首，调名后改《忆江南》。又名《梦江南》《江南好》《春去也》《梦游仙》《安阳好》《步虚声》《壶山好》《望蓬莱》《江南柳》《望江梅》等。

作法： 单调，二十七字，三平韵。一韵到底。中间七言两句，以对偶为宜，其句法基本就是平起七律的颔联。宋人多用双调。第二句为仄起平韵的五字句，句法上二下三。第三句为仄起仄收的七字句。第四句为平起平韵的七字句。第五句句法与第二句相同。

词范：

忆江南·怀旧
李煜

多少恨，昨夜梦魂中。还似旧时游上苑，车如流水马如龙。花月正春风。

词谱：

○⊙●，⊙●●○△。●⊙○○●○●，⊙○⊙○●○△。⊙●●○△。

高昌试作：

忆江南·玫瑰好

玫瑰好，相遇有缘人。尖刺拼将春意护，花魂偏许绮情存。风影一枝真。

玫瑰好，颜色最难描。半绽如诗香淡淡，全开似酒韵陶陶。惟盼晚些凋。

填词心得：因单调容量太少，可多写几首，形成组词。借以表达更丰富复杂的感情。

91.【忆秦娥】

简介：《忆秦娥》词牌，与《菩萨蛮》同为词中最古者，郑樵《通志》云："二词为百代词曲之祖。"最早出自《忆秦娥·箫声咽》词，两宋之交邵博《邵氏闻见后录》始称为李太白之作，南宋黄升《唐宋诸贤绝妙词选》亦录于李白名下。但这一说法多有争议，一般认为实际是晚唐五代词人作品。因词中有"秦娥梦断秦楼月"句，故名《忆秦娥》《秦楼月》。"秦娥"指的是秦穆公女儿弄玉。传说她爱吹箫，后嫁给仙人萧史，吹箫引凤，飘然仙去。《忆秦娥》又名《秦楼月》《蓬莱阁》《玉交枝》《碧云深》《花深深》《华溪仄》《双荷叶》等。

作法：双调，仄韵格，四十六字。上下阕各三仄韵，一叠韵。除第一句，上下阕句式格律相同。清戈载《词林正韵·发凡》认为这一词调宜用入声韵，不宜用上去二声。

词范：

忆秦娥·娄山关
毛泽东

西风烈，长空雁叫霜晨月。霜晨月，马蹄声碎，喇叭声咽。雄关漫道真如铁，而今迈步从头越。从头越，苍山如海，残阳如血。

词谱：

○⊙▲，○○○●○○▲。○○▲（叠三字）。⊙○○●，●○○▲。

⊙⊙○●○○▲，⊙○○●○○▲。○○▲（叠三字），⊙○○●，●○○▲。

高昌试作：

忆秦娥·蕙的风

开花未，推杯试问门前蕙。门前蕙，苞儿已醒，瓣儿还睡。稍头月色调金穗，羞中碧叶添娇媚。添娇媚，醉时似舞，舞时如醉。

填词心得：《忆秦娥》声调急促，但不能写得局促。要注意抑扬顿挫的错综节奏，又要符合感情的起伏变化，要字字敲打得响，不能写得太干涩。需要注意，上下阕的分别有两个叠句，每阕的第三句重复第二句最后三个字。

92.【忆王孙】

简介：关于《忆王孙》词牌的来历，多认为出自"萋萋芳草忆王孙"这句词。取末三字为调名。而关于这句词的作者，则至少有三种说法。唐孙棨《北里志》记载："（天水）光远尝以长句题莱儿室曰：'鱼钥兽环斜掩门，萋萋芳草忆王孙。'"清万树《词律》认为是李重元，清舒梦兰《白香词谱》认为是秦观。《忆王孙》又名《念王孙》《独脚令》《忆君王》《豆叶黄》《画娥眉》《阑干万里心》等。

作法：单调，五句三十一字，句句押平声韵，一韵到底。第四句第一字一般用去声字。

词范：

忆王孙·春闺

秦观

萋萋芳草忆王孙，柳外楼高空断魂。杜宇声声不忍闻。欲黄昏，雨打梨花深闭门。

词谱：

⊙○⊙●●○△，⊙●○○○●△。 ⊙●○○⊙●△。 ●○△，
⊙●○○⊙●△。

高昌试作：

忆王孙·雷

听风听雨草莱惊，一蹿云开众目瞠。 万丈豪情作鼓鸣。 看
春醒，天外传来阔笑声。

填词心得：《忆王孙》虽然句句押韵，但注意王孙是贵族子弟的简称，词
调要有庄重典雅的风格，不要写得板滞，不要有口水歌的感觉，不要俚俗化。

93.【雨霖铃】

简介：《雨霖铃》，一作《雨淋铃》，又名《雨霖铃慢》，唐教坊曲名。 传
说是唐明皇在四川遇到"霖雨弥日"，"栈道中闻铃声，采其声为《雨霖铃》
曲"。 宋词借这一旧曲名，另传新调。《雨霖铃》始于柳永的《乐章集》。 杜
龙沙另有平韵体《雨霖铃》。

作法：双调一百零三字，上阕十句，五仄韵，下阕九句五仄韵。 例用入
声韵。 上下阕多用领字句。 比如柳永《雨霖铃》中的"对""念""竟""应
是""更那堪"都是领字句，且领字多用去声。

词范：

雨霖铃

柳永

寒蝉凄切，对长亭晚、骤雨初歇。 都门帐饮无绪，方留恋
处、兰舟催发。 执手相看泪眼，竟无语凝咽。 念去去、千里烟
波，暮霭沉沉楚天阔。

多情自古伤离别，更那堪、冷落清秋节。今宵酒醒何处，杨柳岸、晓风残月。此去经年，应是良辰好景虚设。便纵有、千种风情，更与何人说。

词谱：

○○○▲。●●○○●，●●○○▲。○○○○○●，○○●●、○○○▲。●●○○○●，●○○⊙○▲。●●⊙、○●○○，●●○○●○▲。

⊙○●●○▲。●○○、●●○○▲。○○●○○●，⊙●○○、●○○▲。○●○○、○○○●、○⊙○●，⊙●○、○●○○，●●○○▲。

●●○○，○●、○○●⊙▲。●●●、⊙○○○，●●○○▲。

高昌试作：

雨霖铃·聂树斌

还人清白！有惊雷滚、凛冽中国。疑云缭绕残月，偏霾雾锁、阴风斜出。偶尔寒星闪烁、亮些子怜惜。看豆荚、枯眼睁圆，玉米连排列愁密……

心宽叵奈前程窄。更难当、草芥随风掷。苍茫大海成泪，冲不淡、满怀悲戚。一债难偿、一问难平、一痛难息。剩一道、颤栗伤痕，一抹青天黑。

注：聂树斌，河北鹿泉人，被控在石家庄西郊玉米地奸杀一女，于1995年4月27日执行死刑。后几经周折，2016年12月2日改判无罪。

填词心得：此调转折跌宕，句式反复，声韵激切，适合表现凄凉感伤的情感。

94.【玉连环影】

简介：《玉连环影》可能是最年轻的一个词牌，首见于清朝才子纳兰性德的《纳兰词》。此调谱律不载，可能是纳兰性德的自度曲。

作法：双调，三十一字。上阕三仄韵，下阕三平韵。
词范：

玉连环影
纳兰性德

何处、几叶萧萧雨。湿尽檐花，花底人无语。
掩屏山，玉炉寒。谁见两眉愁聚倚阑干。

词谱：

○▲，⊙●○○▲。⊙○●○○，⊙●○○▲。
●○△，●○△，⊙●●○○●○△。

高昌试作：

玉连环影·咏柳（新韵）

别走，摇似多情手。扯住离人，塘畔婀娜柳。
唱来愁，舞来柔，心是两只黄鹂，在枝头。

填词心得：只有纳兰性德一体，谱内可平可仄，根据纳兰性德同调别体校对。另外龚自珍作此词调，于下阕开头二句用叠韵。

95.【虞美人】

简介：《虞美人》，原为唐教坊曲，后用为词调。初咏项羽宠姬虞美人，所以用作词牌名。又名《虞美人令》《一江春水》《玉壶冰》《巫山十二峰》《忆柳曲》《鱼美人》《宣州竹》《花间虞美人》等。

作法：双调，五十六字，上下阕各四句，皆为两仄韵转两平韵。前后阕完全相同。第一句为七言句，平起仄韵。第二句为五言句，仄起仄韵。第三句亦为七言句，换平韵平起平收。第四句九字押平韵。

词范：

虞美人·梳楼

蒋捷

丝丝杨柳丝丝雨。春在溟濛处。楼儿忒小不藏愁。几度和云飞去、觅归舟。

天怜客子乡关远。借与花消遣。海棠红近绿阑干。才卷朱帘却又、晚风寒。

词谱：

⊙○○●○○▲，⊙●○○▲。⊙○○●●○△（换平韵），
⊙●●○○●○△。

⊙○○●○○▲（换仄韵），⊙●○○▲。⊙○⊙●●○△（换平韵），
⊙●●○⊙●○△。

高昌试作：

虞美人·词绎美国诗人狄金森《善念》

悲欢离合人生累，多少红颜毁。若能排解一愁心，酸辣苦甜滋味、愿同斟。

能帮堕地知更鸟，重返青枝杪。此生亦算不虚行，好梦悠悠安枕、到天明。

填词心得：词调跌宕起伏，适合表达长吁短叹、回肠荡气的情感。每阕第四句可写成六三或二七句式，也可四五句式。此词牌知名度颇高，深受古今词人喜爱。

96.【扬州慢】

简介：《扬州慢》，是南宋词人、音乐家姜夔的自度曲，而以此调创作的

词中最著名的就是姜夔的《扬州慢》。他多才多艺，精通音律，能自度曲，其词格律严密。其作品素以空灵含蓄著称。清查慎行填此词牌，又名《朗州慢》。

作法：双调，九十八字，上阕十句四平韵，下阕九句四平韵。上阕第四、五句及下阕第三句皆上一下四句法。

词范：

扬州慢

姜夔

淳熙丙申至日，余过维扬。夜雪初霁，荠麦弥望。入其城则四顾萧条，寒水自碧，暮色渐起，戍角悲吟；余怀怆然，感慨今昔，因自度此曲。千岩老人以为有《黍离》之悲也。

淮左名都，竹西佳处，解鞍少驻初程。过春风十里，尽荠麦青青。自胡马窥江去后，废池乔木，犹厌言兵。渐黄昏、清角吹寒，都在空城。

杜郎俊赏，算而今重到须惊。纵豆蔻词工，青楼梦好，难赋深情。二十四桥仍在，波心荡，冷月无声。念桥边红药，年年知为谁生？

词谱：

⊙●○○，◎○○●，◎○○●●○△。●●○○●，◎◎●●○△。●⊙●、○○○●，◎○○⊙、⊙●○△。●○○、⊙○○⊙，◎●○△。

◎○◎○●，●⊙○、⊙●○△。●◎○●○，⊙○●●，◎●○△。●●◎○○●，○○●、◎◎○△。●⊙○○●，⊙○○●○△。

高昌试作：

扬州慢·芭提雅听人妖唱歌

海客纷传，蓬仙莫辨，风流今日初惊。有红玫鲜丽，更绿柳轻盈。 数袅袅翩翩洽洽， 卿卿爱爱， 燕燕莺莺。 恰齐肩、长发飘飞， 千种风情。

柔歌浅唱， 任咿呀、清韵轻灵。 看唇似丹堆， 脸如酒热， 眉耸山青。 巧笑艳于桃李， 心头苦， 却叙谁听。 正满堂花睡， 天涯难慰孤零。

填词心得： 上下阕都有三句自成一小片段的地方， 句法变化较多， 而章法不乱， 适合悲凉凄咽低沉的心情。 填《扬州慢》， 要注意篇章结构不能松散， 节奏要抑扬有度。 虽是慢词， 长于铺排， 但也要有起伏变化， 有使读者如中宵惊电、万感横集之处。

97.【一剪梅】

简介：《一剪梅》， 此调是北宋周邦彦的自度曲。 因周邦彦词起句有"一剪梅花万样娇"， 所以截取前三字为调名。 北宋人称一枝为一剪，"一剪梅"就是一枝梅的意思。 又名《腊梅香》《玉簟秋》等。

作法： 双调， 以一个七言句带两个四言句， 节奏明快。 变体诸多， 以周邦彦体为正体， 双调六十字， 前后段各六句三平韵。 另有蒋捷体， 每句用韵。

词范：

一剪梅
周邦彦

一剪梅花万样娇， 斜插疏枝， 略点梅梢。 轻盈微笑舞低回， 何事尊前， 拍手相招。

夜渐寒深酒渐消， 袖里时闻， 玉钏轻敲。 城头谁恁促残更， 银漏何如， 且慢明朝。

词谱：

◎●○○○●△。 ⊙○○○， ◎●○△。 ⊙○○⊙●○○， ⊙●○○，

◎●○△。

◎●⊙●○●△。⊙○○⊗△，⊙●○△。⊙○⊙●●○○，⊙●○△，
◎●○△。

高昌试作：

一剪梅·小猪

总是嘻嘻笑小猪。胖也遭嘘，憨亦遭诬，娱人放任俗言粗。
不改心愉，不碍筋舒。

同样生灵地一隅。冷对刀屠，淡看庖厨，谁将悲悯待无辜。
此念胸纡，试为君呼。

填词心得：注意《一剪梅》的几个四字句例用对偶，多用叠字、叠韵。
我填的是蒋捷体，句句用韵，一韵到底。蒋捷的《一剪梅》也很漂亮：一片
春愁待酒浇。江上舟摇。楼上帘招。秋娘度与泰娘娇。风又飘飘。雨又萧
萧。 何日归家洗客袍。银字笙调。心字香烧。流光容易把人抛。红了樱
桃。绿了芭蕉。

98.【渔歌子】

简介：《渔歌子》，又名《渔父》《渔父乐》《渔歌曲》《渔夫辞》。"子"即
"曲"，《渔歌子》即《渔歌曲》。最早见于唐朝诗人张志和的《渔歌子》。传
说张志和作此歌后成仙而去。另据《唐书》：志和居江湖，自称"江波钓徒"，
每垂钓不设饵，志不在鱼也。宪宗图真求其人不能致，尝撰《渔歌》，即此词
也。单调体，实始于此。诗人张志和约生活于730年至810年，唐代诗人。
本名龟龄，字子同，金华（今属浙江）人。唐肃宗时待诏翰林。后因事被贬，
绝意仕进，隐居江湖间。自号玄真子，又自称烟波棹叟。他生活简朴，不修
边幅。常去水滨河溪效法姜太公无饵垂鱼。著有《玄真子》集，《全唐诗》录
其九首诗。又有传说唐大历年间，颜真卿游平望驿，张志和酒后乘兴要表演

水上游戏，不幸溺水而亡。颜真卿曾为其撰写碑铭。

作法：单调，二十七字，五句四平韵。中间三言两句，例用对偶。

词范：

渔歌子
张志和

西塞山前白鹭飞，桃花流水鳜鱼肥。青箬笠，绿蓑衣，斜风细雨不须归。

词谱：

⊙○⊙○●○△，⊙○⊙○●⊙△。○○●，●○△，⊙○⊙○●○△。

高昌试作：

渔歌子（四首）

俭是人间幸福芽，侈为浮世恶之花。说立业，论持家，宁知高塔聚由沙？

一饭一粥一苦心，数来丝缕费沉吟。情暖暖，梦深深，勤俭赢来土变金。

人无远虑惹近忧，未雨时节早绸缪。俭养德，侈遗羞，飘然来去白沙鸥。

骄奢须戒俭须传，皎然明月印山泉。不愧地，不贪天，一帆风清万里帆。

填词心得：《渔歌子》其实是一首七绝的变体，只是把第三句的七言改为了两个三字句，并增加了一个韵脚。注意第三、四句例用对仗。此词贵在自然流畅，不假雕饰。

99.【永遇乐】

简介：《永遇乐》，又名《永遇乐慢》《消息》。虽然词牌名中有个"乐"字，《填词名解》却记载了一个和这个词牌有关的凄婉故事："唐杜秘书工小词，邻家有小女名酥香，凡才人歌曲悉能吟讽，尤喜杜词，遂成逾墙之好。后为仆所诉，杜竟流河朔。临行，述《永遇乐》词决别，女持纸三唱而死。第未知此调，创自杜与否。"以现存例词而论，柳永始创仄韵体《永遇乐》词调，南宋时陈允平改押平声韵、另创平韵体。以仄韵最为流行。"永遇乐"的"乐"是"快乐"（名词），所以这里的乐字读"le"，不读"yue"。

作法：一百零四字，上下阕四仄韵。多处用对仗。比如第一、二句为四字对句。第四、五句亦为四字对句。第十句的七字句为上三下四句式。下阕第一、二句和第四、五句也用对仗句。第三句用平仄平仄格式，不能变。

词范：

永遇乐
苏轼

彭城夜宿燕子楼，梦盼盼，因作此词。

明月如霜，好风如水，清景无限。曲港跳鱼，圆荷泻露，寂寞无人见。紞如三鼓，铿然一叶，黯黯梦云惊断。夜茫茫、重寻无处，觉来小园行遍。

天涯倦客，山中归路，望断故园心眼。燕子楼空，佳人何在？空锁楼中燕。古今如梦，何曾梦觉，但有旧欢新怨。异时对、黄楼夜景，为余浩叹。

词谱：

⊙●○○，⊙○⊙●，○●●▲。⊙●○○，⊙○●●，⊙●○○▲。

⊙⊙●，⊙⊙●●，⊙●●⊙⊙▲。⊙⊙●、⊙⊙⊙●，⊙⊙●●⊙▲。

⊙⊙●●，⊙⊙●●，●●●⊙⊙▲。●●⊙●，⊙⊙●●，⊙●⊙●⊙▲。

⊙⊙●●，⊙⊙●●，⊙●⊙⊙▲。⊙●、⊙⊙●●，●⊙●▲。

高昌试作：

永遇乐·咏龙年邮票

怒目巡天，勐须掀地，一片惊叹。大水分波，长风破雾，曾记游霄汉。尘寰悲堕，泥涂苦蛰，蹇运浅滩残喘。呻吟久、灰遮土覆，忍同蟹虾为伴。

慨慷鳞爪，铿锵肝胆，空赋炎凉哀怨。驭电凌云，扫霾破浪，大志吁腾展。絮烦框架，窄狭尺寸，竟负者番高远。待澎湃、潮催奋起，看桑海变。

填词心得：结句四字作仄平仄仄，一般用上一下三句式。笔者咏龙年邮票结句原为"浪推世变"，与此格式略有变通。后来定稿改为"看桑海变"。

100.【御街行】

简介：《御街行》，今人始见于北宋范仲淹和柳永的作品。"行"字是行走之意，所以读"xíng"，不能读为"háng"。御街指京城中皇帝出行的街道。又名孤雁儿。

作法：双调，七十八字，上下阕各七句，四仄韵，一韵到底。上下阕两个四字句可用对仗，也可不用对仗。

词范：

御街行
范仲淹

纷纷坠叶飘香砌。夜寂静、寒声碎。真珠帘卷玉楼空，天淡银河垂地。年年今夜，月华如练，长是人千里。

愁肠已断无由醉。酒未到、先成泪。残灯明灭枕头敧。谙尽孤眠滋味。都来此事，眉间心上，无计相回避。

词谱：

⊙○⊙●○○▲。●●●、○○▲。⊙○⊙●●○○，⊙●⊙○○▲。⊙○⊙●，○○⊙●，⊙●○○▲。

⊙○⊙●○○▲。●●●、○○▲。⊙○⊙●●○○，⊙●⊙○○▲。⊙○⊙●，○○⊙●，⊙●○○▲。

高昌试作：

御街行·本意

霓虹笼雾长安道，却便似、骊歌绕。水泥丛里玉楼高，孤月一轮斜照。萧骚乱发，苍凉苦笑，青鸟声声杳。

千头万绪心头扫，破碎梦、任风搅。翩翩人去邈难寻，回味清欢如秒。相思炭冷，燃来难热，空惹寒蛩诮。

填词心得：《御街行》的句子多用仄声收尾，三、四、五、六、七字句交错使用，抒情气氛极浓。适宜表现作者内心的真挚细腻情谊，多用娓娓道来的方式，直抒心中块垒，"凡情无奇而自佳，景不丽而自妙"。明白浅显，韵味隽永，很能感人。

101.【渔家傲】

简介：《渔家傲》，又名《水鼓子》《荆溪咏》《渔父咏》《吴门柳》《神仙咏》等。北宋盛行，晏殊、欧阳修填此调颇多。《词谱》卷十四云："此调始自晏殊，因词有'神仙一曲渔家傲'句，取以为名。"《东轩笔录》云："范文正守边日，作《渔家傲》乐歌数曲，皆以'塞下秋来'为首句，颇述边镇之劳苦。欧阳公尝呼为'穷塞王'之词。及王尚书素出守平凉。文忠亦作《渔家傲》一首以送之。"据此，此调又似是范仲淹首创。 又据宋文莹《玉壶清话》卷九："先是数载前一渔者，持蓑笠纶竿，击短版唱《渔家傲》，其舌为鸣桹之声以参之，自号回同客人。"词调又似回同客人所创。 宋晁补之有《渔家傲》五首之一如下："渔家人言傲，城市未曾到。 生理自江湖，那知城市道。 晴日七八船，熙然在清川。 但见笑相属，不省歌何曲。 忽然四散归，远处沧洲微。 或云后车载，藏去无复在。 至老不曲躬，羊裘行泽中。"所咏应为此词牌的本意。

作法：双调，六十二字，上下阕各五句，各用五仄韵，格式相同。 句句押韵，一韵到底。

词范：

渔家傲·秋思
范仲淹

塞下秋来风景异，衡阳雁去无留意。 四面边声连角起，千嶂里，长烟落日孤城闭。

浊酒一杯家万里，燕然未勒归无计。 羌管悠悠霜满地，人不寐，将军白发征夫泪。

词谱：

●●⊙○○●▲，⊙○⊙●○○▲。 ⊙●⊙○○●▲，○○▲，⊙⊙●○○▲。

●●⊙○○●▲，⊙⊙⊙○○●▲。 ⊙●⊙○○●▲，○⊙▲，⊙⊙●○○▲。

高昌试作：

渔家傲

窗外寒风吹绿梦，苍苍散作弥天痛。 苦雪严霜相递送，情何用，情缘小小人言重。

摩诘借来红豆种，千秋传诵终作哄。百丈相思排浪涌，情难懂，情殇点点心头捧。

填词心得： 此词调用仄韵韵脚而且句句通押，读来声调紧凑，节奏感非常强，有回肠荡气、一唱三叹之感。上下阕第三字加了一个三字句，格式基本上就是两首仄韵绝句，龙榆生先生认为此调"适宜于表达兀傲凄壮的爽朗襟怀"。

102.【一七令】

简介：《一七令》词牌的形成和唐朝诗人白居易有关。朝廷同僚到兴化池亭送别白居易，酒酣，各以一字至七字成诗，以题为韵，除第一句外，各二句，共五十五字。后演化为词调，即《一七令》。

作法： 单调，五十五字，十三句，七平韵。

词范：

一七令

白居易

诗，
绮美，瑰奇。
明月夜，落花时。
能助欢笑，亦伤别离。
调清金石怨，吟苦鬼神悲。
天下只应我爱，世间惟有君知。
自从都尉别苏句，便到司空送白辞。

词谱：

○，
◎●，○○。

○◎●，●○○。

○◎⊙●，◎⊙○○。

◎○○●●，⊙●●○○。

⊙●●○○●，◎○○⊙●○○。

◎⊙○○⊙●，◎○○⊙●○○。

高昌试作：

一七令·宽

宽，

大野，平川。

经沧海，历长天。

胸罗万象，足越千关。

悠悠听风雨，淡淡看波澜。

蜗角几番拉扯，蝇头一点悲欢。

风霜雨雪忘身外，苦辣酸甜记心间。

填词心得：《一七令》带有一定文字游戏性质。除第一行第一字外，其余每上下两句自成对仗。实际上这一词牌除题目外，就是六幅主题集中、字数递增、各自相对的楹联。一定注意要集中到一个主题来写，让一条红线把散乱的珍珠串成珠串，而不要各自为政，一盘散沙。

103.【字字双】

简介：因每句有叠字，故名《字字双》。

作法：单调，二十八字，四句四平韵。此调无他词可校。

词范：

字字双

王丽贞

　　床头锦衾斑复斑。 架上朱衣殷复殷。 空庭明月闲复闲，夜长路远山复山。

词谱：

○○●○○●△。 ●●○○○●△。 ○○○●○●△。 ●○●●○●△。

高昌试作：

字字双·红豆

　　相思豆儿红又红，漏指光阴匆又匆，兼程山水风又风，一番辗转空又空。

填词心得： 此词调活泼俏皮，有民间情趣。 不只表现爱情题材。

104.【鹧鸪天】

简介：《鹧鸪天》，词牌名，也是曲牌名。 采郑嵎诗"春游鸡鹿塞，家在鹧鸪天"得名。 鹧鸪又名中华鹧鸪，是鸟类的一种，体形似鸡而比鸡小，羽毛大多黑白相杂，尤以背上和胸、腹等部位的眼状白斑更为显著。 成年的鹧鸪全长约30厘米，体重约300克。 3月至6月间繁殖，在草丛或灌木丛中做巢，多生活在丘陵、山地的草丛或灌木丛中。 雄性鹧鸪好斗，叫声特殊，有人拟其音为"行不得也哥哥"。 唐教坊曲有《鹧鸪辞》，当时诗人多有以此为题材的诗句。 所以，也有学者推测鹧鸪天的鹧鸪似为一种笙笛类的乐调，词人据此填词，发展为词牌。 又名《思佳客》《于中好》《思越人》《醉梅花》《剪朝霞》《骊歌一叠》。

作法： 此调很像两首仄起七绝相并而成，只是下阕换头处改第一句为三字两句。 双调，五十五字，前后阕各三平韵，一韵到底。 上阕第三、四句和下阕第一、二句一般要求对仗。

词范：

鹧鸪天·醉拍春衫惜旧香

晏几道

醉拍春衫惜旧香，天将离恨恼疏狂。　年年陌上生秋草，日日楼中到夕阳。

云渺渺，水茫茫。　征人归路许多长。　相思本是无凭语，莫向花笺费泪行！

词谱：

⊙●○●●○△，⊙○○●●○△。⊙○○●○○●，⊙●○○●●△。

○●●，●○△。⊙○○●●○△。⊙○⊙●○○●，⊙●○○●●△。

高昌试作：

鹧鸪天·一串红

一串红，为唇形科草本花卉。花期长，且不易凋谢。拙荆极爱此花，每年栽种。

默默窗前绽笑容，几番风雨色尤浓。　串来唇畔温柔火，挂向心头灿烂虹。

香淡淡，瓣重重。　绛珠前世似曾逢。　寻诗惯看群芳谱，未见鲜妍与此同。

填词心得：此调多写离别之情。上阕第三、四句一般用对仗句。下阕开头也常用三字对仗句。《鹧鸪天》好写好记，读来朗朗上口，深受古今词人喜爱，有许多著名作品可资借鉴。初学者可选此词牌现作填词练习。

105.【醉花阴】

简介：《醉花阴》，词牌名初见于北宋毛滂的词，词中有"人在翠阴中，欲觅残春，春在屏风曲"的词句，所以调名取为"醉花阴"。又名《九日》。

作法：双调，仄韵格，五十二字。上下阕各五句，各三仄韵。第三句用平脚不入韵，其余第一、四、五句用韵。上下阕第二句的五言句，前人有的用上二下三句式，有的用上一下四句式，还有的上下阕分别用以上两种不同的句式，可以灵活使用。

词范：

醉花阴
李弥逊

紫菊红萸开犯早，独占秋光老。酝造一般清，比着芝兰，犹自争多少。

霜刀翦叶呈纤巧。手拈迎人笑。云鬟一枝斜，小阁幽窗，是处都香了。

词谱：

⊙●⊙○○●▲，⊙●○●▲。●●○○，○●○句，⊙●○○▲。
○○○●○○▲，⊙●○○▲。●●○○，○●○句，⊙●○○▲。

高昌试作：

醉花阴·偏偏某

记得纤纤温暖手：往事如烟走。绿色那柔情，一路萌芽、缠上青青柳。

人中千万偏偏某，种我相思久。越老越芳醇，流在心间、酿作陈年酒。

填词心得：每阕的最后两句，可以是两个句子，也可以构成一个上四下五的九字句。《醉花阴》词，以李清照"人比黄花瘦"那首最出名。其实，这一佳句，无非就是一句精彩的比兴。刘勰说道："人禀七情，应物斯感，感物吟志，莫非自然。"又说道："虬龙以喻君子，云蜺以譬谗邪，比兴之义也。"对填词者来说，运用比兴是个比较巧妙的办法，可把心中情愫表达得更加含蓄委婉，意蕴无穷。

106.【醉太平】

简介：《醉太平》又名《凌波曲》《醉思凡》《四字令》等。北宋始创，曲牌名中也有《醉太平》，与词调不同。

作法：此调变体较多，本书只介绍三十八字体。上下阕各四句，句句押平声韵，一韵到底。第一、二句没有可平可仄的地方，并且用同声对。有的词谱工具书中认为第一、二句第三字，第四句第一、四字最好用去声，才能将音调"激起"。但也有不少词例并不如此。

词范：

醉太平

戴复古

长亭短亭，春风酒醒。　无端惹起离情，有黄鹂数声。
芙蓉绣袄，江山画屏。　梦中昨夜分明，悔先行一程。

词谱：

○○●△，○○●△。⊙○○●●△，●○○●△。
○○●△，○○●△。⊙⊙⊙●●△，●○○●△。

高昌试作：

醉太平

读卞之琳先生《断章》，感悟"你在楼上看风景，看风景人在桥上看你。"
心香欲浮，心歌欲流。　小妮尚不知羞，惹浓情恁柔。
清风一楼，鲜花满头。　知时雨贵如油，染春光正稠。

填词心得：《醉太平》短小，句句用韵，适合表现含蓄、委婉、柔美的情绪。虽是句句用韵，但一定不要写得太滑腻，给人"口水歌"的印象。要写出典雅蕴藉、余音袅袅的感觉。填词者尤其要注意，这一词牌的结句是上一下四句式。

107.【昭君怨】

简介：《昭君怨》又名《明君怨》《宴西园》《洛妃怨》《一痕沙》。昭君就是王昭君。本琴曲名，为汉代人怜王昭君远嫁匈奴而制。晋人避司马昭之讳，昭君改称明君。《琴曲谱录》记载："中古琴弄名有《昭君怨》，明妃制。"故李商隐诗有"七弹《昭君怨》，一去怨不回"之句。至隋唐由乐府而入长短句，演变成词牌。

作法：双调，四十字，四换韵，两仄两平递转，上下阕相同。每阕第三句的后三字与第四句的三字句用对仗，最好押同一个韵字。

词范：

昭君怨

蒋捷

担子挑春虽小，白白红红都好。卖过巷东家，巷西家。
帘外一声声叫，帘里鸦鬟入报。问道买梅花，买桃花？

词谱：

⊙●⊙○○▲，⊙●⊙○○▲。⊙●●○△（换平韵），⊙○△。
⊙●⊙○○▲（换仄韵），⊙●⊙○⊙▲。⊙●●○△（换平韵），⊙○△。

高昌试作：

昭君怨·咏珠峰

高矗琼霄万丈，直许群峰仰望。胸内是冰心、是岩心？
独占风流想象，云雾几重屏障。故事任东猜、任西猜……

填词心得：平仄韵互换是这一词牌的明显特色。上下阕都是两个仄韵换成平韵，《昭君怨》虽短小，格律却很复杂精致。因为四度更换平仄韵，读来显得轻快活泼。

108.【最高楼】

简介：《最高楼》在南宋后作者较多，一般以辛弃疾《稼轩长短句》为准。

作法：双调，八十一字，前段八句四平韵，后段八句两仄韵、三平韵。下阕开头二句换二仄韵。变体较多。本书只介绍一体。

词范：

最高楼·吾拟乞归，犬子以田产未置止我

辛弃疾

吾衰矣，须富贵何时？富贵是危机。暂忘设醴抽身去，未曾得米弃官归。穆先生，陶县令，是吾师。

待葺个、园儿名佚老。更作个、亭儿名亦好。闲饮酒，醉吟诗。千年田换八百主，一人口插几张匙？休休休，更说甚，是和非！

词谱：

〇⊙●，⊙〇●●〇△，◎●●〇△。〇〇〇●〇●，◎〇〇●〇△。●〇〇，〇●◎，●〇△。

◎〇●，◎〇〇●▲，●◎●、◎〇〇●▲。⊙◎●，●〇△。〇〇●●〇〇●，◎〇〇●●〇△。●〇〇，〇●●，●〇△。

高昌试作：

最高楼·村南旧事

回眸望，童话土中埋。都是小呆呆。酸酸眼泪甜甜笑，些些闲事挂心怀。草犹淘，花更野，树还乖。

那朵美，春风曾等待。这畦梦，阳光来灌溉。深浅爱，列成排。如烟岁月飘然远，斜风细雨印苍苔。路仍长，题未解，谜难猜。

填词心得：此调上下阕结尾三句三字句可用对偶句。《最高楼》体例活泼轻松，被认为"渐开元人散曲先河"。

109.【烛影摇红】

简介： 烛影摇红始创于宋徽宗时，牌名则改自周邦彦。又名《忆故人》《归去曲》《玉珥坠金坠》《秋色横空》。宋吴曾《能改斋漫录》卷十六云："王都尉（诜）有忆故人词，徽宗喜其词意，犹以不丰容宛转为恨，遂令大晟别撰腔，周美成增损其词，而以首句为名，谓之《烛影摇红》云。"王诜词原为小令，双调五十字。周邦彦演为九十六字慢曲。本书介绍周邦彦体。《烛影摇红》原意是描绘帝王将相之家的歌舞场景，具有优雅、辉煌的气派，表现奢华、靡丽的情景。

作法： 双调，九十六字，上下阕同，各五仄韵。第六句七字，上三下四。上下阕末句均为"平平平仄"格式，为定格。上下阕末尾三句可以用对仗。

词范：

烛影摇红·雅州除夕

沈祖棻

换尽年光，烛花依旧红如此。故家箫鼓掩胡尘，中夜悲笳起。拨冷炉灰未睡，忍重提、昆池旧事。明朝还怕，剩水残山，春归无地。

彩燕飘零，玉钗蓬鬓愁难理。当筵莫劝酒杯深，点点神州泪。空忆江南守岁，照梅枝、灯痕似水。星沉斗转，北望京华，危阑频倚。

词谱：

⊙●○○，⊙○○●○○▲。⊙○○●●○○，⊙●○○▲。⊙●⊙○○▲，●⊙○、⊙○○▲。⊙○○●，⊙○○○，⊙○○▲。

⊙●○○，⊙○○●○○▲。⊙○○●●○○，⊙●○○▲。⊙●⊙○○▲，●⊙○、⊙○○▲。⊙○○●，⊙○○○，⊙○○▲。

高昌试作：

烛影摇红·函谷关谒老子像

浮紫东来，老牛载取关山渡。飘然仙迹不回头，难解空空趣。早是苍生苦旅，却又加、城狐硕鼠。五千道德，有亦还无，于心何补？

若水西归，沸来腹内成汤煮。崤函前去路行艰，羌笛胡笳阻。其奈人形兕虎，叹尘寰、难寻乐土。强舒病眼，却步危崖，长途迟暮……

填词心得：《烛影摇红》长于铺叙感情，妙在触景生情，淡淡着笔，情景双胜，余音袅袅。刘熙载说："词深于兴，则觉事异而情同，事浅而情深。故没要紧语正是极要紧语，乱道语正是极不乱道语。"写作时要注意把"没要紧语"转化为"极要紧语"，而使心中情感形象自然地夺地而出。

110.【祝英台近】

简介：《祝英台近》，始见于苏轼的《东坡乐府》。又名《英台近》《祝英台》《宝钗分》《燕莺语》《寒食词》《怜薄命》《揉碎花笺》《月底修箫谱》。词牌名取自梁山伯和祝英台的民间故事。毛先舒《填词名解》卷二引《宁波府志》："东晋，越有梁山伯、祝英台尝同学，祝先归，梁后访之，乃知祝为女，欲娶之，然祝已先许马氏之子。梁忽忽成疾，后为鄞令，且死，遗言葬清道山下。明年，祝适马氏，过其地而风涛大作，舟不能进。祝乃造冢，哭之哀恸。其地忽裂，祝投而死之。今吴中有花蝴蝶，盖橘蠹所化，童儿亦呼梁山伯、祝英台云。"词牌名中的"近"字，近拍的意思，表示曲的类别、节奏、篇幅，并不是表示距离相近。

作法：双调，七十七字，上阕三仄韵，下阕四仄韵，但一般用上、去声韵，忌用入声部韵。上阕第一、二句一般用对偶句。此词另有平韵格。

词范：

祝英台近

蒋捷

柳边楼，花下馆。低卷绣帘半。帘外天丝，扰扰似情乱。知他蛾绿纤眉，鹅黄小袖。在何处、闲游闲玩。

最堪叹。筝面一寸尘深，玉柱网斜雁。谱字红蔫，窸烛记同看。几回传语东风，将愁吹去，怎奈向、东风不管。

词谱：

●○○，○●▲。⊙●●○▲。⊙●○○，⊙●●○▲。⊙○○●○○，⊙○○●。●○●、⊙○○▲。

●○▲。○●⊙○○▲。○●●○▲。⊙●○○，⊙●●○▲。⊙○○●○○，⊙○○▲，●○●、⊙○○▲。

高昌试作：

祝英台近·过庐山"花径"白居易作诗处

碧青枝，红紫蕊，小径此偷美。满目芳菲，暂放俗名累。清幽岚气随人，润尘心软，且扶杖、寻诗翁履。

海桑徙。试缘路数枯荣，花犹照欢喜。万里迢迢，春竟躲于此。雨柔风淡云恬，流连沉醉，有无限、多情山水。

填词心得：《祝英台近》是一个可以充分表达心中情愫的词牌，尤其适宜表达抑塞磊落的幽咽情调。借以纪事，亦甚佳妙。上下阕都用了三个平收的句子，和仄收的句子互相参错，二者刚柔相济，顿挫得神，这词调音韵婉转顿挫，一唱三叹。所谓抒情，也总不外乎情景交融、言近旨远、含蕴无尽为上。黄庭坚论词说："语意高妙，似非吃烟火食人语，非胸中有数万卷书，笔下无一点尘俗气，孰能至此？""近"词中铺叙情绪，也以"语义高妙"为上，切忌俗不可耐的嘴脸和口气。

谱外

近年来，仿词体和自创体的风习颇盛。有的作者借助传统词牌的外壳，根据自己表达思想情感的需要在平仄、节奏、韵位等方面进行了调整。也有的作者干脆脱离传统词牌，自行规定平仄、句式和韵位要求，创制出一种新的词体。

古人也有自度词的传统，南宋的姜夔就是一个著名的自度词的高手。所谓自度，并不是想怎样写就怎样写，也要遵循一定的音乐规律和形制规则。作者要有音乐基础，还要有文化底蕴，要在真正的音乐经验和诗词技巧的积累基础之上，才能达到随心所欲、不逾矩的境界。

1. 仿词体

简介：仿词体就是仿照词的形式字数而又不拘平仄的一种探索性诗体。不提倡，但可聊备一格。如网友海凝香的《仿渔家傲》：风惊雨急添凉意，碎花乱红落满地。一剪秋水藏不住，惜别离，看透俗尘堪相忆。　笑语痴狂还悲泣，醉生梦死无所依。冷月千秋寒夜里，叹奈何，见尽人间不平事。

高昌试作：

仿鹧鸪天·闻南海风波作

寒流滚滚聚黄岩，怒火熊熊心上燃。雾霾待扫妖氛盛，蟹将虾兵总动员。

月如攥，日如环，抱定乾坤抖几番。　狂来欲抽倚天剑，昂然一啸靖波澜。

2. 自度词

简介：通晓音律的词人，自写新词，又能自己谱写新的曲调，这叫作自度词或自度曲、自度腔。"自度"就是"自制"，"度曲"即"唱曲"。宋代词人词集中常见有"自度曲"。旧本姜白石词集第五卷，标目云"自度曲"，这里所收都是姜白石自己创作的曲调。柳永、周邦彦、吴文英、晁无咎深于音律，他们的词集中有不少自度曲，但并未一一标明。今人也有借鉴词的节奏韵律写作自度词者。不过今人填词，通晓音律者不多，所以还是提倡写固有词牌。自度词，聊备一格可以。当然其中也有不错的作品，精彩的也可入乐。比如龙榆生先生的《玫瑰三愿》：玫瑰花，玫瑰花，烂开在碧栏杆下。玫瑰花，玫瑰花，烂开在碧栏杆下。我愿那、妒我的无情风雨莫吹打。我愿那、爱我的多情游客莫攀摘。我愿那、红颜常好不凋谢，好教我留住芳华。再比如卢前先生的《本事》：记得当时年纪小，我爱谈天你爱笑。有一回并肩坐在桃树下，风在林梢鸟在叫。我们不知怎样睡着了，梦里花落知多少。

高昌试作：

常在心间

雁飞高，儿行远，咫尺天涯不团圆。几回梦里曾相见，几回梦醒难入眠。儿去千万里，常在娘心间。情切切，意绵绵。心中无限爱恋，眼前无限江山。

同心结，生死缘。风风雨雨走向前。乘风同为比翼鸟，沐雨齐开并蒂莲。风里手挽手，雨中肩并肩。情切切，意绵绵。心中无限爱恋，眼前无限江山。

别亲人，上前线。黄河九曲十八转，一路惊涛送征帆。最红赤子心，最壮英雄胆。情切切，意绵绵。心中无限爱恋，眼前无限江山。

注：电视连续剧《左权将军》主题歌歌词，肖文海作曲，河北电影制片厂和河北省电视剧制作中心 1990 年联合摄制

3. 三字头令

简介： 广西有一种民歌，三字起头，如"连就连，你我结成百年缘，哪个九十七岁死，奈何桥上等三年"，诗人刘章将这种民歌形式声律化，词牌形式命名为《三字头令》。刘章先生的作品《三字头令·新月》如下：月似钩，万家心事同时挂。挂来挂去到圆时，苦苦愁愁都放下。

高昌试作：

三字头令·新月

月似船，以心为舵梦为帆。多少相思多少梦，迢迢摆渡向团圆。

月似芽，嫩如春柳美如茶。若引天河纯净水，浇来应绽雪莲花。

月似眉，薄愁轻皱酒轻推。万里春风吹不展，心花点点化星飞。

月似镰，割来割去有情缠。金星割似金谷穗，收个秋天到心田。

4. 二字尾令

简介： 民间演唱《对口词·三句半》尾二字多判断式语句，十分有力。2003 年，诗人刘章在写作讽刺贪官诗时，将三句半角式进行了声律化处理，写了《二字尾令·瘫倒图》：敛钱当日也精神，落马今成缧绁身，未上公堂瘫在地，丢人！"他将这种作品命名为"二字尾令"。令如刘章另一首《二字尾令·秋意》："镜中白发化银丝，窗外秋花辞故枝，幽思一缕成心事，争时。"

高昌试作:

二字尾令·老醋谣

越老越鲜情一碗，越陈越香梦一壶。名头响亮滋味足，老醋!

越酸越爱入肺腑，越喝越美透肌肤。黄得地道又淳朴，老醋!

5. 赶五句

简介: 湖北、河南民歌有所谓赶五句者，清新自然，独特有味。2002 年诗人刘章将《赶五句》适当规定平仄，变成小令，并在一组养花诗里做了尝试，如《赶五句·买盆景归来作》: 盆景园中雅石前，一天一天又一天。千年缘分瞬间结，买得家乡百里山——日观风景夜听泉。诗人谢清泉等多有响应。

高昌试作:

赶五句·炸酱面

长长面条是思念，香香炸酱是眷恋。心儿向着老屋唱，梦儿围着碗边转——最爱还是炸酱面!

节日吃的是团圆，生日吃的是祝愿。碗里盛着故乡情，外面尝过百家饭——最爱还是炸酱面!

6. 安排令

简介:《安排令》因上阕前四句均用"安排"二字开头而得名，为近年一位名叫可儿的女士所创，网上流行一时，试填者众多。此调风雅清新，节奏明快，空灵活泼，颇近词旨。上下阕共四十四字，每阕一韵，每阕五句，各四仄韵。上下阕前两句用叠声韵和对仗。

<h1 style="text-align:center">安排令</h1>

可儿

安排花睡，安排风睡，安排明月向西坠。安排不了，诗心碎。留她花里，留她风里，留她新月眉弯细。留她夜夜，灯如水。

根据可儿首唱，安排令的词谱格式如下：

安排○▲，安排○▲（叠前韵），安排○●●○▲。安排●●、○○▲。○○○▲，○○○▲（叠前韵），○○○●●○○▲。○○●●、○○▲。

因为此调为可儿原创的孤例，词谱内暂时没有可平可仄之处。

高昌试作：

<h1 style="text-align:center">安排令</h1>

安排风送，安排云送，安排星斗缀幽梦。安排世界、随春动。添些花美，添些诗美，添些莺燕斗些嘴。添些情意、柔如水。

7. 汉俳

简介：汉俳又称为俳句、十七音诗，是一种小型的长短句，可以看成词的一种微型变体。俳在这里是对偶、骈俪的意思。共三行，中间七字句，开头结尾各用五字句，首尾以第二句为轴，互相映衬，形式很工整。俳句源于日本，比如松尾芭蕉的《青蛙》：闲寂古池旁，青蛙跳入水中央，扑通一声响。20世纪初，俳句就曾对中国早期新诗中的小诗体产生过影响。1980年3月1日，诗人公木先生借鉴日本诗歌，以"五七五"的形式写了一组俳句，发表在4月10日出版的《诗刊》第4期，试看第一首：

像旭日升起，
像真理一样诚实，
像诗一样美。

当年 4 月 1 日至 17 日，公木随中国作家协会代表团赴日本访问，与日本的
"中国作家代表团欢迎委员会"进行文化和艺术的交流。巴金、冰心任正副团
长，公木任秘书长，团员有艾芜、草明、杜鹏程、敖德斯尔、邓友梅等。在日
期间，公木陆续用俳句形式进行创作，并初步进行了格律化的努力。比如：

新宿御苑赏樱
友自远方来。
万树樱花带笑开，
红紫漫山崖。

1980 年 5 月 30 日，以大野林火先生为团长的"日本俳人协会访华团"访
华，赵朴初先生即席赋诗一首，共三章：

上忆土岐翁，
囊书相赠许相从，
遗爱绿荫浓。

幽谷发兰馨，
上有黄鹂深树鸣，
喜气迓俳人。

绿荫今雨来，
山花枝接海花开，
和风起汉俳。

因赵朴初先生有"和风起汉俳"的句子，中国诗人后来借鉴俳句体创作的作品被称为"汉俳"。一时间，吸引了众多写手，风行一时。

汉俳的种类，基本可以分为散俳和律俳。散俳除句式按照五七五格式之外，没有平仄限制，声调随意，韵律随意，可以全部押韵，可以第一、三句押韵，可以第二、三句押韵，也可以不押韵。这一点类似于新诗中的小诗。如：

琴手

晓帆

自从那一夜、
弹响了你的心弦，
我才算琴手。

瑞典汉学家马悦然把散俳的白话化探索更推向一个极端，创作了一些更加富有试验性、先锋性的有意思的作品。如"俳句的格律，之乎也者矣焉哉，仅此而已矣""九月十一日，谁打开地狱之门，罪恶的黑手""弃疾发慌了，可恶可爱的酒杯，来来来来来。"

律俳则参照绝句进行了一些初步的格律化努力。由于中文为单音节语言，与复音节的日语不同，汉俳改日语十七音为十七字，同样是三句一首，为五七五的格式。五字句的节奏分为二三式、三二式、一四式等；七言句的节奏分为二二一式、二五式、三四式、四三式、一六式等。日本俳句中要求的季语（又称"季题"，即表示季节的词语），在汉俳作品中逐步进行了淡化。

律俳的格律其实非常灵活。可每句押韵，也可首尾押韵，还可以后两句押韵。可以押平声韵，也可仄声韵。因其韵位自由，所以平仄谱式也仅仅大致借鉴近体诗句式，目前尚没有特别固定的谱式。如果以赵朴初先生的《和风起汉俳》三首为正格的话，其谱式如下：

●●●○△
○○○●●○△
○●●○△

○●●○△
●●○○○●△
●●●○△

○○○●△
○○○●●○△
○○●●△

　　第一首的基本句型其实就是五言和七言的"仄仄仄平平""平平仄仄仄平平",其中第二句的第三字和和第三句的第一字按照近体诗的规律可平可仄。

　　第二首的基本句型其实就是五言和七言的"仄仄仄平平""仄仄平平仄仄平",其中第一句的第一字和第二句的第五字按照近体诗的规律可平可仄。

　　第三首的基本句型其实就是五言和七言的"平平仄仄平""平平仄仄仄平平",其中第一句的第三字和第二句的第三字按照近体诗的规律可平可仄。

　　通过以上分析可以发现,赵朴初先生在《和风起汉俳》中的格律尝试,也是很宽泛的。每一句与另一句之间的平仄可以相粘,也可以相对。以此类推,根据五言绝句和七言绝句的基本句型,还可以继续推演出更多的汉俳谱式,此处就不做过多介绍了。

高昌试作:

烛啊烛

有光在泪里
有泪颤动在火里
有火在心里

左家庄公园即景

哇哇黑鸟散

噩梦飘飘飞碎片

纷纷黄叶乱

8. 广汉俳

简介："广汉俳"是在汉俳基础上添字推演出的一种诗体新品种，由公木先生创制并命名。1997年10月15日，诗人黄淮拜访公木先生为《现代格律诗坛》约稿，公木先生原本想写一组汉俳，因兴之所至，每首增加了一行五言句，而且第一首的尾句，又做第二首的起句，第二首的尾句，又做第三首的起句……这样形成了一组六首《卧游吟》，先生名之为"广汉俳"。公木先生《卧游吟》如下：

倚枕半床书，

好友良朋坐满屋，

闭门寂未寞，

对影不孤独。

对影不孤独，

高谈阔论欢声沸，

知识皆里手，

说道尽通儒。

说道尽通儒，

之乎者也见功夫，

或评弹今古，

或论证有无。

或论证有无，
有无相生老规律，
无无者是有，
有有者乃无。

有有者乃无，
有无同谓道之枢，
全是自由谈，
没人作记录。

没人作记录，
玄之又玄任驰驱，
卧游天地广，
梦醒筋骨舒。

　　广汉俳以五七五五的句数形制构成，基本以第一、二、四句押韵，平仄韵可互押，平仄格律没有特殊要求，形制类似五言古绝，只是把第二句添加二字，改为了七言句。

　　高昌试作：

贝的骄傲

沙在肉里磨。
生命疼痛而幸福——
疼痛最深处，
是一粒珍珠。

9. 小汉俳

简介： 三五三小汉俳又称新汉俳，由旅居澳洲的诗人巫逖先生首创，并由诗人黄淮先生发现、命名、倡导和定型。2009 年 8 月 15 日，黄淮先生通过互联网在澳洲长风论坛读到巫逖先生的微型诗《雪》：*一夜愁，染白少年头。 三尺瘦。* 评论说："我看这首诗是对汉俳的发展与创新——是新汉俳。它以三五三的排列形式，开拓了五七五的局限，是汉诗小令体的新品种！写下去——就可能立起来！"黄淮先生随即用这种形式创作了《新汉俳十赞》，并开始提倡并鼓吹三五三小汉俳创作。接着众多诗人加入创作队伍，形成一种创作热潮。

请欣赏黄淮先生的《斩云剑》：

> 山可砍
> 斩云雾却难
> 太柔软。

小汉俳其实是在五七五汉俳基础上每句各减二字推演出来的一种小诗体，其他平仄韵脚安排等没有特殊要求，因其字数少，表现难度高，要写出文采好而又耐人咀嚼的作品殊为不易。

高昌试作：

雍和宫感怀

> 甚人寰，
> 甚万丈悲欢——
> 殿外边。

> 正春暖，
> 正欢喜眉眼——
> 和谐脸。

10. 纪辽东

简介：《纪辽东》二首是隋炀帝的作品，收在北宋郭茂倩的《乐府诗集》，原作如下：

辽东海北翦长鲸，风云万里清。方当销锋散马牛，旋师宴镐京。

前歌后舞振军威，饮至解戎衣。判不徒行万里去，空道五原归。

秉旄仗节定辽东，俘馘变夷风。清歌凯捷丸都水，归宴洛阳宫。

策功行赏不淹留，全军借智谋。讵似南宫复道上，先封雍齿侯。

大业八年（612 年），隋炀帝伐高（句）丽，渡辽水。大战于东岸，并作《纪辽东》二首。其臣王胄接着续作《纪辽东》二首。龙榆生先生在《中国韵文史》中谈到燕乐杂曲词之兴起时说："隋炀帝及其臣王胄同作之《纪辽东》，实为后来'倚声填词'之'滥觞'……

综观一调四词，虽平仄尚未尽谐，而每首八句六叶韵，前后段各四句换韵，句法则七言与五言相间用之，四词无或差舛，形式最与唐末五代'令曲'相近；郭氏录冠《近代曲辞》，其为后来'倚声填词'之祖明矣。"隋炀帝和王胄的《纪辽东》均以七五七五句式分为上下两段，第一段用平声韵，第二段换韵，同样用平声韵，每句的平仄没有固定的格律，也即没有固定谱式。因其实际上已经具有了词的某些诗体特点，所以龙榆生先生把《纪辽东》称为"倚声填词"之祖。近年来，诗人张福有先生对《纪辽东》的研究就颇为深入，并依隋词体格和律句规则规范《纪辽东》词谱：作七言五言，双调联章，规范平仄与用韵。悉用律句，五言句，即减七言句前二字。得四种格式，就首句末二字论有：平平脚、仄平脚、平仄脚、仄仄脚四种。平仄粘对同律，词性不用对仗。仄平脚句要防孤平。可用拗救。此外，一三五不论，二四六分明。平收，均用平韵。仄收，同韵部叶仄。比如其所制平起平收式词谱如下：

⊙○○●●○△　⊙○○●△　⊙●●○○●●，⊙●●○△。

⊙○⊙●●○△　⊙○○●△　⊙●●○○●●，⊙●●○△。

纪辽东·《百年苦旅》出版感怀（其一）

张福有

艰辛跋涉宿西坡，营安梯子河。苦旅帐中运帷幄，向未敢
蹉跎。

边情谙练又如何，文心岂可磨？雄赫每经风雨后，长白更
巍峨。

《纪辽东》作为词牌，得到众多诗人的响应，影响颇大，新作颇多。笔者感佩张福有等诗人的热心传承和积极探索精神，不过，如果把隋炀帝《纪辽东》看作创调词牌，似乎不好用隋以后才出现的律句对其谱式进行规范整理。

词谱中的孤例，一般是没有可平可仄的余地的，比如《喝火令》就是一个例证。但因隋炀帝自己的二首原作的平仄格律并不一致，王胄流传下来的和作也与隋炀帝原作的平仄格律不完全一致，这样我们也不好像《喝火令》一样严格按照一个词例来创制词谱，所以不妨把《纪辽东》还原到"平仄尚未尽谐"的阶段，只规定句数、句式、韵位、换韵等等要素即可。即以七五七五句式分为上下两阕，上阕用平声韵，下阕换韵，同样用平声韵，每阕的第一二四句押韵。每句的平仄采用古风句法，不设固定的格律。当然，这只是笔者个人浅见，也盼《纪辽东》继续得到师友们的关注和探讨。

高昌试作：

纪辽东·蓝天

谁染晴霄一色新，霾后倍堪珍。手机高举镜头稳，眉目也生春。
路上行人相见欢，但坐观蓝天。大好心情能感染，缤纷微信传。

词林正韵

《词林正韵》是清嘉庆年间江苏吴县（现苏州市吴中区）人戈载编纂的一部词韵书，戈氏其家学，尤擅倚声之业。他弃官不做，以词学终老，所撰《词林正韵》为世所重，为清中叶以后词家奉为圭臬。此书从道光元年（1821年）至光绪十七年（1891年）五次刊印。新中国成立后上海古籍出版社1981年出过影印本，2004年古籍出版社《中华韵典》载有除序言和凡例（说明）外的全部分韵部分。书分三卷，分平、上、去三声为十四部，入声为五部，一共是十九个韵部。他的分部，实际上是依据前人作词用韵的情况归纳而来，这就是他所说的"取古人之名词参酌而审定"。戈氏的分韵虽是归纳、审定工作，但其结论却多为后人所接受，论词韵之士多据以为准。戈氏所分的词韵十九部，事实上也是进一步归纳诗韵即"平水韵"而来。

他所归纳的韵类，基本上与唐宋人作词的用韵情况相符合。这十九部大约只能适合宋词的多数情况，其实在某些词人的笔下，第六部早已与第十一部、第十三部相通，第七部早已与第十四部相通。其中有语音发展的原因，也有方言的影响。

第一部

平声：一东二冬通用

【一东】东同童僮铜桐峒筒瞳中［中间］衷忠盅虫冲终仲崇嵩［崧］菘戎绒弓躬宫穹融雄熊穷冯风枫疯丰充隆窿空公功工攻蒙蒙朦葑笼胧栊咙聋珑砻泷蓬篷洪荭红虹鸿丛翁嗡匆葱聪骢通棕烘箜

【二冬】冬咚彤衣侬宗淙锺钟龙茏春松淞冲容榕蓉溶庸佣慵封胸凶匈汹雍邕痈浓脓重［重复］从［服从］逢缝峰锋丰蜂烽葑纵［纵横］踪茸蚕邛筇跫供［供给］蚣喁

仄声：上声一董二肿、去声一送二宋通用

【一董】董懂动孔总笼［东韵同］拢桶捅蓊蠓汞

【二肿】肿种［种子］踵宠垅［陇］拥冗重［轻重］冢捧勇甬踊涌俑蛹恐拱竦悚耸巩怂奉

【一送】送梦凤洞众瓮贡弄冻痛栋恸仲中［击中］粽讽空［空缺］控哄赣

【二宋】宋用颂诵统纵［放纵］讼种［种植］综俸供［供设，名词］从［仆从］缝［隙也］重［再也］共

第二部

平声：三江七阳通用

【三江】江缸窗邦降［降伏］双泷庞撞豇扛杠腔梆桩幢蛩［冬韵同］

【七阳】阳扬杨洋羊祥徉芳妨方坊防肪房亡忘望［漾韵同］忙茫芒妆庄装奘香乡湘厢箱镶芗相［相互］襄骧光昌堂唐糖棠塘章张王常长［长短］裳凉粮量［衡量］梁粱良霜藏［收藏］肠场尝偿床央鸯秧殃郎廊狼榔踉浪［沧浪］浆将［持也送也］疆僵姜缰舡娘黄皇遑惶徨煌仓苍舱沧伤殇商帮汤创［创伤］疮强［刚强］墙樯嫱蔷康慷［养韵同］囊狂糠冈刚钢纲匡筐荒慌行［行列］杭航桁翔详祥庠桑彰璋漳獐猖倡凰邙臧赃昂丧［丧葬］闯羌枪锵抢［突也］蜣跄篁簧璜潢攘瓢亢吭［漾养韵并同］旁傍［侧也］孀（马霜）当［应当］裆珰铛泱炀蝗隍快育汪鞅滂螂怆［漾韵同］缃琅颃怅螳

仄声：上声三讲二十二养、去声三绛二十三漾通用

【三讲】讲港项棒蚌犅

【二十二养】养痒象像橡仰朗桨奖蒋敞氅厂枉往颡强［勉强］惘两曩丈杖仗［漾韵同］响掌党想鲞榜爽广享向飨幌莽纺长［长幼］网荡上［上升］壤赏仿罔谎倘魍魉谎蟒漭嗓盎恍脏［肮脏］吭沆慷褓镪抢肮犷

【三绛】绛降［升降］巷撞［江韵同］戆

【二十三漾】漾上［上下］望［阳韵同］相［卿相］将［将帅］状帐唱让浪［波浪］酿旷壮放向忘仗［养韵同］畅量［数量］葬匠障瘴谤尚涨饷样藏

[库藏] 舫访觖嶂当［适当］抗桁妄怆宕怅创酱况亮傍［依傍］丧［丧失］恙谅胀鸧脏［内脏］吭砀伉圹纩桄挡旺炕亢［高亢］阆防

第三部

平声：四支五微八齐十灰［半］通用

【四支】支枝肢移（竹移）为［施为］垂吹陂碑奇宜仪皮儿离施知驰池规危夷师姿迟龟眉悲之芝时诗棋旗辞词期祠基疑姬丝司葵医帷思滋持随痴维厄麾墀弥慈遗肌雌披嬉尸狸炊湄篱兹差［参差］疲茨卑亏蕤骑［跨马］歧岐谁斯澌私窥熙欺疵赀羁彝髭颐资糜饥衰锥姨夔衹涯［佳、麻韵同］伊追缁其箕治［治国］尼而推［灰韵同］匙陲魑锤缡璃骊羸帔黑糜蘼脾芪畸牺羲曦欹漪猗崎崖萎筛狮螭鸥绥虽粢瓷椎饴嫠痍惟唯机耆逶岿丕毗枇貔楣霉辎蚩嗤嫠飔坻莳鲥鹚答滴怡贻禧噫其琪祺麒巇螭栀鹂累跑琵嵋

【五微】微薇晖辉徽挥韦围帏违闱霏菲［芳菲］妃飞非扉肥威祈畿机几［微也、如见几］讥玑稀希衣［衣服］依归饥［支韵同］矶欷诽绯晞葳巍沂圻颀

【八齐】齐黎犁梨妻［夫妻］萋凄堤低题提蹄啼鸡稽兮倪霓西栖犀嘶撕梯鼟赍迷泥溪蹊圭闺携畦稽跻奚脐醍鹥奎批砒睽黄篦斋藜猊鲵黧

【十灰（半）】灰恢魁隈回徊槐［佳韵同］梅枚玫媒煤雷颓崔催摧堆陪杯醅嵬推［支韵同］诙裴培盔偎煨瑰茴追胚徘坏桅傀儡［贿韵同］莓

仄声：上声四纸五尾八荠十贿（半）去声四寘五未八霁九泰（半）十一队（半）通用

【四纸】纸只咫是靡彼毁委诡髓累技绮觜此泚蕊徙尔弭婢侈弛豕紫旨指视美否［否泰］痞兕几姊比水轨止征市喜已纪跪妓蚁鄙啙子仔梓矢雉死履垒癸趾址以似耜祀史驶耳使［使令］里理李起杞圮趾士仕俟始齿矣耻麂枳峙鲤迤氏玺巳［辰巳］滓苡倚匕迤逦旖旎舣蚍秕芷拟你企诔捶扅棰揣豸祉恃

【五尾】尾苇鬼岂卉几［儿多］伟斐菲［菲薄］匪篚娓悱榧篚炜虺玮虮

【八荠】荠礼体米启陛洗邸底抵弟坻柢涕悌济［水名］澧醴诋眯娣棨递昵睨蠡

【十贿（半）】贿悔罪馁每块汇猥璀磊蕾傀儡腿

【四寘】真置事地意志思［名词］泪吏赐自字义利器位戏至次累［连累］伪寺瑞智记异致备肆翠骑［车骑，名词］使［使者］试类弃饵媚鼻易［容易］辔坠醉议翅避笥帜炽粹莳谊帅厕寄睡忌贰萃穗二臂嗣吹［鼓吹，名词］遂恣四骥季刺驷寐魅积［积蓄］被懿觊冀愧匮恚馈黄箅柜暨庇鼓莉腻秘比［近也］鸷豸啻示嗜饲伺遗［馈遗］蕙崇值惴羼眦罾企渍譬跛挚燧隧悴尿稚雉苡悸肄泌识［记也］侍踬为［因为］

【五未】未味气贵费沸尉畏慰蔚魏纬胃汇［字汇］谓渭卉［尾韵同］讳毅既衣［着衣，动词］蜚溉［队韵同］翡诽

【八霁】霁制计势世丽岁济［渡也］第艺惠慧币弟滞际涕［荠韵同］厉契［契约］敝弊毙帝蔽髻锐庆裔袂系祭卫隶闭逝缀翳替细桂税婿例誓筮蕙诣砺励瘗噬继脆睿氉曳蒂睇妻［以女妻人］递逮蓟蚋薛荔唳捩栃泥［拘泥］媲嬖彗睥睨剂嚏谛缔剃屉悌俪锲赍掣羿棣蟪薤娣说［游说］赘憩鳜螭呓谜挤

【九泰（半）】会旆最贝沛霈绘脍荟狯侩桧蜕酹外兑

【十一队（半）】队内辈佩退碎珮背秄对废悔诲晦昧配妹喙溃吠肺耒块碓刈悖焙淬敦［盘敦］

第四部

平声：六鱼七虞通用

【六鱼】鱼渔初书舒居裾琚车［麻韵同］渠蕖余予［我也］誉［动词］舆胥狙锄疏蔬梳虚嘘墟徐猪阊庐驴诸储除滁蜍如畲淤好苴葅沮徂龉茹桐于祛蘧疽蛆醵纡樗踌［药韵同］欤据［拮据］

【七虞】虞愚娱隅无芜巫于衢癯瞿氍儒襦濡须需朱珠株诛硃铢蛛殊俞瑜榆愉逾渝窬谀腴区躯驱岖趋扶符凫芙雏敷麸夫肤纡输枢厨俱驹模谟摹蒲逋胡湖瑚乎壶狐弧孤辜姑觚菰徒途涂荼图屠奴吾梧吴租卢鲈炉芦颅垆蚨孥帑苏酥乌污［污秽］枯粗都茱侏姝禺拘岣蹰桴俘臾萸吁滹瓠糊醐呼沽酤泸舻轳鸬驽匍葡铺［铺盖］菟诬呜迂盂竽趺毋孺酴鹕骷刳蛄哺蒱葫呱蝴蚴姐猢郛孚

仄声：上声六语七麌、去声六御七遇通用

【六语】语［语言］圄圉吕侣旅杼伫与［给予］予［赐予］渚煮暑鼠汝茹［食也］黍杵处［居住、处理］贮女许拒炬距所楚础阻俎沮叙绪屿墅巨去［除也］苣举诅溆浒钜醑咀诅苎抒楮

【七麌】麌雨宇舞府鼓虎古股贾［商贾］估土吐圃庾户树［种植，动词］煦诩努辅组乳弩补鲁橹睹腐数［动词］簿竖普侮斧聚午伍釜缕部柱矩武五苦取抚浦主杜坞祖愈堵扈父甫禹羽怒［遇韵同］腑柎俯罟卤姥鹉拄莽［养韵同］栩窭脯妩庑否［是否］麈褛篓偻酤牡谱怙肚踽庎孥诂瞽牯殁祜沪雇仵缶母某亩蛊琥

【六御】御处［处所］去虑誉［名词］署据驭曙助絮着［显着］箸豫恕与［参与］遽疏［书疏］庶预语［告也］踞倨薅淤锯觑狙［鱼韵同］翥薯

【七遇】遇路辂赂露鹭树［树木］度［制度］渡赋布步固素具务雾骛数［数量］怒［（上鹿下吴）韵同］附兔故顾句墓慕暮募注住注驻炷祚裕误悟寤成库护屦诉妒惧趣娶铸绔傅付谕喻妪芋捕哺互孺寓赴沍吐［麌韵同］污［动词］恶［憎恶］晤煦酤讣仆［偃仆］赙驸婺锢蛀飓怖铺［店铺］塑愫蠹溯镀璐雇瓠连妇负阜副富［宥韵同］醋措

第五部

平声：九佳（半）十灰（半）通用

【九佳（半）】佳街鞋牌柴钗差［差使］崖涯［支麻韵同］偕阶皆谐骸排乖怀淮豺侪埋霾斋槐［灰韵同］睚崽楷秸楷挨俳

【十灰（半）】开哀埃台苔抬该才材财裁栽哉来莱灾猜孩徕骀胎唉垓挨皑呆腮

仄声：上声九蟹十贿（半）、去声九泰（半）十卦（半）十一队（半）通用

【九蟹】蟹解洒楷［佳韵同］拐矮摆骇

【十贿（半）】海改采彩在宰醢铠恺待殆怠乃载［岁也］凯闿倍蓓迨亥

【九泰（半）】泰太带外盖大［个韵同］濑赖籁蔡害蔼艾丐奈柰汰癞霭

【十卦（半）】懈廨邂隘卖派债怪坏诫戒界介芥械薤拜快迈败稗晒瀣湃寨疥届蒯箣蕡喟聩块愊

【十一队（半）】塞［边塞］爱代载［载运］态菜碍戴贷黛概岱溉慨耐在［所在］鼐玳再袋逮块赉赛忾暖咳嗳眛

第六部

平声：十一真十二文十三元（半）通用

【十一真】真因茵辛新薪晨辰臣人仁神亲申身宾滨槟缤邻鳞麟珍嗔尘陈春津秦频苹颦濒银垠筠巾囷民岷泯［轸韵同］珉贫纯淳醇纯唇伦轮沦抡匀旬巡驯钧均榛遵循甄宸纶椿鹑嶙辚磷呻伸绅寅姻荀询峋氤恂嫔彬皱娠闽纫湮肫逡菌臻黢

【十二文】文闻纹蚊云分［分离］氛纷芬焚坟群裙君军勤斤筋勋熏曛醺芸耘芹欣氲荤汶汾殷雯贲纭昕薰

【十三元（半）】魂浑温孙门尊［樽］存敦墩炖暾蹲豚村屯囤［囤积］盆奔论［动词］昏痕根恩吞荪扪裈昆鲲坤仑婚阍髡馄饨臀跟瘟飧

仄声：上声十一轸十二吻十三阮（半）、去声十二震十三问十四愿（半）通用

【十一轸】轸敏允引尹尽忍准隼笋盾［阮韵同］闵悯菌［真韵同］蚓牝殒紧蠢陨哂诊疹赈肾蜃膑黾泯窘吮缜

【十二吻】吻粉蕴愤隐谨近忿刎搵槿瑾恽韫抆

【十三阮（半）】混棍阃悃捆衮鲧稳本畚笨损忖囤遁很沌恳垦龈

【十二震】震信印进润阵镇刃顺慎鬓晋骏闰峻衅振俊舜赆吝烬讯仞迅汛趁衬仅觐蔺浚赈［轸韵同］龀认殡摈缙躏廑谆瞬韧浚殉馑

【十三问】问闻［名誉］运晕韵训粪忿［吻韵同］酝郡分［名分］絮愠近［动词］扮拚奋郓掆靳

【十四愿（半）】论［名词］恨寸困顿遁［阮韵同］钝闷逊嫩溷诨巽褪喷［元韵同］艮搵

第七部

平声：十三元（半）十四寒十五删一先通用

【十三元（半）】元原源沅羱园袁猿垣烦蕃樊喧萱暄冤言轩藩媛援辕番繁翻幡璠鸳鹓蜿湲爰掀燔圈谖

【十四寒】寒韩翰［翰韵同］丹单安鞍难［艰难］餐檀坛滩弹残干肝竿阑栏澜兰看［翰韵同］刊丸完桓纨端湍酸团攒官观［观看］鸾銮峦冠［衣冠］欢宽盘蟠漫［大水貌］叹［翰韵同］邯郸摊玕拦珊狻鼾杆跚姗殚箪瘅谰貛倌棺剜潘拼［问韵同］盘般蹒瘢盘瞒谩馒鳗钻挎邗汗［可汗］

【十五删】删潜关弯湾还环鬟寰班斑蛮颜奸攀顽山闲艰间［中间］悭患［谏韵同］孱潺擐圜菅般［寒韵同］颁鬘疝讪斓娴鹇鳏殷［赤黑色］纶［纶巾］

【一先】先前千阡笺天坚肩贤弦烟燕［地名］莲怜连田填巅鬈宣年颠牵妍研［研究］眠渊涓捐娟边编悬泉迁仙鲜［新鲜］钱煎然延筵毡旃蝉缠廛联篇偏绵全镌穿川缘鸢旋船涎鞭专圆员干［乾坤］虔愆权拳椽传焉嫣鞯褰搴铅舷跹鹃筌痊诠悛遄禅婵躔颠燃涟涟便［安也］翩骈癫阗钿［霰韵同］沿蜓胭芊鳊胼滇佃畋咽湮狷蠲蔫骞膻扇棉拴荃籼砖孪儇欢璇卷［曲也］扁［扁舟］单［单于］溅［溅溅］犍

仄声：上声十三阮（半）十四旱十五潜十六铣、去声十四愿（半）十五翰十六谏十七霰通用

【十三阮（半）】阮远［远近］晚苑返反饭［动词］偃蹇琬沅宛婉畹菀蜿绻巘挽堰

【十四旱】旱暖管管满短馆［翰韵同］缓盥［翰韵同］碗懒伞伴卵散［散布］伴诞罕瀚［浣］断［断绝］侃算［动词］款但坦袒纂缎拌满懒㸊莞

【十五潜】潜眼简版板阪盏产限绾柬拣撰馔赧皖汕铲屐栈

【十六铣】铣善［善恶］遣［遣送］浅典转［霰韵同］衍犬选冕辇免展茧辨篆勉剪卷显饯［霰韵同］践喘藓软蹇［阮韵同］演兖件腆跣缅缱鲜［少也］殄扁匾蚬岘畎燹隽键变泫癣阐颤膳鳝舛娩辗遣［先韵同］裔辫捻

【十四愿（半）】愿怨万饭［名词］献健建宪劝蔓券远［动词］侃键贩畈曼挽［挽联］瑷嫒圈［猪圈］

【十五翰】翰［寒韵同］瀚岸汉难［灾难］断［决断］乱叹［寒韵同］观［楼观］干［树干，干练］散［解散］旦算［名词］玩烂贯半案按炭汗赞漫［寒韵同］。又副词，独用］冠［冠军］灌爨窜幔粲灿璨换焕唤涣悍弹［名词］惮段看［寒韵同］判叛绊鹳伴畔锻腕惋馆旰捍疸但罐鏄婉缎缦侃蒜钻谰

【十六谏】谏雁患涧间［间隔］宦晏慢盼篡栈［潸韵同］惯串绽幻瓣苋办谩讪［删韵同］铲绾孱篡裥扮

【十七霰】霰殿面县变箭战扇煽膳传［传记］见砚院练链燕宴贱馔荐绢彦掾便［便利］眷倦羡奠遍恋啭眩钏倩卞汴片禅［封禅］谴溅饯善［动词］转［以力转动］卷［书卷］甸电咽茜单念［念书］眒淀靛佃钿［先韵同］碹漩拣缮现狷炫绚绽线煎选旋颤擅缘［衣饰］撰唁谚媛忭弁援研［磨研］

第八部

平声：二萧三肴四豪通用

【二萧】萧箫挑貂刁凋雕逍条髫调［调和］蜩枭浇聊辽寥撩寮僚尧宵消霄绡销超朝潮嚣骄娇蕉焦椒饶硝烧［焚烧］遥徭摇谣瑶韶昭招镳瓢苗猫腰桥乔娆妖飘逍潇鸮骁祧鹞鹩缭獠嘹天［天天］么邀要［要求］姚樵谯憔标飚嫖漂［漂浮］剽佻龆苕嘹哓跷侥了［明了］魈峣描钊轺桡铫鹠翘枵侨峤礁

【三肴】看巢交郊茅嘲钞包胶苞梢姣庖匏坳敲胞抛蛟崤鲛鞘抄蛩咆哮凹淆教［使也］跑艄捎爻咬铙茭炮［炮制］泡鲛刨抓

【四豪】豪劳毫操［操持］髦绦刀萄猱褒桃糟旄袍挠［巧韵同］蒿涛皋号［号呼］陶螯曹遭羔糕搔毛艘滔骚韬缲膏牢醪逃濠壕饕洮淘叨嗥篙熬遨翱嗷臊嘈尻麇螯獒敖牦漕嘈槽掏唠涝捞痨毛

仄声：上声十七筱十八巧十九皓、去声十八啸十九效二十号通用

【十七筱】筱小表鸟了［未了，了得］晓少［多少］扰绕绍杪沼眇矫皎杳

窈窕袅挑［挑拨］掉［啸韵同］肇缥缈渺淼茑赵兆缴缭［萧韵同］夭［夭折］悄舀佬蓼娆硗剿晁貌秒殍了［了望］

【十八巧】巧饱卯狡爪鲍挠［豪韵同］搅绞拗咬炒吵佼姣［肴韵同］昂茆獠［萧韵同］

【十九皓】皓宝藻早枣老好［好丑］道稻造［造作］脑恼岛倒［跌倒］祷［号韵同］捣抱讨考燥扫［号韵同］嫂保鸨稿草昊浩镐杲缟槁堡皂璬媪燠袄懊葆褓芼澡套涝蚤拷栲

【十八啸】啸笑照庙窍妙诏召邵要［重要］曜耀调［音调］钓吊叫眺少［老少］诮料疗潦掉［筱韵同］娇徼跳嘹漂镖廖尿肖鞘悄［筱韵同］峭哨俏醮燎［筱韵同］鹩鹞轿骠票铫［萧韵同］

【十九效】效教［教训］貌校孝闹豹罩棹觉［寤也］较窖爆炮［枪炮］泡［肴韵同］刨［肴韵同］稍钞［肴韵同］拗敲［肴韵同］淖

【二十号】号［号令］帽报导操［操行］盗噪灶奥告［告诉］诰到蹈傲暴［强暴］好［爱好］劳［慰劳］躁造［造就］冒悼倒［颠倒］燥犒靠懊瑁燠［皓韵同］耄糙套［皓韵同］纛［沃韵同］潦耗

第九部

平声：五歌独用

【五歌】歌多罗河戈阿和［和平］波科柯陀娥蛾鹅萝荷［荷花］何过［经过］磨［琢磨］螺禾珂蓑婆坡呵哥轲沱鼍拖驼跎佗［他］颇［偏颇］峨俄摩么娑莎迦疴苛蹉嵯驮箩锣哪挪锅诃窠蝌髁倭涡窝讹陂都嶓魔梭唆骡捼靴瘸搓哦瘥酡

仄声：上声二十哿、去声二十一个通用

【二十哿】哿火舸嚲舵我拖娜荷［负荷］可左果裹朵锁琐堕惰妥坐［坐立］裸跛颇［稍也］伙颗祸桠婀逻卵那坷爹多［麻韵同］簸叵垛哆硪么［歌韵同］峨［歌韵同］

【二十一个】个贺佐大［泰韵同］饿过［歌韵同。又过失，独用］座和

［唱和］挫课唾播破卧货簸轲［辘轲］驮髁［歌韵同］磋作做刹磨［磨盘］懦糯缚锉捼些［楚些］

第十部

平声：九佳（半）六麻通用

【九佳（半）】佳涯［支麻韵同］娲蜗蛙娃哇

【六麻】麻花霞家茶华沙车［鱼韵同］牙蛇瓜斜邪芽嘉瑕纱鸦遮叉奢涯［支佳韵同］巴耶嗟趖加笳赊槎差［差错］蟆骅虾葭袈裟砂衙呀琶杷芭杷笆疤爬葩些［少也］畬鲨查楂渣爹挝咤拿椰珈跏枷迦痂茄桠丫哑划哗夸胯抓洼呱

仄声：上声二十一马、去声十卦（半）二十二（祃）通用

【二十一马】马下［上下］者野雅瓦寡社写泻夏［华夏］也把厦惹冶贾［姓贾］假［真假］且玛姐舍唶赭洒靵剐打耍那

【十卦（半）】卦挂画［图画］

【二十二（祃）】祃驾夜下［降也］谢榭罢夏［春夏］霸暇灞嫁赦籍［凭籍］假［休假］蔗化舍［庐舍］价射骂稼架诈亚麝怕借卸帕坝靶鹧贳炙嘎乍咤诧侘罅吓娅哑讶迓华［姓华］桦话胯［遇韵同］跨衩柘

第十一部

平声：八庚九青十蒸通用

【八庚】庚更［更改］羹盲横［纵横］舰彭亨英烹平枰京惊荆明盟鸣荣莹兵兄卿生甥笙牲擎鲸迎行［行走］衡耕萌甍宏闳茎罂莺樱泓橙争筝清情晴精晴菁晶旌盈楹瀛嬴营婴缨贞成盛［盛受］城诚呈程醒声征正［正月］轻名令［使令］并［并州］倾萦琼峥嵘撑粳坑铿撄鹦黥蘅澎膨棚浜坪苹铮伧棠嘤轰铮狰狞狩瞪绷怦璎砰氓鲭侦柽蛏茔赪茕赓黄瞠

【九青】青经泾形陉亭庭廷霆蜓停丁仃馨星腥醒［醉醒］惺俜灵龄玲铃伶零听［径韵同］冥溟铭瓶屏萍荧萤荣扃坰蜻硎苓聆瓴翎娉婷宁暝瞑螟猩钉疔叮

厅町泠棂图羚蛉咛型邢

【十蒸】蒸烝承丞惩澄陵凌绫菱冰膺鹰应［应当］蝇绳升缯凭乘［驾乘，动词］胜［胜任］兴［兴起］仍兢矜征［征求］称［称赞］登灯僧憎增曾罾层能朋鹏肱薨腾藤恒罾崩滕誊崚嶒姮塍冯症簦蓍凝［径韵同］棱楞

ᅟ

仄声：上声二十三梗二十四迥、去声二十四敬二十五径通用

【二十三梗】梗影景井岭领境警请饼永骋逞颖颍顷整静省幸颈郢猛丙炳杏秉耿矿冷靖哽绠荇艋蜢皿儆悻婧阱狰［庚韵同］靓惺打瘿并［合并］犷眚憬鲠

【二十四迥】迥炯茗挺艇梃醒［青韵同］酩酊并［并行，并且］等鼎顶肯拯罄到溟

【二十四敬】敬命正［正直］令［命令］证性政镜盛［茂盛］行［学行］圣咏姓庆映病柄劲竟靓净竞孟诤更［更加］并［梗韵同］聘硬炳泳迸横［蛮横］摒阱檠迎郑獍

【二十五径】径定听胜［胜败］馨磬应［答应］赠乘［名词］佞邓证秤称［相称］莹［庚韵同］孕兴［兴趣］剩凭［蒸韵同］迳甀宁胫暝［夜也］钉［动词］订钉锭罄泞瞪蹭蹬亘［亘古］镫［鞍镫］滢凳磴泾

ᅟ

第十二部

ᅟ

平声：十一尤独用

【十一尤】尤邮优犹流旒留骝榴刘由油游猷悠攸牛修羞秋周州洲舟酬雠柔俦畴筹稠丘邱抽瘳遒收鸠搜驺愁休囚求裘仇浮谋牟眸侔矛侯喉猴讴鸥楼陬偷头投钩沟幽纠啾楸蚯踌绸惆勾娄琉疣犹邹兜呦咻貅球蜉蝣辀帱阄瘤硫浏麻揪泅酋瓯惆飕鳌篌抠篝诌骰偻沤［水泡，名词］蝼髅搂欧彪掊虬揉蹂抔不［与有韵"否"通］瓿缪［绸缪］

ᅟ

仄声：上声二十五有、去声二十六宥通用

【二十五有】有酒首口母［麌韵同］妇［麌韵同］后柳友斗狗久负［麌

韵同〕厚手叟守否〔麌韵同〕右受腷偶走阜〔麌韵同〕九后咎薮吼帚垢舅纽藕朽臼肘韭亩〔麌韵同〕剖诱牡〔麌韵同〕缶酉苟丑糗扣叩某莠寿绶玖授蹂〔尤韵同〕揉〔尤韵同〕溲纠钮扭呕殴纠耦掊瓿拇姆搂绺抖陡蚪篓黝赳取〔麌韵同〕

【二十六宥】宥候就售〔尤韵同〕寿〔有韵同〕秀绣宿〔星宿〕奏兽漏富〔遇韵同〕陋狩昼寇茂旧胄宙袖岫柚覆复〔又也〕救厩臭佑右囿豆饾窦瘦漱咒究疚谬皱逅嗅遘溜镂逗透骤又侑幼读〔句读〕堠仆副〔遇韵同〕锈鹫绉呀灸篝酎诟蔻僦构扣购彀戊懋贸衰嗽凑鼬瓾沤〔动词〕

第十三部

平声：十二侵独用

【十二侵】侵寻浔临林霖针箴斟沈心琴禽擒衾钦吟今襟〔衿〕金音阴岑簪〔覃韵同〕壬任〔负荷〕歆森禁〔力所胜任〕（祲）暗琛涔骎参〔参差〕忱淋妊掺参〔人参〕椹郴芩檎琳（虫覃）愔谙黔嶔

仄声：上声二十六寝、去声二十七沁通用

【二十六寝】寝饮〔饮食〕锦品枕〔枕衾〕审甚〔沁韵同〕廪衽稔凛懔沈〔姓氏〕朕荏婶沈〔沈阳〕葚禀噤谂怎恁饪罨

【二十七沁】沁饮〔使饮〕禁〔禁令〕任〔信任〕荫浸潜戡枕〔动词〕噤甚〔寝韵同〕鸩赁暗渗窨妊

第十四部

平声：十三覃十四盐十五咸通用

【十三覃】覃潭参〔参考〕骖南楠男谙庵含涵函〔包函〕岚蚕探贪耽眈龛堪谈甘三酣柑惭蓝担簪〔侵韵同〕谭昙坛婪戡颔痰篮褴蚶憨泔聃蟫〔侵韵同〕

【十四盐】盐檐廉帘嫌严占〔占卜〕髯谦佥纤签瞻蟾炎添兼缣沾尖潜阎镰

黏淹钳甜恬拈砭詹兼歼黔钤金觇掩渐鹣腌襜阉

【十五咸】咸函［书函］缄岩谗衔帆衫杉监［监察］凡馋芟挦喃嵌搀巉

仄声：上声二十七感二十八俭二十九豏、去声二十八勘二十九艳三十陷通用

【二十七感】感览揽胆澹［淡，勘韵同］喽坎惨敢颔［覃韵同］撼毯糁湛菡菼罱槧喊嵌［咸韵同］橄榄

【二十八俭】俭焰敛［艳韵同］险检脸染掩点窆贬冉苒陕谄俨闪刬忝［艳韵同］琰奄歉芡崭堑渐［盐韵同］罨捡弇崦站

【二十九豏】豏槛范减舰犯湛巉［咸韵同］斩黯范掺崭濂阚［虎声］

【二十八勘】勘暗滥喽担憾暂三［再三］绀憨澹［咸韵同］瞰淡缆

【二十九艳】艳剑念验堑赡店占［占据］敛［聚敛］厌焰［俭韵同］垫欠僭酽潋滟俺砭坫

【三十陷】陷鉴泛梵忏赚蘸嵌站馅

第十五部

入声：一屋二沃通用

【一屋】屋木竹目服福禄谷熟肉族鹿漉腹菊陆轴逐苜蓿宿［住宿］牧伏凤读［读书］犊渎牍椟黩縠复［恢复］粥肃碌骕鹜育六缩哭幅斛戮仆畜蓄叔淑倏独卜馥沐速祝麓辘镞蹙筑穆睦秃縠覆辐瀑郁［忧郁，郁郁葱葱］舳鞠蹴跼莸袯鹏鸪髑槲扑匐簌蔟煜复［复杂］蝠菔孰塾矗竺曝鞫嗾谡簏国［职韵同］副

【二沃】沃俗玉足曲粟烛属录辱狱绿毒局欲束鹄蜀促触续浴酷躅褥旭欲笃督赎渌纛碡北［职韵同］瞩嘱勖溽缛梏

第十六部

入声：三觉十药通用

【三觉】觉［知觉］角桷榷岳乐［音乐］捉朔数［频数］卓啄琢剥驳雹璞朴壳确浊擢濯渥幄握学龊齪椮搦镯喔邈牮

【十药】药薄恶［善恶］作乐［哀乐］落阁鹤爵弱约脚雀幕洛壑索郭错跃若酌托削铎凿箔鹊诺萼度［测度］橐钥龠瀹着着虐掠获［收获］泊搏霍嚼勺谑廓绰霍镬莫箔缚貉各略骆寞膜鄂博昨柝格拓轹铄烁灼疟翮箬芍躇却嗥矍攫酿蹀魄酪络烙珞膊粕簿柞漠摸酢怍涸郝垩谔鳄噩锷颚缴扩桲陌［陌韵同］

第十七部

入声：四质十一陌十二锡十三职十四缉通用

【四质】质日笔出室实疾术一乙壹吉秩率律逸佚失漆栗恤密蜜桔溢瑟膝匹述黜弼踬七叱卒［终也］虱悉戌嫉帅［动词］蒺佾踬怵蟋篳篥必泌荜栎唧帙溧谧昵轶聿诘耋垤捽苗臀鹬窒芯

【十一陌】陌石客白泽伯迹宅席策册碧籍［典籍］格役帛戟璧驿麦额魄积［积聚］脉夕液尺隙逆画［动词］百辟赤易［变易］革脊翮屐获［猎获］适索厄隔益窄核乌掷责坼惜癖僻掖腋释译峄择摘弈奕迫疫昔赫瘠谪亦硕貊跖鹡碛踖只炙［动词］踯斥岁鬲骼舶珀吓磔拆喀蚱胙剧蘖躄栅啧帻簀搤划蜴辟帼蝈刺崄汐藉螫蓦摭襞虢哑［笑声］绎射［音亦］

【十二锡】锡壁历枥击绩绩笛敌滴镝檄激寂觑溺觅狄荻幂戚鹢涤的吃沥雳霹惕剔砾翟籴倜析晰浙蜥劈甓嫡绩轹枥阅苅踢迪晳裼逖蜺阒汨［汨罗江］

【十三职】职国德食［饮食］蚀色力翼墨极殛息熄直值得北黑侧贼饰刻则塞［闭塞］式轼域蝛殖植敕亟棘惑忒默织匿慝亿忆臆薏特勒肋幅仄昃稷识［知识］逼克即唧［质韵同］弋拭陟恻测翊洫啬穑鲫抑或匐［屋韵同］

【十四缉】缉辑戢立集邑急入泣湿习给十拾袭及级涩楫［叶韵同］粒汁蛰执笠隰汲吸絷挹浥悒岌熠茸什苙廿揖煜［屋韵同］歙笈［叶韵同］圾褶翕

第十八部

入声：五物六月七曷八黠九屑十六叶通用

【五物】物佛拂屈郁［馥郁，郁郁乎文哉］乞掘［月韵同］吃［口吃］讫绂弗勿迄不怫绋沸茀厥倔蹶崛尉蔚契屹熨［未韵同］绂

我爱写诗词

【六月】月骨发阙越谒没伐罚卒［士卒］竭窟笏钺歇突忽袜曰阀筏鹘［黠韵同］厥［物韵同］蹶蕨殁橛掘［物韵同］核蝎勃渤悖［队韵同］孛揭［屑韵同］碣粤樾鳜脖饽鹁捽［质韵同］猝惚兀讷［呐］羯凸咄［曷韵同］矻

【七曷】曷达末阔钵脱夺褐割沫拔［挺拔］葛阏渴拨豁括抹遏挞跋撮泼秣掇［屑韵同］咄獭［黠韵同］刺喝磕蘖瘌袜活鸹骭怛钹捋

【八黠】黠拔［拔擢］八察杀刹轧戛瞎刮刷滑辖铩猾捌叭札扎帕苗鹘掴萨捺

【九屑】屑节雪绝列烈结穴说血舌洁别缺裂热决铁灭折拙切悦辙诀泄锲咽［呜咽］轶噎彻澈哲鳖设啮劣玦截窃孽浙孑桔颉拮撷揭褐［曷韵同］缬碣［月韵同］挈抉亵薛拽［曳］蕞洌瞥迭跌阅餮臬垤捏页阕觖谲䴗撒蹩篾楔惙辍啜缀撤绁杰桀涅霓蜺［锡韵同］批［齐韵同］

【十六叶】叶帖贴牒接猎妾蝶叠箧惬涉鬣捷颊楫［缉韵同］聂摄慑锸蹑协侠荚挟铗浃睫厌餍蹀躞燮折辄婕谍堞霎啑喋碟鲽捻哗蹀笈［缉韵同］

第十九部

入声：十五合十七洽通用

【十五合】合塔答纳榻合杂腊匝阖蛤衲沓鸽踏拓拉盍塌咂盒卅搭褡飒磕榼遢踏蜡溘邋跶

【十七洽】洽狭峡法甲业邺匣压鸭乏怯劫胁插铪押狎夹恰蛱硖掐札袷眨胛呷歃闸霎［叶韵同］

部分混入普通话平声中的常用入声字

（一）现在读为阴平的古入声字

阿八擦插锸答搭嗒褡耷大发（发达）刮栝夹浃邋掐撒杀煞（煞尾）铩禢挖瞎鸭压押匝咂扎剥拨钵鲅（鲌）戌戳撮掇咄裰踔剟郭蝈啯摸泼朴说缩脱托饦桌捉拙涿卓棁作（作揖）鸽割胳疙纥（纥縫）咯喝嗑客瞌颏搕（磕）着蛰（蜇）鳖憋跌接揭撅挹捏撇瞥切（切磋）缺阙（阙如）贴帖歇蝎楔削（削弱）薛噎约曰哕吃失湿虱只（只言片语）汁织逼滴积迹激绩击屐咭唧襀劈霹七柒戚漆嘁缉剔踢息昔惜夕吸悉膝析淅蜥晰窸蟋螅皙腊壹揖忽惚唿欻哭窟扑仆（前仆后继）噗淑菽叔秃突屋锔掬鞠踘鞫曲（曲直）屈蛐诎摘

（二）现在读为阳平的古入声字

拔跋茇魃察达答怛瘩绂鞑笪乏伐罚筏阀垡茷轧（轧帐）滑猾划（划船）夹浃铗荚颊戛蛱鵊恝侠狭匣辖狎硖柙黠呷挟杂砸闸札扎扎炸轧（轧钢）铡喋（唼喋）哳伯薄白百柏箔驳帛舶膊雹勃钹搏踣礴佛卜鹁渤孛浡荸镈馎襮僰铂夺铎泽佛国掴帼虢[漷]活膜橐酌浊斫濯茁着（着意）灼啄琢缴（zhuo）镯擢诼鷟浞昨作（作践）笮（笮桥）捽得德额格阁革葛隔蛤骼镉膈嗝鬲（胶鬲）合涸盒劾核翮阖龁貉纥（回纥）曷盍鹖咳壳搿舌折（折耗）责则泽贼择赜帻舴鲗咋啧哲折（折中）折谪宅蛰磔辄辙翟蜇哲别蹩蝶叠迭牒堞谍碟喋蹀耋鲽瓞昳垤咥跕结洁杰节截竭劫捷睫碣诘孑疖撷桀讦桔拮楬颉（仓颉）角脚觉决绝爵诀谲厥蕨崛抉嚼掘橛噱屩鐍獗鴂潏玦珏孓觖攫桷劂爝倔（倔强）矍茶协胁（胁迫）缬颉（颉颃）撷勰絜学穴噱石食实识蚀拾十什直值植殖执职侄跖掷（掷色子）絷埴摭踯鼻荸敌笛涤的荻迪狄籴觌翟镝嫡蹢靮极级疾集吉即及急籍瘠楫辑脊唧笈岌汲棘亟革藉嫉芨墼踖蒺鹡戢殛席习袭媳锡熄檄隰裼读毒独牍犊渎椟讟黩髑顿（冒顿）纛福服伏拂幅辐袱幞佛（佛戾）茀绋祓绂洑匐蝠韨怫艴茯卜氟骨（骨头）鹄鹘斛縠仆璞醭濮蹼熟赎孰塾秫俗竹逐烛躅筑（zhu 贵阳别称）蠋舳竺术（白术）瘃足族卒镞局橘菊局鵙轴碡妯

代跋

《新文学评论》：
高昌访谈录

请介绍一下您走上旧诗写作之路的历程，有哪些关键节点和事件？

我的诗词道路，简单而透明。就像从悠悠春波到盈盈秋水——流动的是时间和空间，不变的是初心和本真。

我开始写诗的年纪很早，中间也没有间断过。这一路走来，白纸黑字，无法遮蔽和掩盖，也无法删改和修订了。

我的祖籍是河北省晋州市周家庄乡九队，这里号称"最后的人民公社"，是我国至今唯一保留乡级核算制度的地方。九队并没有设在周家庄村，而是在该乡下辖的另一个自然村，叫北捏盘。北捏盘村按南北方位分为九队和十队，直接隶属于周家庄乡管理。我爷爷担任过北捏盘村的抗日村长，他和奶奶最后也安葬在这里。也就是说，北捏盘村有我们家的祖坟。而我，则出生在离北捏盘村 15 公里的辛集市（旧称束鹿县），并在辛集长大。

1958 年前后，晋州（当时叫晋县）曾经和辛集、深泽合并成一个县，都叫束鹿县，大约 3 年后再分开重设。这期间，束鹿县兴起过一场颇具规模的民歌运动，并在随后持续了 20 余年的时间。到我上小学的时候，我所在的辛集九街大队以及我就读的小学，也继续并且经常举办赛诗会之类的热闹活动。而我对诗歌的初步认识，包括对韵脚、节奏、句式等诗词知识的简单理解，都是在那时候就开始了。

到我上初一的时候，形势已经改变了。老师对我们的功课，开始抓得紧了起来。其中一个重要标志，就是要求每周必须完成两篇日记。实在完不成作业的时候，我忽然想起来重操旧业，用四句一首的诗歌来抵数。老师不仅没有批评我，反而把我的诗当作范文在全班朗诵，这让我大受鼓舞，并逐渐以诗人自居，很有长大以后要靠此过日子的架势。王力先生的《诗词格律》，我当时也开始囫囵吞枣地读了一点。

1982 年 9 月，我考入河北无极师范学校。师范学校当年很难考，录取分数比全国重点中学还高几十分。去报到的路上，同学裴孟旭说起他的老师给报社投稿的事情，鼓励我也试试。所以我到无极师范之后的第一件事情，就是撕作文本，然后用来投稿。那时投稿不用贴邮票，甚至也不用糊信封，只要把稿子叠成长方形用订书机钉好，在背面写上"某某报刊收"字样并注明"稿件"，然后放进邮筒，就算完成了一次投稿流程。我就是这样，向石家庄《建设日报》投寄出了平生第一份稿件——从作文本上撕下来的一篇《秋》。很幸运，1982 年 11 月 10 日，《建设日报》果真给我刊登了出来，还把《秋》编在诗歌栏目里，称为散文诗。

　　素不相识的责任编辑李文雁老师寄来一封署名信，鼓励我今后继续写诗。这对一个乡下少年来说，真是一个极其巨大的鼓励。随后，报社还给我寄来一小笔稿费。当时不懂邮局取钱手续，从无极县城到无极师范学校有三里地远，我来回步行往返了好多次，最后花一毛钱刻了平生第一个名章，才算把款取了出来。虽然这样的过程十分麻烦，但心里的感觉一直都是美滋滋的。

　　那一年，我 15 岁，正式立志一生写诗。于是，我的所有课余时间，都沉浸在诗词里边去了。后来，随着我的诗越写越多，也渐渐引起一些外界注意。1984 年 5 月，《语文报》的编辑阮有道老师来信约稿，让我为该报写过一首挺长的朗诵诗《五月的歌》。《新地》杂志主编刘章老师为我撰写的一篇热情的评论，无极师范校长曾经在全校教师会议上朗诵过，使我在师生中变得非常有知名度……我在无极师范学校的写作"生涯"，一直受到学校老师们各种各样的热情鼓励。记得快毕业的时候，学校曾经专门为我举办过一场个人作品报告会，让我介绍"写作经验"，还组织同学们朗诵我公开发表过的所有诗作。同学陈建收在无极县委宣传部工作的叔叔应邀到会采访，后来还在《建设日报》上发表过一篇关于我和这个报告会的侧记。

　　从喜欢写作开始，我就一边写新诗，一边同时写旧体诗。石家庄地区文联一年一度的诗会上，我一直是参会者中比较孤独而立场异常坚定的"传统派"。记得 1988 年 2 月，诗人边国政老师在《诗神》杂志评论我，说我在诗会上常常像小斗鸡一样捍卫自己的传统派立场。我当年，可能确实是那个样子跟诗友们进行激烈辩论的。

1987年我考进河北大学作家班，重新获得了上大学的难得机会。我的前后两任班主任许来渠老师和韩成武老师，都对诗词创作和研究颇有心得。已故诗词名家顾随先生的女儿顾之京、女婿许桂良二位老师，也分别给我们上古典文学和文艺美学的课程。我的写作兴趣之所以逐渐从新诗更多地转入了旧体诗，跟大学里这样一个令人沉醉的诗词氛围是有很重要的关联的。

1989年我毕业离开河北大学，本来已经准备参加北京大学作家班的考试。从河北省作协开了证明，也到北大中文系报了名，可是随后发生了一些变故，再随后结婚生娃，出去上学的心就逐渐淡了下来。无论生活怎样波诡云谲、起伏变幻，我的诗词道路却一直继续了下来，从来没有放弃过。反正就是不停地写、不停地写、不停地写罢了。

请问您平时是否阅读新诗？与新诗作者有否交流？您认为旧诗与新诗应该是一种什么样的关系？

我平时是阅读新诗的。前些时为中华诗词研究院编选了一本民国时期的新诗集（《现代诗歌书系·新诗卷》），对1949年前的中国新诗进行了一个系统的梳理，对新诗上升期的艺术成就有了一个更真切的印象。另外我还为广东人民出版社编选了一本民国时期的爱情诗集（《世间美好的事情是爱有回应》）。民国时期的许多新诗作品我都很喜欢，比如刘大白先生的《秋江的晚上》、鲁迅先生的《人与时》、沈尹默先生的《月夜》、胡适先生的《醉》、刘半农先生的《我们俩》、郭沫若先生的《静夜》、陆志伟先生的《流水的旁边》、刘延陵先生的《水手》、宗白华先生的《夜》、周太玄先生的《过印度洋》、叶挺先生的《囚歌》、康白情先生的《江南》、徐志摩先生的《黄鹂》、朱自清先生的《细雨》、闻一多先生的《死水》、应修人先生的《小小儿的请求》、穆木天先生的《水声》、李金发先生的《记取我们简单的故事》、废名先生的《宇宙的衣裳》、石民先生的《谢了的蔷薇》、饶孟侃先生的《蔷》、沈从文先生的《颂》、胡风先生的《虽然不是爱人》、冯雪峰先生的《山里的小诗》、林徽因先生的《一串疯话》、朱湘先生的《当铺》、戴望舒先生的《烦忧》、汪铭竹先生的《春光好》、冯至先生的《南方的夜》、臧克家先生的《反抗的手》、蓬子先生的《我愿我的心是一条可爱的小径》、邵洵美先生的《季候》、阿垅先生的《无题》、沈祖棻先生的《你的梦》、曼晴先生的《打灯笼的老人》、卞之琳先生的《断章》、艾青先生的《树》、公木先生的《我爱》、辛笛先生的《风景》、何其芳先生的《欢乐》、鲁藜先生的《泥土》、何达先生的《我们开会》、田间先生的《给战斗者》、孙艺秋先生的《蔚蓝的日子》、穆旦先生的《春》、丹辉先生的《孕育新的中国》、陈辉先生的《献诗——为伊甸园而歌》、吴兴华先生的《绝句四首》、绿原先生的《航海》、贺敬之先生的《生活》、吴其澂先生的《彻夜无眠》、柳木下先生的《我，大衣》等等。总体来说，我喜欢那些充满节奏和韵律感、清浅、优美、温暖的新诗作品。

我少年开始写诗，最早得到诗人刘章、边国政两位老师的热情鼓励。他们在我读书时期都曾经为我撰写过评论文章。后来我能够带着工资去读河北大学，得到边国政老师和青野老师的支持。20世纪80年代末，我还和诗人公木先生有过一些诗歌观点方面的交流，并得到先生的耐心指点。公木先生过世十周年的时候，我出版过一本《公木传》。另外，我大学的同班同学杨如雪、代红杰等都是很有名气的写新诗的诗人，我同曹增书老师和小桦兄、席晓静兄等写新诗的河北诗人也有过深入的交往。

关于新诗和旧诗的关系，我曾在2002年9月17日《中国文化报》发表过一篇文章，题目叫《新体与旧体 何妨比翼飞》，文章是这样写的：

"旧体诗和新诗，都是诗坛的客观存在。究竟中国诗歌是否到了需要'拯救'的危急关头另当别论，即使真要'拯救中国诗歌'，也得靠旧体诗人和新体诗人的共同努力。北塔先生本人也承认'诗的核心是深刻的思想和深厚的感情'，那么，只要是好诗，又何必计较是旧体是新体呢？

"因为旧体诗在'五四'以后曾经遇到过一些曲折，所以人们对它在新时期的复兴给予的关注可能多一些，这种'复兴'带给人们的阅读快感可能更强烈一些，美学期待也可能更迫切一些。可是，对旧体诗的这种关注和期待，并不是要否定新诗的存在。我本人曾经撰文呼吁过'旧体诗一席之地'，主要也是针对一些人对旧体诗的偏见，表达一些自己的看法。说到底，我还是真心祝愿旧体诗和新诗能够携起手来，共同振兴诗坛。

"最近分别读过胡乔木和聂绀弩的两本诗集，里边有新诗，也有旧体诗。实际上许多写新诗名世的诗人，也在写旧体诗。另有一些写旧体诗名世的人，也在写新诗。他们的创作实践本身就表明，新体和旧体并不是水火不相容的仇敌。何必非要弄个新诗的山头，再臆想出一个旧体诗山头，然后一争高低，看谁是诗坛正宗？

"现在写旧体诗和读旧体诗的人很多，这本身就说明了旧体诗这一诗体的顽强的艺术生命力和美学魅力。伟人说过：'世上没有无缘无故的爱，也没有无缘无故的恨。'西哲也说过：'存在即合理。'旧体诗在当下诗坛的兴旺和繁荣，就是回击一切偏见的证据。说一千道一万，谁能得到读者发自内心的爱护和支持，谁的腰杆才硬。

"对新诗抱有偏见不好，对旧体诗抱有偏见也不好。一花独放不是春，万紫千红春满园。新体和旧体，何妨比翼飞？"

另外，我还就同一话题在 2002 年 9 月 12 日的《文学报》发表了一篇《桃红李白，何必争谁是春天》，在 2002 年第 6 期《中华诗词》发表了一篇《旧体诗正在放射灿烂的光芒》。在后一篇文章中，我曾写过这样几句话："著名的九叶诗人之一的郑敏先生最近在《文学评论》发表的《中国新诗八十年反思》一文中，郑重提出了新诗向古典诗学习的命题。她说：'中国新诗如果重视诗学研究，首先应当发掘古典诗学中的精髓。'她认为新诗应该从'结构的严紧''对仗''炼字'等方面'向古典诗学习'。郑先生这里提到的是古典诗，并非当代人创作的旧体诗，但也使当代旧体诗人进一步增强了对这一诗体的自信心。其实就当代旧体诗人而言，也需要向新诗学习许多新东西，比如青春的朝气，创新的勇气，全球化的视野，东西文化的对接，活泼自然的灵思和清新活泼的口语化努力等等，都值得当代旧体诗人们加以借鉴和深思。"

十五年的时间过去了，我对这个问题的观点依然故我。

能否对当代旧诗写作的现状作一番全景式的简介，存在哪些圈子、流派和风格？都有哪些代表性的诗人和作品？您自己属于这当中的哪一类人？旧诗作者是否呈现出职业和年龄上的特征？旧诗主要的读者对象是哪些人？

当代旧诗写作，呈现出活跃、斑驳、蓬勃、兼容的良性艺术生态。各种主张各种风格各种水平的作品都有展示的空间，作者众多，读者也众多。

如果从影响和时间上来看，最早引起读者关注的当代旧诗流派是领袖派。毛泽东诗人诗词无疑是其中的重要代表。朱德、董必武、陈毅、叶剑英等，也都是其中有一定代表性的诗人。这一流派的共同特点是：善用白话，不弃用典，文白相兼，直抒胸臆，偏于议论，遵守格律。他们的诗歌能够直接、形象、深刻地反映政治生活，抒发自己的所思所想，带着豪放英武的典型个性。伴随着这些领袖诗词的公开发表，形成一种特殊的文化现象。受其影响，当年很多诗人的作品都留有"领袖体"的烙印。高亨教授的"掌上千秋史，胸中百万兵……"，陈明远先生的"猪圈岂生千里马，花盆难养万年松"等等诗稿，甚至被误当作毛泽东的诗词在社会上流传。

另一个引人关注的流派，是绀弩派。最早可以追溯到聂绀弩先生的《北荒草》等诗歌的公开发表。在聂绀弩之外，先后出现了邵燕祥、舒芜、荒芜、杨宪益等众多的风格近似的诗人。李汝伦、熊鉴、何永沂、古求能等被称作岭南派的诗人，也有很多与绀弩诗歌相通的地方。这一流派的共同特点是：擅长七律，杂文入诗，寓庄于谐，嬉笑怒骂，了无拘束，忧思迸发。他们"屈刀为镜，点铁成金，大胆从事离经叛道的创造，焕发出新异的光彩"，尤其善于从打油的角度切入现实，使用大胆夸张的口语和变幻奇诡的句式，表达内心的情感和思绪。单挑出一句来很平常，但组合到一起，却成为一个强大的气场，有震撼人心的力量。

这一类作者大多遭际坎坷，饱经风霜，所以他们的作品和他们的人生是结合在一起打动读者的。

真正从纯文本意义上受到读者关注的，我认为是三友诗派。这里指的是以臧克家、程光锐、刘征为代表的一个诗歌流派。三人是挚友，诗歌风格和艺术理念比较相近，并合出过《友声集》，所以他们的作品被称为"三友诗"。他们都有着深厚的古典学养和新诗写作经验，并着力从现实生活中开掘诗意，力求"三新"，即思想新、感情新、语言新。他们认为"如果旧体诗与时代脱节，与人民生活无涉，只能聊备一格而已。"三位诗人的作品师古、师今、师洋、师造化，大都推陈出新、热情洋溢、格调高迈、清新劲健。

因地域特色而著称的诗派还有以新疆诗人为中心的天山诗派和以北京诗人为中心形成的幽燕诗派。"天山诗派"有着鲜明的地域特色，呈现出一种清新劲健的艺术新貌。他们结合当地壮丽、辽阔、苍茫的边塞风光，用各种艺术手法表现军垦、怀乡、叹世等等各种复杂情感，互相唱和，相互交流，风格沉郁，慷慨悲壮，无论是在题材开拓还是诗境开掘方面，都留下了很多可圈可点的诗词佳作，提高了当代边塞诗的艺术品位。北京地处全国文化中心，最大的特色是诗社林立，诗人众多。幽燕诗派的作品呈现出一种雄浑豪放、幽思深沉的艺术风貌，如璞玉浑金，古朴苍劲，大气恢宏。其内容或反映社会变化和人生遭际，或抒发其内心的情怀抱负，大抵情辞慷慨幽深，格调刚健道劲，质朴雄伟。

近年来，以口语入诗词的风习犹盛，无以名之，姑且称之为白话派。仅目力所及，其中比较引人注目的有伍锡学、寓真、蔡世平等。相对于专讲音韵格律、卖弄典故、乱掉书袋的一些诗作，白话派的出现，使诗坛吹来一股清爽之风。他们因在探索新路、致力于诗的自由化、白话化方面显出共同的有意的努力，且在诗歌风格方面有一致之处，所以引起很多读者的整体性的极大关注。另外，还有一些旧体诗人在借鉴新诗技巧方面也进行了许多卓有成效的探索，尤其是在诗歌语言和艺术技巧上进行了卓有成效的探索和革新。

伴随着现代科技的发展，李子、嘘堂、独孤食肉兽、无以为名、添雪斋等等活跃于新媒体的诗人成就非凡，甚至都有以自己名字命名的"体"，姑且称为新媒体派。这些诗人大胆的艺术探索，为当代诗词的发展注入了鲜活力量和蓬勃生机。

当然，诗歌流派的产生并不是大人物偶然的心血来潮或诗评家的强行"指腹为婚"，而是通过众多诗人们长期实践而形成的鲜活的艺术生态。这里所述诸流派均出自个人视角，只是想为了解当代旧体诗歌的发展提供一个简单而清晰的线索罢了。写作毕竟是一种个人化的劳动，上述诸位，也仅仅是我的一种简单排列，其实他们每个人的创作也都有自己的艺术差异和个人风貌。在诗歌的国度，人们关注的永远是那一个，而不是那一群。

关于我自己的创作，因为和刘征老师接触多些，对他的作品也熟悉些，所以从情感上来说，我对三友的作品共鸣多一些。至于圈子，我不反对诗友之间的集聚交流。诗酒风流，古之潇洒。但我本人不是善于交际和交流的性格，也不喜欢热闹喧哗的氛围，所以一直没有也不愿加入某个或某几个圈子的交流。

旧诗作者过去老龄化严重，呈现出鲜明的年龄特征。现在则分布在各个职业群和年龄层，队伍兴旺，令人欣喜。同样，旧诗主要的读者对象如今也广泛分布在各个行业和年龄层面，这是令人欣喜的。古人说有井水处有柳词，我们今天也可以说有酒有花有爱的地方就有当代诗词。

您如何评价当代旧诗写作的成就？与唐诗宋词的辉煌时代相比如何？与当代新诗相比又如何？

经过漫长时间的冷落和寂寞，某些人士对旧体诗这一诗体怀有惯性化的偏见并不奇怪。在他们以重重的鼻音奚落和贬斥一番之后，或许眼睛的余光一扫，就会发现，旧体诗实际上已经成了一个引人注目的诗坛热点，并且理直气壮地站在了舞台的中心。尽管有人将此现象蔑称为"复辟"，复辟就复辟吧，无论承认与否，旧体诗的繁荣兴旺已经是既成事实。这里"复辟"的不是旧的思想，而是优雅和谐的传统美学原则。伴随着这一辉煌热烈的"复辟"进程，音韵美、节奏美、形式美等汉诗精华又重新回到久违的当代诗坛，并且放射出更加灿烂的光芒。但愿这光芒能够辐射进越来越久远的未来时光里去，为"新兴的文化"的延续和发展继续做出新的贡献。

当代旧诗和唐诗宋词就像一条河的上游和下游，九曲联环，连绵不断。他们的关系不是一座山和一座山的关系，不是比较谁高谁低的关系。

至于新诗和旧诗，我认为就像诗歌的两只翅膀，一齐飞，一起飞。

在当代语境下，旧诗写作面临的最大问题是什么？您认为旧诗在未来会有怎样的前景？很多人认为旧诗是一种落后的文体，它无法有效地表现现代人的社会生活和思想情感，您对此有何看法？

旧体诗以新的精神、新的感受、新的思考和新的活力，逐渐在日益萧索的诗坛上，重新树起了一面属于自己的生动的旗帜。应该承认，当代人写的旧体诗，的确有许多缺憾：语言陈旧、意境单一、佶屈聱牙、泥古不化……许多诗人还停留在对传统形式的继承上，缺乏文本实验的自觉性和自信性，时代感不强，眼界也不够开阔；当代旧体诗的理论研究更是相对滞后，跟不上创作实践的前进步伐……缺憾归缺憾，但那种把旧体诗当作旧古董一股脑儿扔进旧货市场的做法，我很不赞成。

可以说，在新的时代面前，旧体诗歌并没有如某些人所断言的那样完全迷失自己。如果只看到静止状态下的一些表面的局限和缺憾，却忽略了旧体诗词随着时代发展而产生的种种新变化新探索，那才是真正的冥顽不化、抱残守缺。

请看今日之诗坛，竟是谁家之天下？应该说是新诗和旧体诗共同的天下。无论新诗还是旧体诗，诗心应该都是相通的。这两种诗体不是截然对立的，也是完全可以共存共荣、友好竞争的。即使有人执意用偏见的黑布蒙住自己的眼睛，也只能说明自己看不见了欣欣向荣的红花绿草，并不能证明窗外就没有春光。

旧体诗的前景如何？如果让我占卦，一定是否极泰来，光华万丈。

您认为旧诗写作者应该具备怎样的禀性和知识结构，比如需要阅读什么书籍，增加哪些阅历，培养哪些品格？

宋人黄庭坚的那首七律《清明》中"雷惊天地龙蛇蛰，雨足郊原草木柔"这两句优美动人，受到很多人的喜爱。而接下来的"人乞祭余骄妾妇，士甘焚死不公侯"这对比鲜明的两句诗，我认为更加令人深思。

在这里，诗人由春日美景联想到荣枯生死的严肃命题，进而深入思索生命的不同意义。每个人的品格不同，其人生道路和价值也就犹如云泥。

有人格者，才有诗格、文格。清代学者王国维在《人间词话》中说"有境界则自成高格"。格的高低，区分出人的轻重和厚薄，也成为评诗论文的一个重要尺度。好的作品都是有核的。格，就是作品的核。有了核，作品才有生命力，才有根，才能在别人的心中展枝、萌叶、开出美丽的花朵。

唐代诗人杨敬之在称赞诗人项斯时说"几度见诗诗总好，及观标格过于诗"，唐代皎然在《诗式》中有"气格自高"的说法，宋代欧阳修《六一诗话》中有"气貌伟然，诗格奇峭"的评论。就连被视为婉约派的宋代词人柳永，其作品中也多次出现"属和新词多峻格""雅格奇容天与"等与格相关的词句。

而今天的某些诗人，则多重作品的辞藻，重奖项，以头戴各种世界级、全国级的"桂冠"为荣，而少有关心格高格低的问题。甚至有诗人以放浪狂狷、矫情作态为时髦，以跑奖买奖、互相吹捧为能事。然而，一个诗人如果没有了人格，其实也就没有了诗格。即使是通过手段荣获了某某大奖，即使因为某种出格的"表演"浪得声名，可是别人评价起来，也可能会一言以蔽之："格低！"

气有清浊厚薄，格有高低雅俗。格的高低，还是由心的清浊决定的。一个心境清明的作家写出了好作品，即使没有获过什么奖项，人们照样会记住他，尊敬他。而以人格尊严为代价来获取荣誉的行为，则肯定会使作家自己的形象更猥琐，更可笑。"格"，闪耀着生命的光辉，照耀着脚下的道路。有时候需要忍受冷漠和孤独，需要经历风雨和泥泞，更需要用坚硬的骨头和滚烫的心灵来追寻和捍卫。

至于阅历，我认为不必刻意去做，随缘随性而为。生活处处有诗情。比如狄金森一辈子没有出过远门，照样写出好诗。重要的还是内心开掘和美学发现。

至于阅读书籍，我想除了诗词作品和诗词常识，对《道德经》《论语》等典籍是值得特别研究的。

旧诗是否特别重视渊源和门户，当代的任何一位诗人，都能从某位古代诗人那里找到渊源，是这样的吗？

我个人喜欢自由散淡、无所羁绊的生活。飘然而来，飘然而去，歌来时歌，歌去时歇，外感造化，中动心音。我个人不重视什么渊源和门户，也不觉得当代诗人能从古人那里找到渊源有多么了不起。

有人说当代旧诗的出路在于创新，您是否同意？较之古代，当代旧诗发生了哪些新的变化？

文化本身是柔软而温润的，传承不是机械地复制粘贴，发展不是简单地顺流而下。中华优秀传统文化的传承发展，离不开创造性转化和创新性发展。所以我赞成当代旧诗的出路在于创新。

秉持客观、科学、礼敬态度的"创造"和"创新"，是激活优秀传统、滋养文艺创作的两个关键词。致力创造，优秀传统文化才能更加丰富多彩。勇于创新，优秀传统文化才能更加活力无限。简单否定、数典忘祖的生硬态度当然会撞南墙，而复古崇古、泥古不化的迂腐做法也会走入死胡同。只有不断赋予优秀传统文化新的时代内涵和现代表达形式，不断补充、拓展、完善，才能真正获得涵育人心的不竭之力。这种创造和创新吸纳传统、检验传统，同时在传统的基础上不断提高。

较之古代，当代旧诗在内容、情感、思想、词汇、表现手法等方面，发生了不少的新变化。比如魏新河说"秋水云端岂偶然，迢迢河汉溯洄间。此身幸有双飞翼，载得相思到九天"，这是古代诗人笔下所没有的内容。再比如刘庆霖说"夜里查房尤仔细，担心混入外星人"，这是古人没有的情感。再比如聂绀弩说"尊书只许真人赏，机器人前莫出书"，这是古人没有的思想。再比如流沙河说"狱中陈水扁，楼下赖汤圆"，这是古人没有用过的词汇。再比如李子说"种子推翻泥土，溪流洗亮星辰。杨柳数行青涩，桃花一树绯闻"，这是古人没有的表现手法……

您的作品具有怎样的特质？能否结合一两首具体作品作一番自我解读？

我的作品具有与其他诗人不一样的特质，我才为我。不过，我不好自我解读。作品还是交给读者和时间去检验吧。我有自信，也看天意。

您认为诗歌写作的意义何在，是一种个体的言说和宣泄，还是某个群体的代言，抑或是一种改变社会的工具？

我年轻的时候喜欢杜牧，现在则特别喜欢杜甫。杜甫胸怀天下、寄情人间，沉郁顿挫的笔下总是充溢着一股浩然昂扬之气，温暖明亮，撼人心旌。历数古今中外，写诗的人大致可以分为四种类型：有的人为自己写诗，探索心灵的密码；有的人为另一个人写诗，歌唱美好的爱情；有的人为读者写作，寻找广泛的共鸣；有的人为苍生写作，替人民鼓与呼。这些诗人的出发点个个不同，也都能留下一些优秀作品，不过我个人更欣赏杜甫那种为苍生而讴歌的写作态度。

一首好诗，需要有血气的光芒和洞穿灵魂的力量。好的诗歌是野生的，更是有核儿的。杜甫的诗歌就是这样有核儿的野生的诗歌。关注民瘼、情系苍生、传递温暖、鞭挞黑暗，是古今中外一切优秀诗歌和诗人的最重要、最鲜明的标志。

您认为您的作品能流传于世吗，为什么？

我的作品能否流传于世，我自己无法预言。但我可以说我的作品最感人——其中首先感动的是我。

诗词贵在有自己面目，诗人存在的价值不是靠量的堆积，而是在于美学上的质的飞跃。如果诗词作品真正来于自我的生命体验、生活感受和社会观察，这些文字带着诗人自己身上的体温，带着自己的汗水和泪水，带着自己伤口里的热血和灵魂里的芬芳，那么诗人的诗歌应该是这世界上最感动自己的文字。诗人就有勇气也有资格放言："我的诗词最好"。如果诗人把自己的生命当作一首诗，认真推敲，尽情抒写，珍重其中的每一个字眼、每一个词汇，这样的生命诗篇，就是俄罗斯诗人普希金所说的那种"非人工的纪念碑"。

星河灿烂，我不愿做流星、卫星、行星，立志做一颗恒星，用自己的热，发自己的光。恒星并不一定都是太阳，有的恒星只是在无数光年之外的遥远地方默默燃烧，默默灿烂。可能人们的视线并没有关注到它，但它的光芒是永恒的。这就需要一份耐得大寂寞的恒心和定力。诗词的品位来自生命的质量，生命的质量决定了诗歌的品位。

原载《新文学评论》（2017 年第 4 期）

获取本书配套服务
高效学习古诗词

建 议 配 合 二 维 码 一 起 使 用 本 书

扫码后，您可以获得
以下线上服务

01 本书立享服务

★ 诗词学习方法指导
★ 诗词学习名师课程
★ 诗词学习特训营

02 每周专享服务

★ 诗词学习相关的
好书推荐

03 长期尊享权益

★ 推荐同城/省会/邻近直辖市
优质线下活动